Graphisme de couverture : Odile Chambaut
Image de couverture : © Yalim Vural

www.lerouergue.com

NATHALIE GAUTHEREAU

DANS L'ŒIL DE LA VENGEANCE

roman

ROUERGUE noir

À ma grande sœur, Dominique.
Il y a plus de trente ans, tu as planté une graine en me faisant découvrir la littérature noire. J'aime croire que, de Là-haut, tu vois que cette graine a germé et que tu en es fière.

À mes fils, Alexandre et Bruno.

À Valérie.

Ma vengeance est perdue
S'il ignore en mourant que c'est moi qui le tue.

Andromaque, Acte IV, Scène 4, Racine

PROLOGUE

18 septembre 2020

La peur lui ordonnait de courir sans s'arrêter, mais sa respiration heurtée l'en empêchait. Il stoppa sa course après avoir jeté un regard en arrière. Il n'avait besoin que d'une minute, pas davantage. Ensuite, il repartirait. Plus vite, cette fois. Beaucoup plus vite. Sa vie en dépendait.

Le dos arqué, les mains sur les genoux, il se concentra sur son souffle. Le temps défilait à une vitesse cruelle. Huit minutes. Il ne lui restait que huit minutes ! Il se redressa, scruta le ciel qui s'assombrissait. Dans peu de temps, la pénombre recouvrirait totalement la forêt. Sans repères, ses chances de survie seraient quasiment nulles. Bon sang, il voulait sortir de cet enfer ! Revenir en arrière. Juste quelques heures en arrière. Retrouver sa vie. Sa femme et ses gosses.

Des craquements au sol le firent sursauter. Il jeta un regard affolé derrière lui. Personne. Plus loin, une chouette hulula dans un arbre avant de s'envoler. Tous ces bruits lui donnaient envie de hurler. Mais ce qui le terrorisait le plus, c'était ce silence qui tombait par à-coups, comme si la nature se figeait devant l'imminence d'un danger. Il avait peur, merde ! Tout en surveillant les alentours, il sortit son portable de sa poche. Six minutes ! Et toujours pas de réseau. Il jura entre ses dents. Mit quelques coups de poing rageurs à son téléphone. Essuya les larmes qui coulaient sur ses joues. Reprit sa course au hasard.

Il courait aussi vite qu'il le pouvait, malgré ce maudit point de côté qui l'empêchait de respirer et ses talons qui se soulevaient dans ses chaussures à chaque foulée. Un râle plaintif remonta dans sa gorge. Il ne voulait pas crever dans cette forêt. Bon sang, il n'avait pas mérité ça !

S'il avait croisé ce cinglé dans une rue de Lyon, il l'aurait trouvé insignifiant. Un minable avec une sale gueule. Un œil esquinté, une balafre, une dent en moins. Le parfait raté. Mais là, dans la forêt, il avait un tout autre visage : celui du « Borgne ». Il avait dû mettre de sacrés coups de pelle pour déterrer cette histoire de sa mémoire. Autant que le Borgne en avait mis pour creuser la tombe qu'il lui destinait. Ce mec était vraiment malade !

Il s'arrêta de nouveau. À bout de souffle. Paniqua. Deux minutes ! La chasse allait commencer dans deux minutes ! Il renonça à vider ses mocassins de la terre et des cailloux qui lui torturaient les pieds. Il devait repartir. Maintenant !

La nuit arpentait les bois et engloutissait tout sur son passage, les arbres, les animaux, les pierres, son ombre aussi. Il était pris au piège. Ne savait plus dans quelle direction courir. À droite, à gauche. Il tournait en rond. Se sentait comme un animal pris dans une partie de chasse. Mais, si ce malade le rattrapait, sa mort serait bien plus longue et cruelle que celle d'une bête qu'on achève d'un coup de fusil. Cette seule idée le faisait crever de terreur.

Un bruit surgit dans l'obscurité. Sans cesser de courir, il jeta un regard paniqué par-dessus son épaule. C'était là, quelque part, dans l'immensité de la forêt. Il ne savait pas où, mais il avait entendu quelque chose, il en était certain. Il accéléra pour ne pas être rattrapé. La peur lui brouillait la vue, lui vrillait les intestins. Il courait aussi vite qu'il le pouvait pour échapper au Borgne. Les branches lui giflaient le visage, ses pieds butaient dans les racines, le faisant trébucher. Il se rattrapait aux arbres qui s'accrochaient à son manteau. Encore un craquement dans la nuit. Trop près ! Il se jeta par terre pour ne pas être vu. Ses mains inspectèrent frénétiquement le sol à la recherche d'une arme pour se défendre. Sous les feuilles en décomposition, il trouva une pierre. Pas assez grosse pour tuer quelqu'un, mais suffisamment pour blesser. Il frapperait le Borgne à la tempe. S'il y arrivait. Il se redressa tout doucement. Se colla contre un arbre. Un bruit juste derrière. Sa respiration se bloqua, plus rien ne circulait. La peur le paralysait. Ses jambes tremblaient, prêtes à l'abandonner. Il devait agir. Prendre le Borgne par surprise. Le frapper en premier avant que celui-ci ne puisse le viser avec son arbalète. Il enfonça ses doigts dans le gras de sa cuisse gauche pour stopper les tremblements, puis tout doucement, leva le bras droit au-dessus de sa tête. Il ne devait pas rater sa cible. Il n'aurait pas de seconde chance. Un craquement. Un souffle expulsé. Le Borgne était juste là, derrière l'arbre. Il bondit. Abattit son bras. Et bloqua son geste au dernier moment. Deux yeux le fixaient dans l'obscurité. Un regard animal. Mauvais. Le sanglier le chargea. Et ce fut le trou noir, comme une libération.

*

Il ne savait pas combien de temps il était resté comme ça, au sol, les yeux ouverts sur un ciel noir. Est-ce qu'il était mort ? Non... Il était toujours dans cette maudite forêt, avec un taré aux trousses. Il se redressa doucement. Voulut se remettre debout, mais une vive douleur l'en empêcha. Le sanglier l'avait blessé. Du sang coulait le long de sa jambe.

Il n'en pouvait plus de fuir. Cette fois, une petite voix lui murmurait d'abandonner la partie. Quand il n'y a plus aucun espoir, on finit par se résigner et accepter son sort. C'est moins douloureux. Il attendrait que le Borgne le trouve. Peut-être qu'il ne le tuerait pas finalement. Peut-être qu'il se contenterait de le frapper et de l'humilier. Il s'en foutait, il se laisserait faire puisque sa vie en dépendait. Mais au fond de lui, il savait parfaitement que son chasseur ne s'arrêterait pas à quelques coups. Il avait l'intention de le tuer et de le jeter dans ce trou qu'il avait creusé pour lui. Un putain de trou dans la forêt ! C'est là qu'il allait finir ! De grosses larmes de désespoir l'aveuglaient, sa morve se mélangeait au flot salé qui dégoulinait sur son visage. Il s'essuya dans la manche de son manteau. *Secoue-toi, bordel ! Sinon, tu vas crever !*

Il inspecta sa plaie du bout des doigts à travers son pantalon déchiré. Il avait besoin d'un garrot. Il retira son manteau puis sa chemise. Enroula cette dernière sur elle-même. La serra autour de sa jambe. Il hésita à remettre son manteau. Il était trop clair, mais il n'avait rien d'autre pour se protéger des griffures des branches. Tout en l'enfilant, il reprit sa course claudicante. Il ne pouvait pas abandonner.

Un nouveau craquement sur sa droite le pétrifia. C'était quoi ce bruit, bordel ?!! Le sanglier ? Le Borgne ? Il retint sa respiration, il avait une trouille horrible. À se pisser dessus. À chialer toutes les larmes de son corps. S'il avait été sûr que quelqu'un d'autre que le Borgne l'entendrait, il aurait hurlé à l'aide. Mais les bois étaient déserts. Qui était assez fou pour se trouver en forêt à cette heure-ci ? Personne ! À part lui. Et ce malade qui le poursuivait. Il imaginait le Borgne en train de chercher ses traces dans la terre humide. Il était chasseur. Il s'en était vanté, juste avant de le braquer avec son arbalète et de lui lancer qu'il serait son gibier. Ce salaud le poursuivait avec une arbalète ! Merde, même les animaux, on ne les tuait pas comme ça !

Toujours pas de réseau. Il rédigea malgré tout un SMS pour sa femme. Il espérait qu'à un moment donné, dans sa course, son téléphone capterait un peu de 4G et que le SMS partirait. Si sa femme recevait son message, il serait sauvé. Il commença à écrire les premiers mots quand, tout à coup, son sang se figea dans ses veines. Un faisceau rouge venait de transpercer l'épaisseur de l'obscurité avant de disparaître. Le viseur de l'arbalète ! Si le Borgne voyait la lumière de son écran, il était foutu. Il envoya juste ces quelques mots « Je suis en forêt au-dessus de... » avant de ranger son téléphone dans sa poche. Sa femme ne pourrait que s'inquiéter de le savoir en forêt, à la nuit tombée. Elle comprendrait qu'il n'y était pas venu de son plein gré et préviendrait la police. Avec la localisation de son GPS, on le trouverait facilement, même si le réseau était faible. Il s'en persuada.

Pour la première fois de sa vie, il s'adressa au ciel et pria pour qu'on le sorte de là. Le faisceau réapparut, il balaya le périmètre et disparut dans le noir. Le Borgne ne l'avait pas repéré. Il se redressa tout doucement et s'élança dans la noirceur de la forêt. S'il voulait s'en sortir, il devait abandonner le sentier. Il se jeta dans la pente, s'accrochant aux branches pour ne pas tomber. La terre glissait sous son poids, entraînant de grosses pierres qui dévalaient et se cognaient aux arbres. Il faisait beaucoup trop de bruit, mais c'était sa seule chance de survie. Autour de lui, les oiseaux de nuit s'agitaient dans les arbres. Eux aussi sentaient le danger qui allait s'abattre dans la pénombre. Il ramassa une pierre de la taille de sa main et reprit sa course effrénée. Il voulait vivre, bon sang !

D'un coup, son cœur fit un bond dans sa poitrine. Au loin, il y avait une trouée de lumière dans l'obscurité des bois. Cette clarté, cela voulait dire que la forêt s'arrêtait ! Et si la forêt s'arrêtait, il y avait forcément une route, des maisons, des gens. Il s'imaginait déjà frapper à la première porte pour obtenir de l'aide, ils appelleraient les gendarmes. Ce serait la fin du cauchemar. Derrière lui, le faisceau rouge réapparut, plus près. Le Borgne se rapprochait. S'il arrivait à atteindre la lisière du bois, il lui échapperait.

Un bruit fendit l'air sur sa gauche. Une flèche se planta dans un arbre, tout près. Il trébucha. De surprise et de frayeur. Il se releva aussi sec et reprit sa course, sautant par-dessus les obstacles, se rattrapant aux branches. L'instinct de survie lui donnait des ailes. Il était attiré par la lumière comme un papillon par les phares d'une voiture, rien d'autre ne comptait. Le Borgne se rapprochait. Il ne le voyait pas, mais il l'entendait au loin hurler comme une bête. Cette ordure continuait à le viser avec son arbalète. Le faisceau rouge sautait d'un endroit à un autre. Quand le point se figeait, il faisait des zigzags et se planquait derrière un arbre pour éviter la flèche. Son cœur était prêt à exploser. La peur avait fait place à une furieuse envie de vivre.

Il perçut le sifflement trop tard. La flèche lui déchira le muscle de la cuisse, lui arrachant un hurlement de douleur. Il chuta au sol. Derrière lui, le Borgne émit un cri de victoire et lui lança dans la pénombre « Je vais te crever ! » Il s'agrippa à une branche pour se relever. Poussa un grognement bestial et dégueula de la bile quand il prit appui sur sa jambe blessée. Il ne pouvait pas renoncer. La trouée de lumière n'était plus qu'à quelques enjambées.

Il se plaqua contre un arbre, juste le temps de se donner suffisamment de courage et de laisser le Borgne se rapprocher un peu. *Allez !* Il surgit de la pénombre et jeta sa pierre dans la direction du faisceau lumineux. La pierre fit un bruit mat quand elle heurta le Borgne qui lâcha lui aussi un cri de douleur. Bordel ! Il l'avait touché !

Il repartit en traînant la patte. Chaque foulée lui arrachait des larmes. Il se mordait les lèvres pour ne pas crier. Le Borgne avait perdu quelques précieux mètres. Il l'entendait beugler derrière lui. Il s'en foutait, il allait vivre. Le ciel étoilé apparut enfin. Une sorte d'euphorie s'empara de tout son être, il était sauvé ! Il se jeta à travers les derniers branchages en fermant les yeux. Quand il les rouvrit, l'horreur le saisit tout entier. Il n'y avait ni route ni maison, juste la fin du plateau et le vide à ses pieds. Il se retourna. Le Borgne était là, face à lui, l'arbalète dirigée vers le bas. Du sang coulait de sa tempe blessée. Il implora son chasseur de ne pas le tuer. Leva devant lui une main protectrice. Le Borgne rit méchamment avant de redresser son arme, un sourire pervers aux lèvres. Son bras retomba le long de son corps. Des larmes chaudes coulaient sur ses joues. Sans un regard pour le Borgne, il pivota doucement. Il n'emporterait pas le visage de ce sale type avec lui. Dans son dos, il perçut le sifflement de la flèche. Cette fois, elle s'enfonça dans son omoplate. L'impact le précipita en avant. Il tendit la main pour se rattraper aux branches, mais il était trop tard. Le vide était là, la gueule grande ouverte, prête à l'engloutir.

Alain Gasparo sourit tristement en pensant à sa femme et à ses enfants. Son corps heurta la falaise une fois, deux fois, avant de s'écraser plus bas, dans un bruit mat.

21 septembre 2020

Il tournait les pages du journal en buvant un café réchauffé de la veille quand il trouva enfin ce qu'il cherchait. Un encart de quelques lignes signalait la disparition inquiétante d'Alain Gasparo, propriétaire de plusieurs agences immobilières à Lyon. Sur la photo, l'agent immobilier affichait un sourire supérieur, celui des bien-nés, à qui la vie a tout donné. Plus il regardait la photo, plus sa colère faisait le yoyo dans son ventre. Il froissa le journal, le jeta à travers la pièce et renversa la table. Sa tasse se brisa en morceaux, projetant le café qu'elle contenait contre le mur et le carrelage sale. La mort d'Alain Gasparo l'avait frustré. L'agent immobilier lui avait volontairement tourné le dos avant de tomber dans le vide. Un dernier geste de mépris qui lui avait fait l'effet d'une gifle.

Il redressa la table à deux mains et fit cogner ses pieds au sol, comme pour les enfoncer dans le carrelage ébréché. Tout ce qui l'entourait le renvoyait à ses échecs. À commencer par ce bouge infâme dans lequel il vivait seul depuis que sa femme s'était enfuie avec leur gamine sous le bras. Il sentit quelques picotements à l'extrémité de ses doigts. Toutes ces années, il avait gardé sa soif de vengeance au creux du bide parce qu'il avait une famille et que ça l'avait ramolli. Mais puisqu'Isabelle l'avait quitté, rien ni personne ne pouvait plus l'empêcher d'agir.

Très vite, il avait décidé que Gasparo serait sa première victime. Par stratégie. Dans son souvenir, l'agent immobilier était le plus mou des trois. S'il était toujours aussi fainéant, il serait le plus facile à tuer. Et les photos dénichées sur Internet avaient confirmé son intuition. Alain Gasparo affichait fièrement son gros bide. Il ressemblait à une oie, prête à être éventrée pour les fêtes. Ce connard était devenu agent immobilier, comme l'était son père avant lui. Le fiston n'avait eu qu'à poser son cul dans le fauteuil encore chaud de papa pour gagner plus qu'il ne pouvait en dépenser. Pour l'approcher, il s'était d'abord imaginé se rendre au siège de l'agence et se faire passer pour un acheteur intéressé par un bien, mais il y avait vite renoncé. Sa gueule inquiétait plus qu'elle ne rassurait. Le mieux, c'était d'attirer Gasparo à l'extérieur. Il avait tenté le coup en expliquant à la standardiste de la boîte qu'il cherchait un agent immobilier pour vendre une maison qui se trouvait vers Cognin-les-Gorges. Un bled en Isère qu'il avait choisi pour sa forêt et sa falaise en surfant sur *Google Maps*. On l'avait fait patienter au téléphone, jusqu'à ce qu'il entende une voix masculine débiter mollement *Alain Gasparo à l'appareil*. Il avait été si surpris d'avoir le patron au téléphone qu'il en avait perdu ses mots pendant quelques secondes. Au bout du fil, l'agent immobilier avait interrogé le silence. « Allo ? » Il s'était ressaisi, s'était présenté sous un faux nom et lui avait débité son laïus préparé à l'avance. « Je possède une maison de famille. Je souhaiterais la vendre. Elle est restée dans son jus pendant des années, mon frère bloquait le partage. Mais on a fini par trouver un accord. Si ça vous intéresse, vous pourriez me faire une estimation. »

— Bien sûr.

— Le souci, c'est que la maison est à Cognin-les-Gorges, vous connaissez ?

— De nom, seulement. C'est en Isère ?

— Exactement.

— Dans ce cas, vous devriez plutôt mandater un confrère de Grenoble.

— Non. J'habite à Lyon, je veux que mon agent soit sur place.

Gasparo avait avalé son baratin sans sourciller. Il avait seulement demandé à voir des photos de la baraque avant de se déplacer. Quelques jours plus tard, en fin de journée, l'agent immobilier avait garé sa voiture sur le parking de l'église du village de Cognin, où il le guettait. Il ne lui avait pas laissé le temps de sortir de son véhicule, il avait surgi devant sa portière, lui avait demandé de le suivre, la maison se trouvait un peu plus loin, juste à la sortie du village. Il était remonté dans sa Clio dont le moteur tournait encore et avait enclenché la première. Gasparo l'avait suivi, comme un mouton.

Pendant le trajet, il regardait sans cesse dans son rétroviseur pour être sûr que Gasparo ne faisait pas demi-tour. Un peu au-dessus du village, à l'abri des regards, il avait mis son clignotant sur la gauche et garé sa voiture sur le parking juste à côté d'une statue de la Vierge. Gasparo était sorti de son SUV, visiblement agacé. Il lui avait demandé où il l'emmenait. En guise de réponse, il avait sorti de son coffre une arbalète chargée et l'avait braquée sur Gasparo en lui ordonnant de monter dans sa voiture, côté conducteur. L'agent immobilier avait essayé de négocier, il lui avait proposé du fric et son beau SUV contre sa liberté. Il n'avait pas cédé. Gasparo l'avait alors menacé de lui faire casser la gueule par des hommes de main. Ça l'avait bien fait marrer. Il avait répété son ordre de monter dans la voiture. L'agent immobilier avait refusé. Il avait dû tirer une flèche dans sa direction pour le convaincre.

Ils avaient roulé pendant dix minutes. Dans une épingle, il avait ordonné à Gasparo de se garer sur le bas-côté. Ils avaient ensuite emprunté le chemin qui partait dans la forêt, l'agent immobilier devant, lui derrière, prêt à le buter s'il tentait quoi que ce soit. Un quart d'heure plus tard, ils s'étaient arrêtés. Gasparo s'était retourné, aux abois.

— Mais qu'est-ce que vous me voulez, à la fin ?

— Tu n'as pas une petite idée Alain ? Je peux t'appeler Alain ? En souvenir du bon vieux temps !

— Mais, qui êtes-vous ?

— Me fais pas croire que tu ne te souviens pas de moi, Gasparo.

Il n'en revenait pas. Lui qui pensait à eux tous les jours ne comprenait pas comment l'agent immobilier avait pu continuer à vivre sa vie et l'oublier. Il avait ôté sa casquette et avait ouvert les bras en souriant, comme on accueille un vieil ami.

— Oh Alain ! Tu ne te souviens toujours pas ?

D'un coup, Gasparo avait perdu de sa superbe. La trouille le rendait presque humain.

— « Le Borgne »...

— Toujours ce surnom, hein...

Gasparo avait essayé de se justifier. Il avait nié, minimisé, un vrai lâche. Mais pas une fois, il ne s'était excusé pour ce qu'il lui avait fait. Ça n'aurait rien changé. L'heure n'était plus au pardon. Seule la vengeance pouvait expier les fautes. Et Gasparo l'avait compris quand il avait vu le trou creusé dans la terre. Une jolie tombe au milieu de la forêt. Putain, il se souvenait encore de la gueule de l'agent immobilier quand il l'avait vue. Il chialait, suppliait et essayait encore de négocier.

Quand il en avait eu marre de l'écouter se justifier, il avait baissé le regard sur sa montre et s'était exprimé sur un ton plein de haine : « Je te laisse une chance de t'en sortir. Quinze minutes d'avance ! Ensuite, je te traquerai jusqu'à ce que je te trouve et je te tuerai. » Cette phrase, il l'avait apprise par cœur et se l'était répétée devant la glace des dizaines de fois. Il ne voulait pas seulement tuer Gasparo, il voulait le terroriser chaque seconde que durerait son calvaire.

Gasparo avait disparu dans la noirceur de la forêt, la peur au ventre. Il n'avait pas mis longtemps à le rattraper. Il avait suivi sa trace dans la forêt. Senti sa peur infecter l'atmosphère. Quand il l'avait débusqué, il l'avait tiré comme un cochon sauvage et l'avait fait hurler de douleur en lui trouant la peau à deux reprises. Deux beaux tirs ! Mais dans un coin de sa tête, il y avait toujours cette insatisfaction de ne pas l'avoir achevé. Parce qu'il aurait voulu voir l'agent immobilier à genoux, implorant son pardon. Il s'était imaginé cette scène, Gasparo le suppliant, en larmes. Lui, l'achevant d'une flèche dans le cœur. À la fin, il se serait agenouillé près de Gasparo pour ne rien rater des derniers instants de l'agent immobilier, ses yeux chialant la panique, ses mains jointes autour de la flèche pour essayer de l'extraire de ses chairs, et son corps se vidant de son sang, au rythme des derniers battements de son cœur. Il avait rêvé de ça. Des mots balbutiés, des hoquets, du dernier souffle de vie. Du corps inerte de Gasparo qu'il aurait traîné dans les bois jusqu'à la tombe qu'il avait creusée. De la dernière humiliation qu'il lui aurait fait subir en pissant sur sa dépouille avant de l'enterrer. Mais ce connard lui avait volé sa vengeance en se jetant dans le vide après l'avoir blessé au visage avec une pierre.

Il ramassa le journal, le défroissa avec son avant-bras et reprit sa lecture de l'appel à témoins. Les flics avaient été avertis de la disparition d'Alain Gasparo par sa femme qui, ne le voyant pas rentrer de la nuit, s'était inquiétée. Le disparu était décrit comme un homme corpulent, un mètre soixante-dix-huit, quatre-vingt-quinze kilos. Quarante-cinq ans, les yeux bleus, présentant une calvitie quasi totale. Le véhicule de Gasparo, un SUV blanc de marque BMW X6 avait été retrouvé sur un parking au-dessus du village de Cognin-les-Gorges. L'agent immobilier avait rendez-vous avec un client potentiel pour faire une estimation d'un bien à vendre. Les gendarmes du secteur communiquaient un numéro de téléphone et demandaient au vendeur en question et à toute personne ayant croisé Alain Gasparo sur la route de les contacter.

Si les poulets faisaient un appel à témoins, cela voulait dire qu'ils n'avaient aucune piste à exploiter. Il s'était débarrassé du téléphone avec lequel il avait envoyé à Gasparo les photos de la baraque trouvées sur Internet. Il n'avait rien à craindre de ce côté-là. Il se connecta au compte Twitter de la gendarmerie et n'en apprit pas davantage. Gasparo était porté disparu depuis trois jours, son corps n'avait pas été retrouvé. Avec un peu de chance, il se ferait bouffer par des animaux sauvages et sa flèche serait perdue à jamais.

Machinalement, il se toucha la tempe et grimaça de douleur. Autour de la plaie qui commençait à cicatriser, un bleu s'était formé. Il se leva et observa son reflet dans un miroir usé. Cet enfoiré l'avait bien amoché.

12 juin 2021

La date des funérailles d'Alain Gasparo avait été annoncée dans *Le Progrès*. Trois mois plus tôt, un garde forestier avait découvert un tibia en se baladant dans les gorges du Nan, près de Cognin-les-Gorges. Les gendarmes, alertés, avaient ratissé les lieux et trouvé d'autres ossements. L'autopsie avait confirmé qu'il s'agissait de l'agent immobilier. Du type bedonnant qu'il avait poursuivi à travers la forêt, il ne restait quasiment rien. « On ignore pour l'heure les circonstances de la mort d'Alain Gasparo, sans doute un malheureux accident » concluait l'article du journal qu'il avait punaisé sur son mur. Si le corps avait été rendu à la veuve pour être enterré, cela voulait dire que l'enquête était terminée. Il pouvait se réjouir, il avait commis le crime parfait.

Il arriva à l'église un peu après neuf heures trente. Il n'avait pas pu résister à l'envie d'assister à la cérémonie. L'idée d'aller tourmenter Alain Gasparo jusque dans sa dernière demeure lui procurait un plaisir jouissif. Et peut-être qu'il apercevrait ses prochaines cibles dans la foule. Il hésitait encore. Tournier d'abord ? Ou alors Klein ? Non, le prochain serait Tournier. Klein, il le tuerait en dernier.

La nef était remplie de gens portant un masque chirurgical et se tenant à bonne distance les uns des autres. Pour l'occasion, il avait mis une chemise noire, celle qu'il portait à l'enterrement de son père. Elle était aussi démodée que délavée, mais il s'en foutait. Il voulait se fondre dans la masse, pas honorer la mémoire de Gasparo.

Il s'installa discrètement en bout de travée pour profiter pleinement du spectacle qui lui était offert.

La veuve Gasparo avait attendu un paquet de semaines avant de récupérer les restes de son mari et organiser les funérailles. Sans doute qu'elle et le juge chargé du dossier s'étaient disputé les os du défunt. L'idée l'amusait, il dut se forcer à retenir un ricanement.

Devant, posé sur un catafalque, trônait le cercueil brun d'Alain Gasparo ainsi qu'une photo de lui en noir et blanc. Le cercueil en imposait. La veuve l'avait commandé aux anciennes dimensions de son mari. Pour ceux qui n'avaient pas lu les journaux, ils s'imaginaient sans doute qu'à l'intérieur reposait le corps de l'agent immobilier. Mais pour les autres, pour la famille, les amis, la veuve et ses gamins, la réalité était tout autre. Ils savaient parfaitement que dans cette boîte rectangulaire, il n'y avait qu'un tibia et deux ou trois bouts d'os rongés par les bêtes. Peut-être même que les gendarmes n'avaient pas retrouvé la tête de Gasparo. L'idée que l'homme d'affaires soit enterré sans sa tête le fit glousser. Devant lui, une femme se retourna et lui jeta un regard assassin. Il se surprit à s'excuser d'un geste de la main. En d'autres circonstances, il l'aurait insultée ou aurait menacé la vieille de la cogner, mais la satisfaction de se trouver dans cette église pour assister, en toute impunité, à l'enterrement de celui dont il avait provoqué la mort, le rendait presque humain.

Au premier rang, la veuve Gasparo venait de se lever. Elle posa la main sur l'épaule de sa fille qui eut un geste de recul. La mère l'ignora et se dirigea vers le pupitre.

*

Un silence pesant s'était installé dans l'église. Gilles Tournier suivit du regard Florence Gasparo qui montait les deux marches de l'estrade pour rejoindre l'autel. Elle avait les paupières gonflées et les traits tirés par le chagrin. Tournier eut soudain une furieuse envie de se précipiter vers elle et de la prendre dans ses bras pour la consoler. Il se reprit et chassa cette stupide idée de son esprit. À côté de lui, sa femme se tenait droite sur leur banc inconfortable, le nez dans un passage de la Bible. Anne-Sophie l'avait accompagné de mauvaise grâce. Elle ne connaissait pas particulièrement le couple Gasparo. Elle les avait croisés chez des amis communs quelques années plus tôt, rien de vraiment mémorable à son goût. Mais Gilles avait insisté, il ne voulait pas se retrouver seul à l'enterrement de son ami d'enfance. Sa femme avait cédé.

Maintenant qu'Alain était mort et qu'il n'y avait plus aucune chance de rattraper le temps perdu, Gilles regrettait sincèrement de l'avoir tenu à distance. Ces dernières années, leur amitié s'était délitée, se limitant aux rencontres trimestrielles du Rotary Club et à la promesse jamais tenue de dîner avec leurs épouses. Tournier, puisque c'était lui qui trouvait toujours une excuse pour décliner une invitation, n'avait aucune envie de s'infliger une soirée avec le couple Gasparo. Même s'il avait une vie tout à fait heureuse et équilibrée, il gardait au fond de lui une blessure qui se réveillait chaque fois qu'il croisait l'épouse de son ami. C'était comme ces gens qui souffrent d'une ancienne fracture quand le temps tourne à l'orage. Sa douleur, elle aussi, se ravivait.

Tournier n'avait pas choisi de tomber amoureux de Florence, c'était arrivé. Point. Il se souvenait encore de la première fois où il l'avait croisée, c'était à une fête organisée par David Klein. Il avait dix-neuf ans, Florence un ou deux ans de moins. Elle se tenait dans un coin du salon, le regard perdu dans la foule. Elle avait l'air de s'ennuyer. Lui, venait d'arriver avec Alain Gasparo et leur bande. Leur entrée avait été bruyante et remarquée, comme à leur habitude. Klein avait hurlé de joie en les voyant. Ils avaient répondu à l'unisson. C'était l'effet de meute. À l'époque, il adorait ça. En groupe, il se sentait puissant et invincible. Florence avait tourné la tête dans la direction de la petite bande, leurs regards s'étaient croisés.

Dans le salon des vieux de David, tout le monde dansait et chantait sauf Florence. Elle n'avait pas de copain, juste une amie qui l'avait abandonnée dans son coin pour flirter avec un de leurs potes. Gilles avait observé la jeune fille un bon moment avant de prendre son courage à deux mains et de se diriger vers elle pour lui proposer un verre. À sa grande surprise, Florence avait accepté. Ils avaient discuté de choses futiles en riant. Elle était jolie. Ça avait été si facile de tomber amoureux d'elle. Gilles lui avait proposé de danser, ils avaient flirté. Un peu. Et tout avait déraillé. Alain et la bande étaient venus se coller à eux pour les chambrer. Alain avait demandé son prénom à la belle inconnue. Lui aussi la mangeait littéralement du regard. Gilles avait bien essayé de lutter pour que Florence ne se détourne pas de lui, mais Alain avait dragué Florence sans relâche jusqu'à ce qu'elle cède et lui donne son numéro de téléphone. Quelques semaines plus tard, elle était officiellement sa copine. Gilles en avait souffert, mais il n'en avait jamais parlé à personne, sauf à Anne-Sophie, bien plus tard. Sa réaction jalouse lui avait ôté tout désir d'en reparler.

Pendant des mois, Gilles avait laissé son sentiment amoureux s'épanouir, attendant sagement que Florence et Alain se séparent. Il les voyait tous les week-ends et les trouvait si mal assortis que leur rupture semblait être une évidence. Alain était aussi fanfaron et infidèle que Florence était discrète et amoureuse. Mais le couple avait tenu, ils s'étaient fiancés, puis mariés. Gilles avait même été le témoin d'Alain. Un calvaire. De son côté, il avait rencontré Anne-Sophie et l'avait épousée. Il était heureux, autant qu'on peut l'être quand on vit avec le sentiment d'avoir abandonné la femme de sa vie à un autre.

Anne-Sophie se pencha vers lui.

— Il est tombé d'une falaise, c'est bien ça ?

Gilles Tournier soupira.

— Oui.

— C'est horrible.

— Oui.

Il n'avait pas envie de parler de la mort de son ami. Sa femme ne pouvait pas comprendre son chagrin. Avec la disparition d'Alain, c'était une partie de sa jeunesse qui disparaissait. Ils avaient fait les quatre cents coups ensemble. Ils se connaissaient depuis la sixième, ils avaient fréquenté le même collège, le même lycée et quand leurs études supérieures les avaient séparés, ils avaient continué à se voir les week-ends, chez les uns ou chez les autres. C'est Florence qui avait eu raison de leur amitié.

Quand il avait appris par les journaux la disparition de son ami, Gilles Tournier s'était précipité sur son téléphone pour appeler Florence. Il s'était cependant ravisé. Pour la sérénité de son couple, il avait préféré se rapprocher d'Alexandra, la sœur d'Alain. Après tout, il l'avait toujours connue. Tout le temps des recherches, il avait régulièrement pris des nouvelles de la famille Gasparo. L'enquête n'avançait pas, les flics n'avaient aucune piste. Et puis, un jour, les restes d'Alain avaient été retrouvés. Le procureur avait conclu à un accident mais Alexandra était convaincue que son frère s'était jeté d'une falaise après avoir appris l'infidélité de Florence avec son associé. Qu'Alain ait pu se suicider semblait impossible à Gilles, mais c'était bien la seule explication qui justifiait de sa présence en forêt. Tournier avait donc fini par y croire, lui aussi. Florence était responsable de la mort de son ami et jamais il ne pourrait le lui pardonner.

*

Il observait les gens assis sur leur banc, dans l'église. Certains chialaient, d'autres en revanche avaient l'air de s'emmerder. Son regard se posa à nouveau sur la veuve. Elle était encore bien roulée pour son âge. Avec son éloge funèbre, elle faisait pleurer un paquet de gens. Elle, la première, chialait sur la mort de son enfoiré de mari. On se mouchait et on reniflait en communion. Enfin, il y avait de l'animation ! Quand la veuve eut fini de raconter son baratin, elle descendit de l'estrade et laissa la place à ses mômes. La gamine se cala derrière le pupitre et fit glisser son masque sous son menton. Elle portait des rails de chemin de fer sur les dents, c'était vraiment moche. Son frère, lui, restait en retrait, dans les jupes de son aînée. Une vraie mauviette. La merdeuse racontait que son père lui avait transmis de vraies valeurs, comme le respect et l'amour des autres. Putain, c'était des conneries tout ça ! Alain Gasparo était une ordure, il lui avait gâché la vie et méritait de mourir. Peut-être qu'il en toucherait deux mots à la gamine si l'occasion se présentait. Il détestait les mensonges.

Les mômes retournèrent à leur place. Le prêtre lut à nouveau un passage de la Bible. Un morceau de musique classique résonna dans l'église. Les gens commencèrent à se lever. Il scruta chaque silhouette masculine à la recherche de Tournier et de Klein. Est-ce que ces trois connards étaient restés en contact après le collège ? Il n'en avait aucune idée. Mais il avait envie de croire en sa chance.

Les travées se vidèrent doucement. Une partie de la foule se dirigea vers la sortie, l'autre partie s'avança pour toucher le cercueil et murmurer quelques paroles réconfortantes à la famille. Il détailla chaque visage qui quittait l'église, il cherchait ses prochaines victimes. Mais avec tous ces gens qui portaient des masques chirurgicaux, il ne reconnaissait personne. Il allait quitter l'église quand il vit un homme s'accroupir devant un vieux, assis dans son fauteuil roulant, près du cercueil. Le grabataire, c'était certainement le père de Gasparo. Et celle qui poussait le fauteuil, sa fille, la sœur de Gasparo. Elle avait le même front haut et des yeux clairs. L'homme agenouillé s'était redressé. Juste avant de partir, il s'adressa à la veuve. Quelques mots. Rapides. Ce mec lui rappelait vaguement quelqu'un. Est-ce que c'était Tournier ? Possible. Il voulait en avoir le cœur net et remonta la nef centrale dans sa direction. Dans sa poche, il tenait fermement son couteau.

*

La cérémonie prit fin. Gilles Tournier et sa femme se levèrent et se dirigèrent vers la famille Gasparo. Gilles attendit que deux vieilles bigotes aient fini de monopoliser l'attention en pleurant sur leur sort pour pouvoir à son tour présenter ses condoléances. Le père d'Alain était recroquevillé dans un fauteuil roulant, il faisait vraiment peine à voir. Gilles s'agenouilla pour capter le regard du vieux et lui dire quelques mots réconfortants qu'il dut répéter trois fois pour être compris. Le port du masque les empêchait de communiquer normalement, mais Tournier refusait de le quitter. Il avait trop peur d'être contaminé par le virus de la Covid. Le vieux sortit de sa poche un mouchoir en tissu et abaissa son masque sous son menton pour se moucher bruyamment. Gilles se redressa brutalement. Sa phobie des microbes ne faisait qu'empirer. Il mit fin à sa conversation et contourna le fauteuil pour se rapprocher d'Alexandra. Il l'assura de son soutien avant de céder la place à sa femme qui le suivait de près. Florence, elle, se tenait en retrait, loin de la famille, mais entourée de ses enfants. Gilles se dirigea vers elle et prononça du bout des lèvres un vague « condoléances ». Dans son dos, il sentit la main de sa femme le pousser légèrement. Anne-Sophie adressa à la veuve quelques mots qui se voulaient réconfortants, puis ils s'éloignèrent rapidement. Florence aurait mérité un peu plus d'attention, mais Gilles lui en voulait. Elle s'était détournée de lui pour épouser Alain qui l'avait trompée durant toute leur vie de couple. Elle avait fini par le tromper à son tour, le poussant au suicide. Un vrai gâchis. Si elle l'avait choisi lui à cette soirée, trente ans en arrière, rien de tout ça ne serait arrivé. Ils auraient été heureux, il en était encore persuadé.

Dans la foule, Gilles reconnut David Klein, il lui fit un léger signe de la tête. Avec David et Alain, ils formaient un trio inséparable dans leur jeunesse, mais Klein n'était clairement pas du même monde qu'eux. Son père avait longtemps tenu un bar dans le septième arrondissement. On racontait qu'il était proche du milieu lyonnais. David avait grandi dans cette ambiance mafieuse et en avait adopté les codes. Il avait la violence à portée de poings. Qu'il ait créé sa boîte de sécurité n'avait pas étonné Gilles. Ce genre d'activité collait parfaitement au personnage. Tournier savait qu'Alain continuait à côtoyer David, c'était son choix. Lui avait préféré prendre ses distances. Même si Klein essayait d'ennoblir son image, tout le monde à Lyon connaissait sa réputation sulfureuse et ses méthodes de voyou.

Accompagné de sa femme, il remonta la nef centrale pour quitter l'église. Gilles ne voulait pas assister à l'inhumation de son ami.

*

Celui qu'il pensait être Gilles Tournier arriva dans sa direction, le regard dans le vague. Au moment où ils se croisèrent, il lui mit un bon coup d'épaule, l'envoyant valdinguer contre un banc. Il allait arracher son masque chirurgical au mec pour voir son visage mais une femme s'interposa pour aider son mari à se relever. Dommage, s'il avait reconnu Tournier, il lui aurait peut-être enfoncé son couteau dans le bide. Là, dans l'église, au beau milieu des funérailles de son pote. Une belle scène de crime. Et après ? Après, il aurait été arrêté et envoyé en taule sans avoir pu tuer Klein. Impensable.

La femme avait croisé son regard. Il s'était excusé du bout des lèvres et avait remonté la nef jusqu'au chœur. Finalement, qu'elle l'ait empêché d'agir était une bonne chose. Il devait apprendre à canaliser sa colère et ne rien précipiter. Sinon, il ferait foirer ses plans.

*

Gilles Tournier était perdu dans ses pensées quand un homme le heurta, lui faisant perdre l'équilibre et l'envoyant valser contre un banc de l'église. Il voulut invectiver celui qui l'avait bousculé, mais, le type s'était déjà éloigné.

Anne-Sophie l'aida à se relever.

— Ça va, tu n'as rien ?

— Il l'a fait exprès, ce con !

— Mais non, chacun de vous était dans ses pensées, ça peut arriver.

— Je te dis qu'il l'a fait exprès !

— Mais enfin, Gilles, il s'est excusé.

D'un coup, Tournier palpa ses poches. Son portefeuille et ses clés de voiture étaient toujours là. Il souleva sa manche. Sa *Rolex* brillait toujours à son poignet.

— Ça va ?

— Il ne m'a rien volé.

— Tant mieux. Allez, partons.

Tournier épousseta son costume pour se donner une contenance. Il était vexé de s'être fait malmener sous le regard de dizaines de personnes encore présentes dans l'église. Il jeta un coup d'œil par-dessus l'épaule de sa femme. L'homme qui l'avait violemment heurté remontait la nef tranquillement. Ce sale type l'avait poussé volontairement, il en était persuadé. Si ce n'était pas un voleur, c'était forcément un déséquilibré.

*

Il attendit qu'un couple se soit éloigné de quelques mètres. Il s'approcha à son tour du cercueil du défunt, se pencha et frappa le bois brun. « Eh, Gasparo, c'est moi. Le Borgne. Tu m'entends ? Je te souhaite d'aller cramer en enfer. » Sous son masque, il laissa un large sourire s'imprimer sur ses lèvres. Quand il se redressa, la veuve de Gasparo l'observait. Il lui fit un clin d'œil et quitta l'église, d'un pas léger.

*

David Klein ravala sa colère. Tournier ne s'était pas donné la peine de venir lui serrer la main. Il lui avait tout juste dit bonjour. Un petit geste de la tête, de loin. Comme s'il voulait cacher leur ancienne amitié. Pourtant, dans leur jeunesse, Tournier ne rechignait pas à s'afficher à ses côtés. Au contraire. Parce que Klein avait la réputation d'être bagarreur, rares étaient les inconscients qui venaient lui chercher des noises, à lui ou à l'un de ses potes. Gilles l'avait compris et avait largement profité de sa protection en lui faisant croire qu'ils étaient amis. Aujourd'hui, il le regardait de haut, comme s'ils ne se connaissaient pas, comme s'ils n'étaient pas du même monde. Pourtant, David Klein avait réussi sa carrière. Il avait créé sa propre boîte, il gagnait très bien sa vie. Mais rien n'y faisait, les portes de ce monde de privilégiés lui étaient toujours fermées. Peu importait. Ce qu'on ne voulait pas lui donner de bonne grâce, il l'obtenait quand même. La vie lui avait appris la patience. Un jour, la roue tournerait et tous ces bourgeois péteux viendraient lui manger dans la main, comme Gasparo l'avait fait avant lui. Parce qu'Alain Gasparo, le très respectable agent immobilier, était venu plusieurs fois quémander ses services pour dégager des squatteurs d'appartements qu'il avait en gestion. Une méthode parfaitement illégale qui aurait détruit la réputation de l'agent immobilier si cela s'était ébruité. Klein n'avait jamais fait chanter Gasparo, mais il avait su exploiter leur partenariat. En échange de ses services, Alain l'avait aidé à investir dans l'immobilier. Il lui dénichait les bons plans, il surveillait les ventes aux enchères pour lui et lui soumettait régulièrement de nouvelles offres d'achat. David Klein possédait désormais une dizaine d'appartements qu'il louait au black et sa maison bourgeoise dans le quartier de Montchat que son ex occupait avec leurs enfants. Au contraire de Tournier, Alain l'avait toujours considéré comme son égal.

Il ne restait plus beaucoup de monde dans l'église quand David Klein remonta la nef. À l'exception de Florence, il ne connaissait aucun membre de la famille Gasparo. Il se dirigea tout naturellement vers elle.

— Toutes mes condoléances Florence. Alain était un mec bien, il va vraiment nous manquer.

— Merci.

— Si tu as besoin de quoi que ce soit, n'hésite pas à m'appeler.

— David, je sais que vous avez travaillé ensemble ces derniers temps. Est-ce qu'il y a quelqu'un qui aurait pu lui en vouloir ? Quelqu'un qui l'aurait menacé ?

— De quoi tu parles ?

— Des expulsions de squatteurs que tu faisais pour lui.

— Je n'ai jamais expulsé personne Florence. Ça, c'est le boulot des huissiers.

— Pourtant, Alain m'avait parlé de...

— Florence, ton mari a juste eu recours aux services de ma société pour de la surveillance de sites. Alain me mandatait pour protéger des immeubles d'éventuels squatteurs. Rien de plus. Et c'est parfaitement légal. Si tu as un doute, tu n'as qu'à vérifier ses factures.

— ...

— Ne va pas chercher trop loin. Ce ne serait bon pour personne.

David Klein quitta l'église sans se retourner. Les questions de Florence Gasparo l'avaient agacé. Pendant la cérémonie, il avait entendu deux personnes âgées accuser la veuve d'être responsable de la mort de son mari. Une des deux vieilles racontait qu'Alain s'était suicidé parce que sa femme le trompait. Florence n'avait pas intérêt à remuer la boue si elle ne voulait pas en être couverte.

16 septembre 2021

La capitale des Gaules émergeait doucement de son sommeil. Au croisement de deux rues, Kofi jeta un rapide coup d'œil à droite et à gauche. Personne. Il appuya d'un coup sec sur la pédale de son vélo et grilla le feu rouge. Il n'aimait pas prendre des risques inutiles. Quand il pleuvait, les routes étaient glissantes et les automobilistes ne voyaient pas les cyclistes. Mais il ne pouvait pas se permettre de traîner en s'arrêtant aux feux parce que les clients à qui il livrait leurs petits déjeuners ou leurs repas savaient en temps réel où il se trouvait et à quelle vitesse il roulait. S'il n'avançait pas assez vite pour eux, Kofi récolterait une sale note. Il en avait déjà reçu une à cause d'un restaurateur qui avait mis trop de temps à lui remettre sa commande. Une nouvelle mauvaise note pouvait conduire à la suspension de son compte, ce qui lui ferait perdre son unique source de revenus. Mais, bien plus que les mauvaises notes, Kofi craignait la police. Parce qu'avec son sac réfrigéré accroché dans son dos, il était facilement repérable parmi les cyclistes circulant dans Lyon. Les policiers savaient qu'un grand nombre de livreurs à vélo étaient des clandestins. Ce n'était un secret pour personne. Il n'y avait qu'à les regarder. Ils venaient d'Afrique subsaharienne : Sénégal, Côte d'Ivoire, Cameroun, Soudan. Quelques-uns venaient du Maghreb, la Tunisie, le Maroc. Les autres, c'était des Syriens et des Afghans. Des livreurs blancs, Kofi n'en croisait quasiment jamais. Il y en avait eu. Des étudiants, surtout. Mais peu à peu, la profession était devenue le monopole de gens peu scrupuleux qui se faisaient de l'argent sur le dos des migrants. Et avec le nombre croissant de clandestins, ça s'avérait un business très juteux. N'importe quelle personne ayant des papiers en règle pouvait s'inscrire sur une plateforme de livraison et sous-louer son compte à un sans-papiers qui l'enrichissait en livrant à sa place. Simple comme bonjour.

Aux heures de repas, les livreurs formaient de petits groupes devant le tacos, le kebab, la nouvelle saladerie ou le vendeur de sushis. Dès que les commandes s'affichaient sur leur boîtier, ils se dispersaient dans les rues comme une nuée d'étourneaux dans le ciel. La police ne pouvait pas tous les contrôler. Depuis la crise de la Covid, le recours aux livraisons à domicile avait explosé et les livreurs étaient de plus en plus nombreux. Mais si un sans-papiers comme Kofi se faisait attraper en train de griller un feu, un stop, ou de rouler sur un trottoir, c'était pour lui la garantie d'un retour au pays. C'est ce qui était arrivé à l'ancien colocataire de son ami Cheikhou. Il avait été arrêté après avoir brûlé un feu rouge. Il n'avait pas de papiers en règle. La police l'avait embarqué pour une vérification d'identité. Personne ne l'avait revu. Cheikhou pensait qu'il se trouvait dans un centre de rétention en attendant son retour forcé au pays.

Kofi ne pouvait pas rentrer au Sénégal. Même si Dakar lui manquait et qu'il voulait revoir sa mère, sa fiancée et ses amis, il ne pouvait pas retourner là-bas. Pas avant d'avoir réussi sa vie en France. Son père s'était endetté pour payer son voyage, ce n'était pas un don, mais un prêt. Il le lui rappelait en toutes occasions, réclamant son dû avec intérêts. Kofi n'avait donc pas d'autre choix que de rester en France et de travailler pour aider sa famille au pays.

Sa vie à Lyon était difficile, bien plus que celle qu'il avait connue à Dakar. Il se levait tous les matins avec la sensation d'avoir des galets dans le ventre. Il avait peur de tout, de la police, des mauvaises notes sur son application de livraison, de la suspension de son compte, de se faire renverser, de ne plus pouvoir travailler, de perdre sa chambre. Une seule erreur et tous ses efforts pour s'en sortir seraient anéantis. Mais Kofi s'accrochait fermement à l'idée qu'il y avait une place pour lui en France. Il n'avait pas vécu toutes ces épreuves inutilement, ce n'était pas possible.

Il commençait à mieux se repérer dans les rues de Lyon. Il se servait toujours de son GPS pour les livraisons parce que c'était plus rapide, mais il reconnaissait les boulevards, les places. Il savait distinguer les beaux quartiers des plus pauvres. Il aimait la place des Terreaux avec sa jolie fontaine, l'opéra aussi. Sans oublier la basilique Notre-Dame de Fourvière et les quais. Il aimait certaines rues du quartier de la Croix-Rousse où il habitait, mais pas toutes. Parfois, il observait les ombres dans les appartements, il se prenait à rêvasser, s'imaginait habitant un de ces immeubles de riches avec Coumba, sa fiancée, qu'il ferait venir du pays pour l'épouser. En France, il apprenait à se construire des rêves. Ceux qu'il avait eus à Dakar étaient perdus pour toujours.

Plus que quelques mètres avant sa livraison. Il grelottait de froid, l'humidité avait traversé son blouson et collait à ses vêtements. Mais pédaler sous la pluie, c'était la garantie d'avoir un meilleur salaire, parce que les livreurs étaient plus rares et les primes plus importantes. Kofi travaillait tous les jours, il pédalait sous l'eau ou en plein soleil, rien ne l'arrêtait. Seuls comptaient les kilomètres avalés et les gains empochés.

Arrivé au pied de l'immeuble situé dans le quartier des Brotteaux, il sonna à l'interphone, une voix masculine répondit.

— Ouais.

— Bonjour, c'est le livreur.

— Quatrième.

Le bourdonnement de l'ouverture se fit entendre. Kofi releva son masque chirurgical. Il poussa la porte de la main gauche et manœuvra de la main droite pour faire entrer son vélo dans l'allée. Son vélo, c'était sa seule richesse. Il s'était endetté pour l'acheter, alors il en prenait grand soin. Dans quelques mois, s'il arrivait à mettre suffisamment d'argent de côté, il s'achèterait un vélo électrique. Il serait plus rapide et empocherait plus de courses en se fatiguant moins. Pédaler durant des heures lui faisait mal au genou droit. En fin de journée, il boitait toujours un peu.

Il appuya son vélo contre un mur et le cadenassa. Une femme d'un certain âge sortit de l'ascenseur, une poubelle à la main. Elle le toisa d'un air mauvais et lui demanda s'il allait nettoyer les traces qu'il venait de faire sur le sol marbré. Kofi s'excusa et s'engouffra dans l'ascenseur sans demander son reste.

L'ascenseur se bloqua au quatrième, dans un hoquet qui surprit le jeune livreur. Il ouvrit la grille en fer d'une main et poussa la porte de l'ascenseur de l'autre main. La grille se referma brutalement, emprisonnant son sac. Il tira un coup sec pour se libérer, ses chaussures mouillées glissèrent sur le sol immaculé. Il se rattrapa de justesse pour ne pas tomber.

Le client l'attendait devant sa porte. Les cheveux hirsutes, il portait juste un caleçon sous un peignoir ouvert. Kofi lui tendit son petit déjeuner à regret. Il avait faim, lui aussi. L'homme lui demanda s'il ne manquait rien cette fois. Kofi ne sut pas quoi répondre. Le type recula et referma sa porte sans un regard pour lui. Les épaules du jeune homme s'affaissèrent dans un soupir. Il était livreur depuis trois mois et ne s'y faisait toujours pas.

Il informa la plateforme que la commande était livrée, il venait de gagner trois euros cinquante.

*

En grimpant les quatre étages à pied, Louise Pariset parcourut le courrier qui avait été déposé dans sa boîte aux lettres. Elle retourna une enveloppe manuscrite, lut le nom de l'expéditeur. C'était sûrement le solde des honoraires qu'elle attendait pour archiver le dossier de ce client qu'elle avait divorcé. La journée commençait plutôt bien.

Arrivée devant la porte de son cabinet d'avocats, elle introduisit sa clé dans la serrure et s'aperçut qu'elle n'était pas verrouillée. Ce n'était pas dans les habitudes de son associé d'arriver au bureau avant elle.

— Jordan, tu es là ?

— Ouais !

Louise se dirigea vers le bureau de son associé et poussa sa porte. Il était accoudé à la fenêtre, fumant et feuilletant un petit carnet noir. À l'odeur et à la forme de sa cigarette, Louise comprit qu'il s'agissait d'un joint.

— Tu ne peux pas fumer ton truc ailleurs qu'au cabinet ?

— C'est plus discret ici qu'en bas, non ?

— Si un client arrive, on aura l'air de quoi ?

— D'avocats fumeurs de joints ?

— Très drôle. Qu'est-ce que tu fais là, si tôt ?

— Je n'ai pas dormi chez moi.

— Ah. Elle était jolie ?

— Pas mal oui. En plus, elle va débarquer son avocat pour que je m'occupe de sa procédure de divorce. J'ai fait d'une pierre deux coups !

Jordan sourit, content de sa blague. Louise leva les yeux au ciel. Elle connaissait deux addictions à son associé, la première, il venait de l'écraser au fond de son cendrier. De ce qu'elle savait, Jordan fumait tous les jours. Un joint le matin, pour se réveiller, et un le soir pour se détendre et s'endormir. Louise n'aimait pas l'idée qu'il se mette si stupidement en danger. S'il se faisait coincer par les flics en achetant sa drogue, il serait poursuivi devant le tribunal correctionnel. La honte, pour lui, et pour elle aussi, puisqu'elle était son associée. Elle préférait ne pas trop y penser, elle avait assez d'occasions de stresser.

L'autre addiction de Jordan était féminine. Il était plus souvent connecté à son compte Tinder qu'au RPVA[1]. Jordan plaisait aux femmes, c'était un fait. Louise était une des rares à ne pas avoir succombé à son charme. Elle n'avait aucun mérite, elle n'était pas attirée par les hommes. Pour autant, elle comprenait toutes celles qui avaient craqué pour la belle gueule de son associé. Il n'était pas très grand, un mètre soixante-quinze, tout au plus, mais la fréquentation assidue de la salle de sport l'avait joliment musclé. Par ailleurs, il avait de beaux yeux sombres et un sourire ravageur. Et depuis qu'il se laissait pousser la barbe, il était encore plus sexy. Ce que Louise comprenait moins, c'était cette habitude douteuse qu'il avait de tenir une comptabilité précise de ses conquêtes. Pour chacune d'elles, il noircissait une page de son petit calepin noir. Il y notait le prénom de la jeune femme, quand il s'en souvenait, son téléphone et tout un tas de détails sur son physique, avec en haut de la page, à droite, une note allant de un à cinq. Jordan lui avait expliqué que ça l'aidait à se souvenir de ses conquêtes et à ne pas réitérer de soirées avec les filles ayant eu une note inférieure à trois.

1 RPVA : Réseau privé virtuel des avocats. Ce dispositif permet aux avocats qui y ont adhéré de communiquer entre eux par voie électronique d'une manière sécurisée et de se transmettre des pièces de procédure.

Il y avait une certaine logique à cela, mais tout de même, ce souci de tout consigner, les dates, les détails physiques, le nombre de fois où il avait fait l'amour avec sa partenaire, c'était un comportement de psychopathe.

— Tu lui as mis quelle note à celle-ci ?

— Trois virgule six. C'est bien, non ?

— T'es un vrai malade.

— Mais non, tu devrais faire comme moi.

— Je le fais, mais avec les livres que je lis.

— Ben, tu vois, c'est pareil !

Le portable de Louise sonna. Un numéro masqué s'afficha à l'écran. Elle décrocha. « Cabinet d'avocats, bonjour. » Au bout du fil, un policier se présenta. Il lui annonça que Tomasz Petrovic, un dealer qu'elle défendait depuis plusieurs années, la réclamait pour sa défense. D'après le policier, on reprochait à son client de participer à un trafic de drogue. Elle indiqua à son interlocuteur qu'elle arrivait au plus vite et raccrocha.

— Je dois filer au commissariat du huitième, un de mes clients est en garde à vue.

— Ils ont déménagé, tu le savais ?

— Oui, le policier m'a donné la nouvelle adresse. Rue Marius Berliet, c'est ça ?

— Ouep. On lui reproche quoi à ton client ?

— Trafic de stups. J'espère que ce n'est pas ton fournisseur, lui lança-t-elle ironiquement.

— Aucun risque, mon dealer est une femme.

— Une femme ?

— La profession se féminise, tu sais. Elle ne vend pas en bas d'un immeuble, rassure-toi. Elle arrondit ses fins de mois en fournissant les gens qu'elle connaît.

— Tais-toi, je ne veux plus rien savoir ! Allez, à plus tard.

*

Une fois à l'extérieur, Louise traversa la place de la Bourse en direction de l'arrêt de métro Cordeliers. Elle se laissa ensuite guider par son application de géolocalisation pour rejoindre le commissariat du huitième. Arrivée dans les locaux de l'hôtel de police, on la fit patienter trente minutes avant que son client ne soit extrait de sa cellule et qu'elle puisse s'entretenir avec lui. Tomasz Petrovic, comme à son habitude, hurlait, en surjouant son rôle de victime.

— Putain, Maître ! J'ai rien fait ! Ces bâtards, ils sont venus chez moi et ils ont tout cassé.

Louise le laissa déblatérer quelques minutes sur le dos des policiers avant de lui rappeler qu'ils n'avaient droit qu'à une seule entrevue en tête à tête. Petrovic avait été placé en garde à vue dans le cadre d'un démantèlement de point de deal, mais l'avocate ignorait ce qui lui était exactement reproché. Tant que le juge d'instruction n'aurait pas pris la décision de le poursuivre ou non, Louise Pariset n'aurait pas accès au dossier du parquet et ne pouvait que conseiller à son client d'en dire le moins possible.

— Tomasz, est-ce que tu sais de quoi on t'accuse exactement ?

— Ben non, ils m'ont rien dit, c'est des fils de putes !

Elle fit un geste de la main pour qu'il se calme et lui rappela la conduite à tenir. Si les policiers lui demandaient s'il avait une déclaration à faire, il devait répondre par la négative. Si on lui posait des questions sur son emploi du temps, sur ses connaissances, ou n'importe quoi d'autre, il devait répondre aux questions le plus succinctement possible, et si les questions le mettaient en difficulté, il devait se taire.

— Je sais Maître, j'ai l'habitude.

— Bien. Quand les flics sont venus t'arrêter, ils ont fouillé juste ta chambre ou tout l'appartement ?

— Ils ont fouillé partout. Ça jetait tout par terre, même les affaires de ma petite sœur. Franchement, c'est des enculés.

— Ils ont trouvé quelque chose ?
— Ils avaient leur malinois.
— Donc, ils ont trouvé quelque chose.
— J'ai toujours un peu de beuh pour ma consommation personnelle.
— Et de l'argent ?
— Huit mille euros.
— Huit mille euros ?
— Ben ouais, j'économise.
— Tu fais quoi en ce moment ?
— De quoi, je fais quoi ?
— Tu travailles ? Tu suis une formation ?
— Je suis au chômage.
— OK. Ta mère était au courant de ce que tu cachais chez toi ?
— Non, elle sait rien. Elle travaille, elle s'occupe de ma sœur. C'est tout.
Louise Pariset continua à interroger son client jusqu'à ce qu'un policier vienne les chercher.

*

Ils étaient deux dans le bureau. Le plus âgé était certainement le chef de groupe. À côté de lui se tenait une femme brune aux cheveux courts. La policière la fixa un peu trop longtemps, ce qui n'échappa pas à Louise qui ressentit un petit pincement au cœur qu'elle chassa très vite. Elle sortit sa carte professionnelle et la tendit aux flics qui n'en avaient visiblement rien à faire.
Une fois tout le monde installé, le chef de groupe rappela à l'avocate qu'elle n'avait pas le droit d'intervenir pendant l'audition de son client. La policière commença l'interrogatoire en rappelant l'identité du prévenu, son âge, sa filiation, sa nationalité, son adresse et l'interrogea sur son

niveau d'études, lui demandant s'il avait effectué sa journée citoyenne, ce à quoi Petrovic répondit par la négative. Suivirent des questions sur son état de santé et sur sa toxicomanie. Consommait-il de la drogue ? À quelle fréquence ? Le client de Louise Pariset répondit du bout des lèvres.

Le flic demanda ensuite à Tomasz Petrovic s'il avait une déclaration à faire.

— Non.

— Très bien. Tomy, c'est ton surnom ?

— Non.

— Tu es sûr ?

— Ben oui. Je m'appelle Tomasz, pas Tomy. J'ai pas dix ans.

— Mais, tes amis t'appellent bien Tomy ?

— Quels amis ?

— Ceux qui t'écrivent pour que tu les approvisionnes en shit.

— C'est qui qui dit ça ? Putain, si ça a parlé sur moi, je vais les tuer ces bâtards de menteurs !

— Personne ne t'a balancé. On a seulement épluché la téléphonie de tes petits copains. Et ton surnom apparaît tout le temps.

— T'es sourd ou quoi, je m'appelle pas Tomy.

— OK, très bien. Tomasz donc. Est-ce que tu nous autorises à consulter ton portable ?

Petrovic s'était tourné vers son avocate. Elle lui fit signe qu'il n'avait pas trop le choix. Les policiers avaient obtenu une réquisition pour consulter son téléphone. Si le client de Louise Pariset refusait de donner son code de déverrouillage, il encourait une peine de trois ans de prison. Alors, autant accepter et montrer qu'il faisait preuve de bonne volonté.

— Ben, allez-y.

— Ton code pin ?

— Un, deux, trois, quatre.

— Tu déconnes ?

— Ben non, j'arrive jamais à m'en souvenir.

— Tu devrais arrêter le shit, ça grille les neurones.

La policière consulta les SMS rapidement. Ensuite, elle se connecta à *Snapchat* et tendit à son chef le téléphone accompagné d'un signe du menton.

— OK, Tomasz. Tu connais un certain Momo ?

— Des Momo, y en a des milliers.

— Oui, mais celui-là, on l'a arrêté parce qu'il charbonne dans ton quartier.

— Ça veut dire quoi charbonner ?

— Tu ne sais pas ce que ça veut dire ?

— Vendre du charbon ?

— T'es un comique, toi. Charbonner, dealer, vendre du shit. C'est bon, tu piges, là ?

— Chui pas *teubé*.

— Et tu sais quoi, ce Momo, il apparaît dans un de tes groupes Snapchat.

— Et alors, tu crois que je connais tous les mecs qui sont dans le groupe ?

Le policier fit un signe à sa collègue. Elle sortit d'un sac un téléphone prépayé.

— Tu le reconnais, Tomy ?

— Non.

— On l'a trouvé chez toi. Sur une étagère des toilettes.

Louise jura intérieurement. Son client utilisait sans doute ce portable pour la gestion de son trafic de stups. Il avait dû l'acheter dans un de ces petits commerces tenus par des étrangers. S'ils avaient l'obligation de consigner et vérifier l'identité des acheteurs, les commerçants n'étaient pas toujours en capacité de le faire ou fermaient les yeux lorsqu'ils reconnaissaient une fausse carte d'identité, ce qui rendait difficile le travail d'identification de la police. Mais Tomasz s'était fait prendre avec son portable, sa seule alternative était de nier l'évidence.

— C'est pas mon portable, je l'ai trouvé dans la rue.

— Tu mens.

— Vas-y, montre-moi le registre pour voir si c'est moi qui l'ai acheté.

Le policier sourit.

— Tu sais très bien que tu as donné une identité bidon au Pakistanais à qui tu l'as acheté. Allez, donne-moi le code de déverrouillage.

— C'est pas mon portable, je te dis. J'ai pas le code.

— Le juge ne va pas être content, mais c'est pas grave, on va faire autrement.

Le chef de groupe sortit de son dossier des planches photo. Il les poussa vers Tomasz Petrovic.

— Regarde là, Tomasz, c'est toi, et là c'est Momo. Là, tu lui donnes un sac et dedans il y a plein de petits sachets de shit.

Il poussa ensuite une feuille.

— Momo, il était moins prudent que toi. Ça lui arrivait d'appeler sa gonzesse avec son téléphone de guerre. C'est comme ça qu'on a pu l'identifier et remonter jusqu'à toi, Tomy. Vos téléphones ont été placés sur écoute. Et maintenant, on a toutes les preuves qu'il nous faut. Tu vois ça, c'est une retranscription de vos SMS. La quantité dont il a besoin pour assurer le commerce et le prix de vente.

— C'est pas mon zéro six, ça.

— Le numéro, c'est celui du portable qu'on a retrouvé chez toi. Tiens, regarde cette ligne. Tu vois, Momo t'écrit pour être approvisionné. T'en dis quoi ?

— Ben, c'est une erreur. Ça arrive qu'on reçoive des messages qui sont pas pour nous.

— Tu reconnais avoir reçu ce message ?

— Non, c'est pas mon portable.

— OK.

Le policier posa le téléphone prépayé et récupéra le smartphone.

— Brahim Chetouf, ça te dit quelque chose ?

— Non.

— Pourquoi tu as son numéro dans tes contacts ? C'est ton chef, c'est ça ?

— Vas-y, je te dis plus rien à toi ! Tu me saoules.

Petrovic se cala dans le fond de sa chaise et refusa de répondre aux questions suivantes. Louise Pariset observa son client quelques secondes. Il était extrêmement tendu. Le nom de Chetouf était aussi connu des flics que des avocats pénalistes. Si Tomasz travaillait pour ce trafiquant notoire, il était préférable pour lui de se taire. Ce qu'il fit. À toutes les questions qui suivirent, Petrovic répéta « Je garde le silence. » Une heure plus tard, de guerre lasse, les policiers mirent fin à l'audition.

Il fut convenu avec le commandant de police qu'une nouvelle audition aurait lieu l'après-midi, à partir de quinze heures. Louise allait devoir annuler ses rendez-vous pour pouvoir assister son client.

*

Gilles Tournier raccompagna sa patiente jusqu'au secrétariat où une facture salée l'attendait. « Voilà, je vous laisse voir avec la secrétaire pour le règlement des soins. Bonne journée. » Sans un regard pour son assistante assise derrière une banque en demi-lune, il se dirigea vers la salle d'attente et récupéra le patient suivant. Son cabinet tournait très bien. L'année précédente, il avait réalisé à lui seul un chiffre d'affaires de plus de cinq cent mille euros et il avait l'intention de dépasser ce montant cette année. Pour atteindre son objectif, il avait pris des mesures drastiques, augmentant ses tarifs, réduisant ses coûts et refusant désormais tout patient bénéficiaire de la C2S, la complémentaire santé solidaire. C'était discriminant, il le savait parfaitement, mais il n'avait pas fait toutes ces années d'études pour travailler à perte. Si l'État entendait protéger les plus faibles, très bien, mais il n'était pas d'accord pour que cela se fasse à son détriment. Un de ses amis avocat lui avait expliqué qu'il refusait, lui, de travailler à l'aide juridictionnelle. Pour un divorce, il facturait deux mille euros aux clients quand, pour la même procédure, la rétribution de l'État n'était que de mille euros. C'était parfaitement insupportable. Tournier était bien d'accord avec ce constat, mais au contraire de son ami, il n'avait légalement pas la liberté de refuser les patients les moins rentables. Peu importait, cette liberté, il la prenait. Il avait demandé à son assistante d'interroger tout nouveau patient sur sa couverture de santé. Il avait bien insisté sur le fait qu'elle devait le faire de manière subtile pour qu'on ne puisse pas le lui reprocher. Et c'était visiblement trop lui demander. La veille, un type mécontent lui avait mis une mauvaise note sur Google, se plaignant du refus du cabinet de le prendre en charge au titre de la C2S. La colère l'avait fait bondir de son siège et débouler au secrétariat, téléphone en main pour mettre sous le nez d'Odile la preuve de sa stupidité. En guise d'explication, elle avait bafouillé des phrases incompréhensibles qu'il n'avait même pas pris la peine d'écouter. Il était retourné dans la salle de soins et avait rédigé un commentaire d'excuses sur Google, invoquant une grossière erreur de la part de la secrétaire et proposant un rendez-vous au mécontent. Il n'avait pas épargné son assistante. Elle travaillait pour lui depuis plus de quatre ans, et il ne comprenait toujours pas pourquoi il l'avait embauchée. Odile était la seule faute de goût de son cabinet. Un physique ingrat, des tenues bon marché qui faisaient ressortir ses kilos en trop, et un verbe limité. Quand il avait fait refaire son site Internet, Tournier avait demandé à son épouse de prendre la pose pour incarner l'assistante dentaire du cabinet. Il ne voulait surtout pas qu'Odile apparaisse en photo sur son site. Vraiment, il n'avait aucune sympathie pour cette femme prématurément usée par la vie, qui élevait seule ses deux gamins. S'il appelait son assistante par son prénom, il la vouvoyait néanmoins. Quant à elle, elle l'appelait « Docteur » en toutes circonstances. Tournier estimait qu'il était important de maintenir une distance entre eux, pour que son assistante ait toujours à l'esprit leur lien hiérarchique. Il était l'employeur, elle l'employée. Et tant qu'il serait énervé contre elle, il la nommerait *la secrétaire* auprès de ses patients, et non plus *mon assistante.* Cette petite rétrogradation langagière serait sa punition pendant quelques jours. Tournier savait qu'Odile en souffrirait. Son travail, c'était sûrement sa seule réussite.

Le dentiste soupira et se concentra sur la bouche de son patient. Il était d'humeur maussade. L'avis négatif sur Google l'avait passablement énervé, mais les idées noires qu'il ruminait ne venaient pas seulement de là. Il devait en convenir, la mort d'Alain l'avait profondément affecté. Il avait perdu un ami de longue date. Et, avec sa disparition, le souvenir de leur jeunesse s'évaporait doucement, cédant la place à une sensation de vide vertigineux. Pire encore, le décès de son ami lui avait fait prendre conscience de sa propre mortalité. Lui aussi pouvait mourir prématurément. Aujourd'hui. Demain. À quarante-six ans, comme à cinquante. Pour quelqu'un d'hypocondriaque comme il l'était, ces pensées négatives faisaient de sa vie un enfer. La semaine précédente, il avait demandé à un ami médecin de lui faire un check-up. Il s'était également acheté une montre connectée qui surveillait son sommeil, sa tension et son stress. Quand il courait, il scrutait son pouls à la loupe, s'inquiétait des moindres soubresauts de son cœur.

Il inspecta une dernière fois la bouche de son patient avant de quitter ses gants.

— Voilà, c'est parfait. Fermez la bouche. Votre couronne ne vous gêne pas ?

— Non, pas du tout.

— Très bien. Je vous laisse voir avec la secrétaire pour le règlement. Votre dernier détartrage date de quand ?

— Un an.

— Il faudra songer à en refaire un.

Il se leva, replia la lampe scialytique et commença à ranger ses instruments. Son cœur battait un peu trop vite. Il souleva le rebord de sa manche et déclencha l'application de mesure du stress. Il avait hâte de finir sa journée pour aller courir.

*

L'idée, c'était de mettre en scène ses crimes. Il les voulait aussi spectaculaires que violents. Et pour Gasparo, il avait réussi, au moins en partie. Il savait parfaitement qu'il y avait un précipice au bout de la forêt. Quand il avait fait les repérages, il s'était dit que ça bloquerait l'agent immobilier dans sa course et le rabattrait vers lui. Jamais il ne s'était imaginé que Gasparo pourrait tomber dans le ravin comme une merde au fond d'un chiotte. Une chance que ses restes n'aient été découverts que plusieurs mois après sa mort, dispersant les indices et sa flèche dans la nature. Mais il ne pouvait pas se permettre une autre erreur. Sa vengeance ne serait parfaite que si ses crimes demeuraient impunis. Il allait devoir changer ses plans pour Tournier et Klein, il n'avait pas le choix. Dommage, parce qu'il avait vraiment été inspiré en pensant à ce qu'il pourrait leur infliger de souffrances. Pour Tournier, il s'était imaginé le faire monter de force dans le coffre d'une voiture volée en le menaçant d'une arme. Arrivé dans un coin paumé, à l'abri des regards, il aurait tapé du poing sur le coffre pour avoir toute son attention. Il lui aurait dit qui il était. Lui aurait rappelé sa promesse faite, quelque trente ans plus tôt, de les tuer tous les trois. Ensuite, il aurait répandu de l'essence sur la bagnole. Le liquide aurait certainement coulé à travers les joints du coffre, faisant hurler Tournier de terreur. Lui, il aurait sorti tranquillement son paquet de cigarettes de sa poche, aurait allumé une clope. Il l'aurait fumée. À moitié seulement. Trop impatient qu'il était de la jeter sur le coffre et de regarder la voiture s'embraser dans les hurlements de Tournier. Une mort atroce que les trafiquants de drogue de Marseille appelaient le *barbecue*. Il avait lu ça dans *Le Progrès* et l'idée de faire subir ce calvaire à Tournier l'avait excité.

Pour Klein, il s'était imaginé une pendaison. Son supplice aurait été particulièrement long, il le méritait bien. David Klein, mains dans le dos, debout sur la pointe des pieds, aurait lutté durant de longues minutes pour que la corde passée autour de son cou ne l'étouffe pas. Avec la fatigue, inéluctablement, ses talons se seraient affaissés, provoquant son asphyxie. Avant de crever, Klein l'aurait certainement supplié de l'épargner. Face à la mort, il ne serait plus qu'un lâche implorant son pardon. Comme les autres.

Mais, parce que la mort de Gasparo ne s'était pas passée comme il l'avait planifiée, que sa dépouille avait été retrouvée, il préférait renoncer à mettre en scène la mort de ces deux crétins. Tournier n'aurait donc pas droit à son *barbecue*. Et certainement que Klein n'aurait pas droit à sa pendaison. Leur mort ressemblerait à un crime ordinaire, sans autre mobile que l'argent ou la malveillance. Quand il y pensait, ça le mettait en rogne de renoncer à ses plans, mais il trouverait bien un moyen plus discret de signer chacun de ses meurtres. Il ne manquait pas d'imagination quand il s'agissait de faire du mal.

Il jeta un coup d'œil aux articles punaisés sur le mur de son studio. Celui qui se trouvait au-dessus des autres datait de l'année précédente. Il relatait la disparition d'Alain Gasparo, les deux autres plus récents racontaient la découverte de son corps. Quand son regard se posait sur ces coupures de journaux, il ressentait une joie primitive. Ces bouts de papier imprimés, c'était ses trophées de chasse. Et il en était fier.

Il s'étira bruyamment. Il était temps de partir sur les traces de son prochain gibier, il avait fait profil bas bien assez longtemps. Tournier serait le prochain à mourir.

*

Louise avait passé quelques coups de fil, prévenu deux clients qu'elle ne pourrait pas les recevoir dans l'après-midi. Elle s'était commandé une salade sur une plateforme de livraison. En attendant le livreur, elle avait consulté et répondu aux nombreux mails qu'elle avait reçus. L'interphone sonna. Elle descendit les quatre étages au pas de course et trouva le livreur au pied de l'immeuble. Il lui tendit un sac en papier, accompagné d'un timide « bonjour ». Elle n'aimait pas avoir recours aux plateformes de livraison de repas, ces sociétés se faisaient de l'argent sur le dos des plus démunis. Quand elle cédait à la facilité et commandait son repas sur une de ces plateformes, elle soulageait sa conscience en réglant un pourboire.

Louise récupéra son repas et remonta les quatre étages à pied. Elle envoya un SMS à son associé pour lui demander s'il allait bientôt rentrer au cabinet, elle n'avait pas envie de manger seule. Il lui répondit qu'il était toujours au TPE[2]. Dommage.

Jordan et Louise se connaissaient depuis la fac. A priori, ils n'étaient pas faits pour s'entendre. Elle n'aimait pas le

---

2 TPE : tribunal pour enfants.

côté dandy de Jordan, lui n'aimait pas son allure petite fille sage. Leurs chemins s'étaient séparés quand Jordan avait raté son examen d'entrée à l'école des avocats. Louise avait obtenu son CAPA[3] et avait été embauchée comme collaboratrice dans un cabinet pénaliste de Lyon. Six mois plus tard, Jordan rejoignait le cabinet pour effectuer son stage obligatoire. Si quelqu'un avait demandé l'avis de Louise au moment de valider la candidature de Jordan Tessier, elle aurait sûrement émis des réserves. Mais par chance, personne ne l'avait interrogée. Après tout, elle n'était que collaboratrice.

Contrainte de travailler avec ce dragueur invétéré, Louise avait appris à mieux le connaître et s'était attachée à lui, comme une grande sœur à un frère immature. Jordan avait fini par obtenir son diplôme d'avocat, avait été embauché dans un cabinet spécialisé en préjudice corporel, mais ne s'y plaisait pas. Il avait proposé à Louise une association. L'idée avait tranquillement fait son chemin. Trois ans plus tard, ils s'installaient tous les deux au quarante-trois rue de la Bourse. Louise appréciait le côté fonceur de son associé. Il avait le contact facile, était très présent sur les réseaux sociaux et cela leur faisait une belle publicité. Quant à Jordan, il savait qu'il pouvait compter sur le sérieux et la rigueur de son associée. Elle gérait les finances de leur société, le rappelait à l'ordre quand il n'avait pas assez facturé. Elle s'occupait des charges du cabinet et de différentes tâches ingrates dont Jordan se détournait. Ils étaient complémentaires, s'aidaient dans leurs dossiers, sans jamais être en compétition. Leur amitié était sincère et entre eux il ne pourrait jamais y avoir d'histoire de fesses, ce qui était primordial pour la pérennité de leur cabinet.

3 CAPA : certificat d'aptitude à la profession d'avocat.

Louise termina sa salade, continua à répondre à ses mails et se prépara à repartir en audition. Sa journée était foutue, mais elle savait que Tomasz Petrovic payerait ses honoraires sans rechigner.

*

David Klein jeta un regard à sa montre, il était temps pour lui de se débarrasser de son avocate, cette conversation n'avait que trop duré.

— Maître Levy, je vous l'ai déjà dit, je n'ai rien à voir dans cette histoire de corruption. Cet employé de mairie, je ne le connais pas.

— Peut-être, mais d'après les informations que j'ai pu obtenir, les messages échangés avec cette personne émanaient tous de votre ligne téléphonique, monsieur Klein.

— Et alors ? Ça prouve quoi ? Rien. Ce téléphone appartient à la société. N'importe qui dans la boîte peut entrer dans mon bureau en mon absence et s'en servir pour envoyer des messages.

— Dans votre société, qui, à part vous j'entends, a intérêt à soudoyer un fonctionnaire de la mairie pour obtenir un marché ?

— Mais tout le monde ! Plus le chiffre d'affaires de la société est bon, meilleures seront les payes pour mes gars. Et ceux qui font rentrer de nouveaux contrats touchent une prime. Donc, chacun de mes employés a pu vouloir graisser la patte de ce planqué de fonctionnaire pour que ma société obtienne le contrat de la fête des Lumières.

— …

— Vous savez, Maître, la plupart des gars que j'embauche n'ont pas fait d'études, ils viennent de banlieues défavorisées et la loi du plus fort est la seule loi en vigueur chez eux. Alors, si vous me demandez si un de mes gars a pu essayer d'obtenir un marché, aussi gros que celui de la fête des Lumières contre quelques billets, je vous réponds que oui, c'est tout à fait possible. Qui ne tenterait pas le coup pour améliorer son quotidien ?

— Vous avez un nom ?

— J'en ai cinquante. Attendons de voir comment tournent les choses pour être plus précis.

— Il va falloir convaincre le juge de votre théorie.

— C'est bien pour ça que je vous paye, Maître Levy. Et suffisamment cher à mon goût. Soyez convaincante et faites ce qu'il faut pour qu'on me foute la paix.

Il raccrocha et laissa tomber son téléphone sur son bureau. Il avait merdé. Proposer un pot-de-vin à un gars qu'il ne connaissait pas, ce n'était pas dans ses habitudes. Klein préférait d'abord se renseigner sur les gens, trouver leurs failles, leur talon d'Achille. Fouiller leurs poubelles, mettre au jour leurs mensonges, leurs infidélités pour mieux les coincer et obtenir d'eux ce qu'il voulait. Mais un de ses vigiles lui avait parlé de son ami d'enfance qui bossait à la mairie. Klein ne s'était pas imaginé une seule seconde que ce minable refuserait sa liasse de billets et qu'en plus il le dénoncerait aux flics. Avec la crise de la Covid, ses finances étaient au plus mal, il avait absolument besoin de rentrer de nouveaux contrats, et celui de la fête des Lumières était énorme. Assurer la sécurité de quelques-uns des sites de ce week-end de spectacle féerique lui aurait rapporté un paquet de fric. Mais rien n'avait fonctionné comme prévu, et maintenant, il était dans le collimateur de la justice.

*

Louise effectua le trajet de son bureau jusqu'au commissariat au pas de course. Elle arriva néanmoins avec vingt minutes de retard. Quand elle croisa de nouveau le regard de la policière, elle fit semblant de ne rien ressentir. Son client attendait, avachi sur une chaise, l'air désabusé. Le chef de groupe s'installa derrière son bureau.

— Bon ! Maintenant que ton avocat est enfin là, Tomasz, on va pouvoir reprendre. Donc, pendant la perquisition à ton domicile, on a trouvé huit mille euros planqués dans un sac de sport et huit cents grammes de shit. Tu peux me dire d'où ça vient ?

— J'en sais rien. C'est pas à moi.

— Bon écoute, on va arrêter de jouer au con. J'ai deux autres gars à auditionner, j'ai pas de temps à perdre. Si cet argent n'est pas à toi, que le téléphone n'est pas à toi non plus, je vais envoyer mes collègues chercher ta mère qui va être placée en garde à vue pour être interrogée.

— Tu laisses ma mère tranquille, elle n'a rien à voir avec ça. T'as compris ?

— Et comment veux-tu que j'explique au juge qu'elle soit encore en liberté ? C'est son appartement. Si ni le fric ni le portable ne sont à toi, ils sont forcément à elle. Ou alors à ta petite sœur, mais ça, ça m'étonnerait. Hein, Tomasz, il n'est pas à ta sœur, ce blé ?

— Putain, lâche ma famille, je te dis ! Je vais tous vous cramer, bande de pédés !

Tomasz Petrovic s'était levé brutalement et avait renversé sa chaise. Le chef de groupe se leva à son tour et lui fit face quelques secondes, puis il fit le tour du bureau, ramassa la chaise et la remit d'aplomb.

— Tu te calmes maintenant !

— Putain, ça fait des menaces et après ça veut que je me calme ? T'es un fou, toi !

Louise posa une main ferme sur l'avant-bras de son client et lui intima de se rasseoir. Elle s'adressa ensuite au chef de groupe.

— Vous savez que la mère de mon client n'y est pour rien, ce que vous faites est inadmissible.

— La solution est entre les mains de votre client, Maître. Tomy, nous on n'a rien contre ta mère. Mais comme tu me dis que l'argent et le portable ne sont pas à toi, je suis obligé d'en déduire que c'est à elle. Tu comprends ce que ça veut dire pour ta mère ?

— Non.

— Au mieux, elle pourrait être accusée d'être une nourrice pour le trafic.

— Eh, mais vous déconnez ou quoi ?

— J'en ai l'air ?

Tomasz jeta un regard paniqué à son avocate. Louise Pariset rappela au policier que la mère de famille n'était au courant de rien. Elle était femme de ménage. Travaillait en horaires décalés, rentrait tard le soir et n'avait aucune idée de ce que pouvait faire son fils. Le flic la fit taire en lui rappelant qu'elle n'avait pas le droit d'intervenir pendant l'audition. Un silence pesant s'installa dans la pièce, tous les regards étaient désormais tournés vers Tomasz. Il se redressa.

— L'argent et le téléphone, c'est pas à moi. J'ai rendu service à quelqu'un en cachant le sac. Mais je savais pas ce qu'il y avait dedans.

— Le nom du mec à qui tu as rendu service ?

— Je garde le silence.

— Tu gardes le silence ? Le problème, c'est que nous, on a des preuves que tu n'es pas qu'une nourrice comme tu l'affirmes. Nous, on sait que t'es le gérant du four[4].

— Je garde le silence.

— T'es dans la merde cette fois, Tomy.

— T'inquiète.

---

4 Four : point de trafic.

La policière intervint.

— Comment tu vas rembourser les huit mille euros qui sont sous scellés ?

— Ta gueule, toi !

Louise intervint de nouveau pour tempérer son client. Tomasz se prit la tête entre les mains. Quand il la releva, il avait les larmes aux yeux. Il essuya sa morve d'un revers de main.

— Vous êtes vraiment tous des grosses merdes, les keufs.

Tomasz Petrovic savait qu'il était coincé. Bien sûr, il nierait être gérant d'un point de deal et se contenterait de reconnaître du bout des lèvres participer plus ou moins au trafic de drogue, mais les preuves contre lui semblaient sérieuses.

En l'observant, l'avocate se remémora le gamin qu'il était quelques années auparavant. La première fois qu'elle l'avait défendu, il devait avoir quinze ans. Tomasz et deux autres gosses avaient essayé de voler des vêtements dans un magasin de sport. Ils s'étaient fait coincer par les vigiles à la sortie du magasin et les caméras avaient immortalisé leur stupide tentative de vol. Louise se souvenait aussi de la mère de Tomasz, une femme discrète et courageuse qui élevait seule ses deux enfants. Elle travaillait tard, après les heures de bureau, c'est pour cela qu'elle les laissait sans surveillance une partie de la soirée. Elle n'avait pas le choix. Tomasz était censé s'occuper de sa sœur et jouer son rôle de grand frère. Mais il préférait descendre au pied de son immeuble et retrouver les jeunes du quartier. Après les petits larcins, il s'était laissé entraîner dans le trafic de drogue. D'abord guetteur, puis dealer. Il avait gravi les échelons comme tout employé sérieux le faisait dans une entreprise. Louise le défendait une ou deux fois par an, quand il se faisait arrêter. Et jusque-là, ça n'avait jamais été très grave.

Une demi-heure plus tard, le chef de groupe mit fin à l'audition en annonçant à Tomasz Petrovic qu'il allait être déféré le lendemain matin devant le juge d'instruction chargé du dossier.

Avant de redescendre dans sa cellule, Petrovic avait été autorisé à fumer une cigarette et à s'entretenir quelques minutes avec son avocate.

— Vous serez là demain, devant le juge ?

— Je viendrai, oui. Par contre, il va falloir qu'on discute de mes honoraires.

— Pas de soucis Maître, dès que j'arrive à la rate[5], j'enverrai quelqu'un pour vous payer.

— Parfait.

C'était comme ça dans le milieu des stups, les chefs payaient les avocats de leurs lieutenants quand ils se faisaient coincer par la police. Et chacun y trouvait son compte. L'avocat percevait ses honoraires. Le dealer avait la garantie d'être défendu, et le chef, en payant la facture, s'assurait du silence de son lieutenant. Si Tomasz se sentait redevable envers « le quartier », il refuserait assurément de négocier une remise de peine contre son témoignage, ce que les flics tentaient toujours d'obtenir quand ils mettaient la main sur une belle prise comme Petrovic.

En arrivant chez elle, Louise laissa tomber sa sacoche trop lourde à l'entrée. Elle quitta son manteau, ses chaussures et alluma la télé pour ne pas être confrontée au silence de son appartement. Elle se servit un verre de condrieu et revint au salon se lover dans son canapé. Elle repensait à cette policière. Elle avait de beaux yeux marron. Un sourire charmeur et un corps athlétique. Comment s'appelait-elle déjà ? Elle retourna dans le couloir, fouilla dans son sac et sortit une carte de visite de son portefeuille. Capitaine Fanny Costa. La policière la lui avait tendue quand son chef avait quitté le bureau pour ramener Petrovic en cellule. « Au

5 Rate : prison, en argot.

cas où » avait-elle dit en souriant. C'était maladroit comme approche, mais c'était touchant. Louise eut un soupir de regret, il n'était pas question qu'elle se laisse séduire. Les flics et les avocats pénalistes ne s'aimaient pas beaucoup, à cause de leur vision antagoniste de la justice. Les policiers arrêtaient les délinquants au nom de la loi enfreinte, tandis que les avocats défendaient ces mêmes délinquants à coups d'interprétations des lois, d'effets de manches et parfois d'une certaine mauvaise foi. Louise l'avait appris de ses aînés, un bon pénaliste ne devait pas s'interroger sur la culpabilité de son client, c'était une perte de temps. Sa seule préoccupation devait être de trouver la faille qui le ferait libérer ou écoper de la peine la moins lourde. Et cette policière essayait de faire tomber son client pour trafic de drogue, tandis qu'elle tentait de minimiser son rôle. Il était donc hors de question qu'elle laisse s'instaurer un jeu de séduction entre elles. Malgré cela, le petit pincement au cœur qu'elle avait ressenti lui avait fait du bien. Il était le signe qu'elle commençait doucement à se remettre de sa rupture d'avec Maëva. Et ça, c'était une très bonne nouvelle parce qu'elle en avait assez de traîner derrière elle le chagrin de leur séparation.

*

Encore un jour de mauvais temps. De la pluie, du vent. Ça arrangeait les finances de Kofi parce qu'avec les primes pour intempéries, il allait pouvoir s'acheter un pantalon imperméable sans toucher à l'argent qu'il avait mis de côté pour l'envoyer au pays. L'automne s'installait un peu plus chaque jour et le froid commençait à se faire sentir. D'ici quelques semaines, il lui faudrait acheter d'autres vêtements, imperméables et chauds, pour supporter l'hiver. Sans cela, il ne pourrait pas travailler, son corps ne s'habituait toujours pas à la fraîcheur des températures, surtout quand il démarrait sa journée tôt le matin. Cela faisait plusieurs jours qu'il traînait un rhume qui l'empêchait de respirer et le faisait tousser une bonne partie de la nuit. Et comme il n'avait pas d'argent pour s'acheter de quoi se soigner, il avait du mal à s'en débarrasser.

La première année de son arrivée en France, en janvier deux mille dix-neuf, Kofi avait été surpris par le froid de l'hiver. Un froid coupant comme la lame d'une machette. Au Sénégal, à cette période, le thermomètre ne descendait jamais en dessous de vingt degrés. Alors qu'en France, il faisait tout le temps froid et parfois même, il neigeait. La première fois que Kofi avait vu la neige tomber, il vivait au foyer pour jeunes migrants. Un matin, son voisin de chambre l'avait tiré de son sommeil en criant « Il neige ! » Kofi s'était habillé rapidement avant de sortir pour voir le spectacle de plus près. Dehors, Cheikhou et d'autres garçons s'étaient réunis pour faire un bonhomme de neige. Un éducateur leur donnait les directives pour réaliser une jolie boule ronde, bien solide. Au fur et à mesure des tours qu'elle faisait sur elle-même, la boule grossissait jusqu'à devenir le ventre grassouillet du bonhomme de neige. Kofi, lui, observait les flocons qui tombaient du ciel. Il ouvrait ses mains en grand et s'amusait de ces petites étoiles qui fondaient au creux de ses paumes. Chez lui, à Dakar, il n'avait jamais vu la neige tomber.

Sa vie au foyer avait été une parenthèse insouciante. Pendant les deux années où il avait été hébergé, il n'avait pas eu à s'inquiéter de l'endroit où il dormirait, ni de ce qu'il allait manger. Il n'avait pas eu à craindre la pluie ou le froid. Il était à l'abri. En journée, il se formait au métier de mécanicien. Il suivait les cours avec sérieux, mais il n'aimait pas mettre les mains dans les moteurs de voitures. Lui, ce qu'il voulait, c'était travailler dans l'informatique. Porter un beau costume, gagner honorablement sa vie et avoir les ongles propres. À part le broutage qu'il avait pratiqué à Dakar et qui consistait à soutirer de l'argent à des pigeons, il n'avait pas beaucoup d'expérience dans le domaine informatique. Mais les possibilités étaient infinies, il savait qu'il y trouverait sa voie, un jour.

À son arrivée en Europe, Kofi avait triché sur son âge, un peu moins de seize ans, alors qu'il en avait presque dix-huit. Cela lui avait permis d'avoir un répit de plus de deux ans. À sa fausse majorité, on lui avait annoncé qu'il ne pouvait plus rester au foyer. Sans endroit où dormir, avec seulement quelques billets en poche, il était devenu un sans-papiers qu'on pouvait expulser. Heureusement, son ami Cheikhou, qui avait quitté le foyer six mois avant lui, l'avait aidé. Cheikhou, c'était un débrouillard, il trouvait toujours une solution à tout. C'est lui qui lui avait proposé de venir habiter dans l'appartement que lui et deux autres Sénégalais louaient à un Français. Son ami lui avait expliqué que le Français payait un loyer de six cents euros à son bailleur social, et demandait à chacun de ses sous-locataires trois cents euros par mois pour le logement meublé, avec l'électricité, le chauffage et l'eau. C'était très cher, mais Kofi n'avait pas tergiversé, s'il ne prenait pas la location que son ami lui proposait, un autre la prendrait.

Cheikhou l'avait aussi mis en contact avec un certain Ali pour du travail. Celui-là aussi était Français. Il lui sous-louait un compte sur une plateforme de livraison de repas. Chaque fin de semaine, depuis trois mois, Kofi se rendait chez son loueur pour récupérer les gains de ses livraisons après qu'Ali eut déduit sa commission hebdomadaire de cent euros. C'était de l'exploitation, Kofi n'aimait pas ça. À Dakar, quand il était brouteur, c'était lui qui prenait l'argent des Français, pas le contraire. Au pays, on le respectait pour ce qu'il était, même si son travail était illégal. Alors qu'ici en

France, tout le monde le faisait trimer comme un esclave. Mais Kofi n'avait pas le choix, sans papiers, les propositions de travail étaient limitées. Donc chaque semaine, il regardait Ali empocher une partie de son labeur en serrant les dents. Avec ce qu'il lui restait, il devait faire une part équitable entre ce qu'il enverrait au pays et l'argent qu'il conserverait pour son loyer, ses repas et quelques vêtements. Le mois précédent, il n'avait rien envoyé à sa famille, parce qu'il s'était acheté une batterie externe et des bottes en caoutchouc. Cela n'avait pas été du goût de son père qui lui avait craché sa colère au téléphone avant de lui raccrocher au nez. Depuis, le vieux ne voulait plus lui parler. C'était injuste. Kofi ne faisait jamais de dépenses inutiles. L'achat de la batterie, c'était une nécessité, parce que son téléphone, c'était son outil de travail. Pendant son *shift*, il devait être connecté en permanence à l'application de livraison et il utilisait la géolocalisation pour ses trajets. Au début, il rechargeait son téléphone là où il trouvait une prise disponible, dans un fast-food ou sur une borne de la mairie installée pour les vendeurs ambulants. Seulement ça le retardait beaucoup et lui faisait perdre de l'argent. Mais ça, son père ne voulait pas l'entendre.

Kofi chassa ses idées noires. Il lui restait encore une heure de travail avant la fin de son *shift*. Ensuite, il rentrerait chez lui, dévorerait le mafé de poulet qu'il avait acheté pour quelques euros. Il salivait d'avance à l'idée d'engloutir ce ragoût à base de patates douces et de pommes de terre, de carottes et de poulet qui avait mijoté dans une sauce au beurre de cacahuète et de tomates. Ce soir, il se coucherait le ventre plein, satisfait d'avoir bien travaillé, et espérait que sa toux se calmerait un peu.

*

Il n'avait eu aucun mal à localiser Gilles Tournier. Quand on exerce une profession libérale, on s'expose toujours plus que les autres. Le cabinet dentaire de Tournier se situait dans le premier arrondissement de Lyon. Il arriva sur la place Meissonier par la rue de la Platière. Vérifia le nom de la place. Il était au bon endroit. Google Maps lui avait déjà fourni un aperçu du quartier et des rues tout autour, mais deux vérifications valaient mieux qu'une. Il se dirigea vers une allée, sur sa gauche. Jeta un rapide coup d'œil à la plaque noir et or, *Gilles Tournier – Dentiste*. Poursuivit son chemin comme n'importe quel passant et remonta la rue en observant les bâtiments face à lui. Entre la bijouterie et le bureau de tabac, il y avait une église. C'était l'endroit idéal pour s'installer sans risquer de se faire déloger. *Dieu est amour*, se dit-il en souriant. En croisant son reflet dans la vitrine de la supérette, il prit conscience qu'il n'avait pas vraiment l'air d'un SDF, il n'était ni crasseux ni dépenaillé. Il avait juste une sale gueule à cause de son sourire édenté et de sa paupière tombante. Il hésita quelques secondes et se rassura. Il améliorerait son personnage de clochard plus tard. Si la surveillance du cabinet médical s'avérait intéressante, il se munirait d'une boîte en métal pour récolter les pièces de sa mendicité et griffonnerait grossièrement un vieux bout de carton pour quémander. *Une pièce pour manger. S'il vous plaît.* Comme si les passants prenaient le temps de lire ce que les clodos écrivaient. C'était pas du Baudelaire, non plus ! Il traversa la rue et s'installa à même le sol, entre l'église et le bureau de tabac, jambes en tailleur, dos contre le mur. Il quitta sa casquette, la posa à l'envers, sur le sol. Rajusta une mèche de cheveux pour cacher son œil tombant.

Ce n'était pas la première fois qu'il faisait la manche. À sa sortie de prison, deux ans plus tôt, il s'était retrouvé à la rue et n'avait pas eu d'autre choix que de tendre la main pour pouvoir manger. C'était humiliant. Il s'était juré que sa femme payerait pour cela. Un jour, quand elle ne s'y attendrait plus, d'ici quelques mois ou quelques années, il irait la trouver dans sa nouvelle vie et lui ferait passer l'envie de lui faire des crasses. Mais pour l'instant, elle n'était pas sa priorité.

Pour sa première journée de mendicité, il avait de la chance, il faisait beau. Le soleil qui lui réchauffait le corps rendait plus supportable la fraîcheur du bitume qu'il commençait à sentir à travers son jean. Cette fois, il ne mendiait pas par nécessité, c'était plutôt un jeu. Celui du chat et de la souris. Et quand le chat mettrait la patte sur la souris, il la tuerait sans aucune pitié. Tournier allait crever.

À un rythme régulier des gens de tous âges entraient et sortaient de l'allée d'en face, certainement des patients du cabinet médical. Peut-être qu'il pourrait, lui aussi, aller frapper à la porte du dentiste pour qu'il lui remplace la dent qu'un coup de poing lui avait fait sauter. Tournier pouvait bien faire ça pour lui. *Allez, en souvenir du bon vieux temps, connard !* Il était en train d'observer une mère de famille et son fils qui sortaient de l'allée quand il aperçut une silhouette au deuxième étage de l'immeuble. Un homme vêtu d'une blouse blanche et portant un masque chirurgical passait devant une fenêtre. Il se redressa pour mieux le voir. Le type disparut aussi vite qu'il était apparu.

Vers midi, il ressentit la même excitation, quand un homme surgit de l'allée d'en face et marcha droit dans sa direction. Est-ce que c'était Tournier ? Il n'en savait rien. À cause du masque qui cachait une partie du visage du bonhomme, il ne retrouvait pas les traits qui s'étaient imprimés dans sa mémoire. Mais ce gars ressemblait beaucoup à celui qu'il avait bousculé à l'église. Le type était grand et mince. Il avançait d'un pas déterminé, sûr de lui, comme le sont tous ceux qui regardent le monde d'une certaine hauteur. Sous une veste légère, ce crétin portait une chemise blanche moulante, et un pantalon de costume bleu marine qui tombait parfaitement sur des derbys en cuir noir. L'homme pénétra dans la supérette et en ressortit cinq minutes plus tard, un petit sac de courses à la main. Sur la place, il lança un bonjour à quelqu'un qui se trouvait devant la pharmacie et fit tourner son poignet plusieurs fois, comme pour remettre sa montre en place. Putain, ce tic, c'était Tournier ! Il le revoyait plus jeune, faisant le même geste. La montre était sûrement moins grosse à l'époque, mais elle valait déjà un paquet de fric. L'adrénaline le fit se redresser complètement. Il ne tenait plus en place. Dans sa tête, il se voyait traverser la rue et suivre sa proie jusque dans son terrier. Et après ? Si Tournier le reconnaissait ? Son plan serait foutu. Non, il ne pouvait pas faire ça, c'était trop tôt. Il devait rester à sa place. Il devait se fondre dans le décor jusqu'à ce qu'on oublie sa présence. Il s'obligea à détourner son attention vers les gens qui circulaient dans la rue Chenavard et laissa Tournier retourner tranquillement à son cabinet médical. C'était frustrant, mais maintenant, il savait à quoi ressemblait sa cible.

*

Son téléphone vibra sur son bureau. Encore elle. David Klein soupira. Florence Gasparo l'avait déjà appelé trois fois et lui avait laissé des messages pour qu'il la rappelle au sujet de la mort d'Alain. Il ne l'avait pas fait, elle insistait. Elle l'emmerdait. Et ce n'était pas dans ses habitudes de se laisser emmerder. Surtout pas par une bonne femme. Il avait déjà bien assez des crasses de son ex à gérer.

— Bonjour Florence. Comment ça va ?

— Bien, merci. David, excuse-moi de te déranger. Je voulais te reparler de la mort d'Alain, je me pose vraiment beaucoup de questions.

— C'est ce que je vois, oui.

— Écoute, je sais qu'Alain n'était pas parfait. Il avait des méthodes parfois un peu agressives pour obtenir ce qu'il voulait et j'ai vraiment besoin d'évoquer avec toi ces histoires d'expulsions.

— Florence, ton mari utilisait mes services pour de la surveillance. Rien d'autre.

— Alors pourquoi le jour de l'enterrement d'Alain, un homme vêtu de nippes est venu frapper son cercueil ? Est-ce que tu as vu ce type dans l'église ?

— Florence...

— Je veux comprendre pourquoi mon mari est mort en tombant d'une falaise. Ce n'était pas un accident.

Klein perdait patience.

— Peut-être qu'il s'est tout simplement suicidé. Il paraît que tu le trompais avec son associé.

La veuve encaissa le coup bas.

— C'est vrai. Je l'ai trompé. Une fois. Au regard de tous ses coups de canif au contrat, on peut considérer ça comme un non-événement. Mais je suppose que ce que les hommes s'autorisent, ils ne l'autorisent pas pour autant aux femmes.

— ...

— Je ne crois pas à la thèse du suicide.

— Ça t'arrange.

— Comme ça t'arrange de nier tes magouilles avec mon mari.

— Florence, il n'y a pas de magouilles.

— Cette expulsion forcée qui a mal tourné ? Si j'ai bonne mémoire, un jeune homme a été passé à tabac.

— Je ne sais pas de quoi tu parles.

— David, je ne cherche pas à te nuire, je veux juste comprendre.

Dans sa voix, il y avait comme une supplique. Mais, il s'en foutait. Il n'avait pas l'intention de mettre en péril son business.

— Il n'y a rien à comprendre. Les contrats passés avec ton mari étaient parfaitement légaux et aucun de mes gars n'a transgressé les règles.

— David...

— Ça suffit, Florence. J'ai pris le temps de te répondre parce qu'Alain était un ami et un partenaire professionnel, mais clairement, tes accusations sont insultantes. Si j'ai un conseil à te donner, oublie tout ça et passe à autre chose.

Il raccrocha.

Sofiane passa la tête dans l'entrebâillement de la porte.

— Ça va, patron ?

— Non, ça va pas. Je t'avais dit que cette histoire avec Hichem finirait par remonter à la surface et nous créer des emmerdes.

— De quoi tu parles ? L'expulsion ?

— Oui, l'expulsion.

— C'est l'autre qui a pété un câble quand on a voulu le sortir de l'appartement. Hichem s'est juste défendu.

— Il n'avait pas besoin de l'envoyer à l'hôpital.

— Mais le mec a retiré sa plainte, c'est quoi l'embrouille ?

— La veuve de l'agent immobilier pour qui on a fait le travail est au courant des expulsions forcées, et elle m'emmerde avec ça. Elle croit que son mari a été assassiné par un des mecs qu'on a virés.

— C'est possible, ça ?

— Non, c'est pas possible. Mais si elle continue à fouiller dans mes affaires, elle va m'attirer des problèmes. J'ai déjà la Financière sur le dos, ça suffit.

— Donne-moi son adresse, je vais aller lui faire peur.

— Non, tu ne vas nulle part. On va attendre de voir comment ça évolue.

Sofiane sortit du bureau, non sans heurter l'encadrement. Une vraie armoire à glace ce gars. Avec une gueule d'assassin en prime. Klein avait bien fait de le sortir de sa merde.

En quelques années, Sofiane était devenu une sorte de bras droit, la confiance en moins. Klein ne faisait confiance à personne, c'était une question de survie. Mais il fallait bien qu'il délègue sa protection à quelqu'un. Dans le monde de la sécurité, les gens étaient prêts à tout pour remporter les contrats. Sofiane protégeait donc ses arrières. Il était ses yeux et ses oreilles et ne rechignait jamais à faire le sale boulot. Il semblait même y prendre plaisir. Et puisque Sofiane habitait toujours à La Duchère, c'est lui qui s'occupait du recrutement du personnel. On ne devenait pas vigile en grandissant dans des lotissements paisibles, entouré de verdure. La cité, les bagarres, les règlements de comptes, c'était le terrain d'apprentissage des futurs agents de sécurité. Sofiane avait fait une erreur de jugement en lui ramenant Hichem, il ne fallait pas que ça se reproduise.

*

Il décroisa ses jambes. Il en avait franchement marre d'être assis à même le sol, c'était inconfortable, sans compter qu'il avait faim. Sur le trottoir, les gens allaient et venaient, posaient sur lui un regard vide. Quelques-uns faisaient une grimace de dégoût, d'autres lâchaient une pièce pour se flatter l'ego. Ces salauds qui lui refilaient dix ou vingt centimes égayaient leur journée avec leur pseudo-générosité. Putains d'hypocrites !

Le froid du bitume lui ankylosait l'arrière-train. Il fit le balancier, décolla une fesse, puis l'autre, quand un SDF, sorti de nulle part, se mit à hurler de l'autre côté de la place. Il crachait des mots inaudibles et le pointait du doigt. Dans l'autre main, le SDF tenait une canette de bière qui se vidait par à-coups. Le gars était vêtu d'un bomber, d'un treillis kaki et de rangers noires. Un « punk à chiens », se dit-il. En général, ces mecs-là se déplaçaient en meute, avec leurs clébards qui erraient autour d'eux, sans laisse. Il observa la place et ses environs, il n'y avait pas d'autre mec comme lui. Il était seul. Peut-être qu'il avait été exclu de son groupe.

Il n'arrivait pas à comprendre ce que ce débris humain lui voulait, puisque maintenant c'était évident, le mec à l'accent de l'Est en avait après lui. Le gars arriva à sa hauteur, marmonna une longue phrase dont il ne comprit que « ma place » et lui renversa sur l'épaule une partie de sa bière. L'envie de coller un bon coup de tête à ce clodo le démangeait. Il se redressa doucement, sentit des picotements à l'extrémité de ses doigts. Ses jambes étaient engourdies par le froid. Il évalua la taille de son adversaire, il était grand et costaud. S'il devait le frapper, il lui enverrait un coup de pied entre les jambes ou dans les genoux, pour le faire tomber. Une fois au sol, il le cognerait à coups de poing. Maintenant, il attendait le mot de trop, le petit geste agressif qui les ferait basculer dans la violence. Oui, il attendait ça, il était prêt. De l'autre côté de la place une porte s'ouvrit. La femme qui sortit de l'allée de Tournier avança droit vers eux sans les quitter du regard. Cela lui fit l'effet d'une douche froide. Il se ressaisit, il ne devait pas se faire remarquer par les habitants du quartier. Parce qu'il avait une mission, bien plus importante que de cogner ce débris. Il respira profondément pour faire redescendre sa colère et se pencha pour récupérer sa casquette dans laquelle quelques pièces avaient été jetées. Le SDF posa un pied mal assuré dessus et cracha une de ses phrases inaudibles. Vraiment, ce mec cherchait les emmerdes.

— Lève ton pied, je veux récupérer ma casquette.

— À moi !

— Putain, fais-moi pas chier le « Polack ». Lève ton putain de pied !

— À moi, j'ai dit !

Des gens ralentissaient le pas et les regardaient. Sans sa casquette, il se sentait vulnérable, ça le rendait encore plus nerveux. Assis, personne ne faisait attention à lui et ses cheveux mi-longs masquaient partiellement son œil. Mais à hauteur d'homme, tout le monde pourrait remarquer sa paupière tombante. Sans compter que la caméra située au-dessus de la pharmacie pourrait immortaliser son visage s'il se tournait un peu trop dans sa direction. Il leva les deux mains en signe de reddition. Il préférait abandonner.

— OK, « Polack ». Tu veux ma casquette ? Je te la laisse.

— À moi.

— À toi, d'accord. Mais je vais revenir la chercher. Tu comprends ? Je vais revenir.

Il avait murmuré la dernière phrase comme une menace. Le SDF maugréa quelque chose et se pencha pour ramasser la casquette et les pièces. Il faillit tomber, tête la première, et se rattrapa de justesse en lâchant sa canette qui se répandit sur le sol. Le « punk à chiens » continuait à brailler parce qu'il avait gaspillé sa bière. *T'as qu'à lécher le bitume si t'as encore soif* ! Il jeta un dernier regard au SDF avant de tourner à l'angle d'une rue. *Profite bien de ma casquette, parce que tu ne la garderas pas longtemps.*

*

Gilles Tournier était assis derrière la banque de l'accueil quand sa secrétaire claqua bruyamment la porte du cabinet médical, le faisant sursauter. Cette brusquerie dans ses gestes était parfaitement insupportable. C'était comme son bureau, un vrai foutoir. Tout était mélangé, il ne trouvait jamais rien. Il avait beau lui dire qu'il voulait que les choses soient rangées, elle n'en faisait qu'à sa tête. Quand, excédé, il la rabrouait, Odile se réfugiait dans une forme de mutisme. Il ne pouvait plus rien en tirer. Cette idiote avait tellement peur de perdre son travail qu'elle ne se défendait jamais, même quand il exagérait. Ces derniers temps, il sentait bien qu'il s'agaçait pour un rien. Mais c'était plus fort que lui, il fallait qu'il se décharge de la pression quotidienne.

Odile parlait à voix basse en accrochant son manteau à la patère.

— Qu'est-ce qui vous arrive encore ?

— Il y a deux SDF près de l'église.

— Et alors ?

— Il y en avait un qui était complètement saoul et qui criait des mots incompréhensibles à l'autre. J'ai bien cru qu'ils allaient se battre.

— C'est leur problème, non ?

— Ça ne me rassure pas qu'il y ait des clochards dans le quartier.

— Et où voulez-vous qu'ils aillent ? Ce sont juste des pauvres types qui ne font de mal à personne.

Odile fit une moue désapprobatrice et attendit que son patron se lève pour lui rendre son siège derrière la banque. Elle déposa sur son bureau un gobelet en carton. Une soupe, certainement. Depuis que les températures avaient chuté, elle ne se nourrissait que de potages. Sans doute pour avoir un repas chaud. S'il y avait un micro-ondes dans le local technique, Tournier ne l'autorisait plus à l'utiliser. Une fois, elle avait réchauffé du poisson. L'odeur avait flotté dans le cabinet pendant des heures. Depuis, il lui demandait de manger dehors ou d'apporter des repas qui ne nécessitaient pas d'être réchauffés.

Tournier s'approcha de la fenêtre. De l'autre côté de la place, entre l'église et le bureau de tabac, un SDF était assis au sol.

— Il n'y en a plus qu'un.

Sa secrétaire le rejoignit.

— C'est le pire, il est complètement saoul.

Tournier s'éloigna de la fenêtre en soupirant. Il n'avait pas plus envie que sa secrétaire de voir des SDF traîner dans le coin. Si lui ne craignait pas particulièrement pour sa sécurité, il était par contre sensible aux nuisances que la présence de clochards pourrait générer : la mendicité, les odeurs pestilentielles d'urine et de crasse, les merdes de chien et les dégradations. Tout ça, c'était mauvais pour sa patientèle.

— Odile, où est le devis pour monsieur Pantel ? Je ne le trouve pas dans votre bazar.

Odile souleva une pile de documents, extirpa le devis et le lui tendit.

— Vous avez décommandé le rendez-vous de madame Gonthier comme je vous l'avais demandé ?

— Non, pas encore.

— Vous attendez quoi ?

— Je m'en occupe tout de suite.

L'espace d'un instant, il se trouva dur avec son assistante, il ne lui avait même pas laissé le temps d'avaler sa soupe qui allait certainement refroidir. Mais cette pensée disparut aussi vite qu'elle était venue quand il se rappela l'avis négatif qu'il avait reçu par sa faute sur Google.

*

La colère avait formé un noyau dur dans son ventre et l'avait tourmenté jusqu'à la tombée de la nuit. Dans son appartement minable, il tournait en rond en ressassant. Il n'avait rien pu faire d'autre que de penser à ce SDF qui l'avait obligé à quitter la place en abandonnant sa casquette. Il allait retourner là-bas et coller une bonne raclée à ce débris pour lui faire passer l'envie de l'emmerder et lui faire comprendre qu'il ne devait plus revenir à cet endroit. Parce que ce coin de bitume, devant l'église, était le meilleur endroit pour surveiller Tournier. Il n'allait certainement pas l'abandonner à un SDF.

Vers une heure du matin, il pénétra sur la place Meissonier. Appuyé contre un mur, il écoutait le silence et guettait le moindre mouvement dans la pénombre. Tout était calme. Il traversa la place. Le clodo était couché dans son duvet dégueulasse, ronflant la bouche grande ouverte. Il s'en approcha doucement. Sortit un poing américain de sa poche et le glissa entre ses doigts. Il aimait le contact froid et puissant du métal. Il le serra fermement et se jeta sur le « Polack », l'atteignant au visage. Le SDF cracha un râle de douleur et se mit à gesticuler comme un pantin désarticulé. Ses bras s'agitaient dans l'air pour se protéger, tandis qu'il se débattait dans son duvet pour en extraire ses jambes. Le deuxième direct porté au visage du clodo lui fit perdre connaissance. Le troisième lui brisa la mâchoire. Il faisait pleuvoir les coups. C'était comme un orage d'été, électrique et violent, qui ne prit fin que lorsqu'il se rendit compte que ses mains étaient maculées de sang, rouge carmin. Il avait des éclaboussures partout sur ses vêtements.

Il quitta sa veste et s'essuya rapidement. Scruta l'obscurité. Il n'y avait personne sur la place. Dans le sac du SDF qui puait le bitume, il récupéra sa casquette qu'il enfonça sur sa tête. Jeta un regard au clodo. Son visage était méconnaissable. Il lui mit un dernier petit coup de pied. « Si je te revois encore dans le coin, je te bute. Tu m'entends, pauvre merde ? Je te crève si tu reviens. »

Il quitta la place rapidement. Hésita avant d'emprunter la passerelle du Collège. Si elle avait l'avantage d'être piétonne et moins fréquentée que les ponts Lafayette et Wilson, elle était plus étroite. Il hésita encore une seconde ou deux, sonda l'obscurité. Personne. Casquette sur les yeux et masque en tissu remonté sur le visage, il s'engagea sur la passerelle qui enjambait le Rhône. Arrivé de l'autre côté, il emprunta les quelques rues qui n'étaient pas sous surveillance. Le quartier était désormais truffé de caméras. Sur

Internet, il avait trouvé un site participatif qui répertoriait toutes les rues qui en étaient équipées. Tout autour du cours Gambetta, il y en avait une bonne dizaine, sans compter les caméras privées des banques ou des magasins. Il traversa le cours en baissant la tête. Rasa les murs et laissa derrière lui toutes les boutiques de réparation de téléphones portables avant d'emprunter la rue Basse-Combalot. Les jeunes qui dealaient avaient plié bagage depuis longtemps. Il remonta la rue Pasteur et poussa la porte d'entrée du numéro deux. Il tendit l'oreille, il ne voulait croiser personne dans l'escalier. La pression retomba quand il referma la porte de son appartement. Quelques minutes plus tard, une des prostituées de l'immeuble descendit les marches, accompagnée de son client. Il reconnaissait son rire et le martèlement de ses talons dans l'escalier. C'était la plus vilaine des trois putes. Celle qui le regardait toujours avec une pointe de dégoût quand ils se croisaient. Il la détestait. Pour qui elle se prenait à le mépriser comme ça ? S'il n'avait pas eu peur des représailles de son maquereau, il l'aurait déjà tabassée pour lui apprendre le respect.

Les bruits s'éloignèrent. Il se passa les mains sous l'eau. L'évier en porcelaine se teinta d'une couleur rouge délavé à mesure qu'il se débarrassait du sang de sa victime. Il ne supportait vraiment pas qu'on vienne le faire chier.

*

Entre deux plages de travail, deux *shifts* comme il avait appris à le dire en côtoyant les autres livreurs, Kofi retrouvait régulièrement ses amis assis sur un banc, place de la Bourse. Aujourd'hui, ils étaient quatre. Il y avait Cheikhou, encore un peu endormi et, à côté, deux autres Sénégalais. À cette heure, la place leur appartenait, les gens qui travaillaient dans le quartier ne s'étaient pas encore rués dans la rue en quête de leur repas du midi. Même si l'automne était bien installé, dès qu'un rayon de soleil apparaissait, les clients prenaient d'assaut les terrasses de la place, abritées des courants d'air par les coupe-vent. Kofi avait remarqué qu'il y avait un cabinet d'avocats au numéro quarante-trois de la rue de la Bourse. Il pourrait toujours aller leur poser des questions si on lui faisait des histoires pour son titre de séjour. Mais il espérait bien qu'on lui accorderait le droit de rester en France sans difficulté. Il était là depuis plus de deux ans et travaillait dur pour s'en sortir. C'était pour lui de bons arguments.

Dans le petit groupe, les sujets de conversation étaient toujours les mêmes, les nouvelles du pays, les victoires des Lions de la Téranga, leur équipe nationale, les conditions de travail des livreurs et la régularisation de leur situation. Kofi s'échappa de la discussion qui le déprimait. Coumba, sa fiancée, ne lui donnait plus de nouvelles et ne répondait plus à ses appels. La dernière photo qu'elle lui avait envoyée datait de plus de six mois. Il ne comprenait pas son silence.

Il observait le palais de la Bourse depuis quelques minutes et se demanda ce qu'on pouvait faire à l'intérieur. Il se connecta à Google et apprit qu'on pouvait louer les différentes salles qui portaient des noms étranges : *Corbeille, Lumière, Ampère* ou *Tony-Garnier*. Tony Garnier était l'architecte du stade Gerland, ça, Kofi le savait. Il savait aussi que les grands matchs de foot masculin ne se jouaient plus à Gerland mais au Groupama Stadium. Quand il gagnerait suffisamment bien sa vie, il irait voir un match de l'Olympique Lyonnais, il en rêvait. En attendant, il suivait les matchs sur Internet. Cheikhou lui mit un coup de coude qui faillit faire tomber son téléphone. « C'est onze heures trente. Faut y aller mon frère si on veut être les premiers. » Kofi acquiesça. Tous les quatre se levèrent du banc, démarrèrent leur application de livraison et fixèrent leur téléphone portable au guidon de leur vélo. Chacun endossa son sac réfrigéré. Cheikhou et Kofi partirent en direction du McDo situé dans la rue de la République. Les deux autres filèrent dans une autre rue en leur faisant un signe de la main.

Il y avait déjà du monde qui faisait la queue à l'intérieur du fast-food. Kofi soupira. Les employés du McDo n'étaient jamais assez nombreux pour faire face aux commandes et cela retombait toujours sur les livreurs qui patientaient de longues minutes pour récupérer leurs livraisons. Kofi en avait déjà vu s'énerver parce qu'ils perdaient de l'argent à attendre, sans compter qu'ils risquaient de récolter de mauvaises notes pour le retard. Ce n'était pas juste.

L'odeur de frites qui s'échappait du fast-food était comme une morsure creusant son ventre. À sept heures et demie, il avait avalé le reste de son *moni*, une bouillie faite de mil, aromatisée de citron et de gingembre, et depuis, il n'avait rien mangé. Dans la matinée, il avait livré trois petits déjeuners à des clients endormis, tout ça pour une dizaine d'euros. C'était beaucoup moins que ce qu'il avait espéré. Cheikhou avait raison de ne pas travailler le matin, c'était une perte de temps. Mais Kofi avait besoin d'argent. Tout le temps. Pour pouvoir envoyer un mandat à sa famille, il sautait régulièrement son repas de midi et s'arrangeait de sa faim. Quand la fringale lui tordait le ventre si fort qu'il se sentait mal, avec son couteau il faisait sauter les agrafes qui fermaient hermétiquement les paquets à livrer. Il prélevait quelques frites et refermait le sac avec la petite agrafeuse qu'il s'était achetée. Il suffisait de se servir raisonnablement pour que personne ne se rende compte du vol. C'était un autre livreur qui lui avait expliqué la combine. Kofi n'en parlait à personne, pas même à Cheikhou. Il avait trop honte de voler.

Son téléphone et celui de son ami sonnèrent en même temps. Une commande venait d'arriver. Cheikhou n'était pas pressé de travailler, il le laissa l'accepter. Sept minutes plus tard, Kofi récupéra le paquet auprès d'un équipier derrière son comptoir. En sortant du fast-food, il enferma rapidement la livraison dans son sac réfrigéré. Pendant quelques secondes, il avait bloqué sa respiration pour ne pas sentir l'odeur du paquet, mais c'était plus fort que lui, il fallait qu'il inhale le fumet du hamburger. Et maintenant, il s'imaginait croquer à pleines dents dans le pain légèrement toasté. Il sentait dans sa bouche les deux couches de salade craquante, la sauce un peu sucrée, les tomates, les petits oignons, les deux tranches de fromage et le steak bien saignant. Il en salivait. Son ventre se tordit dans un bruit de gargouillis. Il sortit sa gourde et but plusieurs gorgées d'eau pour leurrer sa faim. Ensuite, il enfourcha son vélo et dit au revoir à Cheikhou qui venait, lui aussi, d'accepter une course. Les livraisons allaient s'enchaîner pendant plus de trois heures sans pause.

Durant son *shift*, Kofi croisa à plusieurs reprises son ami et d'autres livreurs qu'il connaissait. Ils se faisaient de grands signes de la main ou s'interpellaient en riant. Kofi en vit un qui portait un casque de motocross et un masque pour le ski, ça lui donnait un air bizarre, mais c'était sûrement efficace contre le froid.

À quinze heures, Kofi mit fin à son créneau en se déconnectant. Il avait effectué douze livraisons, c'était un bon *shift*. La faim lui tiraillait toujours le ventre, il imagina l'énorme assiette de riz qu'il allait engloutir. Il aurait bien voulu y ajouter quelques légumes et du poisson comme sa mère le faisait, mais c'était trop cher. La cuisine de sa mère lui manquait, il y pensait tout le temps. Son *tiep* était le « meilleur de Yoff ». C'était ce que disait son père pour vanter les qualités culinaires de son épouse. Selon ce qu'elle trouvait sur les étals du marché aux poissons, madame Diallo agrémentait son riz de *thiof*[6] ou de daurade qu'elle farcissait avec du persil, de l'ail et du piment. Autour, elle déposait toutes sortes de légumes : manioc, patate douce, aubergine, carotte, chou. D'y penser, Kofi en avait l'eau à la bouche et le cœur serré. Il prit la direction de la Croix-Rousse pour rentrer chez lui et manger son riz blanc.

*

Dans le bureau du juge d'instruction, le client de Louise Pariset avait reconnu qu'il dealait. Un peu. Mais il avait catégoriquement nié être gérant d'un point de deal. Le juge avait tout de même demandé son placement en détention provisoire, ce que le JLD[7] avait autorisé. Tomasz Petrovic serait incarcéré à la maison d'arrêt de Corbas en attendant son procès.

Après le déferrement de son client, Louise Pariset avait eu accès aux pièces pénales via PLEX[8], la plateforme d'échanges sécurisés. Elle avait lu le rapport de synthèse de l'enquêteur. Il y résumait les constatations faites sur le terrain et les actions engagées. Tomasz Petrovic se trouvait sur le four, tous les jours, de dix heures à minuit. Les écoutes téléphoniques et les allers-retours entre le point de deal et un appartement nourrice confirmaient qu'il était bien chargé de l'approvisionnement du point. Des éléments dont la magistrate avait fait état et qui confirmaient la crainte

6 Thiof : mérou.

7 JLD : Le juge des libertés et de la détention est un magistrat du siège chargé de statuer sur la mise en détention provisoire d'une personne mise en examen, et sur ses éventuelles demandes de mise en liberté. Il est aussi chargé d'autoriser éventuellement le parquet à accomplir certains actes dans certains types d'enquêtes.

8 PLEX : plateforme d'échange externe. C'est une plateforme d'échanges sécurisés de fichiers volumineux lancée par le ministère de la Justice. Elle vise à simplifier et à sécuriser les échanges entre les agents du Ministère et les partenaires de confiance extérieurs à l'État, dont les avocats.

de Louise de voir son client condamné à une peine de prison ferme. Avant qu'il ne quitte le bureau de la juge sous escorte, l'avocate avait indiqué à Tomasz qu'elle irait le voir dans le courant du mois d'octobre, le temps pour elle d'effectuer les démarches auprès du tribunal et obtenir un parloir. Elle referma son dossier et le glissa dans son classeur. Les auditions de son client l'avaient éloignée de son bureau, elle devrait mettre les bouchées doubles pour rattraper son retard. Elle avait deux dossiers à conclure. Trois pour lesquels elle devait déposer une requête devant le JAF[9], une pile de courrier en attente, sans compter tous les mails à traiter et bien sûr le RPVA qu'elle n'avait pas relevé depuis plusieurs jours. Louise consulta l'heure sur son téléphone portable. Midi. Déjà ! Elle enfila sa veste avant de quitter le cabinet. Le travail attendrait encore un peu.

Dix minutes plus tard, elle poussa la porte du bouchon tenu par ses parents. Louise venait y manger une à deux fois par semaine. Quand son père n'était pas en salle, à passer d'une table à une autre, discutant avec ses clients habituels et s'assurant que tout se passait bien pour les nouveaux, il travaillait en cuisine. La mère de Louise, elle, restait derrière le comptoir ou aidait au service. Ce n'était pas au restaurant que Louise profitait le plus de ses parents, mais le bouchon, c'était un peu sa deuxième maison, elle aimait venir y manger, sous le regard bienveillant d'Édith et Jean Pariset.

La jeune avocate fit le tour du comptoir pour embrasser sa mère. Son père, lui, était occupé à une table.

— Ça va ma fille ?

— Oui, et toi ?

— C'est la course, comme d'habitude. Je te laisse t'installer à ta table.

— J'attends Jordan, il ne devrait pas tarder.

---

9 JAF : juge aux affaires familiales.

— D'accord. En plat du jour, on a du risotto au saint-marcellin, ça te tente ?

— Oui, c'est parfait.

Louise accrocha son manteau à la patère et s'installa dans un coin de la salle. Elle redressa ses couverts sur la nappe à carreaux rouge et blanc. La décoration du restaurant était volontairement rustique, cela contribuait au charme des bouchons lyonnais. Le mobilier de la salle était en bois foncé. Aux murs, le rouge se mariait parfaitement avec la pierre apparente. Édith Pariset avait ajouté sa touche personnelle en accrochant çà et là de vieilles photos monochrome de la presqu'île. Louise aimait l'ambiance bruyante et survoltée du restaurant. Il y avait de la convivialité et de la gourmandise.

Son père arriva à sa table et l'embrassa.

— Ça va ma chérie ?

— Bonjour papa.

Jean Pariset tira une chaise pour s'asseoir en face de sa fille.

— Dis-moi, est-ce que tu te souviens de l'affaire de la disparition d'Alain Gasparo, l'agent immobilier ?

— Vous étiez à son enterrement, c'est ça ?

— Oui, c'était un client habituel du restaurant. Un bon vivant. Tout le monde a été attristé d'apprendre sa mort. Sa veuve est là, dans la salle. Je crois qu'elle a besoin des conseils avisés d'un avocat.

— Et tu lui as parlé de moi, bien sûr.

Son père lui sourit gentiment.

— Est-ce que tu peux lui consacrer deux minutes de ton temps ?

— D'accord papa, mais deux minutes. Je ne suis pas censée travailler à cette heure-là.

Son père se retourna et fit un signe à une femme d'environ quarante ans, élégamment vêtue, qui quitta sa table pour venir vers eux, un dossier sous le bras.

— Louise, je te présente Florence Gasparo. Je vous laisse discuter toutes les deux, j'ai du travail.

Louise n'invita pas la femme à s'asseoir. Elle ne voulait pas que cette dernière s'installe et lui soutire une consultation pendant sa pause déjeuner.

— Je suis désolée mais je n'ai que quelques minutes à vous consacrer, mon associé ne va pas tarder à arriver.

— Je comprends tout à fait.

— Alors, en quoi puis-je vous être utile ?

— Votre père a dû vous indiquer que mon époux a disparu en montagne l'année dernière.

— Oui. Toutes mes condoléances.

— Merci. Le corps d'Alain a été retrouvé début mars. Le procureur a conclu à un accident. J'aimerais que l'enquête soit reprise.

— Pour quelle raison ?

— Mon mari n'est pas mort accidentellement. J'ai l'intime conviction qu'il a été assassiné.

— Avez-vous des preuves ?

— J'y travaille.

— Madame, je suis navrée de ce qui vous arrive, mais je suis avocate. Je n'ai aucun moyen d'investigation. Si le dossier est clos, je ne vois pas ce que je pourrais faire.

— L'enquête a été bâclée. Le soir où Alain a disparu, il m'a envoyé un SMS incomplet que je n'ai vu que quelques heures plus tard. Il me disait qu'il était en forêt. Personne n'a été en mesure de m'expliquer pour quelle raison il se trouvait en forêt. Pour moi, la seule explication plausible, c'est que quelqu'un l'y a emmené de force. Alain était parti visiter une maison à Cognin-les-Gorges, sa secrétaire l'a d'ailleurs confirmé aux gendarmes en leur fournissant des photos de la bâtisse. Sauf que cette bâtisse n'existe pas. Pas à Cognin, en tout cas. Quelqu'un lui a tendu un piège.

— Il avait des ennemis ?

— Je suppose que la réussite de mon mari ne devait pas être du goût de tout le monde. Si le parquet avait ouvert une enquête pour assassinat, il y aurait eu des investigations dignes de ce nom.

— Qui était votre avocat pendant l'enquête ?

— Maître Pietri.

Louise connaissait cet avocat. Il faisait partie de ceux que l'âge autorise à passer devant ses confrères en audience. C'était l'usage de la profession. Les avocats venant d'un barreau extérieur plaidaient leur dossier en premier, ensuite c'était au tour des avocats les plus âgés du barreau. Les jeunes avocats avec peu d'années de barre plaidaient en dernier. Parfois, pour un seul dossier, Louise patientait deux ou trois heures dans les couloirs. Chaque semaine, Maître Pietri plaidait devant les juridictions son lot de dossiers en expulsion ou en paiement des charges de copropriété. Louise l'avait eu une fois comme contradicteur. Le client qu'elle défendait était poursuivi pour ne pas avoir payé ses charges. Le pauvre gars avait été renversé par une voiture qui lui avait broyé une cheville. Il avait gardé des séquelles de l'accident et ne pouvait pas rester debout plus de trois ou quatre heures par jour. Par la faute d'un chauffard qui roulait beaucoup trop vite, il avait perdu son poste de chef de chantier, s'était retrouvé au chômage et dans l'impossibilité de régler l'ensemble de ses charges. Maître Pietri, qui défendait les intérêts de la copropriété, s'était montré sourd aux difficultés du client de Louise. Heureusement, le juge, lui, avait été plus compréhensif, il lui avait accordé un délai pour vendre son appartement et rembourser ses dettes. Et si Louise avait bonne mémoire, Pietri ne faisait pas de pénal.

— Pourquoi Maître Pietri ? Il n'est pas pénaliste.

— Il était l'avocat habituel d'Alain pour le contentieux de l'agence. C'est pour ça que je me suis tournée vers lui. Il m'a fallu un certain temps pour comprendre qu'effectivement il n'y connaissait rien au pénal, mais un dossier est un dossier, n'est-ce pas ?

La veuve avait raison. Louise connaissait quelques confrères qui ne reculaient devant rien pour faire rentrer de nouveaux dossiers. Ils engageaient des procédures vouées à l'échec ou acceptaient des affaires sans avoir les compétences requises, dans l'unique but de facturer. La crise de la Covid n'avait pas amélioré les choses. Le premier confinement avait engendré des pertes financières pour tous les cabinets et les justiciables qui avaient également souffert de la crise se montraient plus réticents à engager une procédure et mégotaient sur les honoraires.

La veuve Gasparo rompit le silence qui s'était installé entre elles.

— Écoutez, je veux seulement que vous étudiiez les pièces et que vous me donniez un avis objectif. Rien de plus.

— Ce n'est pas mon travail. Si vous avez un doute sur les circonstances de la mort de votre époux, vous devriez plutôt consulter un détective privé.

— Non, je veux que ce soit vous qui vous occupiez de ce dossier.

— Et pourquoi donc ?

— Pour être tout à fait honnête, je ne vous connais pas et je vous trouve plutôt jeune. Mais votre père m'a convaincue de m'adresser à vous. Et je lui fais confiance. J'ai besoin d'un regard neuf sur cette affaire.

La femme élégante déposa son dossier sur la table.

— Je veux juste votre avis. Rien de plus.

Elle marqua une pause et reprit.

— Il y a mes coordonnées à l'intérieur et un chèque de deux mille euros, ça devrait couvrir vos honoraires pour la lecture du dossier. Sinon, je compléterai.

Louise vit la femme tourner les talons, prendre son manteau et se diriger vers le comptoir pour régler sa note. Jordan qui se trouvait à l'entrée n'avait rien perdu de la scène. Il se précipita sur la porte pour l'ouvrir quand la veuve Gasparo quitta le restaurant et la gratifia d'un sourire séducteur. Satisfait de lui, il vint ensuite s'installer à leur table.

— Bien gaulée. C'était qui ?

— La veuve d'Alain Gasparo, l'agent immobilier dont on a retrouvé les restes au pied d'une falaise.

— Elle te voulait quoi ?

Louise coula un regard sur le dossier bleu azur.

— Elle veut que je relise la procédure concernant l'enquête. Elle ne croit pas à la thèse de l'accident retenue par le proc. Elle pense que son mari a été assassiné.

— Elle a des éléments ?

— Un SMS étrange que son mari lui a envoyé le soir de sa mort. Il se trouvait en forêt alors qu'il n'aurait pas dû y être.

Jordan fit une grimace.

— Si tu veux, je jetterai un coup d'œil au dossier pour te donner aussi mon avis.

— D'accord.

Louise venait souvent manger au bouchon avec son associé. Ses parents avaient adopté Jordan dès leur première rencontre. Il faut dire qu'il avait su y mettre les formes. Comme pour une présentation à de futurs beaux-parents, il était arrivé au restaurant avec un énorme bouquet de fleurs et s'était montré drôle et chaleureux avec le couple de restaurateurs. Mais c'est son coup de fourchette qui avait emporté l'affection des époux Pariset. Une personne qui appréciait leur cuisine ne pouvait que leur être sympathique. Et Jordan ne se forçait jamais pour faire honneur à leur table.

— On commande ?

— Oui. C'est quoi le plat du jour ?

— Risotto au saint-marcellin.

— Parfait.

Louise fit un signe à son père.

— Alors qu'est-ce que vous voulez manger les enfants ?

— On va prendre deux risottos.

— C'est noté.

— Dis-moi papa, tu ne trouves pas étonnant que madame Gasparo soit venue au restaurant avec son dossier sous le bras et un chèque de provision ? Tu n'aurais pas organisé cette rencontre sans me prévenir ?

— J'ai peut-être oublié de t'en parler.

Jean Pariset fit un clin d'œil à sa fille et partit en cuisine. Louise sourit. Son père ne ratait jamais une occasion de lui faire de la publicité et de lui envoyer des clients.

Après le repas, Jordan jeta un coup d'œil à sa montre, il était treize heures trente.

— Bon, je retourne bosser, j'ai un dossier à conclure devant la cour. Aujourd'hui, c'est le dernier délai.

— Tu crains.

— Il faut vivre dangereusement. Toi, tu es trop sage !

Bien sûr qu'elle était sage en matière de délais. Devant la cour d'appel, les règles étaient si strictes que le moindre oubli pouvait avoir des conséquences catastrophiques. En début de procédure, chaque avocat disposait d'un délai de trois mois pour déposer ses écritures, d'abord l'avocat de l'appelant, puis l'avocat de l'intimé. Si l'avocat dépassait ce délai, cela rendait son appel caduc. S'il était en défense, il ne pouvait pas faire valoir les arguments de son client. Une catastrophe en somme. Avec une déclaration de sinistre à la clé. À la différence de Jordan, Louise faisait son maximum pour conclure bien avant le dernier jour imparti. Elle détestait l'idée de travailler en urgence et de prendre des risques inutiles.

*

La rouste qu'il avait collée au clodo l'avait contraint à délaisser la place Meissonier et à rester terré chez lui pendant quelques jours, le temps que les choses se tassent. La veille et l'avant-veille, il était passé devant l'église. Il n'y avait pas de flics et aucune trace du « Polack », à part cette tache sombre de sang séché. Peut-être que le SDF était à l'hôpital ou peut-être qu'il était mort. Il s'en foutait. Il y avait longtemps qu'il avait perdu tout sentiment d'empathie. Sa seule préoccupation était de reprendre sa place à côté de l'église, d'endosser son rôle de clodo et de surveiller Gilles Tournier. En attendant, il allait jouer avec les nerfs du dentiste. Il venait de le voir partir en tenue de sport et lui réservait une petite surprise à son retour. Il jeta un regard circulaire autour de lui, il n'y avait plus grand monde, la nuit commençait à s'installer. Discrètement, il sortit une bombe de peinture blanche et en aspergea la plaque professionnelle de Tournier. Quand le dentiste s'apercevrait des dégradations, il mettrait sûrement ça sur le dos de petits merdeux désœuvrés. Et c'est exactement ce qu'il voulait, que Tournier ne se doute de rien. Qu'il regarde ailleurs pendant que lui l'observerait, tranquillement assis sur le trottoir. Et jour après jour, il resserrerait l'étau, comme on serre un nœud coulant autour d'une gorge. Il allait harceler le dentiste de petits gestes destructeurs et le rendre complètement parano. Il voulait que s'insinue en lui la peur d'être traqué. Comme Gasparo l'avait ressentie. Il serait aux premières loges pour assister à la lente descente aux enfers de Tournier. Après, il le tuerait.

Il quitta la place en marchant tranquillement. Il aurait bien aimé voir la gueule du dentiste devant sa plaque vandalisée, mais il devait rester prudent. Pour que son plan fonctionne, Tournier ne devait surtout pas le lier aux dégradations qu'il lui causerait. Il décida de ne pas remettre les pieds dans le coin avant le lundi suivant.

*

Face à la basilique de Fourvière, Gilles Tournier s'accorda cinq minutes pour reprendre son souffle et se désaltérer. Il était content de lui. Chaque semaine, il améliorait un peu plus ses performances. Il était encore loin des quarante-deux kilomètres d'un marathon, mais il était persuadé qu'il y arriverait. D'ici deux ou trois semaines, il ajouterait un quart d'heure à son temps de course, et ainsi de suite jusqu'à ce qu'il soit parfaitement à l'aise. Il rêvait de courir le marathon de New York. Pour cette année, c'était cuit. Mais il comptait bien y participer l'année prochaine. Quand il y pensait, il s'imaginait fouler les rues bétonnées de Staten Island, de Brooklyn, du Queens, remonter l'Upper East Side jusqu'au Bronx, et terminer sa course dans Central Park, devant des milliers de personnes venues applaudir des coureurs comme lui. Quel pied ! Et quelle fierté. S'il continuait à s'entraîner régulièrement, il y arriverait, il en était certain. Quand il avait expliqué son projet de marathon à son épouse, elle n'avait montré aucun enthousiasme. Anne-Sophie n'aimait pas New York. Pour elle, c'était une ville trop bruyante, trop prétentieuse, trop américaine. Elle qui, par ses origines bretonnes, chérissait les vieilles pierres et les matériaux nobles, ne trouvait aucun charme à cette ville tout en démesure. Tournier avait été blessé du désintérêt de sa femme pour ce projet qui lui tenait vraiment à cœur, mais il n'y avait pas pour autant renoncé. Puisque personne ne voulait l'accompagner, il irait seul. Et finalement, c'était très bien comme ça.

Arrivé en bas du parc, il traversa le pont Alphonse Juin en direction de son cabinet. Au pied de l'immeuble, il se figea devant sa plaque. Elle était recouverte d'une peinture blanche. À son départ, tout à l'heure, elle n'était pas dégradée, il en était certain. Il se retourna et inspecta la place. Il n'y avait personne qui puisse ressembler à un vandale. Tournier serra les dents pour ne pas laisser échapper sa colère. Il aurait bien voulu tomber sur ces sales gamins en train de détériorer sa plaque, il leur aurait fait passer l'envie de recommencer. Le dentiste pénétra dans son allée et grimpa les marches jusqu'au deuxième étage. Dans son local technique, il récupéra une vieille serviette et du produit détergent. De retour à l'extérieur de l'immeuble, il commença à frotter sa plaque. Plus il frottait, plus la peinture s'étalait. Au bout de quelques secondes, il abandonna. Le résultat était catastrophique. Il y avait maintenant de grandes traînées sales sur toute la plaque. Il observa une nouvelle fois la place. Des gens du quartier déambulaient tranquillement. Mais pas de petits cons en skate et baggy à l'horizon. Le froid commençait à le faire grelotter. Il ne devait pas rester comme ça, il risquait de tomber malade. Demain, il demanderait à son assistante d'appeler le graveur pour qu'il vienne nettoyer sa plaque, il avait sûrement des produits spéciaux.

*

Louise pénétra dans le palais de justice. Son visage s'éclaira quand elle vit Jean-Marc près du portique de détection de métaux. De tous les policiers qui assuraient la sécurité du palais, c'était celui qu'elle préférait. Jean-Marc faisait partie de la réserve opérationnelle. Policier à la retraite, il travaillait ponctuellement au sein du palais de justice, veillant au maintien de l'ordre et à la sécurité de tous les acteurs de justice.

— Comment ça va Louise ?

— Aujourd'hui, je n'ai pas d'audience correctionnelle, tu es tranquille.

Jean-Marc sourit à l'allusion. Plusieurs mois plus tôt, il avait dû intervenir en audience pour protéger Louise de la famille d'un délinquant qui l'avait menacée de mort à l'énoncé du verdict correctionnel. Louise défendait un jeune homme qui avait été roué de coups pour un simple regard à la sortie d'une boîte de nuit. Son agresseur, bien connu de la justice, avait écopé d'une peine de prison ferme. La mère et les frères du condamné n'avaient pas supporté la condamnation. Ils criaient à l'injustice et avaient promis le pire à Louise. Jean-Marc et son collègue avaient dû l'escorter jusqu'à la sortie du palais de justice. Depuis, ils en plaisantaient.

Louise entama la descente des marches menant à l'espace avocats. Derrière la longue banque, Hervé, l'employé chargé de la distribution du courrier, était occupé à faire des photocopies. Elle le salua d'un signe de la main et se dirigea sur sa gauche. Face à elle se dressaient de part et d'autre de la grande pièce de longues rangées de cases dont le bois était particulièrement inesthétique. Au-dessus de chacune de ces cases, une étiquette vert bouteille indiquait le nom d'une juridiction ou le numéro d'un avocat du barreau de Lyon. Celui de Louise était le neuf cent soixante-dix. Elle sortit une pile de documents de sa sacoche et commença la distribution à ses confrères ainsi qu'aux différents greffes. Avec la généralisation des envois par mail, elle avait de moins en moins de courrier à déposer dans les cases de ses confrères mais pour une transmission de pièces volumineuses ou un envoi de chèque, la voie du palais restait privilégiée. Louise récupéra ensuite son courrier. Un de ses dossiers de « plaidoirie » lui avait été retourné avec la décision rendue. Elle retint son souffle en constatant qu'il s'agissait du dossier de madame De Oliveira. Sa cliente souhaitait quitter la région lyonnaise avec ses deux enfants, pour retourner vivre dans le Sud d'où elle était originaire. Elle avait trouvé un appartement, un travail, une école pour ses enfants et proposait au père un droit de visite élargi. Celui-ci avait refusé la proposition et ne voulait pas signer le certificat de radiation pour le changement d'école des enfants. Il avait fallu saisir le JAF en urgence. Louise voulait à tout prix gagner ce dossier pour que sa cliente puisse se sortir d'une spirale infernale. À cause de son ex-mari, elle avait perdu son travail et se retrouvait dans une situation de grande précarité. Avant d'être licenciée, la jeune femme était aide-soignante dans une structure pour personnes âgées. Elle travaillait certains week-ends et s'était arrangée avec sa cheffe pour que ses week-ends travaillés correspondent aux week-ends où le père prenait ses enfants. Mais, depuis que ce dernier avait refait sa vie, il se désintéressait des gamins et ne les prenait quasiment plus, empêchant de fait son ex-femme d'aller travailler. Une fois, une seule, la cliente de Louise avait anticipé l'absence du père en faisant garder ses enfants par une amie. Monsieur avait déposé plainte pour « non-représentation d'enfant ». Par chance pour la jeune femme, la plainte avait été classée sans suite, mais madame De Oliveira avait retenu la leçon, elle n'anticipait plus. Donc, un week-end sur deux, elle attendait avec angoisse que son ex-mari frappe à sa porte et la plupart du temps, cela n'arrivait pas. À force d'absences répétées, la jeune femme avait été licenciée. L'ex-mari, lui, par contre, ne risquait absolument rien à ne pas exercer son droit de visite. Aucune loi ne prévoyait d'obligation en ce sens, ni de sanction en cas de défaillance. Seul un jugement favorable pourrait permettre à la cliente de Louise de reprendre sa vie en main.

Louise consulta directement le « Par ces motifs » qui fixait les mesures ordonnées par le magistrat, les premières pages de la décision relataient le contexte, les suivantes l'argumentaire de chaque partie, puis le raisonnement du juge pour expliquer sa décision. L'avocate lirait le jugement dans son entièreté plus tard, l'urgence n'était pas aux palabres. Un petit « yes » vainqueur lui échappa quand elle constata que sa cliente avait été autorisée à déménager dans le Sud et que le père avait un droit de visite élargi, avec la charge des trajets et une pension alimentaire à verser pour ses enfants. C'était une excellente décision. Elle jeta un regard circulaire autour d'elle. Dans la spacieuse pièce du fond, qui faisait office de salle de pause, elle aperçut quelques confrères qui discutaient assis à une table. Mais personne à proximité d'elle. Louise sortit son téléphone et composa le numéro de sa cliente. « Bonjour madame De Oliveira, c'est Maître Pariset. J'ai la décision. Vous allez pouvoir déménager avec vos enfants ! » Au téléphone, sa cliente pleurait de joie. Elle la remerciait et la gratifiait de tout un tas de compliments. Quand Louise raccrocha, elle avait, elle aussi, les yeux un peu humides. Dans ces moments-là, quand elle avait le sentiment d'avoir réparé une injustice, elle appréciait particulièrement son métier.

La jeune avocate rangea son courrier dans sa sacoche et traversa la grande pièce. Hervé était toujours occupé à faire des photocopies. Louise se dirigea vers le vestiaire où étaient pendues des robes d'avocats, chacune protégée du vol par un cadenas. Cet espace ressemblait plus à l'arrière-boutique d'un pressing qu'à un vestiaire de professionnels du droit. Louise Pariset déverrouilla son cadenas et enfila sa robe. Ainsi vêtue, elle avait le droit de pénétrer dans n'importe quelle salle d'audience publique. Louise se sentait différente quand elle portait sa robe noire. Même si elle s'employait à rester humble en toutes circonstances, elle ressentait toujours cette petite pointe de fierté qui la faisait marcher tête haute dans les couloirs du palais de justice. Elle faisait partie d'un microcosme privilégié. Ses clients l'appelaient « Maître » et s'en remettaient à elle pour leur procédure. Elle avait prêté serment pour ça. Pour mettre sa connaissance du droit au service de ses concitoyens. Elle avait répété cette phrase que chaque avocat prononce lors de sa prestation de serment. « Je jure, comme avocat, d'exercer mes fonctions avec dignité, conscience, indépendance, probité et humanité. » Elle aimait son métier, elle en était fière. Et cette fierté s'exprimait bien malgré elle lorsqu'elle revêtait sa robe.

En sortant du vestiaire, elle aperçut un de ses confrères et sentit son corps se crisper. Maître Girard avait la sale habitude d'être un peu trop tactile avec ses consœurs. Surtout les plus jeunes. Louise en avait déjà été victime, une fois. Elle attendait son tour pour passer en audience, il était là, juste à côté d'elle, un peu trop près. Il avait engagé la conversation, lui avait demandé son nom. Il ne la connaissait pas, le barreau comptait près de quatre mille avocats. Mais Louise, elle, connaissait son nom et sa réputation. Girard faisait le beau, parlait de lui, de ses grands procès, de sa gloire passée. Et puis d'un coup, sans que Louise n'ait eu le temps de réagir, il lui avait passé une main dans le bas du dos, la caressant tranquillement. Louise s'était dégagée d'un pas et lui avait jeté un regard sombre. Son confrère avait ignoré sa mise en garde et avait fait comme si de rien n'était. Tout le monde était au courant des agissements de Girard mais aucun des bâtonniers qui s'étaient succédé ne l'avait jamais sanctionné. Girard était intouchable, lui. L'avocate se faufila discrètement vers la sortie, après que le vieux libidineux eut jeté son dévolu sur une autre consœur.

*

C'était la deuxième fois que Babacar, son colocataire, essayait de le recruter pour livrer un peu de drogue à des particuliers. Kofi avait refusé. Ça ne changeait pas grand-chose à ce qu'il faisait quotidiennement, mais c'était illégal et Kofi savait que s'il acceptait une fois, il ne pourrait pas arrêter. Et peut-être qu'il finirait lui-même par se droguer.

Il poussa la porte du bazar situé dans le quartier de la Guillotière, sortit une liasse de billets de vingt euros de sa poche, la tendit à regret au propriétaire du magasin et lui donna les instructions pour effectuer un transfert d'argent à destination de Dakar. Kofi était l'aîné de sa fratrie, celui sur qui reposaient tous les espoirs de sa famille. Ce n'était pas juste. Il avait à peine vingt ans et se retrouvait dans l'obligation d'assumer ses six frères et sœurs et ses parents. Parce qu'il était l'aîné, son père l'avait contraint à l'exil. Il lui avait martelé qu'il devait quitter le pays pour aider sa famille. Partir tant qu'il était mineur parce qu'en France, on ne les expulsait pas. Mais Kofi ne voulait ni quitter sa maison, ni sa famille, et encore moins son pays. Il avait peur de l'immensité de l'océan, de sa noirceur. Il avait déjà entendu parler de tous ces gens que les vagues avaient engloutis. Des hommes, des femmes et même des enfants. Pour une poignée de survivants que l'océan avait laissés en vie, combien de corps avaient été avalés ? Kofi ne voulait pas être de ceux-là. Sa vie était à Yoff. C'était là qu'il était né, dans cette commune de pêcheurs, à une dizaine de kilomètres de Dakar. Il n'envisageait pas de vivre ailleurs que dans son quartier de Tonghor. Il en connaissait toutes les rues, toutes les maisons. Il pouvait appeler chaque habitant par son nom. Il connaissait la profession de chacun d'entre eux. Il savait qui était riche, qui était sur la liste noire des commerçants, comme l'étaient ses parents. Il savait qui était en conflit avec son voisin, qui trompait sa femme ou son mari. Tous les jours, après les cours, il retrouvait ses amis pour jouer au foot sur la plage. Quand ils étaient fatigués, et que le sable collait à leur peau comme la chapelure au poisson, ils se jetaient dans les vagues de l'océan. Ceux d'entre eux qui avaient quelques pièces poussaient jusqu'au bazar, juste après la plage, et s'achetaient des canettes de soda. Après l'accident de son père, Kofi était devenu le plus pauvre de son groupe d'amis. Le vieux était tombé d'un échafaudage et s'était brisé un genou. L'opération qu'il avait subie par la suite s'était mal passée, son père ne pouvait plus marcher sans l'aide de sa canne. Et plutôt que d'offrir aux voisins le spectacle de sa débâcle, il préférait passer ses journées assis sur sa chaise, devant la porte de leur maison, à donner des ordres à ceux de ses enfants qui lui tombaient sous la main. Avant son accident, le père de Kofi était un maçon dont le travail était reconnu bien au-delà de Yoff. Parfois, on venait de Dakar pour lui proposer des chantiers. Avec l'argent qu'il gagnait, il avait entrepris d'agrandir leur maison, en y ajoutant un étage. Il voulait y faire une chambre pour chacun de ses sept enfants. Sa maison, c'était sa fierté, son signe extérieur de richesse. Aujourd'hui, elle était pour tous la preuve de sa chute. Le premier étage ne serait jamais achevé. Les murs avaient été montés, mais il n'y aurait jamais ni fenêtres ni portes. Après l'accident, l'argent était devenu une denrée rare chez les Diallo. Contre l'avis de son mari, madame Diallo avait commencé à travailler. Elle faisait des travaux de couture ou préparait des plats à emporter. Mais cela ne suffisait pas pour nourrir neuf personnes. Finalement, tous les regards s'étaient tournés vers Kofi. Il devait quitter Yoff pour aider sa famille. Kofi avait résisté. Il voulait continuer à rêver sa jeune vie. Un jour, il serait le nouveau Pogba ou serait riche comme Griezmann. C'était ça son rêve et il attendait qu'un recruteur le remarque sur la plage de Yoff. S'il s'exilait, il ne serait jamais footballeur professionnel, il le savait. Et puis, il y avait Coumba. Sa jolie voisine. Elle lui avait promis de l'épouser, plus tard. S'il partait, elle l'oublierait, c'était certain.

À seize ans, pour calmer les colères de son père, Kofi avait abandonné ses études et s'était mis en quête d'un travail. On lui avait parlé du broutage. C'était illégal. S'il se faisait attraper, il irait en prison, mais ce travail rapportait pas mal d'argent. Discrètement, Kofi avait suivi une formation chez un notable de la ville, il était devenu un escroc de l'amour en ligne. À son père, il avait expliqué qu'il travaillait dans un garage, à Dakar.

Kofi passait ses journées à envoyer des séries d'e-mails à des pigeons français en leur faisant croire qu'il recherchait l'amour. Quand un client mordait à l'hameçon, il devait essayer de lui soutirer le plus d'argent possible. Son patron, un ancien brouteur, tenait toujours le même discours au sujet des Blancs et de leur manque d'amour. « Les Blancs ne savent pas profiter de la vie. Ils travaillent, ils travaillent, ils n'ont que ce mot-là à la bouche. L'amour, ils l'oublient. Mais quand ils se réveillent, c'est trop tard, ils ont vieilli et plus personne ne veut de leur corps ratatiné. C'est pour ça qu'ils vont traquer l'amour ailleurs. Ils le cherchent là où les femmes sont plus douces et moins capricieuses. Ces hommes-là sont prêts à franchir n'importe quelle frontière pour la douceur de bras aimants. Eux, l'océan ne les arrête pas parce qu'ils ont l'argent pour prendre l'avion. » Et c'est cet argent-là que Kofi devait essayer de leur soutirer.

Kofi apprenait vite et profitait de l'expérience des plus anciens. Son travail ne lui plaisait pas mais il lui permettait de faire vivre sa famille. Avec l'argent qu'il parvenait à détourner de la main rapace de son père, il emmenait Coumba danser dans un bar où les brouteurs se retrouvaient.

Quand il broutait, Kofi ne se faisait jamais passer pour une femme cherchant l'amour d'un homme, il ne se sentait pas à l'aise avec ça. D'autres garçons le faisaient, mais pas lui, il ne supportait pas l'idée qu'un homme puisse lui écrire des mots d'amour. Par contre, il aimait bien charmer les femmes. Il testait sur ses « clientes » son baratin et se prenait au jeu de la séduction. Bien sûr, il lui fallait un peu d'imagination pour cela, les femmes qui tombaient dans son piège étaient toujours bien plus âgées que lui, la plupart avaient l'âge de sa mère, et même plus. Si aucune de ses « clientes » n'avait réussi à faire battre son cœur comme Coumba le faisait battre, ces femmes lui permettaient de travailler ses talents de beau parleur. Et il s'en sortait plutôt bien.

Une fois, Kofi avait hameçonné une Française de plus de cinquante ans. Elle n'était pas jolie, mais il la trouvait gentille. Karine avait trois enfants, deux fils et une fille, tous des adultes. Elle était divorcée et se sentait seule. Lui soutirer le peu d'argent qu'elle avait économisé l'avait mis mal à l'aise. Il aurait préféré tomber sur une femme plus riche à qui l'escroquerie aurait fait moins de mal, mais comme disait toujours son mentor : « C'est eux ou nous. » Kofi devait nourrir sa famille, il n'avait pas le choix. Karine lui avait envoyé deux fois l'équivalent du prix d'un billet d'avion Dakar-Paris. Les deux fois, elle l'avait attendu à l'aéroport de Roissy. Il n'était jamais descendu de l'avion. Il avait prétexté un accident de voiture pour le premier vol raté. Pour le deuxième, sa tante était morte. Ce n'était pas tout à fait faux, elle était bien malade, mais pas encore morte. Karine avait souffert des mensonges de Kofi. Elle le lui avait dit avant de couper tout lien avec lui. La Française s'était certainement imaginé une nouvelle vie avec ce beau trentenaire derrière la photo de qui Kofi se cachait. Elle se voyait main dans la main avec son homme, dans les rues de sa ville. Elle avait peut-être déjà parlé de ce nouvel amour à sa famille, à ses enfants aussi. Sûrement qu'elle s'endormait chaque soir en rêvant de leurs baisers et de leur corps nus, l'un contre l'autre, comme Kofi s'imaginait sa vie future avec Coumba. Il était vraiment désolé d'avoir causé autant de chagrin à la Française, mais il n'avait aucun regret. Avec une partie de l'argent qu'il lui avait soutiré, il avait pu acheter une bague de fiançailles à Coumba. Elle aussi lui en avait offert une, une belle bague épaisse, surmontée d'une pierre rouge, qui avait appartenu à sa grand-mère.

Quelques mois plus tard, Kofi avait été arrêté par la police. Comme il était le neveu d'une personnalité de la ville, on l'avait relâché contre quelques billets. Une fois rentré chez lui, il avait dû affronter la colère de son père. C'était comme si un ouragan était entré par la fenêtre de leur maison et avait tout renversé. Même sa mère semblait retournée. Elle se tenait dans un coin de la pièce, assise à même le sol. Du sang coulant de sa narine avait taché son boubou. Kofi s'était précipité pour la relever mais la main ferme de son oncle l'en avait empêché. Celui-ci l'avait sévèrement corrigé, le traitant de menteur et de voyou, entre chaque coup qu'il lui assenait. Kofi avait menti à son père et sans les relations de son oncle, il aurait eu de sérieux problèmes avec la justice. Après cet incident, on ne lui avait plus laissé le choix. Il partirait pour la France.

Kofi sortit du bazar les poches vides. Il décadenassa son vélo et repartit en direction du deuxième arrondissement, déterminé à faire le plus de courses possible.

*

David Klein coupa le moteur et alluma une cigarette avant de sortir de son véhicule. Devant l'entrepôt transformé en boîte de nuit pour l'occasion, quatre de ses vigiles surveillaient les abords du site et filtraient les entrées. À l'intérieur, il y avait encore des gars à lui. L'entrepôt avait été loué par deux jeunes entrepreneurs spécialisés dans l'événementiel. Des gosses de riches qui organisaient des soirées pour une jeunesse privilégiée. Klein avait facturé un max pour assurer la sécurité de cette soirée. Avant de traverser la route, il observa son reflet dans la vitre de son 4X4. Lissa sa barbe impeccablement taillée et vérifia que son catogan était suffisamment serré pour ne laisser échapper aucune mèche. Satisfait de l'image qu'il renvoyait, il rejoignit son équipe, s'assura que tout se passait bien, avant d'entrer dans l'entrepôt où, déjà, une centaine de personnes se déhanchaient au son d'une musique électro. Klein retrouva Sofiane appuyé contre le bar éphémère. Il observait la foule.

— Comment ça se passe ?

Son bras droit désigna la foule d'un geste du menton.

— J'ai jamais vu autant de bourges au mètre carré.

— Tant mieux, avec eux on n'aura pas de problèmes. Espérons juste que la racaille de la cité d'à côté ne va pas se pointer.

Sofiane lui jeta un regard torve.

— Un peu de mixité sociale, ça nous ferait de l'animation.

— Je ne veux pas de débordements ce soir. Tu m'entends ? Les mecs nous payent au black. S'il y a le moindre problème, ça va nous retomber dessus. Retourne dehors avec les autres, et préviens-moi si tu vois des merdeux en jogging à l'entrée.

Sofiane partit d'un pas exagérément lent vers la sortie. Klein connaissait les limites de son bras droit. Il était né dans une cité, il y vivait encore. Son esprit était aussi étriqué qu'un jardin entouré de barres d'immeubles. Pour Sofiane, la cité passait avant le reste. Klein, lui, ne faisait partie d'aucun microcosme, c'était un avantage. Même s'il avait effectué sa scolarité dans le privé, il venait d'un milieu populaire. Les parents de ses copains étaient notaires, dentistes, agents immobiliers ou avocats, tandis que son père, lui, tenait un bar. Klein avait appris à vivre sur le fil du rasoir. Entre les beaux quartiers et les cités. Il en avait même fait son fonds de commerce. Il protégeait les possessions des plus riches contre le désir des plus pauvres et ironiquement ceux qu'il employait pour faire ce travail venaient des quartiers sensibles. David Klein n'avait pas de camp à défendre, seul son business comptait. Ce soir, si tout se passait bien, il se mettrait un paquet de fric dans la poche. Et, moins il en déclarerait au fisc, plus il entuberait son ex. Depuis qu'ils étaient séparés, la mère de ses enfants lui livrait une bataille féroce. Elle voulait le plumer, elle le lui avait promis quand elle l'avait viré du domicile conjugal. Et Nadia tenait toujours ses promesses. Désormais, ils se battaient pour tout, pour la maison, pour la pension alimentaire, pour les parts de sa société. Même pour les gamins, ils s'étaient battus. Sacha et Adam avaient été entendus par le juge aux affaires familiales qui avait fixé un droit de visite à l'amiable. La bonne blague. Maintenant, c'était aux *gones*[10] de décider s'ils avaient envie de le voir ou non. Et apparemment, ils n'en avaient pas envie, puisque ça faisait six mois qu'il n'avait plus de nouvelles.

Trois filles s'approchèrent du bar et commandèrent à boire. Klein les détailla discrètement. Elles devaient avoir autour de vingt-cinq ans. Les cheveux longs, tombant sur les épaules, des corps fins, fermes. Il imaginait déjà ses mains sur les seins de la brune, la plus jolie. Il fit un signe au barman indiquant que les consommations étaient pour lui. Les filles le remercièrent à grand renfort de sourires. L'une d'elles vint poser un baiser au coin de ses lèvres. Il aurait préféré que ce soit la brune qui vienne l'embrasser, il la trouvait terriblement sexy, mais pour tirer un coup dans sa voiture ou derrière le bâtiment, il n'allait pas faire le difficile, il accepterait ce qu'on lui proposait. La musique couvrait toutes les discussions. Il retint la blonde par la main, se rapprocha de son visage, elle sentait l'alcool. « Tu viens fumer une clope dehors ? » Elle acquiesça en souriant.

David Klein la devança vers la sortie. Sofiane surgit devant lui.

---

10 Gones : Nom masculin qui désigne un jeune enfant (régional - Lyon). Synonyme : gosse.

— Y a des mecs qui veulent entrer sans invitation. On fait quoi ?

— On les vire.

— T'es sûr ? Ils sont que six. Si on les fait entrer, on peut les surveiller. Si on les fait dégager, ils risquent de revenir à vingt ou trente.

— Si on les fait entrer, ils vont faire des selfies et tous leurs potes vont rappliquer. Ils sont où ?

Sofiane entrouvrit légèrement la porte et désigna un groupe du menton.

— Là-bas.

— Tu te fous de ma gueule ? T'as vu leur dégaine. Dégage-les de là.

Sofiane accompagné d'un autre vigile sortit de l'entrepôt pour parlementer avec les gamins. De là où Klein se trouvait, il n'entendait pas ce qu'ils se disaient mais le ton était visiblement en train de monter. Un des gamins pointa Sofiane du doigt et lui lança : « T'inquiète, on va revenir et on va vous faire la misère. Bande de bâtards ! » Klein les suivit du regard jusqu'à ce qu'ils aient disparu dans la nuit. Une voix féminine le rappela à l'ordre.

— Alors, on la fume cette clope ?

— Casse-toi. Je suis occupé.

La jeune fille haussa les épaules et tourna les talons sans demander son reste.

Klein espérait que ces sales merdeux n'avaient lancé que des paroles en l'air, mais rien n'était moins sûr. Et finalement, il avait presque envie qu'ils reviennent. Pour qu'il puisse se défouler sur quelqu'un d'avoir viré la blonde.

Son téléphone sonna dans sa poche. Il consulta l'écran. C'était Florence Gasparo. Elle commençait vraiment à l'énerver avec ses histoires. Il refusa l'appel. La veuve d'Alain finirait bien par se lasser. Sinon, il lui enverrait Sofiane.

*

L'idée lui était venue en traînant son ennui dans le studio. S'il voulait ressembler à un vrai SDF, il devait avoir son clébard. Et il savait exactement ce qu'il cherchait. Pas un cabot de race, ni un « chien à sa mémère ». Non, lui, ce qu'il voulait, c'était un bâtard, à poils ras. Le genre de chiens que les clochards adoptent pour se tenir compagnie et attirer la générosité des passants.

Depuis plus d'une heure maintenant, il arpentait les rues de Lyon. Plus tôt, il avait croisé une joggeuse avec un chien qui courait derrière elle, sans laisse. Il avait traversé la rue pour se rapprocher. Le clébard s'était arrêté net et lui avait grogné dessus. Sa maîtresse s'était excusée, au moins trois fois, avant d'attacher son chien et de repartir en courant. Le clébard avait suivi la gonzesse mais il continuait à se retourner pour le surveiller. Contrairement à sa maîtresse, l'animal avait perçu le danger, il avait senti l'acidité de sa transpiration et l'agressivité de ses gestes.

Dans un parc du quartier de La Buire, il repéra enfin une proie facile. Une vieille qui promenait tranquillement son chien. Le clébard était blanc et noir, pas trop haut sur pattes. Exactement ce qu'il recherchait. Cette fois, il s'approcha doucement de la vieille dame, s'accroupit près du chien et tendit la main pour le caresser. L'animal la lécha en battant de la queue. C'était bon signe.

— C'est une femelle ou un mâle ?

La vieille était sur ses gardes, elle tirait discrètement sur la laisse pour faire revenir son cabot près d'elle. Il lui faisait sans doute peur avec son œil fermé.

— C'est une femelle.

— Elle a l'air plutôt gentille votre chienne.

— Oui. Surtout avec les enfants.

— Elle s'appelle comment ?

— Scarlett.

— Putain, c'est moche.

Il se redressa et, d'un coup sec, tira sur la laisse. La grand-mère partit en avant et chuta, face contre terre.

Il se précipita vers la sortie du parc en tirant la chienne derrière lui. Dans son dos, la vieille l'appelait en gémissant. Scarlett ne savait plus quoi faire, elle se retournait vers sa maîtresse en aboyant. Il lui balança un coup de pied qui la fit glapir de douleur. Quand il entendit dans son dos quelqu'un crier « arrêtez-le ! », il se mit à courir à toute vitesse. Scarlett suivit son allure, cette fois, sans se faire prier. Il enfila les rues au hasard, à gauche, à droite, traversa un carrefour. Dès qu'il fut assez loin du parc, il se retourna et constata que personne ne le suivait. Il ralentit son allure pour ne pas éveiller les soupçons et fit glisser son masque chirurgical sous son menton pour respirer plus librement. Maintenant que la tension était retombée, Scarlett traînait derrière lui, elle cherchait sa maîtresse en gémissant. Il tira sur la laisse pour qu'elle avance à son rythme. Elle avait un nom ridicule mais elle avait l'air sympa, cette chienne. Lui aussi avait eu un chien autrefois. Il s'appelait Blacky, à cause de sa couleur de poil. Son père avait trouvé le cabot dans la rue et l'avait ramené chez eux. Ce chien était devenu son chien, il s'en occupait tout le temps. Dès qu'il rentrait de l'école, il posait son cartable dans sa chambre et ressortait avec Blacky en laisse, au prétexte de lui faire faire ses besoins. Il jouait avec son chien, lui apprenait à donner la patte, et le laissait dormir sur son lit. Sa mère avait vaguement râlé le premier jour de l'arrivée de Blacky parce qu'un chien lui donnerait forcément plus de travail à la maison. Un regard de son époux avait suffi à la persuader du contraire.

Blacky était le seul à lui manifester de l'amour. Il lui faisait la fête quand il rentrait de l'école. Et, quand son père le frappait pour une raison ou une autre, le chien se collait tout contre lui et le consolait en posant une patte sur son genou.

Blacky était vraiment gentil mais il aboyait. Les voisins s'en plaignaient, ça faisait beaucoup d'histoires. Malgré les raclées que son père lui administrait à lui aussi, Blacky s'entêtait à vouloir faire son travail de chien de garde, il aboyait. Un soir, Blacky n'avait pas reconnu le vieux qui rentrait du boulot en titubant. Il s'était jeté contre le portail et avait aboyé, toutes dents dehors. Mais, peut-être qu'au contraire, Blacky l'avait reconnu et n'avait pas voulu le laisser rentrer parce qu'il était bourré et qu'il allait, une nouvelle fois, cogner sur tout le monde. En tout cas, le vieux, ça l'avait mis en rogne. Sûrement que sa journée avait été plus merdique que les précédentes. Sûrement aussi qu'il avait trop picolé. Comme tous les soirs. Et l'alcool le rendait particulièrement mauvais. Le vieux était entré dans la maison en se tenant aux murs, il avait lâché sa mallette dans l'entrée en gueulant qu'il allait régler son compte au chien. Il était ressorti. Dans le garage, il avait pris la pelle à neige. Des bruits sourds avaient commencé à résonner dans le jardin, suivis de jurons alcoolisés. Sa mère avait monté le son de la télé pour ne rien entendre. Lui, il pleurait dans sa chambre. Entre deux sanglots, il murmurait des prières pour que quelqu'un protège son chien. Il suppliait Blacky de déguerpir. *Va-t'en Blacky ! Allez, pars !* Mais Blacky aimait trop son jeune maître pour l'abandonner. À force d'envoyer des coups au hasard, le vieux avait fini par atteindre le chien qui avait glapi de douleur. Il y eut un autre bruit sourd et puis un dernier. Blacky n'avait plus jamais aboyé. Son père était rentré une heure plus tard, en nage. Creuser une tombe au fond du jardin l'avait fait dessoûler. Blacky était mort. Et lui n'avait jamais pu oublier cette maudite soirée, elle était restée gravée dans sa mémoire, comme une vilaine cicatrice sur la peau.

Ce jour-là et pendant de longues semaines, il s'était imaginé tuer son père pour venger la mort de son chien. Il en rêvait la nuit et quand il se réveillait, il réfléchissait à la manière de mettre son plan à exécution. Dans la cuisine, il avait volé un gros couteau qu'il cachait sous son oreiller en attendant le moment opportun pour crever le vieux. Il ne savait pas où frapper pour que le coup soit mortel, mais c'était sans importance. Il ferait comme dans les films d'horreur que sa mère regardait quand le vieux dormait. Il criblerait son père de dizaines de coups et ne s'arrêterait que lorsqu'il serait mort. Manque de bol, sa mère s'était rendu compte de la disparition du couteau. Elle s'était précipitée dans sa chambre et lui avait collé deux bonnes gifles. Elle n'avait pas songé à le consoler pour Blacky, mais le baffer, oui, ça, elle y avait pensé.

Les mois passant, il s'était convaincu que les vrais coupables, ceux qui avaient mis la pression au vieux pour qu'il fasse cesser les aboiements, c'étaient les voisins. Eux seuls étaient responsables de la mort de son chien. Alors, patiemment, il avait attendu l'heure de sa vengeance. Il avait douze ans quand les voisins firent l'acquisition d'un nouveau chat. Le précédent avait traîné sa vieillesse dans leur maison jusqu'à ce qu'il crève. Le nouveau était téméraire. C'était un gentil mâle tout blanc qui se faufilait régulièrement à travers la haie et venait se frotter contre ses jambes en miaulant. Un jour, après les cours, il avait retiré le cordon de sa capuche de sweat-shirt et l'avait passé autour du cou de la petite bête à poils. Tout doucement, pour ne pas l'effrayer, il avait resserré la corde. Simba, c'était son nom, s'était laissé faire en ronronnant. Alors, il avait tiré un peu plus fort sur la corde en bloquant le chat avec ses deux pieds. La pauvre bête s'était débattue, un peu, mais très vite, elle était morte. Il se souvenait avoir joué quelques minutes avec son cadavre inerte, s'en servant de marionnette. Quand il s'était lassé de son jeu, il avait jeté la dépouille de l'animal par-dessus la haie des voisins. Voilà, Blacky était vengé. Dans la soirée, la voisine avait appelé son chat avec inquiétude. Ne le voyant pas rentrer, elle avait fait le tour du jardin. Et quand elle avait trouvé la bête crevée, son cri avait transpercé les murs de la maison.

Arrivé chez lui, il sortit une vieille boîte en plastique et la remplit d'eau. Il la déposa au sol pour que Scarlett puisse boire. La chienne se recroquevilla dans un coin de la pièce et commença à pousser de petits gémissements. Il s'assit dans le canapé hors d'usage qui lui servait de lit et repensa à la vieille qu'il avait fait tomber en tirant trop fort sur la laisse, au chagrin qu'elle devait ressentir après le vol de sa chienne. Lui ne ressentait rien. C'était son enfance qui l'avait rendu comme ça. Parce qu'il n'était pas né mauvais, non, il l'était devenu. Comme son père était devenu mauvais. Il se souvenait parfaitement de ses premières années avec ses parents. Le couple était heureux, au moins jusqu'à ses cinq ans. Et puis, ça avait gentiment commencé à dérailler. Son vieux qui était commercial dans une concession automobile avait pris l'habitude de fêter la fin de semaine au bar, avec deux ou trois collègues. Les habitudes s'étaient transformées en besoin. La bouteille était devenue son unique raison de vivre. Il se levait pour boire et se couchait bourré. L'alcool avait fait de lui un autre homme. Quand il était aviné, son père tapait sur sa mère et le lendemain il lui jurait qu'il l'aimait. Au moins jusqu'au soir. Et quand son père se lassait de cogner sur sa mère, il s'en prenait à lui. Au début, c'était des gifles, mais en grandissant les coups de son père étaient devenus plus méchants. Selon son humeur, le vieux se servait de sa ceinture ou de ses poings pour le corriger. Avec le temps, il avait pardonné les coups de son père, ça lui avait forgé le caractère, comme on dit. Ceux à qui il ne pardonnerait jamais, c'était les autres, tous les autres, ceux qui lui avaient pourri la vie, comme Gasparo, Tournier et Klein. Eux, ils étaient responsables de la haine qui bouillait en lui. Et l'heure de la vengeance avait sonné.

*

Assis sur un plot en béton, son vélo appuyé contre la terrasse en bois du *Newtree café,* situé rue de la Charité, Kofi regardait des vidéos en attendant que l'application lui propose une livraison de petits déjeuners. Il la vit arriver du coin de l'œil. Une voiture de police. Son sang se figea dans ses veines, son cœur se mit à battre de manière anarchique. La voiture ralentit et s'arrêta en face de lui, de l'autre côté de la rue. Kofi se força à regarder son portable comme si de rien n'était. Combien y avait-il de chances que ces policiers se soient arrêtés pour les gâteaux du magasin et pas pour le contrôler, lui ? Cinquante pour cent ? Plus ? Oui, sûrement plus, le *Newtree* avait bonne réputation dans le coin. Il respira par à-coups et attendit. De toute façon, il ne pouvait pas s'enfuir. S'il tentait quoi que ce soit, il serait vite rattrapé. Le policier qui se trouvait côté conducteur sortit de la voiture, saisit son pantalon à deux mains et le fit remonter sous son ventre. À sa ceinture, Kofi reconnut l'étui d'une arme, une paire de menottes, la matraque et sans doute une bombe lacrymogène. Il n'en fallait pas plus à un policier pour maîtriser un clandestin comme lui. Le deuxième flic rejoignit son collègue. Ils traversèrent la route ensemble et passèrent entre le jeune livreur et son vélo sans lui accorder la moindre attention. Le téléphone de Kofi vibra. L'application lui proposait une course. Il hésita de longues secondes et finit par l'accepter. Il avait besoin d'argent. Il attendrait que les policiers aient quitté le magasin pour y entrer. Il allait juste déplacer son vélo pour ne plus se trouver sur leur chemin quand ils sortiraient du café. Il se redressa, endossa son sac réfrigéré et, au moment de prendre son vélo, s'aperçut qu'un des deux policiers, le moins gros, était sur le pas de la porte et l'observait avec insistance. Kofi manœuvra son vélo avec des gestes lents pour ne pas éveiller les soupçons. Le policier avança vers lui et l'interpella « Eh, toi ! Attends ! » Non, Kofi ne voulait pas attendre ! Il sauta sur sa selle et appuya de toutes ses forces sur la pédale. Son vélo roula sur quelques mètres avant d'être stoppé net. Le policier avait attrapé son sac et l'empêchait de fuir. Dans la panique, Kofi lança son bras en arrière pour se libérer de l'emprise. La bague que lui avait offerte Coumba cogna durement le policier au visage l'obligeant à lâcher prise. Kofi appuya de nouveau sur la pédale, le vélo s'élança enfin. Derrière lui, le policier le poursuivait à pied, une main posée sur la moitié du visage, comme un pansement. Kofi le distança sans difficulté, le problème, c'était l'autre policier. Kofi l'avait vu traverser la route en courant et monter dans la voiture. Ils allaient se lancer à sa poursuite. Le jeune Sénégalais n'avait aucune chance de s'en sortir. En plus d'être un clandestin, il était maintenant un délinquant qui venait de blesser un policier. S'il se faisait prendre, il irait tout droit en prison. Et, à sa sortie, on le renverrait chez lui. Il prit la première rue à droite. Rue Sala. La peur l'empêchait de réfléchir. Il allait tout perdre s'il se faisait attraper. Au croisement, il prit la première rue à gauche. Il se rendit compte qu'elle était à sens unique, les voitures venaient d'en face. Il avait de la chance, les policiers ne pourraient pas le suivre. Derrière lui, il entendit le gyrophare et des pneus crisser. Il se tourna rapidement et vit que la voiture continuait sa route. Ils allaient essayer de le coincer plus haut, par une rue à droite. Il n'avait pas de temps à perdre. Kofi pédalait comme un fou. Une camionnette arriva en face, il ne pouvait pas ralentir. Il serra les coudes et se ratatina sur lui-même pour prendre le moins de place possible. Le véhicule freina brutalement et mit un petit coup de volant pour l'éviter. Kofi se cogna au rétroviseur. Le conducteur hurla quelque chose que le Sénégalais ne chercha pas à comprendre. Il pédalait sans s'arrêter. À chaque croisement, il serrait les dents, persuadé que les policiers allaient le coincer ou le percuter pour le stopper. Arrivé sur une place qu'il pensa être la place Jean Carnot, il s'engouffra dans le parc sans réfléchir. C'était risqué de s'arrêter, mais il serait plus à l'abri dans un square que sur la route. Il se dirigea vers un banc vide, dos à la route. Coucha son vélo au sol. Posa son sac dessus. Il quitta sa veste aux couleurs de la plateforme, la roula en boule et la coinça entre ses jambes. Voilà, il ne ressemblait plus à un livreur de repas. Son corps ruisselait de trouille, sa transpiration était acide et sa bouche pâteuse. Il scrutait toutes les rues à la recherche de la voiture de police, quand il la vit arriver derrière lui. Il se pencha en avant et fit mine de lacer sa chaussure. Penché comme il était, les policiers ne pouvaient pas le voir. Mais lui voyait bien le véhicule sérigraphié, roulant au pas autour du parc. La voiture s'engouffra dans une rue en face et disparut. Kofi se redressa doucement. Son cœur battait la chamade, il prit deux ou trois grandes inspirations. Il avait échappé au pire. Et ça, c'était grâce à la bague de Coumba. Il l'embrassa et se dit que cette bague était son porte-bonheur.

En redressant son vélo, il se souvint qu'il avait accepté une course. Il se connecta à l'application et informa la plateforme qu'il avait crevé. Peut-être que ça le sauverait d'une sanction. Il l'espérait en tout cas. Il attendit avant de repartir. Une trentaine de minutes. Le temps que les policiers abandonnent leurs recherches. Sa matinée de livraison était fichue. Il ne pourrait plus retourner devant le *Newtree café*, c'était prendre trop de risques. Il se déconnecta, désabusé, et s'éloigna le plus vite possible de cet endroit. Il ne savait pas s'il devait renoncer ou pas à ses livraisons de la journée. D'un côté, s'il ne voulait pas recroiser les policiers, il était préférable d'abandonner. De l'autre, s'il ne réservait pas de créneaux, ses statistiques risquaient de baisser et la plateforme le sanctionnerait sur les prochains créneaux.

Il se dirigea vers la place de la Bourse. Il demanderait conseil à Cheikhou.

*

Louise frappa à la porte et, sans attendre de réponse, pénétra dans la maison en lançant « C'est moi ! » dans le couloir. De bonnes odeurs de cuisine flottaient dans l'air, elle en eut immédiatement l'eau à la bouche. Elle retira son manteau et ses bottes dans l'entrée. Se glissa dans une vieille paire de chaussons à sa pointure. Même si elle n'habitait plus chez ses parents depuis de nombreuses années, cette maison était toujours la sienne. Elle y avait grandi de ses six ans à ses dix-neuf ans, et restait très attachée à cette bâtisse en pierre apparente. Les volets bleus lui donnaient un air provençal, terre d'origine de sa mère. En hiver, toute la famille mangeait sur la belle table en bois massif installée dans la véranda. La vue sur le jardin, protégé du bruit de la ville par un épais mur en pierre, y était agréable en toutes saisons.

Jade sortit d'une chambre en poussant des cris joyeux. Louise prit sa nièce dans ses bras et l'embrassa dans le cou. Dans la cuisine ouverte sur le salon, elle trouva sa mère qui finissait de couper un saucisson brioché et son père qui débouchait une bouteille de vin. Elle les embrassa et fit un clin d'œil à son frère et à sa belle-sœur, avachis dans le canapé, un peu plus loin.

Jade gesticula dans les bras de Louise pour être reposée au sol. Elle attrapa une chips dans une assiette avant d'entraîner sa tante dans la chambre où elle était en train de jouer. Louise s'installa au sol sur le tapis épais, le dos appuyé contre le lit blanc. Aux murs, il y avait toujours les posters qu'elle avait punaisés à l'adolescence : Beyoncé, Rihanna, Britney Spears. Sur l'étagère blanche, sa collection de livres du Club des Cinq voisinait avec des romans classiques. Et dans une caisse en plastique que Jade avait ouverte, il y avait quelques Barbie usées par le temps et les jeux. Sa mère n'avait rien jeté. Aujourd'hui, Louise se rendait compte à quel point elle était privilégiée. Ses parents avaient financé ses études et son appartement près de la fac de droit du troisième arrondissement. Elle avait profité de sa jeunesse, n'avait jamais manqué de rien et surtout pas d'amour. Jade la sortit de ses pensées en lui montrant comment on donnait le biberon à un poupon. De ce point de vue, sa nièce était plus expérimentée qu'elle. Louise gardait toujours dans un coin de son esprit le désir d'avoir un enfant, mais elle ne voulait pas être une mère célibataire. La jeune avocate se releva et proposa à sa nièce de rejoindre tout le monde. Sa nièce râla mais la suivit quand même.

De retour dans le salon, Louise s'installa dans un fauteuil, près de son frère et sa belle-sœur.

— Alors, quoi de neuf les tourtereaux ?

— On survit.

Louise sourit. Avec leur teint pâle et leurs cernes violets, Julien et sa femme, Solène, ressemblaient aux zombies de *The Walking Dead*. Ils vivaient au rythme des nuits blanches de leur fille et des maladies en tout genre qu'elle attrapait à la crèche. La dernière en date était une conjonctivite purulente. Solène avait dû garder sa fille à la maison pendant trois jours.

— Faites des gosses...

— Et toi, quoi de neuf ? J'ai lu dans le journal que tu assurais la défense d'un dealer qui s'est fait choper.

— Oui, je dois aller le voir à Corbas.

— Pourquoi tu défends ces mecs-là ?

— C'est mon travail frérot, tu le sais.

Julien fit une moue désapprobatrice.

— Ouais, blablabla, tout le monde a le droit d'être défendu. Blablabla, c'est ça la démocratie.

Louise connaissait la position de son frère concernant certains de ses clients. Pour lui, les voleurs, les trafiquants, les criminels ne méritaient pas d'être défendus. Non seulement leur défense amputait une partie du budget de la justice, puisque les avocats qui les défendaient étaient payés à l'aide juridictionnelle la plupart du temps, mais en plus, une fois condamnés, ces délinquants, ces criminels continuaient à coûter de l'argent à l'État puisqu'ils étaient nourris et logés aux frais de la princesse. Louise ne lui avait jamais expliqué que l'État prenait également en charge les indemnités à verser aux victimes quand les personnes condamnées n'étaient pas solvables. Son frère n'avait pas besoin d'arguments supplémentaires pour s'agacer. Louise comprenait bien qu'on puisse vouloir vivre en paix, dans une société sans criminalité, mais cette société-là n'existait pas. Et dans une démocratie, on ne pouvait pas exclure définitivement ceux qui posaient problème.

La jeune avocate se leva et embrassa son frère sur la joue. Malgré quelques désaccords, ils s'adoraient.

Jean Pariset demanda à sa fille si elle avait pu jeter un coup d'œil au dossier de la veuve Gasparo. « Non, pas encore, j'ai eu beaucoup de travail. Mais je m'en occupe la semaine prochaine. » Édith Pariset intervint. « C'est dimanche, laissez-la tranquille. Je sers le saucisson ? » Tous répondirent oui en chœur et vinrent s'installer à table. À la maison, c'était Édith Pariset la cheffe. Son mari avait interdiction de mettre les pieds dans sa cuisine. Elle voulait qu'il profite de son dimanche pour se reposer, le restaurant lui prenait suffisamment d'énergie comme ça.

Jean Pariset souleva sa bouteille de vin rouge.

— Qui veut du vin ?

Jade, qui s'était installée la première à table, tendit son verre et fit rire tout le monde.

— Ah, je reconnais bien là ma petite-fille !

Jean Pariset se tourna vers Louise.

— Dis-moi Louise, tu as goûté le condrieu ?

— Ah oui, j'ai oublié de te le dire. J'aime beaucoup.

— Je m'en doutais. Tu passeras au restaurant, je t'ai mis un carton de côté. Ton frère a déjà récupéré le sien.

Louise ne répondit pas. Ce que faisait son père s'apparentait à un abus de bien social. Ils en avaient déjà discuté. Mais Jean Pariset n'était pas de cet avis. Quand son fournisseur lui proposait du bon vin, il aimait en faire profiter sa famille. Point.

*

À midi, il quitta son appartement. Scarlett le suivait docilement. Dès qu'il se retournait pour la regarder, elle s'aplatissait au sol en gémissant. Il était obligé de lui brailler dessus pour qu'elle se relève. Cette nuit, elle avait bouffé une de ses baskets. Il lui avait mis une bonne raclée pour qu'elle ne recommence pas. *Putain de clebs.*

Il arriva place Meissonier et sortit une petite couverture de son sac à dos. Scarlett ne se fit pas prier pour se coucher dessus. En prenant soin du chien, il était sûr d'attirer la sympathie des gens et de forcer un peu plus leur générosité. Autant gagner quelques pièces tout en assurant sa surveillance. Maintenant qu'il avait un chien, les gens ne le regardaient plus du tout. Ils s'attendrissaient sur Scarlett, demandaient son prénom ou son âge, mais pas un passant ne le regardait, lui. Et il faisait tout pour que ça n'arrive pas. Il gardait sa casquette bien enfoncée sur la tête pour que sa paupière fermée reste cachée aux passants.

Il sortit sa petite boîte en métal, la posa au sol, coinça le carton sur lequel il avait griffonné quelques mots. *S'il vous plaît, une pièce pour nourrir mon chien.* Il s'installa à son tour. Maintenant, il avait l'air d'un vrai clodo.

Assis, juste en face de l'immeuble où travaillait Gilles Tournier, il attendait tranquillement sa cible. De temps en temps, il apercevait le dentiste, vêtu de sa blouse blanche, passant devant une fenêtre. Il connaissait le cabinet dentaire comme s'il y était entré. En surfant sur le Net, il avait trouvé quelques photos des locaux. À l'entrée, une secrétaire accueillait les clients, assise derrière une banque arrondie. Sur la photo, la femme ressemblait plus à une bourgeoise issue d'un quartier huppé qu'à une simple secrétaire. Elle avait des lèvres aussi grosses que celles d'un mérou et son visage semblait figé par les liftings. Il se demandait si c'était vraiment l'assistante dentaire. Il avait un doute. Dans la salle d'attente, il y avait un écran de télé fixé au mur. Les informations devaient tourner en continu pour abrutir les patients stressés à l'idée de se faire soigner les dents. La salle de soins se situait dans une pièce à droite, là où Tournier faisait régulièrement ses apparitions. Il l'imaginait triturant la bouche pourrie de ses patients friqués, en leur dressant, avec son air pincé, la liste de tout ce qu'il ferait pour leur rendre un sourire immaculé. Ce salaud incarnait tout ce qu'il détestait. Cette bourgeoisie prétentieuse qui méprisait ceux que la vie avait maltraités. Au fond, quel était le mérite de ces gens qui n'avaient jamais eu à se battre pour s'en sortir ? Ils n'en avaient aucun. Ils étaient juste nés dans le bon berceau. C'était une question de chance. Pas de quoi bomber le torse. Dès leur plus tendre enfance, on leur montrait la route toute tracée qu'ils emprunteraient. Des études dans les meilleures écoles, des cours particuliers pour les plus mauvais. Les « fils à papa » embrassaient la carrière de leur père, comme un mafieux embrasse son parrain, sur la bouche, en jurant fidélité à l'entreprise. Aux gosses de riches, on payait des leçons d'équitation. Aux gamins des cités, une licence de boxe anglaise. Les pauvres ont toujours été pragmatiques. Pour survivre, il faut apprendre à se défendre. C'est pour ça qu'il détestait ces sales bourgeois. Ils étaient nés riches sans en avoir jamais bavé et avaient fait de leurs privilèges une arme contre les plus fragiles. Lui, il avait dû se servir de ses poings. Pas à pas, silencieusement, il avait gravi les marches. Désormais, il était arrivé au plus haut niveau. Il était devenu le prédateur de tous ceux qui se croyaient à l'abri. Il allait prendre à ces salopards ce qu'ils lui avaient pris. La vie. Et Tournier serait le prochain à mourir. Il sourit dans le vide. À côté de lui, Scarlett l'observait, recroquevillée contre le mur en pierre. Qu'est-ce qu'il allait bien pouvoir faire d'elle une fois qu'il aurait réglé son compte à Tournier ?

*

Juste avant de tourner à l'angle de la rue, Gilles Tournier s'aperçut de la présence d'un SDF, installé sur le trottoir d'en face, entre l'église et le bureau de tabac. Il ne ressemblait pas au clochard bourré dont Odile s'était plainte. Celui-ci était petit et maigre. Le gars était assis en tailleur, sur un carton. Son chien, à côté de lui, dormait sur une couverture. Un type qui prenait soin de son chien ne pouvait pas être un mauvais bougre. Le dentiste pénétra dans la supérette. Constata qu'il y avait la queue en caisse. Soupira. Attendre l'agaçait prodigieusement. Dans les rayons, il attrapa distraitement de quoi se nourrir, un sachet de riz à réchauffer, du jambon, un paquet de yaourts, et rejoignit le flot des clients qui attendaient pour payer.

En sortant de la supérette, il jeta un regard en coin au clodo. S'il avait été sur le même trottoir, il lui aurait peut-être donné sa monnaie, mais le SDF était en face, il n'allait pas traverser juste pour ça. Il longea la rue jusqu'à son allée, saisit le code d'entrée de l'immeuble et s'engouffra dans l'ascenseur.

Odile était assise à son poste. Elle travaillait en buvant sa soupe. Il claqua la porte un peu trop fort. Elle sursauta. S'il lui faisait subir la même brutalité que celle dont elle faisait montre, peut-être qu'elle finirait par comprendre que la délicatesse était préférable.

Tournier s'approcha de la fenêtre.

— Votre clodo est revenu.

— Oui, j'ai vu.

— Où en est le nettoyage de la plaque ?

— Elle est irrécupérable. Le graveur va nous envoyer son devis pour le remplacement.

— Et bien sûr, vous avez gobé son baratin. On voit que ce n'est pas vous qui payez la facture.

Son téléphone vibra dans sa poche. Il le consulta. Sa femme. Il soupira. Ces derniers temps, les conversations avec Anne-Sophie ne tournaient qu'autour de leur fille. Enora était en pleine crise d'adolescence. Elle ne travaillait pas en cours, portait des vêtements de plus en plus courts et fréquentait des petits merdeux pubères qui se croyaient plus virils que les autres parce qu'ils fumaient des joints et se saoulaient le week-end avec l'alcool piqué dans le bar de leurs parents. Rien de bien nouveau. Il l'avait fait dans sa jeunesse, ses amis aussi. Mais sa femme avait besoin de s'inquiéter. C'était sans doute comme ça qu'elle avait le sentiment d'être une bonne mère. En faisant de toute situation négative une catastrophe. Leur fils, lui, était à un âge où les enfants ne posent pas de problème. Elouan était bon élève et faisait ce qu'on lui demandait, sans rébellion. C'était pour cette raison que Tournier préférait sa compagnie à celle de sa fille. Le week-end, il l'emmenait volontiers au tennis. Elouan n'avait pas de talent particulier, mais son père appréciait ce moment paisible entre hommes. Il décrocha sans enthousiasme.

— Oui ?

— Je ne la supporte plus !

— Qu'est-ce qu'il y a encore ?

D'une oreille distraite, Tournier écouta sa femme se plaindre de leur fille.

*

Louise Pariset extirpa le dossier bleu de sous une pile. En l'ouvrant, elle s'aperçut que le chèque de deux mille euros était toujours à sa place. Elle avait oublié de le déposer à la banque.

Elle s'installa dans son fauteuil et commença à éplucher les pièces. Elle lut rapidement quelques procès-verbaux sans intérêt pour se concentrer sur l'audition de Florence Gasparo. Le soir de la disparition de son mari, elle s'était couchée très tôt parce qu'elle souffrait d'une migraine. Elle avait mis son portable en mode « avion » et s'était endormie. Dans la nuit, constatant que son mari n'était pas rentré, elle s'était inquiétée. En désactivant le mode « avion », elle avait trouvé le message qu'il lui avait envoyé « Je suis en forêt au-dessus de... ». Elle avait essayé de le joindre, il n'avait pas répondu. Au petit matin, elle s'était précipitée au commissariat pour déclarer sa disparition. On l'avait gentiment renvoyée chez elle, la priant de revenir plus tard si son époux ne réapparaissait pas. Ce qu'elle avait fait le lendemain.

Très vite, elle avait été considérée comme suspecte par la police. Les enquêteurs n'avaient ni cadavre à exploiter ni preuve de la culpabilité de Florence Gasparo, mais ils s'appuyaient sur des statistiques connues de tous : la plupart des crimes sont commis par un proche de la victime. Les crimes gratuits sont rares. Et comme le téléphone de l'épouse était en mode « avion » jusque tard dans la nuit, les policiers l'avaient soupçonnée d'avoir des choses à cacher. Ils l'avaient placée sur écoute. Avaient épluché sa vie, sa téléphonie, ses réseaux sociaux, tout avait été passé au peigne fin et cela avait porté ses fruits puisque les flics avaient trouvé un mobile de meurtre. L'adultère. Florence Gasparo avait eu une aventure avec Laurent Barnier, l'associé de son mari. D'après l'audition de la veuve, elle avait cédé aux avances de l'associé de son époux pour se venger de ce dernier qui la trompait régulièrement. L'histoire des deux amants s'était très vite terminée, la veuve estimant que c'était une erreur. Laurent Barnier l'avait relancée une ou deux fois et puis, il avait fini par renoncer. Leur téléphonie avait été scrutée à la loupe. Rien dans leurs SMS ne suggérait une quelconque complicité meurtrière et leurs échanges s'étaient arrêtés deux mois avant le décès d'Alain Gasparo.

Les comptes bancaires de la société immobilière avaient été épluchés, tout comme ceux de Florence Gasparo et de Laurent Barnier. Les policiers n'avaient rien trouvé qui puisse les mettre sur une piste criminelle.

La veuve et l'associé étaient restés des coupables privilégiés, mais faute de cadavre et de preuves, les enquêteurs avaient dû se résoudre à chercher un mobile de disparition ailleurs. Ils avaient épluché la liste des clients de chacune des agences immobilières d'Alain Gasparo et de Laurent Barnier. Ils avaient inspecté la moindre transaction immobilière suspecte. Les agents immobiliers pouvaient être confrontés à des trafiquants qui rachetaient des fonds de commerce sous un prête-nom pour blanchir l'argent sale. Louise en avait déjà entendu parler. Ce n'était pas nouveau. Ces dernières années, les soupçons se portaient sur les kebabs ou les ongleries, mais cela pouvait concerner d'autres commerces, comme les primeurs, ou les barbiers. Pour blanchir, il suffisait de gonfler artificiellement les recettes quotidiennes en injectant dans la caisse de l'argent sale. Et le tour était joué.

Louise referma son dossier et se rendit dans la cuisine pour se faire un café. Jordan était assis à la table, il lisait le journal.

— Je vais faire une remise de chèques cet après-midi, tu as quelque chose à déposer ?

— Non. Personne ne paye en ce moment.

— Jordan, il faut que tu arrêtes de bosser sans être réglé de tes honoraires.

— Je sais.

Le problème de Jordan, c'était la confiance. Quand un client lui jurait qu'il payerait le mois suivant, il le croyait sur parole. Sauf que la parole ne valait plus grand-chose. Une fois l'audience passée, une fois la crainte d'une condamnation oubliée, une fois le divorce prononcé, certains clients disparaissaient dans la nature sans se soucier de l'ardoise qu'ils laissaient chez leur avocat. Louise lui répétait sans cesse qu'il devait se faire payer avant l'audience. Elle-même se battait en permanence pour être réglée de ses honoraires. Il fallait toujours relancer, parfois menacer de stopper la procédure, pour être payée de son travail. C'était usant.

Jordan replia son journal et but une gorgée de café.

— Ah, au fait, j'ai jeté un coup d'œil à ton dossier Gasparo.

— Tu en penses quoi ?

— De la veuve ? Ou de son dossier ?

— Allez, sois sérieux, là !

— Pour moi, la thèse du suicide ne tient pas. Sa femme l'a trompé une fois avec son associé, mais il ne l'a pas su. D'après ta cliente, il ne se gênait pas pour coucher à droite et à gauche. Il n'avait pas de problème de santé, pas de problèmes de fric. Franchement il n'avait pas le profil du mec au bout du rouleau. Et si on part du postulat que ce n'est pas un accident, il ne reste que l'hypothèse du meurtre. L'agent immobilier a peut-être trempé dans une affaire louche et s'est fait buter.

— Possible.

— Tu as lu le compte rendu d'autopsie ?

— Non, pas encore.

— Le corps a été bouffé par des animaux sauvages. Ils n'ont retrouvé que des ossements.

— C'est pour ça que le proc' a conclu à une mort accidentelle. Pour les statistiques, c'est mieux qu'un crime non élucidé.

— Exactement.

— Je ne vois pas bien ce que je vais pouvoir faire pour madame Gasparo.

— Y a rien à faire. Encaisse ton chèque et rends-lui son dossier.

*

Kofi claqua la porte de l'appartement, soulagé d'être rentré. Depuis qu'il avait blessé ce policier, deux jours plus tôt, il était tout le temps stressé. Quand il partait travailler, il se montrait plus vigilant sur la route, évitait de griller les feux ou de rouler sur les trottoirs. S'il apercevait une voiture de police, comme c'était arrivé la veille, ses mains se mettaient à trembler et son ventre se tordait de douleur, il était incapable de rouler. La menace d'être arrêté et renvoyé au pays n'avait jamais été aussi réelle, il sentait qu'elle lui rôdait autour en permanence.

Il jeta un coup d'œil dans la première chambre, elle était vide. Adama et Babacar n'étaient pas encore rentrés. Il poussa la porte de sa chambre, Cheikhou était allongé sur son lit, un bras derrière la tête, l'autre collant son portable contre son oreille. Son ami lui fit un clin d'œil et reprit sa conversation. Kofi savait qu'il parlait à une femme parce qu'il rigolait plus que d'habitude et ses mots étaient doux et sucrés comme de petits morceaux d'ananas qu'il écrasait délicatement contre son palais pour en extraire le jus. La femme au bout du fil, c'était sûrement cette Française que Cheikhou fréquentait depuis plusieurs semaines. Kofi l'avait déjà vue. Elle devait avoir au moins quarante ans. Petite et maigre, elle n'était ni moche ni jolie. Kofi la trouvait juste trop âgée pour son ami. Mais ça, Cheikhou s'en fichait pas mal. Lui, ce qui l'intéressait, c'était l'argent de cette femme et ses papiers de Française. Il ne s'en cachait pas, il s'en vantait même. Laurence, c'était son prénom, l'aidait financièrement. Quand il avait besoin d'une nouvelle veste, ou d'une paire de chaussures, Cheikhou n'hésitait pas à lui en parler. Et Laurence ne disait jamais non. En échange, Cheikhou se montrait gentil avec elle. Kofi posa son sac réfrigéré au pied de son lit et quitta la chambre pour laisser son ami finir sa conversation. Arrivé dans la cuisine, il soupira. La vaisselle n'était pas faite. Il y avait une casserole et une poêle dans l'évier. La règle, c'était pourtant que chacun devait nettoyer ce qu'il salissait. Babacar, puisque Kofi savait qu'il s'agissait de lui, se fichait pas mal des règles. Il cuisinait et mettait sa vaisselle sale dans l'évier. Peut-être qu'il s'imaginait encore que sa mère viendrait nettoyer derrière lui. Sauf que sa mère était à des milliers de kilomètres de là ! C'était comme le frigo, il y avait un étage pour chacun. Mais de temps en temps, Kofi remarquait qu'il lui manquait quelque chose, un œuf, du lait. Quand il s'énervait après ses colocataires, chacun d'eux levait les mains en l'air en jurant qu'il était innocent.

Kofi prit la poêle et commença à la frotter avec l'éponge. Cheikhou sortit de la chambre, visiblement content de lui.

— Mon frère, je vais bientôt avoir de nouvelles baskets !

— C'était Laurence ?

— Oui.

— Elle est trop vieille pour toi ! Pourquoi tu ne cherches pas une fille de ton âge ?

— Parce qu'elles ne veulent pas se marier. Moi, je veux me marier pour avoir mes papiers. J'ai dit à Laurence que je voulais vivre avec elle.

— Tu fais semblant de l'aimer.

— Et alors, y a que comme ça qu'on peut avoir nos papiers.

— Moi j'aime Coumba. Je ne veux pas me marier avec quelqu'un d'autre.

— Tu te maries juste pour les papiers. Après tu divorces et tu fais venir Coumba ici. Je connais quelqu'un qui peut te trouver une femme. C'est son business, il organise des faux mariages. Mais il faut que tu lui donnes cinq cents euros. Parce que c'est lui qui te trouve la femme et après c'est lui qui va voir l'avocat pour le divorce. Il s'occupe de tout.

— J'ai pas cet argent. Tu as payé toi, pour Laurence ?

— Non, parce que je l'ai trouvée moi-même.

Son ami avait toujours une solution pour tout. Sûrement parce qu'il avait compris avant tout le monde qu'il ne fallait compter que sur soi si on voulait s'en sortir. Kofi ne savait pas grand-chose de la vie de Cheikhou. Même si son ami essayait de les cacher, il avait vu ses cicatrices sur ses mollets et son dos. Cheikhou avait été battu. C'était certain. Mais par qui ? Il l'ignorait. Cheikhou ne parlait jamais de sa vie d'avant. Il n'appelait jamais personne au pays. Et quand, dans les discussions, quelqu'un venait à parler du Sénégal, il n'avait rien à en dire. Cheikhou était comme un arbre sans racines. C'est pour ça qu'il allait là où le vent le poussait.

— Qu'est-ce que tu fais là ?

— La vaisselle.

— Pourquoi ? T'es pas la mère de Babacar.

— Et comment je fais cuire mes œufs si la poêle est sale ?

*

Depuis deux jours, aux aurores, il venait s'installer sur le trottoir de la rue Chenavard, face à la place Meissonier. Il voulait connaître toutes les habitudes de Tournier. Il avait déjà remarqué que le dentiste ouvrait son cabinet dentaire à huit heures et demie, le matin. Sa secrétaire arrivait après, à neuf heures. Le soir, la secrétaire quittait son travail à dix-huit heures. Tournier, lui, ne partait jamais avant vingt heures, sauf quand il allait courir. La veille, le dentiste était sorti en tenue de sport à dix-neuf heures. Il l'avait vu partir en direction des quais. Il sortit un petit carnet de sa poche et feuilleta quelques pages. Il entoura deux jours au stylo. Lundi et jeudi. Il était prêt à parier que le dentiste s'entraînait toujours les mêmes soirs. Et sans doute que son parcours de course était toujours le même. Tournier était du genre routinier. À l'occasion, il le suivrait sur son trajet pour connaître son itinéraire. Par curiosité. Il rangea son carnet en souriant. Bientôt, il passerait à l'acte.

Le début de matinée s'étira péniblement. Il s'ennuyait à rester assis sans rien faire d'autre que de regarder les gens passer. Dire bonjour. Essayer de soutirer une pièce ou deux à des passants radins. Et attendre. Dans le froid. Aux alentours de dix heures, il trouva enfin de quoi se divertir. Un homme âgé, avec une blouse bleue à l'ancienne, s'arrêta devant l'allée du dentiste. Le vieux posa au sol une boîte en carton et une caisse à outils. Avec une lenteur insupportable, il dévissa doucement chaque vis de la plaque du dentiste. Le vieux rangea le tout dans sa caisse et sortit une plaque neuve d'un carton. De là où il se trouvait, il avait l'impression qu'elle était en plexiglas opaque. Le croulant la vissa au mur aussi lentement qu'il avait dévissé l'autre. Une fois son travail terminé, il sortit son téléphone portable de sa poche. Une minute plus tard, Tournier apparut devant l'allée pour valider le travail du vieux. Le dentiste avait une jolie plaque neuve. Un sourire moqueur s'afficha au coin de ses lèvres. La plaque ne resterait pas longtemps comme ça. Il était en train de réfléchir aux prochaines crasses qu'il allait faire à Tournier quand un bruit de pièces entrechoquées le fit émerger de ses pensées et le ramena au coin de bitume où il était assis. « Merci Madame. Bonne journée Madame. » La personne âgée acquiesça d'un air satisfait. Cette salope venait de lui donner une pièce de dix centimes et elle en était fière. Il avait envie de se lever, de lui arracher son sac, après lui avoir collé un pain. Elle était sûrement pleine aux as. Il suivit du regard la vieille qui s'éloignait. Peut-être qu'il reviendrait dans le quartier lui régler son compte un de ces quatre.

À midi et demi, la porte d'entrée du numéro deux de la place Meissonier s'ouvrit. Tournier s'arrêta quelques secondes devant sa plaque. Satisfait, il traversa la place avant de bifurquer à l'angle de la rue pour entrer dans la supérette. Les journées de ce connard étaient vraiment toutes les mêmes. Il laissa passer une minute, enfonça un peu plus sa casquette sur son crâne et tira sur la laisse pour que Scarlett se lève. Ensemble, ils traversèrent la rue et s'engouffrèrent à leur tour dans le magasin.

Il prenait un risque à suivre Tournier de si près, mais il avait envie de s'amuser un peu. Il parcourut les rayons à la hâte, attrapa dans un frigo une bière pour lui et plus loin un sachet de friandises pour la chienne. Voilà, il était un client comme un autre. Le dentiste arpentait les rayons, en quête de son repas. Quand Tournier se dirigea vers la caisse, il lui emboîta le pas. Il se tenait juste derrière lui, à portée de couteau. Il pouvait le tuer à tout moment, là, dans ce magasin, ou juste sur le trottoir, en sortant. Sa vie lui appartenait désormais. Sur le tapis roulant, Tournier déposa une boîte de carottes râpées, un paquet de jambon et une bouteille d'eau pétillante. Tu parles d'un repas ! Juste après, il posa sa bière et la bouffe pour Scarlett.

*

Gilles Tournier sentit une présence dans son dos. Trop près. Beaucoup trop près. Il se retourna. L'odeur le saisit à la gorge, comme deux mains qui l'étranglaient. Le clodo puait la crasse et le bitume. C'était infâme. Tournier régla sa note, prit ses articles et se précipita hors du magasin. À l'extérieur, il respira profondément, une fois, deux fois, mais il était trop tard pour enrayer sa crise de panique. Il se sentait contaminé par l'odeur pestilentielle. Il devait s'en débarrasser au plus vite. Il avala les deux étages de l'allée jusqu'à son cabinet. Posa ses courses dans le local technique et se précipita dans sa salle de bains. Il fit couler l'eau à gros bouillons, se savonna frénétiquement les mains et termina en s'aspergeant le visage. Depuis la crise sanitaire, sa phobie des microbes en tous genres s'était aggravée. Il mesura son stress à l'aide de sa montre connectée. Il était dans le rouge. Seule l'odeur éthérée de son cabinet médical avait le pouvoir de l'apaiser. Il se laissa tomber sur la chaise et s'essuya le visage dans une serviette qui sentait bon la lessive. Il avait eu raison de faire rénover cette pièce quand il avait racheté les locaux. Anne-Sophie ne comprenait pas l'intérêt de conserver une salle de bains dans des locaux professionnels. C'était pour elle une perte de place. Mais Tournier n'avait pas écouté sa femme. Après tout, c'était son cabinet médical. Il avait fait remplacer la baignoire par une cabine de douche à l'italienne. Fait changer le lavabo ébréché et repeindre la pièce en blanc. Aujourd'hui, cette pièce était indispensable à son bien-être, encore plus depuis qu'il pratiquait assidûment la course à pied. Et personne d'autre que lui n'y avait accès.

*

Quand il sortit de la supérette, Tournier avait déjà disparu dans son allée. Il se rassit à sa place, ouvrit le sachet de friandises, en donna quelques-unes à la chienne qui mangeait en battant de la queue. Il décapsula sa bière, la tendit en direction du cabinet dentaire. « À la tienne, connard. » Dans la supérette, Tournier s'était retourné et avait eu un mouvement de recul en reniflant son odeur. Lui, il ne se rendait plus vraiment compte qu'il puait, il s'en doutait bien, vu qu'il ne se douchait pas, pour mieux coller à son personnage de clodo, mais son odeur ne le dérangeait pas. Alors que Tournier en avait eu l'air révolté. La pensée le faisait encore rire. Quand le dentiste l'avait toisé, il n'avait pas baissé les yeux. Il voulait voir s'il le reconnaîtrait. Pour le dentiste propret, le clodo qu'il était, avec son œil fermé et sa puanteur, n'était rien d'autre qu'un rebut de l'humanité qui le collait de trop près. En y réfléchissant, il prit conscience qu'il avait offert au dentiste une dernière chance de s'en sortir. Il aurait suffi à Tournier de poser sur lui un regard curieux, sans préjugé. Il l'aurait reconnu. Oh, oui, il l'aurait reconnu. Mais ce sale con avait été aveuglé par son mépris, celui du riche dévisageant le pauvre. Et il allait crever pour ça. Pour son mépris. Et pour le reste. Il sortit discrètement son portable de sa poche et consulta la page Google du dentiste. Rien de nouveau.

*

Tournier s'attarda devant la fenêtre de son cabinet et observa le clochard, assis de l'autre côté de la place avec son chien.

— Le clodo était à la supérette tout à l'heure. Il pue, c'est une horreur.

Odile fit une grimace. Entre le dégoût et la peur.

— Moi, je le trouve effrayant.

La peur. Son assistante n'avait que ce mot-là à la bouche.

— S'il était méchant, il ne s'occuperait pas aussi bien de son chien. Vous voyez tout en noir.

Le dentiste passa dans le dos de sa secrétaire pour vérifier ce qu'elle faisait.

— Pourquoi les soins parodontaux sont à deux cents euros ?

— C'est le montant que vous m'avez indiqué.

— Non, je vous ai dit trois cents euros.

Il jeta un regard circulaire au bureau. Un vrai bazar. Ce désordre le rendait nerveux et la seule façon de calmer son stress était de le décharger sur la personne qui en était responsable. Son regard accrocha un livre qui dépassait du sac de son assistante. Sûrement un de ces romans à l'eau de rose pour célibataire en quête d'amour.

— Vous lisez quoi ?

Odile suivit le regard de son patron jusqu'à l'intérieur de son sac.

— C'est le dernier Val McDermid.

— Connais pas.

— Elle est écossaise. Elle écrit de très bons romans policiers.

— C'est pour ça que vous voyez des méchants partout. Vous devriez lire des classiques plutôt.

Satisfait de sa petite vanne, Tournier se dirigea vers le local technique pour avaler ses carottes avant son après-midi de rendez-vous. En mangeant, il lisait un article sur le marathon de New York quand il songea à consulter sa page Internet. Après la mauvaise note qu'il avait récoltée à cause d'Odile, il avait pris l'habitude de surveiller les avis. Le dentiste tapa son nom dans la barre de recherche. Une page apparut. Tournier fixa son écran. Sa moyenne était tombée à quatre. Bon sang ! Il avait encore eu une sale note. Il cliqua sur l'onglet des avis négatifs. Une personne du nom de *Némésis* se plaignait de son comportement hautain, expliquait qu'il était trop cher et peu arrangeant pour les paiements échelonnés. La garce. Dessous, il découvrit un autre avis négatif signé cette fois du nom de *Thanatos*. Tournier lâcha sa fourchette de surprise. Le type prétextait qu'il avait eu une infection suite aux soins prodigués, et mettait en cause l'hygiène douteuse du cabinet. C'était totalement faux ! Il faisait la chasse au moindre microbe, on ne pouvait pas le mettre en cause sur la propreté de son cabinet. Sur ses tarifs, peut-être, mais pas sur l'hygiène. Ces deux avis étaient mensongers. Sûrement qu'il s'agissait du patient à qui Odile avait refusé un rendez-vous et qui continuait à distiller sa colère sur Internet. Il devait immédiatement répondre à chaque avis, dire qu'il n'avait jamais reçu ces personnes à son cabinet. Que les accusations n'étaient que mensonges. Sa réputation était en jeu. Il devait se défendre. Pour son ego, mais aussi pour rassurer ses patients. Ensuite, il s'occuperait d'Odile. Calmement. Sans hurler. Cette fois-ci, elle n'échapperait pas à un avertissement, puisqu'elle était responsable de ce déferlement de colère. Il relut les deux derniers avis et, d'un coup, il eut la sensation que son sang s'était retiré de ses veines. Il y avait un dernier avis négatif. Posté deux jours avant. Sa main vint étouffer un cri de surprise. Il était signé du pseudonyme *Gasparo*.

Odile arriva en courant.

— Tout va bien docteur ?

— Sortez ! Dehors !

*

Louise Pariset laissa Florence Gasparo s'installer face à elle. Malgré l'aisance naturelle de sa cliente, elle décela une tension dans sa voix. Avant de parler de l'aspect juridique du dossier, Louise proposa à la veuve d'évoquer avec elle le souvenir de son époux. Florence Gasparo acquiesça. Elle avait rencontré son mari lors d'une soirée où une amie l'avait presque traînée, tant elle était timide à l'époque. Alain l'avait draguée, elle l'avait trouvé lourd. Elle n'avait réussi à s'en débarrasser qu'en lui donnant son numéro de portable. Le jour suivant, Alain lui avait écrit, elle n'avait pas répondu. Il avait continué malgré le silence qu'elle lui avait opposé pendant quelques jours. Au bout d'une semaine, attendrie par sa persévérance, elle avait fini par accepter un rendez-vous. Alain s'était montré gentil, ce n'était plus du tout le garçon bruyant de la soirée. Ils étaient sortis ensemble. Six ans plus tard, ils étaient mariés. Ils avaient eu deux enfants. Lola et Théo. Florence Gasparo avait fait le choix de ne pas travailler pour s'occuper de la maison et des enfants. Pendant sa vie de couple, elle avait découvert que son mari la trompait. Elle avait voulu le quitter. Mais à chaque fois que c'était arrivé, Alain Gasparo lui avait juré qu'il allait changer. Elle l'avait cru. Au début, en tout cas. Son mari avait continué à la tromper. Finalement, elle n'était jamais partie. Pourquoi ? Par amour en tout premier lieu. Elle aimait sincèrement son mari et n'imaginait pas sa vie sans lui. Par confort aussi, elle le reconnaissait, même si ce n'était pas glorieux. Si elle divorçait, son train de vie serait radicalement différent. Et puis, pour leurs enfants. Elle ne voulait pas qu'ils souffrent du divorce de leurs parents. Pour toutes ces raisons, elle était restée et avait fermé les yeux sur ses coups de canif au contrat. Alain Gasparo était loin d'être l'homme parfait, mais malgré tout son épouse l'aimait et elle admirait sa réussite. Avec son associé, Laurent Barnier, ils avaient développé leur agence jusqu'à pouvoir en racheter d'autres. La société employait désormais près de quarante salariés.

Louise Pariset évoqua ensuite la disparition d'Alain Gasparo, la découverte de sa dépouille, puis l'enquête. Pour

Florence Gasparo, la thèse de l'accident ne tenait pas une seule seconde. Elle n'imaginait pas son mari se rendre de son plein gré dans cette forêt qu'il ne connaissait pas. Un soir, à la tombée de la nuit. Habillé en tenue de ville. Non, vraiment, cela n'avait aucun sens. Qui plus est, son mari n'était pas sportif et n'appréciait pas particulièrement la nature.

— Avez-vous envisagé qu'il puisse avoir attenté à ses jours ?

— J'y ai réfléchi, bien sûr. Si Alain avait voulu se suicider, il aurait pu jeter sa voiture contre un mur ou sauter d'un pont. Imaginer qu'il ait fait une heure et demie de route pour traverser une forêt et se jeter du haut d'une falaise n'est pas crédible. Pas plus que la théorie de l'accident.

— Je comprends.

Louise laissa un blanc s'installer entre elles avant de reprendre.

— Je voudrais maintenant évacuer les questions les plus pénibles si vous en êtes d'accord.

La veuve acquiesça. Elle n'avait pas vraiment le choix.

— Bien. Vous avez eu une relation avec l'associé de votre époux. Votre mari le savait-il ?

La veuve soupira.

— Non, mon mari n'était pas au courant. J'ai commis une erreur en couchant avec Laurent, je le regrette aujourd'hui.

C'était arrivé sans qu'elle le désire réellement. Elle avait découvert que son mari avait une relation adultère, en surprenant une de ses conversations téléphoniques. Elle ignorait le nom de la maîtresse, elle avait juste un prénom : Cécile. Elle avait cherché à en savoir plus auprès de l'associé de son époux. Il n'avait rien concédé mais il s'était montré doux et prévenant avec elle. Florence Gasparo avait eu un moment de faiblesse. Voilà, rien d'extraordinaire. Et aujourd'hui, elle en payait le prix fort parce que ses enfants ne lui adressaient quasiment plus la parole depuis qu'ils l'avaient appris. Surtout Lola, sa fille aînée.

— Comment vos enfants ont-ils appris que vous aviez trompé votre époux ?

— Il a bien fallu que je leur explique pourquoi on me soupçonnait du meurtre de leur père. J'ai été placée en garde à vue tout de même. Alain me trompait autant qu'il pouvait, mais ça, tout le monde s'en moque. Ce qui demeure, c'est que moi j'ai osé le tromper. Une seule fois. Avec son associé. Sacrilège !

Elle eut un rire amer.

— Et bien sûr, ma belle-famille me rend responsable de la mort de mon mari. Ils sont persuadés qu'Alain s'est suicidé parce que je le trompais. Mais, c'est faux, il ne l'a jamais su.

Florence Gasparo écrasa une larme.

— J'ai besoin de prouver que la mort d'Alain n'est ni accidentelle ni due à un suicide. Si on trouve son assassin, on arrêtera de me rendre responsable de sa mort. Je m'en rends déjà suffisamment coupable. Si je n'avais pas eu cette fichue migraine, je ne me serais pas couchée et j'aurais vu son message. J'aurais alerté la police et peut-être qu'aujourd'hui il serait toujours en vie.

— …

— Vous vous rendez compte que ma belle-famille et moi on s'est disputé les cendres d'Alain ? Ils ne voulaient rien me laisser ! Pour me punir de l'avoir trompé !

Louise tendit un mouchoir à sa cliente qui pleurait maintenant à chaudes larmes.

— Je suis vraiment navrée madame Gasparo. Je ferai ce qui est en mon pouvoir pour vous aider. Mais, sans nouveaux éléments, il va être difficile de faire rouvrir le dossier.

Florence Gasparo se moucha discrètement.

— Il y a quelque chose dont je souhaite vous parler, mais je tiens à ce que ça reste confidentiel pour l'instant.

— Je vous écoute.

— Je sais que mon mari a eu recours à un ami pour faire expulser des locataires récalcitrants. Je ne sais pas combien de fois c'est arrivé. Comme je désapprouvais ces méthodes, Alain et moi n'en parlions jamais. Sauf une fois. Ça s'était mal passé. Il me semble que le locataire a eu le bras cassé ou quelque chose comme ça. Alain était dans tous ses états, il avait peur d'être poursuivi en justice. Mais, je crois que ça s'est réglé à l'amiable. Alain a indemnisé le locataire.

— Vous connaissez le nom de la victime ?

— Non.

— Et l'ami qui organisait ces expulsions ?

— David Klein.

— Le patron de la société de sécurité lyonnaise ?

— Oui. C'est pour ça que je veux que ça reste confidentiel. David n'est pas un enfant de chœur, vous savez. J'ai essayé de discuter de ces histoires d'expulsion avec lui, mais il a nié en bloc. Si cela s'ébruite, il risque gros.

— Vous pensez que David Klein pourrait être mêlé à la mort de votre époux ?

— Indirectement, c'est possible. Imaginez qu'un locataire se soit fait mettre dehors manu militari par les employés de David Klein. Imaginez que ce locataire ait été molesté et jeté sur le trottoir avec ses affaires. Il aurait pu avoir envie de se venger d'Alain qui était à l'origine de cette expulsion illégale.

— Vous en avez parlé à la police ?

— Non. Pas encore.

— Contactez-les. De mon côté, je vais tâcher de me renseigner sur ce David Klein.

— Je vous demande de rester très discrète. Je me méfie beaucoup de David.

Louise recula son fauteuil pour signifier à sa cliente que l'entretien était terminé.

— Il y a autre chose dont je voulais vous parler.

— Dites-moi.

— Le jour de l'enterrement de mon mari, à la fin de la cérémonie, j'ai vu un homme s'approcher du cercueil d'Alain. Je ne l'avais jamais vu avant et je suis certaine que ce n'était pas quelqu'un que mon mari côtoyait. Il était trop négligé. Cet homme avait quelque chose d'inquiétant dans le regard, sans doute à cause de son ptosis.

— Qu'est-ce que c'est ?

— Un effondrement de la paupière. En remontant la nef, il a volontairement bousculé un ami de mon mari qui assistait aux funérailles, comme s'il voulait en découdre. Et quand il est arrivé devant le cercueil d'Alain, il s'est penché et a frappé contre le bois.

— Il a dit quelque chose ?

— Oui, mais j'ignore quoi, il était trop loin pour que je l'entende. Et il portait un masque, je n'ai pas pu lire sur ses lèvres. Je l'ai regardé faire, je n'arrivais pas à me détourner de lui. Je crois que j'étais abasourdie par son geste, c'était tellement irrespectueux. Quand il s'est redressé, il m'a vue. Il m'a fait un clin d'œil. Ensuite, il est parti.

— C'était peut-être juste un fou.

— Non. Je ne crois pas. Je ne sais pas comment l'expliquer. Il y avait quelque chose de déterminé dans son attitude. Tout avait l'air d'être calculé. J'ai essayé de parler de cet homme à David. Je pensais qu'il s'agissait peut-être d'un ancien locataire d'Alain, mais David a refusé de répondre à mes questions. Il nie les expulsions illégales. Je n'en ai bien sûr aucune preuve, mais je sais parfaitement qu'elles ont existé.

*

C'était convenu entre eux. Le premier samedi du mois, à quinze heures, heure de Dakar et dix-sept heures en

France, Kofi attendait que sa sœur l'appelle sur l'application WhatsApp. Au téléphone, Fatou avait une voix maussade. Kofi lui demanda des nouvelles de leur père. Sa situation ne s'améliorait pas. Le vieux se plaignait en permanence de sa jambe qui lui faisait mal mais refusait de se faire opérer. Il avait peur que cela aggrave ses problèmes au lieu de les régler. Surtout depuis qu'une vieille du quartier lui avait prédit qu'il perdrait sa jambe s'il retournait à l'hôpital. Cela l'avait convaincu de rester assis au fond de sa chaise et de ne rien faire.

— Et elle, comment elle va ?

— Elle est fatiguée. Elle dit que si tu lui envoyais plus d'argent, elle ne serait pas obligée de travailler.

— Mais j'en envoie !

— Elle n'est pas contente de toi, tu sais. Elle dit que tu as oublié d'où tu venais.

Kofi trouvait que les reproches de sa mère étaient vraiment injustes. Il travaillait dur pour leur envoyer de l'argent. Mais à lui seul, il ne pouvait pas nourrir toute sa famille et subvenir à ses besoins, ce n'était pas possible. En France, la vie était chère, il se privait en permanence pour économiser pour eux. Qu'est-ce qu'il pouvait faire de plus ?

— Fatou, moi aussi, j'ai des choses à payer.

— Le mois est creux Kofi, tu dois nous aider.

Il préféra changer de conversation et demanda à sa sœur des nouvelles de Coumba. Fatou se montra beaucoup plus laconique.

— Elle va bien.

— Pourquoi elle ne répond plus à mes messages ?

— Elle est triste que tu sois parti.

— Dis-lui que je vais revenir bientôt. On se mariera au pays et après elle pourra venir vivre en France avec moi.

— Je lui dirai. Kofi ?

— Oui.

— Moi aussi, je voudrais me marier. Avec Ousmane.

— Fatou, il faut que tu attendes encore un peu.

— Combien de temps ?

— Je ne sais pas. Un peu. Bon, on se rappelle le mois prochain. Passe le bonjour à toute la famille. Mais surtout à Coumba. Et dis-lui de m'écrire.

— Au revoir.

Kofi détestait ces conversations qui ne tournaient qu'autour de l'argent. Lui aussi, il en manquait. Et personne n'était là pour l'aider. Cette discussion l'avait fait culpabiliser. Il savait que s'il n'envoyait pas suffisamment d'argent, sa sœur ne pourrait pas se marier. Il repensa à la proposition que lui avait faite l'ami de Babacar, la semaine précédente. Il lui avait dit « Avec moi, tu es libre. Si tu as besoin d'argent, tu m'appelles, je te fournis la quantité que tu me demandes. Tu vends ta marchandise et tu me payes ensuite. Si tu n'as pas besoin d'argent, tu ne m'appelles pas. Tu vois, c'est simple. »

Tous ses amis s'en sortaient mieux que lui, Babacar en vendant de la drogue et Cheikhou en profitant de l'argent d'une Française qui croyait à son amour. Lui, il essayait d'être honnête et ça ne payait pas du tout.

*

Louise Pariset avait passé son week-end et une partie de sa matinée du lundi à éplucher le dossier de Florence Gasparo. Elle n'avait trouvé aucun élément solide pour justifier la réouverture de l'enquête. Elle avait ensuite cherché des informations sur David Klein. Son visage ne lui était pas inconnu. Sans doute parce qu'il faisait régulièrement la une des journaux en embauchant des gens issus de quartiers sensibles. Un bon samaritain, en somme. Mais sur Internet, elle avait trouvé plusieurs articles qui montraient un autre visage du chef d'entreprise. Malversations, brutalité, tentative de corruption. David Klein, sous ses airs de bienfaiteur, était le genre de personne qu'il valait mieux éviter si on ne voulait pas d'ennuis. La veuve Gasparo avait raison de le soupçonner d'être indirectement mêlé à la mort de son mari. Mais sans nouveaux éléments, l'affaire resterait close.

L'avocate chassa le dossier Gasparo de ses pensées pour se concentrer sur la route. Au numéro quarante du boulevard des Nations, elle tourna à droite au rond-point et stationna sa voiture sur le parking déjà bien rempli. La maison d'arrêt de Lyon-Corbas se trouvait au milieu d'une zone industrielle. Louise Pariset avait obtenu son permis de communiquer et prévenu le centre pénitentiaire qu'elle souhaitait rencontrer Tomasz Petrovic à quatorze heures. Dehors, la queue des familles venues voir un proche incarcéré s'allongeait jusque sur le parking. Un gardien vérifia sa carte professionnelle et la fit pénétrer dans le parloir. Comme à chaque fois qu'elle entrait dans une de ces pièces trop exiguës, elle se sentit oppressée. Et puis, il y avait cette odeur qui lui irritait le nez. C'était un mélange de saleté, d'urine, et de renfermé. Quelques minutes plus tard, Petrovic arriva en boitant. Louise Pariset ne le reconnut qu'à sa silhouette tant son visage était tuméfié. Ses deux yeux étaient gonflés et violacés. Elle arrivait à peine à voir ses pupilles. Sa lèvre supérieure était fendue. Le reste de son visage n'était que bosses, plaies et bleus.

— Tomasz ? Mais qu'est-ce qui t'est arrivé ?

— Ils s'y sont mis à quatre pour me défoncer, ces enculés. J'ai rien pu faire.

— Qui t'a fait ça ?

— Je sais pas.

Louise Pariset n'insista pas. Tomasz savait parfaitement qui l'avait frappé, mais il préférait sûrement garder ça pour lui, pour s'éviter un nouveau passage à tabac. Un médecin l'avait brièvement examiné et pour tout traitement, il lui avait donné des antalgiques.

— Ta mère a eu son permis de visite, elle va bientôt venir te voir.

— Non, il faut pas qu'elle vienne. Si elle me voit comme ça, elle va me saouler. Dites-lui d'attendre un peu.

— Elle ne va pas comprendre.

— Vous lui dites que je suis au mitard, ça passera. Par contre, il faut qu'elle me fasse un mandat pour que je puisse cantiner. Ici, y a rien. La bouffe, je la donnerais même pas à mon chien si j'en avais un. Putain, je crève la dalle. Vous avez quelque chose à manger ?

L'avocate fouilla dans sa sacoche, elle en sortit une barre de céréales qui devait traîner dans son sac depuis plusieurs semaines.

— J'ai reçu une convocation du juge d'instruction.

— J'ai rien à dire. Ça me surveille ici.

— Tu sais qu'en refusant de parler, ta peine risque d'être plus sévère.

— Si je parle, je suis mort.

— Tomasz, tu devrais te faire placer à l'isolement. Tu y serais en sécurité.

— L'isolement, c'est pour les flics et les pédophiles. Si je demande l'isolement, ça sera pire pour moi.

— Alors, fais très attention à toi. Tomasz, je sais que le moment est mal choisi, mais avant de reparler de ton dossier, je voulais qu'on parle de mes honoraires, personne n'est venu les régler.

— Je sais. Il faut voir avec ma mère.

— Ta mère ? Je croyais que ceux pour qui tu travaillais devaient prendre en charge mes honoraires.

— Ben non. Je leur dois déjà huit mille euros, à cause de ces enculés de keufs. Je suis dans la merde, là. Si je ne peux pas les rembourser, ils vont demander à ma mère de payer ma dette.

— Tu plaisantes ?

— Non. Ils veulent l'utiliser comme nourrice, ces bâtards.

Même si elle comprenait que la situation de son client était plus que délicate, Louise était contrariée. Elle avait assisté plusieurs fois Tomasz, lors de sa garde à vue et de l'interrogatoire de première comparution devant le juge d'instruction. Sans sourciller, il venait de lui annoncer qu'elle ne serait pas payée pour son travail. Si elle voulait l'être pour la suite de la procédure, elle devrait déposer un dossier d'aide juridictionnelle. Autant dire qu'elle allait bosser pour la gloire. Mais elle ne pouvait pas laisser tomber Tomasz. Elle l'avait connu gamin, c'était un de ses premiers clients et sa mère avait suffisamment de problèmes comme ça à régler. Ils évoquèrent ensemble la suite du dossier. Louise allait faire une demande de mise en liberté. Elle se doutait bien qu'elle serait refusée, mais il fallait tenter le coup, et pour cette demande, elle toucherait une centaine d'euros au titre de l'aide juridictionnelle. C'était mieux que rien.

À la fin du parloir, Petrovic retourna dans sa cellule. Louise Pariset quitta la pièce exiguë et se retrouva entre deux grilles fermées. Elle patienta cinq minutes pour qu'on vienne lui ouvrir la porte. Personne. Elle appela dans le vide. « Il y a quelqu'un ? » Le silence lui répondit. Elle continua à appeler, plus fort. Elle ne vit personne dans les couloirs. Elle commençait à stresser et à s'énerver. Combien de temps est-ce qu'on allait la laisser poireauter comme ça ? Dix minutes plus tard, enfin, elle aperçut quelqu'un. Un détenu. Elle l'interpella pour qu'il prévienne le personnel de la prison qu'elle était enfermée. Le gardien prit tout son temps pour venir la libérer. En guise d'excuse, il lui adressa un sourire moqueur. Ce n'était pas la première fois qu'elle subissait ses coups tordus. Quelques mois plus tôt, alors qu'elle avait prévenu le centre pénitentiaire de sa venue pour visiter un autre détenu que Petrovic, le même gardien l'avait renvoyée chez elle, au motif que son parloir n'était pas noté. Ce crétin abusait de son pouvoir. S'il recommençait, elle adresserait un courrier à sa direction, Louise Pariset n'était pas du genre à subir sans se rebeller. Elle quitta le parking de la prison, furieuse.

*

Tournier ressassait son angoisse en grimpant au pas de course les marches de la montée des Carmes Déchaussés. Il ne voyait toujours pas qui pouvait se cacher derrière ces maudits pseudonymes. Il n'avait qu'une certitude : ces trois avis postés venaient de la même personne. Et maintenant, il en était persuadé, cette personne ne pouvait pas être le bénéficiaire de la C2S à qui Odile avait refusé un rendez-vous. Comment ce type qu'il n'avait jamais reçu aurait-il pu connaître le nom de Gasparo ? C'était impossible. D'ailleurs, aucun de ses patients habituels ne connaissait son lien avec l'agent immobilier. Il ne parlait pas de sa vie personnelle au cabinet. Il aimait garder ses distances. Par acquit de conscience, il avait vérifié dans ses archives s'il avait déjà reçu un patient du nom de Gasparo. La seule fiche qu'Odile lui avait sortie était celle de la sœur d'Alain à qui il avait posé un implant il y a quelques années. Elle n'était jamais revenue. Peut-être qu'elle l'avait trouvé trop cher.

L'idée que son assistante ait pu rédiger ces avis négatifs était une possibilité. Odile aurait très bien pu vouloir se venger des mauvais traitements qu'il lui faisait subir en écrivant ces avis malveillants. Elle, elle connaissait son lien avec Alain et savait qu'il s'était rendu à son enterrement. Sous ses airs d'idiote, son assistante était peut-être plus machiavélique qu'il ne le croyait. Il allait la surveiller de près.

Tournier grimpa les trois dernières marches et stoppa sa course sur l'esplanade de la basilique de Fourvière. Malgré l'heure tardive, il y avait encore quelques touristes pour profiter de la vue imprenable sur la ville et s'amuser de la forme de la tour qu'on appelait « Le crayon ». Il scruta les gens autour de lui, puis les environs. La paranoïa prenait le dessus sur tout. Il n'arrivait plus à raisonner. Qui pouvait bien lui en vouloir au point d'écrire sous les pseudos *Némésis* et *Thanatos*, la déesse de la vengeance et le dieu de la mort ? Odile ? Un patient mécontent ? Il n'en avait aucune idée. Quelqu'un le menaçait, c'était évident. Et ne pas savoir d'où venait la menace le stressait encore plus. Anne-Sophie l'avait exhorté à se rendre au commissariat pour déposer plainte. Il avait refusé, il ne voulait pas se ridiculiser en racontant aux flics une histoire à dormir debout. *Némésis, Thanatos et mon ami décédé ont écrit des avis négatifs sur moi. Je me sens menacé.* Non, il n'irait pas chez les flics.

Il repensa à l'enterrement d'Alain. Il y avait du monde dans l'église. Le visage émacié du père Gasparo s'imposa à lui. Le pauvre vieux faisait peine à voir. Un sentiment désagréable vint brouiller ses pensées. Entre l'inquiétude et la colère. Il ne comprenait pas ce qu'il ressentait. Et d'un coup, le souvenir de l'homme qui l'avait bousculé dans la nef le percuta. Comment avait-il pu l'oublier ? Encore aujourd'hui, il restait persuadé que ce sale type l'avait volontairement heurté. Est-ce que c'était lui qui jouait avec ses nerfs ? Il n'avait pas vu son visage. Il ne savait pas à quoi il ressemblait et n'avait aucune idée de ce que cet homme aurait pu lui reprocher. S'il appelait Florence Gasparo, elle saurait peut-être lui dire qui était ce type à l'enterrement de son mari. Tournier commençait à avoir froid. Il se remit en route et descendit les marches au pied de la basilique. Non, il n'appellerait pas Florence, il n'en avait aucune envie.

Quelques minutes plus tard, le dentiste traversa le pont Alphonse Juin et continua sa course sans enthousiasme. Cette histoire le minait et même s'il refusait de céder à la panique, il commençait à avoir peur. Arrivé place Meissonier, il grimpa les deux étages au pas de course et s'arrêta net devant sa porte d'entrée. Quelqu'un avait pissé contre le bois. Il se retourna. Observa les escaliers, tendit l'oreille. Aucun bruit. Il était seul. Il jeta un regard écœuré à la tache qui avait coulé jusqu'au sol. Il demanderait à Odile de faire disparaître l'outrage, le lendemain. Lui ne pouvait pas s'en occuper, il ne supportait même pas l'odeur. Il déverrouilla la porte et enjamba la mare d'urine. Il récupéra ses affaires rapidement et quitta son cabinet. Il se doucherait chez lui.

*

Le dentiste arriva sur le pont Alphonse Juin. Si Tournier n'avait pas vu les avis négatifs sur Internet, il ne pourrait pas manquer la surprise qu'il lui avait réservée en se soulageant sur sa porte d'entrée. L'idée que Tournier soit obligé de nettoyer sa pisse le fit rire.

Il était temps de partir. Il tira sur la laisse de Scarlett et traversa la rue. Arrivé chez lui, il se laissa tomber dans son canapé. Il ne savait pas quoi faire pour s'occuper l'esprit. Il sortit son téléphone de sa poche. Consulta la page Google du dentiste. Il n'avait toujours pas répondu aux avis. Il laissa tomber son portable sur le canapé. Le reprit. Fit défiler les contacts jusqu'au prénom de son ex-femme. Il avait envie de parler à la gosse. Il était encore son père, jusqu'à preuve du contraire. Zélie avait maintenant sept ans. C'était tout ce qu'il savait au sujet de sa gamine. Il ne l'avait pas revue depuis que son ex-femme était retournée vivre à Roubaix, près de ses parents et loin de lui. Avant de partir, Isabelle avait déposé plainte pour violences conjugales. C'est vrai qu'il la secouait régulièrement, comme le faisait son père avec sa mère. Mais cette garce en avait rajouté devant le juge qui l'avait crue. Résultat, il avait été viré de chez lui manu militari avec, en prime, l'interdiction de s'approcher de sa femme et de sa gosse. La décision du juge, il ne l'avait pas respectée. Il n'avait d'ordres à recevoir de personne, surtout quand cela concernait sa vie privée. Le soir même, il était rentré à l'appartement. Isabelle avait appelé les flics. Il était repassé devant un juge, un autre, et celui-ci l'avait envoyé au trou pour deux mois.

À sa sortie de taule, il était retourné au « domicile conjugal » comme l'appelaient pompeusement les juges. Quand il avait essayé d'insérer la clé dans la serrure de son appartement, un mec avec un bide énorme avait ouvert la porte. Le gros lard, qui ne parlait pas un mot de français, ne voulait pas le laisser entrer chez lui. Le ton était monté. Des coups étaient partis. Les voisins, alertés par les cris, étaient intervenus et lui avaient expliqué que sa femme et sa fille n'habitaient plus là depuis un mois. Ce mec au ventre énorme n'était pas son amant mais le nouveau locataire. Il l'avait cogné pour rien.

Il s'était retrouvé à la rue, sans un rond et sans toit. Il avait dormi dans un parc avant qu'une association ne lui trouve une chambre dans un foyer. Il ne supportait pas cette vie minable, à cohabiter avec des cas sociaux, il n'était pas comme eux. Un soir, un des locataires lui avait cherché des noises au sujet du programme de la télé, il l'avait frappé. Résultat, on l'avait viré de sa piaule.

Il avait fait la manche quelques semaines, dormi à nouveau dans la rue. Et finalement, en discutant avec un gars, il avait trouvé ce studio meublé qu'un Chinois lui louait au noir. L'appartement était sale et les rares meubles en piteux état. La tapisserie se décollait par endroits. S'il en soulevait les pans, des cafards couraient le long des murs.

Dans l'immeuble, il croisait parfois des filles, toutes des Asiatiques, qui montaient l'escalier avec un client accroché aux hanches. Elles tapinaient dans le quartier. Quand il se plaignait du bordel qu'elles faisaient à toute heure de la nuit, le Chinois lui répondait dans un français douteux « pas content, partir ». À chaque fois, il serrait ses poings tellement fort qu'il en avait mal aux articulations. Il ne supportait plus tous ces salopards qui abusaient de leur pouvoir et lui pourrissaient la vie. Mais il ne pouvait pas se faire justice à chaque fois qu'on lui manquait de respect, ça lui attirait trop de problèmes.

Ça faisait quoi, un an ? Peut-être bien deux qu'il n'avait pas revu sa fille. Il n'avait pas d'argent pour payer un billet de train à la gosse. Le RSA lui permettait tout juste de vivre. Il ne travaillait plus depuis longtemps. Il avait bien un CAP de carrossier mais il n'arrivait pas à garder un boulot, ça finissait toujours mal parce qu'il ne supportait pas d'être sous les ordres d'un patron. Quand on le chambrait ou qu'on lui faisait des remarques, il se mettait en colère, toujours prêt à se battre. C'est pour ça qu'il n'avait pas de travail. Pas parce qu'il était incapable d'en avoir un, mais parce qu'il n'aimait pas se faire emmerder. Et, tant qu'il habiterait dans ce bouge, avec ces putes qui allaient et venaient dans les escaliers, il ne pourrait pas faire venir Zélie. Cette situation était temporaire, il en était persuadé. Il devait d'abord s'occuper de Tournier et de Klein. Ensuite, sa vie reprendrait un cours normal. Il trouverait un moyen de gagner du fric et ferait venir sa fille à Lyon.

Ces derniers temps, quand il appelait sur le portable de son ex, la gamine traînait des pieds pour le prendre au téléphone, elle n'avait pas envie de lui parler. Elle profitait de la distance entre eux pour lui imposer ce qu'elle voulait. Un de ces quatre, il la recadrerait, une fois pour toutes. Et elle lui obéirait, comme une gamine de son âge devait le faire.

— Allo ?
— Passe-moi ma fille.
— Elle finit ses devoirs.
— Et alors, ça l'empêche de répondre au téléphone ?
— Rappelle-la demain, s'il te plaît, il est tard.
— Non, je veux lui parler, maintenant !

Il entendit son ex appeler la gosse. *Zélie, c'est ton père au téléphone*. La suite, il ne l'entendit pas, certainement qu'Isabelle avait coupé le micro. Cette garce avait dû dire quelque chose à la gamine. Quand il entendit de nouveau du bruit, une petite voix dit à contrecœur : « Allo ? »

— C'est papa. Ça va ?
— Oui, ça va.
— Qu'est-ce que tu fais ?
— Mes devoirs.

La gamine laissa passer un ange.

— C'est tout ce que tu as à me dire ?
— J'ai fait du poney avec Patrick.
— C'est qui Patrick ?

La gamine ne répondit plus. Il l'entendit dire à sa mère « Tiens, j'ai fini. » Isabelle reprit le portable.

— Allo ?
— C'est qui ce Patrick qui emmène ma fille au poney ?
— C'est juste un ami.
— Putain ! Tu te fous de moi ? Tu veux que je pète un câble, c'est ça ?
— J'ai le droit de vivre et de refaire ma vie.
— Tu fais ce que tu veux de ton cul, mais je t'interdis de laisser ce mec approcher de ma gosse ! T'as compris ?
— Ce mec, comme tu dis, s'occupe mieux de Zélie que toi. J'attends toujours que tu payes la pension.
— Je t'ai déjà dit que j'étais au RSA, je ne peux pas payer !
— Et pendant ce temps-là, ta fille mange comment ?
— Putain, me fais pas chier avec ça !

Il entendit un déclic. Il n'y avait plus personne au bout du fil. Il rappela et tomba directement sur la messagerie.

Salope !

Un cafard sortit de derrière un pan de tapisserie. Il reconnut celui qu'il avait surnommé Tournier parce qu'il était longiligne. Il ne laissa pas le temps au cafard de s'échapper, il l'écrasa d'un grand coup de talon.

Scarlett se tenait recroquevillée dans son coin, elle le regardait avec des yeux apeurés et gémissait doucement. Il prit la laisse accrochée au clou, dans l'entrée. « Viens ici ! »

La chienne obéit en avançant prudemment. Quand son nouveau maître était de mauvaise humeur, elle prenait plus de coups qu'à l'accoutumée. Scarlett s'assit sur son arrière-train et lui tendit la patte. Elle reçut une claque sur le museau pour seule récompense de sa docilité.

*

Odile arriva au cabinet un peu avant neuf heures. Tournier en profita pour lui demander de nettoyer la porte et le sol maculés d'urine avant que le premier patient n'arrive. Odile obtempéra, non sans râler.

— Depuis qu'il y a ce SDF sur la place, on n'est plus tranquilles. D'abord votre plaque et maintenant, on urine devant la porte.

— Ne dites pas de bêtises. Si un SDF a besoin de se soulager, il ne va pas le faire sur mon palier. Ça n'a aucun sens.

— Alors, qui a fait ça ?

Tournier n'en avait aucune idée. Il laissa sa secrétaire avec son seau et sa serpillière et partit dans la salle de soins préparer sa matinée de rendez-vous.

À midi et demi, le dentiste raccompagna son dernier patient et s'enferma dans le local technique. Il avait longuement hésité avant de se résoudre à contacter David

Klein. Même s'ils se connaissaient depuis trente ans, il ne l'aimait pas et n'avait aucune confiance en lui. Klein s'était toujours comporté comme une brute, préférant utiliser ses poings plutôt que son cerveau. Quand ils avaient quinze ans, Tournier trouvait assurément un intérêt à le fréquenter, mieux valait l'avoir avec soi que contre soi, mais à l'âge adulte, David Klein était devenu un ami trop encombrant. Tournier n'avait aucune envie d'être associé à sa mauvaise réputation. À l'enterrement d'Alain Gasparo, il avait tout fait pour l'éviter, se contentant de le saluer de loin. Mais à présent, les choses étaient différentes. S'il voulait se sortir de cette mauvaise passe, il devait s'adapter. Il avait besoin des services de quelqu'un comme Klein.

Il sortit son portable de sa poche et composa le numéro de la société de sécurité. « Bonjour, Gilles Tournier, je souhaiterais parler à David Klein. »

— Il est en rendez-vous.

— Dites-lui que c'est urgent, je suis un ami d'enfance.

— Je vais voir. Votre nom ?

— Tournier. Gilles Tournier.

Quelques secondes d'attente plus tard, Klein répondit au téléphone.

— Gilles ! Que me vaut cet honneur ?

— David, j'ai besoin de tes services.

— Laisse-moi deviner, tu organises une sauterie pour ton gamin et tu cherches du petit personnel pour empêcher ses copains de fumer des joints et de se saouler dans ton salon ?

David Klein partit d'un rire tonitruant. Tournier détestait vraiment ce type.

— Klein, je suis sérieux.

Un silence s'installa au bout du fil.

— Allo ?

— Qu'est-ce qui t'arrive Gilles ?

— J’ai besoin que tu trouves qui s’amuse à me faire des crasses.

— C’est-à-dire ?

— Quelqu’un a dégradé ma plaque professionnelle…

— Gilles, oh franchement !

— Laisse-moi finir, s’il te plaît. On a d’abord vandalisé ma plaque professionnelle. Ensuite, il y a eu des avis négatifs sur ma page Google. Les pseudonymes utilisés sont la mort et la vengeance. Le dernier avis posté est au nom de Gasparo.

— Alain ?

— Non, juste Gasparo.

— C’est peut-être quelqu’un qui a le même blase.

— Je ne crois pas aux coïncidences. D’autant qu’hier soir, une personne s’est introduite dans l’allée de mon cabinet et a pissé sur ma porte.

— Un patient mécontent ?

— Non, aucun de mes patients n’aurait fait ça.

— T’as couché avec la femme d’un type qui veut te le faire payer ? T’as fait chier ton voisin ?

— Klein, je n’ai rien à me reprocher.

— Alors qui ?

— Je ne vois qu’un type. À l’enterrement d’Alain, une guenille m’a mis un coup d’épaule quand j’allais sortir de l’église. Il l’a fait exprès, j’en suis sûr. Mais je ne sais pas pourquoi, il m’a bousculé et je ne sais pas qui c’est, je n’ai pas vu son visage.

— Tiens, tiens, encore ce gars de l’église.

— Comment ça ?

— Florence m’a appelé. Elle aussi a vu ce mec à l’église, il aurait soi-disant cogné le cercueil d’Alain et aurait dit quelque chose.

Tournier se décomposa.

— Qu’est-ce qu’il a dit ?

— Putain, j’en sais rien Gilles.

— Florence sait qui est ce type ?

— Non. Mais moi, je vais te le dire, c'est juste un de ces tarés qui entrent dans les églises les jours de baptême ou d'enterrement et font les poches des bons croyants. Bon, Gilles, j'ai à faire. Qu'est-ce que tu attends de moi ?

— Je veux que tu envoies un de tes employés surveiller l'entrée de mon cabinet pendant quelques jours. Pour voir si quelqu'un rôde dans le coin. Si c'est ce type-là ou pas.

— Et si c'est lui, on fait quoi ?

— Tu tâcheras d'apprendre pourquoi il s'en prend à moi.

Klein rit de nouveau.

— Très bien, Gilles, mais ça va te coûter un paquet de fric.

— Je m'en doutais bien. Je payerai ce qu'il faut.

— Donne-moi ton adresse, dès que j'ai un employé de disponible, je l'envoie faire un tour dans ton quartier pour prendre la température.

— Deux place Meissonier. Dans le premier arrondissement.

— Parfait.

— Encore une chose, Klein.

— Je t'écoute.

— Il y a un SDF qui est venu s'installer juste à côté de l'église. Il fait peur à mon assistante. Demande à ton gars de le dégager.

— Très bien. On s'en occupe.

— Tiens-moi au courant.

Tournier raccrocha. La discussion avait été déplaisante, mais Klein allait faire le boulot. C'était l'essentiel. Et s'il voulait faire dégager le SDF, ce n'était pas pour rassurer Odile, mais parce qu'un de ses patients s'était plaint de la présence de ce clochard sur la place.

*

Il n'avait eu aucun contact avec Gilles Tournier depuis l'enterrement d'Alain Gasparo. Ce dentiste péteux avait tout fait pour l'éviter à l'église. Mais piqué par la curiosité de son appel, David Klein avait prématurément mis fin à une réunion de travail quand sa secrétaire le lui avait annoncé au téléphone. Tournier réclamait sa protection. Ce n'était pas la première fois qu'on l'appelait au secours, Klein avait l'habitude de ce genre de sollicitations. Il en avait même fait un business à part. Mais il ne s'attendait pas à ce que Gilles Tournier l'appelle à l'aide.

David Klein n'avait jamais pu blairer Tournier et sa supériorité de bourge. Avec Alain, il s'entendait plutôt bien, mais Gilles Tournier avait toujours été un mec prétentieux qui se faisait mousser en portant des fringues de marque et des montres hors de prix. À l'enterrement, Klein avait remarqué la magnifique Rolex que le dentiste portait à son poignet. Tournier ne s'était jamais défait de son tic ridicule. Il tournait régulièrement son poignet pour redresser sa montre, même si celle-ci ne bougeait pas d'un millimètre. C'était sans doute une manière d'attirer le regard sur son fric. À l'occasion, il enverrait deux ou trois de ses gars lui taxer sa Rolex.

— Un problème patron ?

Klein se tourna vers Sofiane.

— J'ai un boulot spécial pour toi. Demain, tu iras jeter un coup d'œil place Meissonier dans le premier arrondissement. Apparemment, il y a un mec qui s'amuse à foutre la trouille à un dentiste. Il a dégueulassé sa plaque professionnelle et pissé sur son paillasson.

Sofiane rit.

— Je dois lui faire quoi au pélo[11] ? Lui tirer l'oreille ?

11 Pélo : nom commun. Dans le langage des quartiers populaires de Lyon, le mot pélo sert à désigner une personne indéfinie. Équivalent de mec.

— Tu planques dans le quartier et tu observes. C'est sûrement des petits cons qui ont fait ça, mais on ne va pas refuser un boulot facile et bien payé.

— Vas-y, je m'en occupe.

— Il paraît qu'il y a aussi un SDF qui vient de s'installer. Il faut que tu le déloges gentiment. Qu'il aille s'installer ailleurs.

— T'inquiète, je gère.

Klein marqua un silence. Il venait d'avoir une idée.

— T'as déjà vu une Rolex ?

— Ouais, à la télé, quand je regarde Roland-Garros. Pourquoi ?

— Le dentiste en porte une. Quand tu auras fini ce boulot, tu iras la récupérer. Elle est à toi.

Le sourire de Sofiane s'élargit.

— À moi ? T'es sûr ?

— Tout ce qu'il y a de plus sûr ! Et ce connard va nous la donner sans qu'on ait besoin de lui casser la tête, c'est pas beau ça ?

— Putain, patron ! Merci !

Sofiane sortit du bureau en heurtant l'encadrement. Klein avait vraiment bien joué son coup. Grâce à cet imbécile de Tournier, il venait de faire un cadeau de plusieurs milliers d'euros à son bras droit. Maintenant, il était certain que Sofiane se sacrifierait pour lui s'il le fallait. Et ça ne lui avait pas coûté un rond.

*

Arrivée au palais de justice, Louise Pariset vit sortir de l'espace avocats une de ses consœurs, vêtue de sa robe noire. Elle la reconnut à sa démarche féline, une démarche qu'elle avait toujours aimée. *Maëva* ! Louise chercha une échappatoire, une porte dérobée, elle songea à se jeter derrière un des imposants piliers du hall, ou à se coller à un justiciable qu'elle suivrait pour passer inaperçue. Mais il n'y avait personne pour masquer sa fuite, juste elle et Maëva Dupuy, l'une face à l'autre, telles deux ennemies prêtes à s'affronter. Louise ralentit légèrement son pas. Son ex ne l'avait pas encore remarquée, trop absorbée par son écran de téléphone. Cela faisait presque trois mois qu'elles étaient séparées. Chaque jour passé sans la voir était un jour de gagné sur le deuil de leur couple. Louise supposait que c'était comme quand on arrête de fumer. Les quinze premiers jours, on souffre le martyre, on ferait n'importe quoi pour céder à la tentation, pour goûter une dernière fois à ce qui nous est désormais interdit. Et puis, le seizième jour ou le dix-septième jour, on se réveille et on commence à ressentir un peu moins le manque. De ce sevrage forcé, Louise conservait une rancœur tenace envers son ex.

Au palais, à l'exception de Jordan, personne n'avait jamais su qu'elles étaient en couple, c'était le choix de Maëva qui refusait de faire son *coming out*, par peur des « on-dit ». Louise aurait préféré une officialisation de leur relation, mais par amour pour sa compagne, elle avait accepté la clandestinité, attendant le jour où Maëva serait prête à s'afficher à ses côtés. Ce jour n'était jamais venu. À cause d'une consœur qui avait montré à qui voulait la voir une photo de Maëva Dupuy embrassant une autre avocate devant un bar lesbien de Lyon. Cette idiote qui trouvait tordant d'*outer*[12] Maëva avait mis sous le nez de Louise la preuve irréfutable qu'elle était cocue. Louise en avait eu la nausée. Elle était partie en direction de l'espace avocats les yeux pleins de larmes. Par chance, Maëva ne s'y trouvait pas, son absence leur avait

12 Outer : De l'anglais *out* (sortir du placard, faire son *coming out*), *outer* signifie que l'on identifie une personne comme étant altersexuelle ou que l'on oblige quelqu'un à sortir du placard, à révéler en public son homosexualité.

épargné un règlement de comptes humiliant. Elle l'avait appelée sur son portable une dizaine de fois. Maëva avait sûrement compris que quelque chose clochait puisqu'elle n'avait répondu à aucun de ses appels. Elle avait préféré envoyer un SMS prudent demandant ce qu'il se passait. Elles s'étaient donc écharpées par messages interposés jusqu'à ce que Maëva en ait assez et mette fin à leur histoire. Louise en était restée sidérée. Non seulement elle était cocue, mais en plus, elle venait de se faire plaquer. Par SMS. Une année de vie amoureuse effacée par un minable message. Maëva n'avait même pas eu la délicatesse de lui laisser l'initiative de leur séparation.

Voilà pourquoi Louise n'avait aucune envie de croiser son ex depuis leur rupture. Elle lui en voulait trop. Par contre, elle s'était retrouvée par deux fois face à Agathe Lantier, la jeune avocate qui lui avait piqué sa copine. Elle, elle l'avait toisée avec toute la colère qu'elle ressentait et lui aurait bien crevé les yeux, si le code de déontologie des avocats l'avait autorisé.

Depuis cette rupture humiliante avec Maëva, Louise s'était juré qu'elle n'aurait plus d'histoire d'amour avec une consœur. Qui a envie de croiser son ex ou la nouvelle compagne de son ex tous les matins, en audience ? Qui a envie d'être opposé à son ex ou à sa nouvelle conquête dans un dossier épineux de droit de la famille ? Personne. Ce serait du masochisme. Au palais, la rumeur allait bon train entre avocats d'une même génération. On savait qui était en couple avec qui, qui trompait qui et avec qui. Les réseaux sociaux exacerbaient les moqueries et les commentaires méchants. On sortait son portable pour médire sur la dernière *story* d'untel, parti en week-end amoureux avec sa femme, sur le nouveau poème libidineux d'un confrère qui mélangeait les publications juridiques et les coups de fouet à une belle inconnue, ou sur la dernière vidéo Tiktok d'une consœur plus influenceuse qu'avocate. Jordan l'avait compris avant Louise, il cloisonnait sa vie privée et refusait de sortir avec une consœur. Même s'il avait remarqué que plusieurs d'entre elles avaient un profil Tinder, jamais il ne les draguait. « No zob in job », c'était sa devise.

Quelques pas encore et elle croiserait Maëva. Devait-elle l'ignorer ? Non, c'était un signe de faiblesse. Devait-elle la dévisager ? Elle n'en avait pas envie. Elle se donnait une contenance en regardant son portable, elle aussi. Elle envisageait d'appeler sa mère ou son frère, quand elle entendit quelqu'un crier son prénom. Elle se tourna et vit Jordan sortant d'une des salles correctionnelles du rez-de-chaussée. Elle se précipita vers son associé.

Arrivée à sa hauteur, elle lui murmura :

— Tu me sauves la vie, tu sais ça ?

— Bien sûr que je le sais !

Louise rit un peu trop fort. Elle voulait montrer à son ex que leur séparation n'avait pas entamé sa joie de vivre. C'était faux, mais ça, Maëva ne le savait pas. Les deux associés partirent bras dessus, bras dessous, comme deux gamins qui venaient de faire un sale coup.

*

Kofi était en train d'effectuer sa dernière course quand il reçut l'appel angoissé de Cheikhou lui demandant de rentrer au plus vite. Le facteur avait remis à Babacar un courrier recommandé envoyé par la préfecture du Rhône. Cheikhou n'avait pas voulu ouvrir cette enveloppe, il refusait d'être celui qui annoncerait de mauvaises nouvelles. Sur le trajet, Kofi se souvenait des mots de son père le jour de son départ. « Un homme ne pleure pas. » Pourtant, à cet instant, sur son vélo, le jeune Sénégalais se sentait sur le point de fondre en larmes. Il ne voulait pas rentrer à Dakar, il ne voulait pas tout recommencer à zéro. Il n'avait rien oublié de son voyage pour venir jusqu'en France. Les gens morts sur la route de l'exil venaient le tourmenter toutes les nuits.

Presque trois ans plus tôt, après avoir été arrêté par la police pour broutage, son père l'avait contraint à quitter le Sénégal pour la France. Le jour de son départ, pour éviter les au revoir interminables et la possibilité d'un retour en arrière, c'est son oncle qui l'avait conduit à Dakar. La peur au ventre et des larmes plein les yeux, Kofi avait quitté sa maison et son quartier, laissant derrière lui sa famille. De la capitale, il avait fait la route en bus jusqu'à Saint-Louis. Il s'était rendu à l'adresse écrite sur un bout de papier qu'il conservait précieusement dans sa poche avec l'argent pour le passeur. Vers minuit, un homme était venu le chercher. Kofi lui avait donné le montant convenu. Le passeur l'avait conduit jusqu'à la plage et lui avait désigné une pirogue qui devait l'amener, lui, avec la cinquantaine d'autres personnes arrivées sur place, vers les îles Canaries. Sur le bateau, on ne les avait pas mieux traités que du bétail, ils étaient entassés les uns contre les autres, ballottés et trempés par les vagues, frigorifiés par le vent. C'était tout juste si Kofi pouvait s'asseoir sur le pont, tellement ils étaient serrés. Au troisième jour de traversée, après ce que certains avaient désigné du doigt comme étant les côtes mauritaniennes, ils n'avaient plus eu ni eau ni nourriture. Au cinquième jour, trois hommes, une femme enceinte et deux enfants étaient morts d'épuisement ou d'étouffement, comme ça, sans crier. Le passeur, aidé d'un jeune garçon, les avait jetés par-dessus bord, un par un. Au sixième jour, il y avait eu d'autres morts. La mer les avait engloutis. Et puis, le vent s'était levé. L'océan avait commencé à jouer avec le bateau, il formait des vagues gigantesques et des creux tout aussi gigantesques. À bord, les femmes pleuraient, les enfants criaient. Une poignée d'hommes faisait passer les gilets de sauvetage aux plus fragiles, qui se les faisaient arracher des mains par d'autres personnes, paniquées à l'idée de mourir noyées. Bien sûr, il n'y en avait pas pour tout le monde et Kofi n'en avait pas eu. À lutter contre les vagues, le moteur de la pirogue avait fini par rendre l'âme. Le bateau s'était retrouvé à la merci des éléments. Une énorme vague était venue le soulever et l'avait retourné en jetant tout le monde à l'eau. L'océan avait ouvert grand sa gueule meurtrière. Kofi savait nager, mais au milieu de l'Atlantique déchaîné, ses chances de survie étaient infimes. Tout autour de lui, des gens luttaient pour ne pas mourir. Il avait vu des hommes, des femmes et même des enfants disparaître sous l'eau. Il n'avait rien pu faire pour les aider. Une femme qui ne savait pas nager s'était agrippée à lui, comme on s'accroche à une bouée. Elle était terrorisée. Kofi s'était débattu pour se libérer de son poids qui l'entraînait sous la surface de l'eau. La femme avait fini par lâcher prise. Kofi l'avait vue glisser doucement dans les profondeurs de l'océan, son regard horrifié accroché au sien. Quand, bien plus tard, le jeune homme avait vu apparaître un navire sur la crête d'une vague, il avait cru que son esprit se jouait de lui. Autour, des mains se levaient, des appels à l'aide se faisaient entendre. Il n'avait pas rêvé. Alors, comme les autres, ceux qui luttaient toujours pour vivre, Kofi avait crié en agitant son bras au-dessus de la surface de l'eau. Quand le navire était enfin arrivé jusqu'aux naufragés, ils avaient été hissés sur le pont, un par un. Les morts qui flottaient à la surface aussi. Il lui avait fallu du temps pour sortir de sa sidération et comprendre qu'il était sauvé. Il s'était vu mourir, comme tant d'autres, et c'était dur de revenir dans le monde des vivants. Sur la terre ferme, il avait pris conscience que la moitié des personnes présentes sur la pirogue avaient disparu, toutes noyées, et, pour la plupart, il s'agissait d'enfants et de femmes.

Quand Kofi était enfin arrivé au camp de Las Raíces, aux Canaries, on lui avait demandé dans quel pays il voulait se rendre. La France. C'était le choix de son père. Il avait menti sur son âge pour ne pas être renvoyé chez lui. Il avait quasiment dix-huit ans à son arrivée, il avait juré aux autorités qu'il en avait moins de seize. On ne l'avait pas cru, à cause de sa carrure, mais il avait des papiers falsifiés qui attestaient de son âge. Finalement, il avait été pris en charge par l'État français pendant deux ans. À sa fausse majorité, il avait tout perdu.

Dans ses rêves, il voyait toujours cette femme qu'il avait abandonnée à l'océan. Il entendait encore les cris des naufragés qui appelaient à l'aide. Les enfants, eux, ne criaient pas. Ils se laissaient couler comme des pierres, sans un bruit. Kofi voyait leur visage, leur terreur, leur corps s'enfoncer sous l'eau, leurs mains suppliantes qui continuaient à s'agiter avant de disparaître à leur tour. Il se réveillait en sueur, des larmes plein les yeux. Alors, non, il ne voulait pas rentrer au Sénégal. Il n'avait pas vécu tout ça pour rien.

Pour sa dernière livraison, il prit l'ascenseur jusqu'au huitième étage. Un jeune homme blanc qui devait avoir à peu près son âge lui ouvrit la porte. Derrière lui, dans l'appartement, on entendait de la musique, des rires de filles et de garçons. Kofi aurait bien aimé, comme ces jeunes, profiter de la vie, s'amuser. Aller à l'université, aussi. Il imaginait l'insouciance de leur vie à eux et cela rendait la sienne encore plus pesante. Depuis que la charge de nourrir sa famille lui avait été imposée, il vivait dans la peur permanente. D'être expulsé. De rentrer au Sénégal. De subir la honte de ses échecs, pour lui et pour sa famille. Et cette peur ne faisait qu'enfler depuis que Cheikhou l'avait appelé.

Il tendit deux sacs au jeune homme qui le remercia en l'appelant « frérot ». C'était bizarre. Kofi clôtura son *shift* et se dirigea à contrecœur vers le quartier de la Croix-Rousse. Il n'avait pas hâte de rentrer.

*

Cela faisait maintenant quelques semaines qu'il surveillait Tournier. Il se sentait prêt à passer à l'action. Il avait cogité son plan pendant de longues soirées. L'idée de tuer le dentiste sur le pont Alphonse Juin s'était imposée à lui. Il y avait une grosse part de risque dans son projet, mais il voulait signer son meurtre en laissant sa silhouette fuyante imprimer la scène de crime. Il allait envoyer un message d'avertissement à ceux qui se croyaient tout-puissants. La peur allait changer de camp. Il avait tué Gasparo dans une forêt. La mort de Tournier aurait lieu au cœur de la ville. Personne ne pourrait lier les deux affaires. S'il échouait, il irait en taule pour un paquet d'années. En soi, la prison ne lui faisait pas peur, il n'y a que ceux qui ont quelque chose à perdre qui craignent l'enfermement. Lui, n'avait jamais rien possédé. Le peu qu'il avait eu, on le lui avait pris, sa famille, son boulot, son appartement, sa gosse. Il n'avait plus rien. Mais une petite voix lui intimait de rester sur ses gardes. Parce que s'il se faisait serrer par les flics pour le meurtre de Tournier, il ne pourrait pas s'occuper de Klein. Et ça, il n'en était pas question.

Il arriva au niveau du pont un peu après vingt heures. Il faisait nuit. Un vent sec et froid lui glaçait l'extrémité des doigts. Il se positionna au niveau d'une des piles du pont, sortit son paquet de cigarettes et alluma une clope. Scarlett se coucha contre le béton, grelottant de froid. D'ici dix minutes, Tournier emprunterait le pont. Tête basse, fatigué par sa course, il ne lui prêterait aucune attention. À peine verrait-il du coin de l'œil un SDF et son chien, arrivant face à lui. Pour les éviter, il ferait un écart sur sa gauche, vers le parapet. Au dernier moment, lui, il sortirait son couteau et se jetterait sur le dentiste en le poignardant. Tournier ouvrirait de grands yeux surpris et porterait ses mains à sa blessure.

C'est là qu'il lui murmurerait une petite phrase du genre de celle qu'il avait lancée à Gasparo « Je vous avais dit que je vous buterais tous les trois. » Ensuite, il le ferait basculer par-dessus le parapet. Avec un peu de chance, en tombant du pont, Tournier se fracasserait le crâne sur le béton de la pile. Sinon, il se noierait dans le courant. On retrouverait son corps quelques jours ou quelques semaines plus tard, gonflé comme une baudruche d'avoir séjourné dans l'eau. Au moment où il ferait basculer Tournier dans le vide, il se trouverait peut-être quelqu'un sur le pont, ou dans une voiture, mais que dirait-on de lui aux flics ? C'était un SDF. Avec une capuche relevée sur sa casquette. Pas très grand. Mince. Et puis un chien. Oui, un chien. Blanc et noir. Voilà, un clochard avec un chien blanc et noir. Rien de plus. Même les caméras situées aux deux extrémités du pont ne permettraient pas de l'identifier. Quant à s'imaginer que quelqu'un pourrait se mettre en travers de sa route pour l'empêcher de fuir, il n'avait aucune inquiétude à ce sujet. Il lui suffirait de pointer son couteau souillé de sang vers le bon samaritain pour le voir se transformer en lâche.

*

Sur le parcours, Tournier était resté attentif aux gens qu'il croisait. D'habitude, il ne s'intéressait à personne, il était concentré sur son effort, coupé de la ville, coupé des passants. Mais depuis qu'il avait eu cette discussion avec Klein, il était terriblement inquiet. David lui avait appris que le type qui l'avait bousculé à l'église était ensuite allé frapper le cercueil d'Alain et avait murmuré quelque chose. Florence Gasparo qui avait assisté à la scène ne semblait pas connaître cet homme et n'avait rien entendu ce qu'il disait. Si, comme le prétendait Florence, Alain avait été assassiné, le type de l'église pouvait tout à fait être le meurtrier. Mais pourquoi ce même homme s'en prendrait-il à lui ? Il ne le connaissait pas ! Non, Klein avait raison, ce type n'était rien d'autre qu'un dégénéré entré dans l'église par hasard. Il l'avait bousculé parce qu'il se trouvait sur son chemin. Il n'y avait aucune autre explication à ce geste.

Ça ne résolvait pas pour autant son problème à lui. Quelqu'un le menaçait en se cachant derrière des pseudonymes effrayants. Et Tournier ignorait qui cela pouvait être. S'il avait bien eu dans sa carrière quelques clients mécontents, aucun ne lui avait semblé assez fou pour le menacer et venir uriner sur son palier. Mais peut-être que celui qui avait pissé devant sa porte n'avait rien à voir avec les avis négatifs sur Google. Bon sang ! Il avait beau tourner le problème dans tous les sens, il n'y comprenait rien.

Arrivé sur le pont Alphonse Juin, il vit un type dépenaillé agiter les bras en l'air. Il l'observa de loin. C'était encore une loque bourrée. Le dentiste n'avait pas envie de s'infliger l'odeur de ce type qui risquait en plus de l'emmerder et de lui demander de l'argent. Il continua à avancer sur le pont. Le clodo s'était maintenant retourné et lui faisait face. Avec sa casquette enfoncée sur son crâne, Tournier ne voyait pas grand-chose de son visage. Il repensa au SDF assis près de l'église. Ils avaient un peu la même allure, sauf que l'autre avait un cabot. D'ailleurs, il ne l'avait pas vu quand il était parti courir. L'employé de Klein avait dû lui faire quitter la place.

Plus que quelques mètres avant de croiser la cloche. Il hésita. Se tourna légèrement. Des voitures arrivaient de chaque côté de la route.

*

Il était vingt heures trente quand le dentiste arriva sur le pont. En le voyant s'approcher au loin, il fit glisser sa capuche sur sa casquette et jeta un coup d'œil dans la direction opposée. Deux personnes arrivaient vers lui. Trop près. Elles risquaient de tout faire foirer. S'il avait bien prévu que des gens assisteraient à la scène, il ne s'était pas imaginé qu'ils seraient si près quand il attaquerait Tournier. Il devait agir. Vite ! Il tira sur la laisse de Scarlett pour qu'elle se lève. Lui balança un petit coup de pied discret en la poussant dans la direction du jeune couple. La chienne se mit à courir. Il cria. « Scarlett ! Viens ici ! » Scarlett accéléra sa course. Le couple tenta de l'intercepter. Sans succès. Le jeune homme partit après la chienne, sa copine derrière lui. *Un problème de réglé !* Il se retourna. Tournier n'était plus qu'à cinquante mètres de lui. Trente mètres. Il glissa une main dans sa poche et saisit fermement le manche de son couteau, prêt à frapper. Juste avant d'arriver à son niveau, le dentiste jeta un regard par-dessus son épaule et, sans s'arrêter, traversa la piste cyclable. *Putain ! Le con !* Tournier se faufila entre deux voitures, continua sa course sur le trottoir d'en face, accélérant sa foulée. Il allait, lui aussi, traverser la route pour rattraper Tournier quand le jeune homme et sa copine arrivèrent à sa hauteur, tous les deux haletant, Scarlett dans leur sillage.

— Votre chien nous a fait courir, mais on a réussi à le rattraper.

Il se saisit de la laisse sans un regard pour le couple. Ces deux merdeux avaient fait foirer son plan. Tournier était maintenant trop loin pour qu'il puisse le rattraper.

— Il s'appelle comment votre chien ?

— Qu'est-ce que ça peut te foutre ?

Le jeune homme s'interposa pour défendre sa copine.

— Vous pourriez au moins nous remercier de l'avoir attrapé !

— Je t'ai demandé quelque chose, à toi ? Non ! Alors, casse-toi d'ici avant que je t'avoine.

Le jeune homme tira sa compagne par la main. Il préférait battre en retraite que de se faire casser la figure. La fille traînait un peu des pieds et regardait la chienne avec un air confus.

Merde ! Il avait raté son coup, tout était à refaire.

*

Cheikhou attendait au pied de leur immeuble. Quand Kofi arriva à son niveau, son ami lui tendit la lettre. Kofi la saisit, ses mains tremblaient. Il ne prit pas la peine de descendre de son vélo ni de poser son sac réfrigéré, il ouvrit l'enveloppe et lut le courrier. Les *Vu* et les *Considérant* étaient imprimés en caractères gras et lui agressaient les yeux, il n'arrivait pas à se concentrer sur le reste des phrases. Il tourna la page, continua à lire.

— Alors, ils disent quoi ?

— Ils veulent que je parte parce que j'ai triché sur mon âge.

— Comment ils savent ?

— Ils ont dû demander à la mairie de Dakar.

Pourtant, Kofi se souvenait que son père avait payé quelqu'un au pays pour trafiquer ses papiers, il ne comprenait pas ce qui s'était passé.

— Qu'est-ce que tu vas faire, mon frère ? Tu veux que j'appelle l'homme qui organise de faux mariages ?

— Non. Je t'ai dit que je ne voulais pas me marier. Je vais aller voir un avocat.

— Et comment tu vas le payer ?

— Je ne sais pas Cheikhou. Arrête avec tes questions, je n'arrive plus à réfléchir !

Kofi descendit de son vélo et se dirigea vers l'entrée de l'immeuble en boitant, la journée à pédaler avait une nouvelle fois mis son genou à rude épreuve. Mais ce soir, il se fichait pas mal de sa douleur. Il grimpa les marches jusqu'à leur appartement situé au deuxième étage. Son vélo, son sac réfrigéré, une paire de baskets neuves, ses bottes en caoutchouc, un téléphone portable, une batterie externe, quelques vêtements et produits de toilette, c'était tout ce qu'il possédait depuis qu'il était arrivé en France. En trois ans, il n'avait rien construit. Les rêves de son père de le voir réussir avaient échoué. Il n'avait rien, ni papiers en règle ni travail décent. Et s'il se faisait attraper par la police, il retournerait à Yoff, les poches vides. Si cela arrivait, il savait déjà que ni son père, ni sa mère, ni même Coumba ne le lui pardonneraient, ils avaient mis trop d'espoirs et d'argent dans sa réussite.

Kofi réunit quelques papiers et les rangea dans son sac de livraison. Cheikhou était assis sur son lit, face à lui.

— Trouve-toi une Française et marie-toi, mon frère, c'est ça qu'il faut faire.

— Mais si Coumba apprend que je me suis marié, je la connais, elle ne voudra plus me parler.

— Et tu crois qu'elle te parlera encore si tu rentres au pays sans argent ?

— Demain matin, j'irai voir si l'avocat peut m'aider. Après, on verra.

Dans la chambre d'à côté, de la musique sortait d'une enceinte que Babacar venait de s'acheter. Kofi serra les poings. Il ne voulait pas céder à la tentation de vendre de la drogue comme son colocataire, c'était trop dangereux, mais si sa situation ne s'améliorait pas, il réfléchirait à l'idée de fréquenter une Française. Elle serait forcément plus vieille que Coumba et sûrement beaucoup moins belle, mais c'était la seule solution pour régulariser sa situation.

*

Louise était arrivée tôt au cabinet. Elle avait conclu un dossier et était en train de scanner ses pièces pour les notifier à son contradicteur. La sonnerie retentit dans le couloir, elle abandonna son imprimante et sortit de son bureau pour ouvrir la porte. Face à elle se tenait un livreur de repas. Jordan qui venait d'arriver avait dû passer une commande pour son petit déjeuner. Le regard de Louise descendit vers les mains du jeune homme. Elles étaient vides.

— Oui ?

— Je veux voir le Maître.

Louise détailla rapidement son interlocuteur. Le jeune homme n'avait pas plus de vingt-cinq ans. Grand, mince, son bonnet de travers sous son vieux casque de vélo lui donnait un air un peu enfantin. Il portait un blouson démodé et un pantalon de ski rentré dans des bottes en plastique. Mais malgré son accoutrement ridicule, Louise lui trouvait beaucoup de charme. Dans le regard un peu fuyant de ce jeune homme, il y avait quelque chose d'infiniment doux.

— Vous voulez voir Maître Tessier ?

— Oui.

— Vous avez rendez-vous ?

— Non. Mais j'ai un problème avec mes papiers.

Le jeune homme lui tendit un tas de feuilles froissées. Ses mains tremblaient. Il semblait stressé. Louise s'apprêtait à lui expliquer qu'elle était navrée mais que personne au cabinet ne pouvait s'occuper de lui quand Jordan sortit de son bureau pour les rejoindre. Il avait dû entendre la conversation puisqu'il indiqua au livreur : « Bonjour, Je suis Jordan Tessier. Suivez-moi. » L'associé de Louise montra au jeune homme la direction de son bureau. Le livreur avança dans le couloir, son sac de livraison sur le dos. En se tournant, il heurta un vase. Louise le rattrapa, plus par réflexe que par désir de sauver cette horreur que la mère de Jordan avait eu le mauvais goût d'offrir à son fils.

Louise soupira. Elle espérait que Jordan allait renvoyer le livreur de repas vers un autre confrère. Le droit des étrangers était un domaine spécifique, dont il fallait maîtriser les procédures et les délais. Ce qui n'était pas leur cas.

Quinze minutes plus tard, Jordan raccompagna le jeune homme à la porte et rejoignit Louise dans son bureau.

— Tu t'y connais en droit des étrangers ?

— C'est pour ton livreur de repas, je suppose ?

— Ouais. Il a reçu une OQTF[13].

— Envoie-le chez quelqu'un qui fait du droit des étrangers.

— Tu rigoles, ça me fait un dossier de plus. Au pire, si je foire sa procédure, il aura droit à un retour au pays aux frais de la princesse. Et il reviendra dans quelques mois !

— Tu es sérieux là ?

— Détends-toi, je plaisante. Je vais poser la question sur le groupe d'entraide de Facebook. Y a bien un confrère qui saura m'expliquer la procédure et m'envoyer un modèle de requête.

Le téléphone de Louise vibra sur son bureau. Elle vit qu'il s'agissait d'un appel Signal. L'avocate utilisait cette application cryptée pour les appels de ses clients qui se trouvaient en détention. En théorie, les téléphones étaient interdits en prison, mais la plupart des détenus avaient accès à un portable. Ils allaient même jusqu'à poster des photos ou des vidéos d'eux sur les réseaux sociaux. Peut-être que les gardiens avaient pour instruction de fermer les yeux pour la possession de drogue ou de téléphones. C'était le prix à payer pour maintenir un semblant de calme en prison. En tout cas, puisque ses clients incarcérés avaient la possibilité de la joindre, elle préférait utiliser une messagerie cryptée pour que leurs conversations restent confidentielles.

Elle décrocha.

— Oui ?

---

13 OQTF : Obligation de quitter le territoire prise par le préfet, notamment en cas de refus de délivrance de titre de séjour ou de séjour irrégulier en France.

— Putain, Maître ! Ces bâtards de keufs ont arrêté ma mère hier.

— Tomasz ?

— Oui, c'est moi. Ma mère, elle est en garde à vue !

— Tu sais qui est son avocat ?

— Elle en a pas, elle a pas d'argent.

— Dans ce cas, elle a dû se faire assister par l'avocat de permanence. Écoute, ne t'inquiète pas, les flics n'ont sûrement rien contre elle.

— Mais putain ! Ça parle trop dans le quartier ! Ils savent que ma mère est en garde à vue. Et maintenant, ça me menace à la rate. Y a un mec qui est venu me voir et qui m'a dit que si je parlais, ils violeraient ma petite sœur ! Maître ! Faut faire quelque chose !

— Tomasz, calme-toi. Je vais me renseigner. Où est ta sœur en ce moment ?

— Chez ma grand-mère. Ces enculés de flics, ils veulent me mettre la pression pour que je balance des noms.

— Surtout, tu ne fais rien. Et tu n'appelles personne. Je vais essayer de joindre l'avocat de permanence.

— Je dois raccrocher là. Je vous rappelle.

Louise consulta la liste des avocats désignés par le bâtonnier pour assurer les permanences de garde à vue. Le jeune confrère qui avait assisté madame Petrovic lui indiqua que les policiers n'avaient rien à reprocher à cette dernière, ils voulaient plutôt l'interroger sur ce qu'elle savait des activités de son fils et des personnes qu'il fréquentait. Madame Petrovic n'avait rien à en dire. Elle travaillait souvent le soir et ignorait tout de ce que faisait son fils pendant ce temps-là. On lui avait montré des planches photographiques, elle ne reconnaissait personne. La mère avait expliqué n'avoir plus aucune autorité sur son fils qui s'était approprié le rôle du chef de famille, le père s'étant désintéressé de ses deux enfants depuis de nombreuses années. À la maison, Tomasz se comportait comme un petit dictateur. Il surveillait les allées et venues de sa mère et de sa sœur, s'énervait pour du linge qui n'était pas lavé ou un repas qui n'était pas prêt. La mère ne savait plus comment le gérer. Elle avait bien essayé de le pousser à chercher un travail, il s'était emporté à plusieurs reprises et avait même cassé une porte. Depuis, elle ne disait plus rien. Louise fut rassurée quand son confrère lui indiqua que la garde à vue avait été levée et que la mère avait pu rentrer chez elle. Mais elle s'inquiétait pour Tomasz. Il avait déjà été passé à tabac, et maintenant on menaçait sa famille. Cela voulait dire qu'il détenait des informations importantes sur le trafic.

Quand Tomasz rappela, Louise lui expliqua que sa mère avait été libérée et qu'il n'avait rien à craindre de ce côté-là. Elle lui conseilla une nouvelle fois de demander à être placé à l'isolement, le temps que les choses se tassent. Ensuite, elle composa le numéro de téléphone de Fanny Costa, la policière des Stups.

— Capitaine Costa ?

— Oui ?

— Maître Pariset à l'appareil. Je viens d'apprendre que la mère de Tomasz Petrovic a été placée en garde à vue. Vous savez tout comme moi que c'était injustifié.

— Allez donc dire ça au juge d'instruction !

— Vos pressions mettent mon client et sa famille en danger. Tomasz a déjà été passé à tabac en prison. Et là, on vient de le menacer de s'en prendre à sa sœur et à sa mère.

— Maître Pariset, j'espère que vous n'êtes pas du genre à communiquer avec un détenu par un canal interdit.

Un blanc s'installa entre elles que Louise Pariset ne voulut pas rompre. Oui, elle communiquait avec ses clients incarcérés et c'était parfaitement interdit. Mais qui était responsable de la circulation des portables en prison ? Ce n'était pas elle.

— Je demanderai à mes collègues qui patrouillent dans le quartier de s'assurer que madame Petrovic ne craint rien. C'est tout ce que je peux faire.

— Merci.

Louise raccrocha. Elle culpabilisait d'avoir été si agressive avec la capitaine Costa. Mais sur le principe, elle avait raison. Rien dans l'enquête ne laissait entendre que la mère de Tomasz Petrovic participait d'une quelconque manière au trafic de stupéfiants. C'était injuste de la mêler à ça. À l'occasion, elle rappellerait la policière pour s'excuser. Peut-être.

*

Après sa tentative de meurtre ratée, il avait préféré abandonner sa surveillance place Meissonier. Il ne pensait pas que Tournier l'avait reconnu sur le pont, mais il l'avait vu se retourner deux fois et il lui semblait que le dentiste avait accéléré le rythme après avoir traversé la route. Mieux valait éviter de se faire remarquer.

Il fumait une cigarette, accoudé à sa fenêtre et réfléchissait à un nouveau plan. Il avait envisagé de tuer Tournier à son domicile. En pleine nuit, il pénétrerait chez lui et le crèverait dans son lit. Si sa femme et ses gosses se réveillaient, il les buterait aussi. Peut-être qu'il violerait la gonzesse de Tournier, si elle était baisable. Seulement, il n'avait rien trouvé sur Internet concernant son domicile et quand Tournier terminait sa journée, il sortait de son garage souterrain au volant de sa Porsche et disparaissait dans le flot de la circulation. La seule solution était de le tuer dans son cabinet médical, quand sa secrétaire serait partie. Et c'était une putain de bonne idée. Parce que dans le huis clos de son cabinet, il pourrait crever le dentiste sans être dérangé. Dans sa poche intérieure, il sentit la forme du pic à glace qu'il avait volé dans un bar. D'ici quelques jours, Tournier quitterait brutalement cette planète, comme c'était arrivé pour Gasparo. Après le meurtre du dentiste, les flics viendraient sûrement voisiner et poser des questions. Ils demanderaient à visionner les caméras du quartier. De lui, on ne verrait que la casquette, le masque chirurgical, et le chien. Autant dire : rien.

*

Louise observait son associé tâtonner, tel un aveugle, à la recherche de l'interrupteur de son bureau. Il ne lâchait pas son téléphone des yeux, arborant un sourire niais.

— Qu'est-ce que tu as ?

— Je crois que je suis amoureux.

Jordan mit fin à ses rêveries en montrant son écran à Louise. Une jolie rousse aux formes généreuses posait en bikini sur la plage.

— Je ne suis jamais sorti avec une rousse. T'en penses quoi ?

— J'en pense que tu es un grand malade. On ne choisit pas sa partenaire sur des critères capillaires.

— Je vais lui proposer un verre.

— Comme ça, sans préambule ?

— Ben ouais. Regarde, elle est à trois rues d'ici.

Louise en resta sans voix. L'application permettait de géolocaliser les filles qui lui plaisaient.

— Quel est l'intérêt de savoir où elle se trouve en ce moment ?

— Ben ça permet de se rencontrer rapidement. Statistiquement, si tu rencontres la fille le jour où tu as commencé à discuter avec elle, tu as soixante pour cent de chances de coucher avec elle.

Jordan adorait choquer la morale de son associée. Mais pour ce que Louise en savait, même si c'était le temps d'une nuit, il traitait les femmes avec respect. Enfin, si on fermait les yeux sur cette histoire de notes dans son carnet noir, bien sûr. Quand il avait un *date*, les choses étaient clairement dites. Toutes ses partenaires savaient qu'il ne souhaitait pas s'engager au-delà de quelques nuits. S'il privilégiait ces relations éphémères la plupart du temps, il lui était arrivé d'être pris à son propre piège. Une fois notamment, il était tombé amoureux. La fille était canon, drôle, intelligente et friquée avec ça, ce qui était un atout majeur pour quelqu'un comme lui qui passait son temps à courir après l'argent et à supplier sa mère de renflouer ses caisses. Jordan et la belle brune s'étaient vus à plusieurs reprises et, pour une fois, il n'avait rien écrit dans son carnet noir. À la cinquième soirée passée ensemble, la fille s'était lassée de lui. C'était la première fois que Jordan subissait un tel revers. Il n'avait pas compris et avait traîné sa peine quelques jours avant d'aller se consoler dans les bras d'une nouvelle conquête.

À peine la porte du cabinet fermée, le portable de Jordan sonna.

— Bingo ! Elle est d'accord pour me rencontrer. Allez, je te laisse, j'ai un rencard avec la plus belle fille de Lyon.

— C'est ça. Passe une bonne soirée.

Louise regarda son associé dévaler joyeusement les marches avant de disparaître. Elle l'enviait. Faire l'amour lui manquait. Mais contrairement à Jordan, elle n'était pas du genre à consommer coûte que coûte. Elle n'avait jamais eu de relations d'un soir. Elle détestait l'idée. Peut-être par orgueil. Ou par pudeur. Elle se connecta à son compte Instagram et tapa le nom d'Agathe Lantier. Elle trouvait pitoyable ce besoin d'épier la nouvelle conquête de Maëva. Mais elle ne pouvait pas s'en empêcher. Parce que Maëva lui manquait terriblement. Elle avait besoin d'avoir mal pour ne pas céder à l'envie de la contacter.

Elle avait besoin de s'exposer au bonheur de son ex pour renoncer définitivement au sien. Chaque jour, elle se détachait un peu plus, espérant que le suivant, elle ne ressentirait plus rien. Mais entre ce qu'elle voulait et ce qu'elle ressentait, il y avait une grande différence. Sur le compte Instagram de Lantier, elle ne vit pas de photo récente. Peut-être qu'il y avait de l'eau dans le gaz. Elle l'espérait. Au moins pour son ego.

*

En fin d'après-midi, Sofiane appela David Klein sur son portable.

— Oui, Sofiane.

— Patron, y a pas de mec chelou sur la place. Et y a pas de SDF non plus. J'ai vu que du bourgeois.

— Tu y es passé combien de fois ?

— Une fois la semaine dernière. Lundi et aujourd'hui. Y a personne qui correspond.

— C'est bien ce qu'il me semblait. Le dentiste s'est fait des films. Bon, écoute, tu repasseras une dernière fois en début de semaine prochaine pour être sûr que le clodo n'est pas revenu. Si tu ne le vois pas, on arrête la surveillance et tu récupères la montre. En attendant, je vais appeler le client pour lui dire que tu as fait dégager la cloche.

Sofiane émit un rire gêné.

— Eh patron, c'est pas la vérité.

— On s'en fout.

— Franchement, je veux bien revenir tous les jours surveiller la place pour une Rolex.

— Non, tu rentres. J'ai besoin de toi ici.

Klein raccrocha et fit défiler son répertoire jusqu'à ce qu'il tombe sur le numéro de portable de Tournier. Le dentiste décrocha au bout de quelques sonneries.

— David, je suis entre deux patients...

— Je t'appelais juste pour te dire que mon gars est passé sur la place à plusieurs reprises. Il y est encore au moment où je te parle. Sofiane n'a vu personne rôder autour de ton cabinet.

— Il en est sûr ?

— Celui qui t'a fait des crasses a dû repérer mon gars en train de surveiller la place. Il a compris l'avertissement. On ne le reverra pas.

— Bon, très bien.

— Et pour le SDF, c'est réglé aussi. Sofiane repassera la semaine prochaine pour vérifier qu'il n'est pas plus têtu que prévu. Mais normalement, la cloche ne devrait pas réapparaître non plus.

— Vous ne l'avez pas trop...

— Parfois, les négociations sont un peu âpres. Tu sais ce que c'est.

— Bon. Je te laisse.

— On a oublié de parler du paiement.

— Je t'ai dit que je payerai.

— Je sais, mais c'est ta Rolex que je veux.

— Tu déconnes ?

— Je l'ai promise à mon gars.

— Putain, mais tu sais le prix que ça coûte une montre pareille !

— Moins cher que ta vie, non ?

— Je te laisse, mes patients m'attendent.

— Sofiane passera lundi récupérer la montre. Et n'hésite pas à m'appeler si tu as encore besoin de moi !

Klein était hilare. Il avait doublement entubé ce connard de Gilles Tournier. Il lui avait taxé sa montre et n'avait même pas eu à faire le boulot en échange. Cette histoire de menaces, c'était du grand n'importe quoi. Il ouvrit son tiroir et se servit un verre de whisky. Il l'avait bien mérité.

*

Gilles Tournier enfila sa tenue de sport et quitta son cabinet. Il s'en voulait. Il n'aurait jamais dû appeler David Klein. Cette ordure allait le délester de sa Rolex. Et pour qui ? Pour un de ses gros bras sans cervelle qui ne savait même pas faire la différence entre une montre gagnée à la foire et une montre de luxe ! Autant donner du caviar à un cochon ! Il aurait dû gérer ça seul ! Merde ! Ses mains tremblaient. Il ne savait pas si c'était la fatigue ou la colère qui le rendaient si fébrile.

Il allait commencer sa course en empruntant la rue de la Platière, mais finalement se ravisa. Il rejoindrait le pont de la Feuillée par la rue Constantine. Il traversa la place et passa devant l'endroit où se tenait encore le clodo quelques jours auparavant. Au sol, il y avait une tache marron foncé. Est-ce que c'était le sang de ce gars qui avait marqué le béton ? Il n'en avait aucune idée. Avec Klein, tout était possible, il avait toujours aimé cogner les plus faibles. Juste pour le plaisir de se défouler. Un vrai tordu. Maintenant, Tournier se sentait coupable d'avoir fait dégager le clochard. Mais, il le savait, sa culpabilité ne durerait qu'un temps, parce qu'il fallait se rendre à l'évidence, un clochard en attirait toujours un autre et puis un autre. Jusqu'à ce qu'ils soient trop nombreux pour pouvoir les déloger. Alors, d'ici quelques jours, il oublierait cet incident. Ce qui s'était passé bénéficierait à la collectivité. D'ailleurs, son assistante s'était déjà réjouie de la disparition du SDF sur la place. Il avait failli lui répondre que c'était grâce à lui, mais il s'était ravisé. La raison l'avait emporté sur son envie de se faire mousser.

Il ne lui fallut que quelques minutes de petites foulées pour sentir son stress s'éloigner. Klein lui avait garanti que personne ne rôdait plus autour du cabinet. Un de ses vigiles s'en assurerait une dernière fois la semaine prochaine.

Depuis l'épisode de l'urine sur son palier, c'est vrai qu'aucun nouvel incident ne s'était produit. Tournier avait répondu aux avis négatifs sur Google en les qualifiant de mensongers. Rien n'avait été posté après ça. Les choses rentraient dans l'ordre. Il s'était sans doute un peu trop inquiété. Quelqu'un s'en était pris à lui, c'était vrai, mais ça n'avait pas duré, parce qu'il avait su réagir. Il ignorait le nom de la personne qui se cachait derrière les pseudonymes, mais finalement, cela n'avait aucune importance. Celui qui avait essayé de l'intimider avait compris qu'il ne se laisserait pas faire et avait abandonné la partie.

Il soupira. Tout ça était maintenant derrière lui.

*

À dix-neuf heures trente, il quitta son appartement accompagné de Scarlett. Sur le chemin, il la détacha et lui balança un coup de pied pour qu'elle s'en aille. Il n'avait plus besoin d'elle. Scarlett le regarda s'éloigner. Quand elle comprit que son bourreau l'avait libérée, elle détala le plus loin possible de lui. Perdue, sans repères, elle se jeta du trottoir sur la route, juste au moment où une voiture arrivait. Il entendit un bruit mat et le hurlement de la chienne. Il se retourna et vit la conductrice sortir de sa voiture les deux mains sur les joues, les yeux déjà remplis de larmes. La journée de cette bonne femme s'achevait sur une catastrophe. Au mieux, elle avait blessé la chienne et ça allait lui coûter un max en frais vétérinaires, au pire, elle l'avait tuée et elle garderait ça sur la conscience un bon moment. Il continua sa route, content de lui. Il venait de pourrir la vie de quelqu'un et ce n'était pas fini.

Arrivé place Meissonier, une demi-heure plus tard, il surveilla les allées et venues du voisinage. Le cabinet du dentiste était plongé dans la pénombre, il n'y avait plus personne. Il enfila discrètement des gants en latex et se faufila dans l'allée en tapant le code de la porte. Il l'avait obtenu de la secrétaire en prenant un rendez-vous qu'il n'avait jamais honoré. Au départ, c'était juste pour avoir accès à l'immeuble et pisser contre la porte de Tournier, il ne s'était pas imaginé qu'il reviendrait dans l'allée.

Il grimpa les escaliers discrètement, passa devant la porte du cabinet dentaire et continua jusqu'au troisième étage. Aucun bruit ne venait de l'appartement situé sur le palier. Pour s'assurer que personne ne pourrait l'observer de l'intérieur, il colla une pastille adhésive noire sur l'œil-de-bœuf. Il vérifia ses poches. Dans la droite, le pic à glace. Dans la gauche, un fil de fer. Deux armes aussi redoutables qu'effrayantes. Quelques minutes plus tard, la porte de l'allée se déverrouilla dans un bruit sec qui le fit sursauter. Il sentit des picotements au bout des doigts et se pencha tout doucement pour voir qui arrivait. Il aperçut trois étages plus bas le dessus d'un crâne blanc. Une vieille se traîna dans l'ascenseur qui s'ébranla doucement en craquant. Il surveillait l'ascension de la personne âgée, il ne savait pas s'il devait monter ou descendre pour l'éviter. Il paniqua quand l'ascenseur s'arrêta pile au troisième étage. Il grimpa les escaliers sur la pointe des pieds et se colla au mur pour ne pas être vu. Quand la porte de la grand-mère se referma, il redescendit les marches, tout doucement. Colla son oreille contre le bois. Aucun bruit. La vieille n'avait vu ni son ombre dans les escaliers ni la pastille collée sur son œil-de-bœuf. La lumière de l'allée s'éteignit, il pouvait respirer.

Il attendait dans le noir. De temps en temps, il percevait par-dessus les battements de son cœur des bruits de vie quotidienne. Des cris d'enfants, de la vaisselle. Quelques bribes de discussion. Une porte s'ouvrit deux ou trois étages plus haut. Il entendit une voix d'homme donner un ordre à son chien. La porte claqua et des pas résonnèrent, accompagnés du bruit de griffes sur le béton. Merde ! Le type descendait à pied. Il se précipita dans les escaliers, les avalant, trois par trois, tâchant de faire le moins de bruit possible. Si Tournier arrivait à ce moment-là, ils se retrouveraient nez à nez et son plan serait définitivement foutu. Au rez-de-chaussée, il hésita à sortir de l'immeuble. Il se ravisa. Bifurqua sur sa droite et plaqua son corps contre une porte qui donnait sans doute sur les caves. Des gouttes de sueur commençaient à perler sur son front, l'adrénaline se répandait dans son sang pour contrer son stress. Il se força à respirer doucement. Sans bruit. Sa cage thoracique se creusait douloureusement. Le type descendit les dernières marches sans décoller son regard de son écran de portable. Son chien, un petit roquet, marqua l'arrêt, renifla l'air et quand il le vit, le clébard grogna. Il serra son pic à glace, prêt à s'en servir. Le propriétaire du chien ne leva pas les yeux de son téléphone et continua son chemin en tirant sur la laisse.

Il espérait qu'à son retour de promenade, le type prendrait l'ascenseur. Ces allers-retours dans les escaliers le rendaient fou. Ça risquait de tout faire foirer.

*

Quand il était descendu de Fourvière par le parc des Hauteurs, il avait à nouveau ressenti une pointe d'angoisse. Il s'était raisonné. Cette histoire était derrière lui maintenant, il devait l'oublier et ne pas cristalliser sur la peur qu'il s'était créée de toutes pièces.

Sur la place Meissonier, il croisa un voisin qui promenait son chien. Quand Joncourt leva enfin la tête de son écran de téléphone, il lui fit un signe de la main et termina sa course à petites foulées vers son allée. Joncourt était de tous ses voisins le plus pénible. Il surveillait tout et tout le monde. Au début de son installation dans l'immeuble, Tournier avait eu des mots avec lui parce qu'il ne voyait pas d'un bon œil l'installation d'un dentiste au sein de la copropriété. Joncourt s'était plaint à de nombreuses reprises de patients déambulant dans les escaliers ou fumant dans la cour intérieure, et jetant leurs mégots à même le sol. Avec le temps et quelques aménagements, les choses s'étaient tassées, plus aucun patient ne s'attardait dans les parties communes de l'immeuble.

Tournier hésita à monter les escaliers à pied. Il en avait plein les jambes, mais il se força à finir sa séance en grimpant les marches quatre à quatre.

En pénétrant dans son local professionnel, il se tança une nouvelle fois, quand, par réflexe, il posa une main sur le verrou après avoir claqué la porte. *Arrête ta paranoïa, tu n'as rien à craindre.* Il n'avait aucune raison de s'enfermer à double tour, sa porte d'entrée étant dépourvue de poignée extérieure, personne ne pouvait pénétrer dans son cabinet. Tournier devait retrouver sa sérénité et cela passait par de petits gestes qu'il s'imposait. Ne plus regarder derrière lui, ne plus s'enfermer à double tour. Revenir à ce qui était. L'argent le rendait déjà suffisamment vulnérable. Chez lui, il avait fait installer une alarme et des caméras, par précaution. Il avait même un coffre-fort où il rangeait ses montres, les bijoux d'Anne-Sophie et l'argent liquide. Mais Gilles Tournier refusait de vivre dans la peur permanente. Sa réussite ne devait pas se transformer en prison dorée. Et les dégradations qu'il avait subies ne devaient pas le rendre parano.

*

Quelques minutes plus tard, la porte de l'allée claqua, encore. Cette fois, il entendit quelqu'un monter les marches en courant. Il se pencha légèrement et eut le temps d'apercevoir Tournier. Son cœur s'emballa. Il était prêt. À l'étage du dessous, le dentiste ouvrit la porte de son cabinet et la referma en la faisant claquer derrière lui. Sur la porte d'entrée, un panneau indiquait « sonnez et poussez ». Tournier était tellement habitué à ce que sa secrétaire gère le flux des allers et venues de ses patients qu'il n'avait pas songé à s'enfermer à double tour. Sans doute que le dentiste ignorait tout de la peur. Sa condition physique, sa grande taille et son pognon lui avaient donné l'assurance que rien ne pourrait jamais lui arriver. Sa vanité allait le tuer. Il descendit au deuxième étage, colla son oreille contre le bois, il n'y avait plus un bruit. De sa poche de pantalon, il extirpa de quoi crocheter la serrure qui céda rapidement. Il se faufila à l'intérieur du cabinet médical, referma doucement la porte derrière lui et la verrouilla. Dans une pièce, il entendait l'eau couler. Tournier se douchait. Il éteignit la lumière du couloir. Sortit son pic à glace et attendit, en embuscade.

*

Gilles Tournier s'était glissé sous la douche, éreinté par l'effort. Quand il en sortit, il s'essuya rapidement avec une serviette épaisse et fit disparaître la buée sur le miroir. Il s'observa quelques secondes dans la glace. Ses muscles étaient joliment dessinés, son ventre plat était légèrement poilu, juste ce qu'il fallait. Il était bel homme, il le savait mais n'en avait jamais profité outre mesure. Il était marié et fidèle. Non pas parce qu'il aimait sa femme comme au premier jour, après vingt-deux ans de mariage leur couple s'usait comme tous les couples, mais parce qu'il aimait le confort de sa vie, privilégiée et rangée. Il noua sa serviette autour de sa taille. Son téléphone sonna sur la chaise. Il y jeta un coup d'œil. C'était Anne-Sophie. Il tendit la main pour répondre. Se ravisa. Sa femme allait encore se plaindre d'Enora, de ses notes passables ou de ses mauvaises fréquentations. Tournier laissa son téléphone sonner dans le vide jusqu'à ce que sa messagerie se déclenche. Il rentrerait bien assez tôt pour entendre Anne-Sophie et sa fille se hurler dessus. Rien ne pressait. Dans l'immédiat, il voulait profiter du silence de son cabinet, du bien-être qu'il ressentait après plus d'une heure de course à pied. Ces derniers jours avaient été suffisamment stressants pour lui. Tournier ramassa ses affaires jetées sur le dossier de la chaise. Avec son coude, il ouvrit la porte et sortit de la salle de bains. La sonnerie de son téléphone retentit à nouveau. Anne-Sophie insistait. Il allait répondre quand il s'aperçut que le couloir était plongé dans le noir. Il avança vers l'interrupteur. Dans le reflet du miroir de l'entrée, il vit une ombre se dessiner. Il sursauta. Juste avant que n'arrive la peur. Brutale. Douloureuse.

— Mais, qu'est-ce que vous...

Tournier n'eut pas le temps de finir sa phrase ni de se retourner. Un homme se jeta sur lui et lui enfonça un objet pointu dans le dos. Le dentiste se cabra de douleur et tomba sur les genoux, le souffle coupé, les mains encore encombrées de ses affaires.

*

D'un coup sec, il enfonça le pic à glace dans le dos de Tournier. Pas trop profondément, il ne voulait pas le tuer, juste le blesser. De douleur, le dentiste se raidit et bascula vers l'avant. Dans son regard, toute supériorité avait disparu, on pouvait désormais y voir la peur de mourir, une peur glaçante qui le paralysait autant que sa blessure.

— On dirait que tu as peur Tournier ?

Il se baissa au niveau du visage du dentiste qui grimaçait de douleur, une main sur sa blessure, l'autre en protection devant lui.

— Lève les yeux, connard.

Tournier lui jeta un regard craintif.

— Tu te souviens de moi ?

— Non...

— Non ? Je suis le clodo qui faisait la manche en face de ton cabinet !

— Vous ?

— Ouais, c'est moi. Mais je vais t'en apprendre une bonne. Je suis pas un vrai clodo, j'ai fait ça juste pour pouvoir te surveiller. Parce que ça fait un moment que je suis sur tes traces, Tournier. Tu te souviens du mec qui t'a mis un coup d'épaule à l'enterrement de Gasparo ? C'était moi.

— ...

— La pisse sur ta porte, ça aussi, c'était moi ! T'as aimé nettoyer ma pisse, Tournier ?

— ...

Du bout des doigts, il colla une petite gifle sur la tempe de Tournier.

— Et les avis sur Google ? *Thanatos, Némésis, Gasparo*, c'était bien trouvé, non ? J'ai vu que t'avais répondu. Tu m'as traité de menteur. C'est pas gentil, ça !

— Mais qu'est-ce que...

— T'as toujours pas compris ?

— Que...

— Regarde-moi connard ! Tu ne sais pas qui je suis ?

— ...

— Allez, cherche dans ta mémoire d'ordure.

— ...

— Je vous avais dit que je vous tuerai tous les trois, tu te souviens ?

Tournier le dévisagea avec effroi.

— *Le B...*

— J'entends rien ! Dis-le, bordel !

— *Le Borgne.*

— Voilà ! Putain, comme ça te faisait marrer ce surnom, hein ? Maintenant, on dirait que ça te fait flipper. Tu t'es ramolli.

Le dentiste poussa sur ses talons pour se coller au mur, le plus loin possible de son agresseur.

— Tu vas où ? Tu crois que tu peux t'enfuir ?

Il ricana en voyant Tournier traîner son cul sur le carrelage, cherchant désespérément à le fuir.

— Pitié... Ma famille.

— Comme c'est touchant ! Moi aussi, j'avais une famille. Et vous l'avez détruite.

— ...

— C'est un truc de malade quand on y pense. Tu ne trouves pas ? Trois petits enculés d'à peine quinze ans ont ruiné ma vie. Y a de quoi rire, non ? T'as des gosses, Tournier ?

— ...

— Moi, j'ai une fille. Je ne la vois plus. Et tu sais pourquoi ? Oh ! Je te parle ! Tu sais pourquoi ?

— Non...

— Parce que vous m'avez rendu mauvais, tous les trois. Maintenant, dès qu'on m'emmerde, je cogne. Ma femme aussi, je la cognais. Elle ne comprenait pas qu'il ne fallait pas me faire monter en pression. Elle me poussait à bout et ensuite, elle chialait parce que je pétais un câble. À cause de vous, elle s'est barrée loin de moi. Avec ma gosse, putain.

— Pitié...

— Pitié ? Tu as eu pitié de moi quand je vous suppliais d'arrêter ? Non. Ça vous faisait marrer que je vous supplie, hein ! Tu te souviens comme il rigolait Gasparo ?

— ...

— Il a eu un bel enterrement ce con. Tu sais comment il est mort, Gasparo ?

— ...

— Je l'ai chassé, comme une bête, ton pote. Une belle chasse à l'homme. Imagine ton copain qui courait dans les bois pour sauver sa peau, et moi derrière avec une arbalète. Putain, t'aurais dû voir sa gueule, il crevait de trouille. Comme toi, maintenant.

— ...

— Je l'ai touché deux fois. Deux jolis tirs. Mais ce n'est pas ça qui l'a tué. Il s'est jeté d'une falaise, ton connard de copain.

— Klein...

Il émit un rire narquois en entendant Tournier.

— T'es une balance, toi ! Tu crois que je vais t'épargner parce que tu me donnes le nom de Klein ? Non, je vous avais bien dit que je vous tuerai. Tous les trois.

Il sortit son fil de fer et se jeta sur Tournier que la terreur avait paralysé.

*

Quand le Borgne lui rappela sa promesse de les tuer tous les trois, Gilles Tournier comprit qu'il n'y aurait pas de clémence. Il allait mourir. Comme Alain était mort. Avant qu'il ait pu réagir, le Borgne s'était jeté sur lui et lui avait passé un fil de fer autour du cou. Tournier s'était cabré de terreur. Il ne voulait pas mourir. Il ruait, tapait des pieds au sol, essayait de pivoter sur lui-même pour se libérer du fil de fer qui s'enfonçait dans ses chairs. Jetait ses coudes pour cogner le Borgne. Rien n'y faisait. Il avait tenté de crier à l'aide, aucun son n'était sorti de sa gorge. Des larmes coulaient sur ses joues, l'aveuglant. Il se débattait comme un animal. Désespérément. Sa serviette s'était dénouée de sa taille, il était maintenant nu comme un ver. Sans défense. Il glissait dans son sang. N'arrivait pas à se redresser. Il essayait de passer ses doigts entre sa gorge et le fil de fer qui déchirait sa peau, le faisant atrocement souffrir. Il s'arc-boutait malgré la douleur. Poussait le Borgne contre le mur. Plus il luttait pour sa survie, plus son agresseur resserrait son étreinte assassine. Les battements de son cœur lui cognaient dans les tempes. Son cerveau paniquait. Il sentit un liquide chaud entre ses cuisses. Il s'était pissé dessus. Quand son bras gauche refusa de se lever et que le droit tomba sur ses cuisses, il sut que c'était fini. Doucement, il glissa dans l'inconscience.

*

Il avait lu quelque part qu'il ne fallait que quelques minutes pour tuer quelqu'un par strangulation. La victime sombrait d'abord dans l'inconscience avant de mourir d'une anoxie cérébrale. Même après que Tournier eut cessé de lutter, il maintint sa prise encore quelques secondes. Il voulait être certain de l'avoir tué. Il repoussa le corps nu du dentiste qui glissa dans sa mare de sang et de pisse. Il resta là, immobile pendant quelques instants, à contempler la scène de crime. Sa scène de crime. Il venait de tuer Gilles Tournier et ce qu'il ressentait était si fort, si puissant que son crâne était prêt à exploser. Ces vies qu'il avait prises lui appartenaient désormais, elles vivaient en lui et décuplaient sa force.

Il se redressa, récupéra le pic à glace ensanglanté et l'enfonça d'un coup sec dans l'œil gauche de Tournier. *Maintenant on est deux à être borgnes.* Il fit le tour de la banque à l'accueil et ouvrit les tiroirs à la recherche d'argent liquide. Il n'y avait pas un seul billet dans la caisse. Il fouilla dans les bureaux et finit par mettre la main sur une épaisse liasse planquée dans un vase. Plus loin, dans ce qui servait de local à fournitures, il sortit du détergent d'un placard et en aspergea le visage et le corps de Tournier. Il ne voulait laisser aucune empreinte. Il jeta le bidon vide sur le macchabée et quitta discrètement le cabinet dentaire, sans se retourner. L'arrière de son pantalon était trempé. C'était le sang et la pisse de Tournier. Il s'en foutait. Si, dans la rue, quelqu'un le remarquait, il en déduirait qu'il s'était pissé dessus. Pour un clodo, cela n'était pas étonnant.

En sortant discrètement de l'allée, il jeta un coup d'œil à la caméra qui se trouvait dans l'angle opposé. Il était hors de son champ. Il rasa les murs et quitta rapidement la place. Un peu plus loin, il se débarrassa de ses gants chirurgicaux et les jeta dans une poubelle.

*

C'était vraiment la poisse de se faire vacciner le jour où elle devait plaider le dossier de madame Stefano. Mais Louise Pariset n'avait pu ni repousser son audience ni sa vaccination à l'hôpital. Elle avait besoin de son pass sanitaire. L'avocate sentait que son bras gauche commençait douloureusement à s'engourdir, elle avait du mal à s'en servir. Son téléphone vibra. Elle posa sa sacoche pour extraire le portable de sa poche. Quand elle lut le message qu'elle venait de recevoir, elle se dit que définitivement, c'était une journée noire. La consœur qui était censée défendre monsieur Stefano lui annonçait par SMS qu'elle ne pourrait pas être présente à l'audience parce que son fils était malade. Elle venait de refiler son dossier à Agathe Lantier, la nouvelle copine de Maëva. *N'importe qui, mais pas elle, merde !* Louise n'avait aucune envie d'affronter Lantier dans ce dossier. D'autant qu'il n'était pas bon. Mais elle devait mettre son ego de côté pour sauver la situation de sa cliente à qui son mari reprochait de lui avoir asséné un coup de tête lors de leur dernière dispute et d'avoir quitté le domicile conjugal en emmenant l'enfant commun sous le bras. Au vu de la violence prétendue de son épouse, il sollicitait la garde principale de leur enfant. Par chance pour Louise et sa cliente, il n'y avait aucun certificat médical pour en attester et le mari n'avait pas déposé plainte. Louise pourrait facilement remettre en cause cette déclaration, mais elle craignait que madame Stefano n'explose devant le juge, sa cliente était vraiment imprévisible.

Maître Pariset enfila péniblement sa robe et sortit de l'espace avocats, le bras collé contre son ventre. Sa cliente, une belle femme brune, perchée sur des hauts talons, l'attendait devant la salle d'audience. Plus loin, monsieur Stefano faisait les cent pas pendant que sa nouvelle avocate était plongée dans la contemplation de son téléphone. Louise rejoignit sa cliente. Lantier arriva dans son dos et lui tendit des documents.

— Tenez consœur, ce sont les dernières pièces que mon client verse aux débats.

— On ne vous a pas appris le principe du contradictoire ?

Pour respecter ce principe, les pièces et conclusions devaient être transmises dans un délai raisonnable, afin de permettre aux avocats et à leurs clients d'en prendre connaissance et d'y répondre. Communiquer des pièces juste avant l'audience ne correspondait en rien à un délai raisonnable.

— Vous savez que je substitue une consœur au pied levé, je ne suis pas responsable de cette communication tardive.

— Je vais demander le rejet de vos pièces.

— Cela ressemble à une démarche désespérée. Si votre dossier était bon, ces quelques pièces ne changeraient rien.

Louise prit la remarque comme une gifle en pleine figure. Elle se retint de dire à Lantier ce qu'elle pensait d'elle et qui pouvait se résumer en un mot : *connasse*, elle n'avait pas envie d'aller s'expliquer devant le bâtonnier pour avoir insulté une consœur. L'avocate préféra renoncer à toute polémique d'autant que sa cliente commençait elle aussi à s'énerver. Ne pouvant la prendre par le bras, elle lui intima l'ordre de la suivre et toutes les deux s'éloignèrent pour lire les nouvelles attestations produites. Dans l'une d'elles, Louise releva que les voisins du couple avaient relaté la séparation houleuse de monsieur et madame Stefano et attestaient du coup de tête mis par l'épouse à son mari. Louise tendit l'attestation à sa cliente et lui demanda des explications. Madame Stefano la lut, se leva brusquement pour se diriger vers son mari, l'attestation dans la main. Louise la rattrapa in extremis. Elle se positionna entre elle et son époux pour l'empêcher de lui coller une beigne. Sa cliente était vraiment ingérable. Elle la reconduisit fermement dans leur coin et lui ordonna de se calmer.

— Asseyez-vous !

— C'est lui qui m'a agressée en premier.

— Ce n'est pas ce qui est écrit dans l'attestation.

— C'est des conneries pour m'enlever mon fils.

— Si la juge vous interroge à ce sujet, soyez vague dans vos déclarations. Dites que votre mari vous a saisie par le bras et qu'en vous débattant, vous l'avez cogné sans le vouloir.

— Je ne m'excuserai pas. Il n'en est pas question.

— Personne ne vous le demande. Je vais tenter de faire rejeter les pièces, mais il ne faut pas trop compter là-dessus. Ma consœur va se battre pour les faire accepter.

— Vous ne l'aimez pas.

Louise, surprise par l'affirmation, suivit le regard de sa cliente.

— Qui ça ?

— Elle. La nouvelle avocate de mon mari.

— Elle m'a piqué ma copine.

La phrase était sortie sans qu'elle ait pu la retenir. Elle le regretta.

Deux confrères sortirent de la salle d'audience, accompagnés de leurs clients. Louise se leva. « C'est à nous. » L'avocate et sa cliente entrèrent, suivies par Maître Lantier et son client. Madame Stefano se retourna, jeta un regard méprisant à Lantier et dit à voix haute à Maître Pariset : « Franchement, elle ne vous arrive pas à la cheville. Votre ex doit s'en mordre les doigts. » Louise ne put s'empêcher de sourire intérieurement. La remarque de sa cliente était méchante et gratuite, mais elle lui fit un bien fou. Une fois que toutes les parties furent installées, Maître Pariset demanda à la juge d'écarter des débats les pièces que sa consœur venait de lui communiquer à l'instant. Lantier se défendit de sa communication tardive en expliquant qu'elle substituait une consœur et que les pièces communiquées ne faisaient que confirmer une situation déjà évoquée. La juge lui donna raison et la laissa plaider en premier puisqu'elle était en demande. Pendant sa plaidoirie, madame Stefano l'interrompit à plusieurs reprises en commentant discrètement ce qu'elle disait. Louise allait la rappeler à l'ordre, mais elle se rendit compte que l'attitude de sa cliente déstabilisait sa consœur, elle laissa faire les choses jusqu'à ce que la juge demande à madame Stefano de se taire. Après vingt minutes de plaidoirie adverse, Louise prit la parole et défendit du mieux qu'elle put sa cliente, rappelant que les brutalités avancées par l'époux n'étaient corroborées par aucune pièce, si ce n'était une attestation complaisante des voisins. Maître Pariset et sa cliente sortirent de la salle d'audience tendues à l'extrême. Madame Stefano s'accrochait au bras douloureux de Louise tout en fusillant du regard son mari et l'avocate de celui-ci. La douleur du vaccin irradiait maintenant tout le bras gauche de Louise, elle n'arrivait plus à le lever. Elle accompagna sa cliente jusqu'à la sortie du palais de justice. Le délibéré serait rendu sous un mois. Dans l'intervalle, elle l'exhorta, comme l'avait fait la juge, à reprendre contact avec le père pour qu'il puisse voir son fils.

Dans la rue, Louise marchait, un sourire aux lèvres. Agathe Lantier allait certainement se plaindre de son attitude auprès de Maëva. Ce n'était pas pour lui déplaire.

*

En se déconnectant avant la fin de son *shift*, la plateforme risquait de le sanctionner et de le priver des prochains créneaux. Mais Kofi n'avait pas le choix, l'avocat lui avait demandé de rapporter des papiers, à quatorze heures. Il essaya de ne pas penser aux conséquences de sa déconnexion et vérifia qu'il avait tous les documents qu'il devait déposer chez Maître Tessier.

Il composa le code que l'avocat lui avait donné pour entrer dans l'allée et monta les quatre étages à pied. Il préférait éviter l'ascenseur. Il l'avait emprunté la première fois qu'il était venu voir Maître Tessier. La cabine craquait de partout, il avait eu une peur bleue. Kofi ne se sentait pas très bien. Il n'avait pas mangé depuis la veille et commençait à souffrir de vertiges. Il sonna à la porte et n'attendit pas qu'on lui ouvre pour entrer. La dame qui lui avait ouvert la porte la première fois sortit de son bureau. Il aurait préféré voir Maître Tessier. Elle, elle l'intimidait. Kofi ne savait pas si elle était avocate, mais il supposa que oui parce qu'il y avait deux plaques en bas de l'immeuble. Maître Tessier et une femme. Louise Pariset. Même s'il n'aimait pas les femmes trop minces, il la trouvait quand même jolie. La dame lui sourit en gardant ses lèvres collées, ce n'était pas un vrai sourire, mais Kofi dut s'en contenter. Il lui montra ses documents.

— Bonjour, j'ai apporté les papiers pour mon avocat.

— Je vais le prévenir.

La dame se dirigea vers le bureau de Maître Tessier et frappa à la porte avant d'entrer. Quelques secondes plus tard, son avocat sortit du bureau.

Maître Tessier saisit les trois feuilles que Kofi lui tendait et lui expliqua qu'il avait déposé le dossier d'aide juridictionnelle, cela suspendait le délai de son obligation de quitter le territoire. Il avait également déposé une requête auprès du tribunal administratif pour contester son OQTF.

— Ah, d'accord. Alors, je peux continuer à travailler ? La police ne va pas m'arrêter ?

— Ils peuvent vous arrêter mais ils n'ont pas le droit de vous expulser tant que la procédure est en cours. Si vous travaillez, soyez discret, vous n'y êtes pas autorisé.

— Ah d'accord Maître ! Merci beaucoup !

Kofi ne comprenait pas grand-chose aux explications de son avocat au sujet de la procédure, mais il avait bien enregistré qu'il n'aurait pas d'argent à lui donner et qu'il ne pouvait pas être expulsé pour l'instant. Et ça, c'était deux très bonnes nouvelles. Il repartit d'un pas léger. Sa situation allait s'arranger, il en était certain.

Il prit la direction de la Croix-Rousse. Puisqu'il avait un peu de temps devant lui, il avait décidé de se fabriquer des gants pour son vélo. Le matin, il arrivait encore à travailler sans protections, mais le soir, c'était devenu très dur à cause du froid. Les livreurs nommaient les gros gants qu'ils fixaient à leurs vélos des manchons. Kofi en avait parlé avec un ami qui lui avait expliqué que c'était très efficace pour se protéger du froid et vraiment pratique puisqu'il n'avait qu'à retirer ses mains des manchons qui restaient fixés au vélo pour pouvoir se servir de son téléphone, ce qui lui faisait gagner un temps précieux.

L'appartement était silencieux, personne n'était rentré de son *shift*. Babacar lui aussi devait être en livraison. Mais ce n'était pas des hamburgers qu'il livrait. Kofi n'aimait pas habiter sous le même toit que lui. Si la police débarquait à cause de ses activités illégales, tout le monde se ferait arrêter et risquait d'être renvoyé au pays. Mais pour l'instant, il n'avait pas le choix.

Il tira de sous son lit un sac rempli de vêtements. Il découpa les manches épaisses d'un vieux blouson qu'il avait récupéré dans une benne à vêtements. Il en enfila une sur son bras. La recouvrit d'un sac-poubelle. Il perça le fond du sac. Fit glisser le tout sur le guidon de son vélo. Entre le sac-poubelle et la manche du blouson, il glissa un morceau de carton qui l'isolerait encore un peu plus du froid et rendrait son manchon rigide pour qu'il n'ait pas à chercher l'ouverture à chaque fois. Il attrapa le scotch marron, fixa solidement la manche au vélo, enfermant le frein dans la moufle. À l'autre extrémité, il rabattit le bord du blouson entre le carton et le sac-poubelle et passa le surplus du plastique à l'intérieur de la manche. Il reproduisit la même opération du côté gauche et recouvrit chaque manchon de scotch marron, sur toute la surface externe. Quand il eut fini, il admira son travail, il était fier de lui.

*

David Klein relut le titre du journal une deuxième fois. *Un dentiste sauvagement assassiné dans son cabinet médical*. Merde alors ! Tournier s'était fait buter. Il n'avait pas cru le dentiste quand il lui avait dit qu'il se sentait menacé. Et maintenant, Gilles était mort. Qui pouvait lui en vouloir au point de le tuer ? Un patient mécontent ? Non, Tournier était un con prétentieux, sa patientèle devait être à son image. Alors, peut-être bien que c'était ce mec que Florence et Gilles avaient vu à l'église.

— Sofiane !

Sofiane heurta le chambranle de la porte avant de pénétrer dans le bureau de son employeur.

— Putain, tu peux pas faire gaffe quand tu rentres dans une pièce ! Faut toujours que tu fasses trembler les murs !

— Désolé patron. C'est la porte, elle est petite.

— La porte n'a pas rétréci mais toi, tu as grossi, tu prends trop de protéines.

— À la salle, ils font tous ça. Et ça marche, t'as vu comme j'ai pris de la masse.

— Oui, j'ai vu. Et maintenant t'es devenu gros et lent. Et ça, c'est pas bon.

— Je vais faire attention. Tu voulais quoi ?

— T'es sûr que t'as vu personne de louche quand t'es allé surveiller la place Meissonier ?

— Ben ouais. Pourquoi ?

— Le dentiste s'est fait buter.

— Oh putain !

— Comme tu dis.

Sofiane frappa son poing fermé dans la paume de son autre main.

— Le bâtard ! Je voulais récupérer sa Rolex cet après-midi.

— Si tu l'avais récupérée, tu serais dans la merde aujourd'hui. C'est mieux comme ça. T'as vraiment vu personne de louche ? T'es sûr ?

— Non, j'ai vu personne.

— T'as planqué combien de temps ?

— J'en sais rien, moi. Une heure à chaque fois.

Klein dévisagea son employé. Il mentait, c'était certain.

— Si t'avais fait le boulot correctement, le dentiste serait toujours vivant, et t'aurais eu ta montre. Allez, sors de mon bureau.

Sofiane sortit, cette fois sans heurter le mur, c'était un exploit. Klein relut l'article pour la troisième fois. Gilles Tournier avait été assassiné dans son cabinet médical. Rien dans l'article ne relatait ce qu'il avait réellement subi, mais le terme « sauvagement » n'augurait rien de bon. Klein referma le journal et s'enfonça dans son fauteuil. Il n'avait pas pris Tournier au sérieux quand il lui avait expliqué que quelqu'un s'en prenait à lui. Et ça lui avait coûté la vie. Ce n'était pas la mort de ce crétin qui le chagrinait, il s'en foutait royalement. Mais savoir que les flics allaient éplucher la téléphonie du dentiste et tomber sur son numéro ne lui plaisait pas du tout. Il avait bien assez d'emmerdes comme ça. Il avait reçu sa convocation devant le tribunal correctionnel pour tentative de corruption, il risquait jusqu'à dix ans de taule. Son avocate avait intérêt à le défendre correctement si elle voulait être payée.

*

Sa barbe commençait à pousser sur ses joues et son menton. Quand elle serait plus longue, elle accentuerait la dureté de son visage. Il avait hésité à se raser la tête pour changer son apparence, mais il y avait renoncé, ses cheveux mi-longs lui permettaient de masquer un peu son œil abîmé. Il sourit à son reflet. Sa paupière se cassait de plus en plus la gueule, c'était comme un rideau qui se baissait au fil des années. Il avait presque totalement perdu la vue de son œil gauche. Un nœud amer vint lui tordre le ventre. Gasparo et Tournier étaient morts. Il restait encore Klein à buter. Et ensuite, il pourrait s'estimer vengé.

Sur la table de la cuisine, il avait découpé l'article relatant le meurtre de Tournier. *Un crime sauvage* titrait le journal qui ne donnait pas beaucoup plus de détails sur les circonstances de la mort du dentiste. Dommage. Il aurait bien aimé voir son œuvre étalée au grand jour. Qu'un journaliste raconte avec précision ce qu'il avait fait subir à Tournier. Son rein perforé, l'étranglement et puis le pic à glace planté dans son œil gauche pour signer son crime. Mais au fond, peu importait, Klein n'avait pas besoin d'en savoir plus pour avoir peur. Avec la mort de Gasparo et maintenant celle de Tournier, il devait savoir qu'il serait le prochain. Et s'il n'avait pas compris, il allait le mettre sur la voie. Il plia en quatre un article de journal qu'il avait trouvé dans la presse locale, quelques semaines auparavant. Il le glissa dans une enveloppe à l'adresse de l'entreprise de David Klein. Voilà, maintenant le message était très clair. Klein comprendrait qu'il serait le prochain sur la liste.

Il observa ses mains. Il avait encore les stigmates de son corps-à-corps avec Gilles Tournier. Il n'en revenait pas de la facilité avec laquelle il l'avait tué. À la seule force de ses mains. Il se demandait encore pourquoi il avait attendu si longtemps pour se venger, c'était si simple de tuer. Pour prendre la vie de quelqu'un, il suffisait de le vouloir.

*

Kofi arriva au quartier de La Duchère. Il se sentait joyeux parce que son loueur allait lui payer son salaire de la semaine. C'était de loin le meilleur moment de sa journée. Il avait travaillé dur, il pourrait envoyer plus d'argent à sa famille. Les tensions s'apaiseraient et sa sœur lui donnerait peut-être enfin des nouvelles de Coumba. Il appuya son vélo contre le mur de l'immeuble et sonna à l'interphone.

— Ouais ?

— C'est Kofi.

— J'arrive.

Cinq longues minutes plus tard, l'ascenseur s'ouvrit enfin au rez-de-chaussée, laissant un homme d'une quarantaine d'années en sortir. Ali ouvrit la porte de l'allée.

— Tu veux quoi ?

— C'est vendredi. Je veux mon argent de la semaine.

— Y a pas d'argent. Tu pédales à la vitesse d'un escargot. Et en plus, t'as interrompu deux *shifts*. Tu me fais perdre de la thune.

— C'est parce que j'ai eu des problèmes avec mes papiers.

— Je m'en tape de tes problèmes.

Kofi saisit la porte d'entrée et l'ouvrit entièrement. Il n'allait pas se laisser faire. Il avait travaillé tous les jours, plus de dix heures par jour, pour arriver à gagner de quoi manger, payer le loyer de sa chambre et envoyer de l'argent à sa famille, il ne pouvait pas renoncer à sa paye de la semaine.

— J'ai travaillé, je veux mon argent.

— Tu veux ton argent ?

— Oui.

— Pas de soucis.

Ali glissa sa main dans sa poche et en sortit une fine liasse qu'il tendit au Sénégalais. Kofi compta ses gains, il y avait six billets de cinquante euros. C'était peu pour le nombre de courses qu'il avait effectuées, mais Ali n'était visiblement pas d'humeur à s'expliquer. Il était déjà reparti vers l'ascenseur, juste avant de s'y engouffrer, il lança à Kofi « T'es viré. »

— Quoi ?

— Ouais, tu dégages. Je donne les codes à un autre gars qui bossera plus vite que toi.

— T'as pas le droit de faire ça.

— J'ai tous les droits.

Kofi fonça sur le quadragénaire, il voulait lui casser la figure. Ali se retourna et se colla si près de son visage que Kofi sentit son haleine chargée de nicotine.

— Casse-toi vite de là. Sinon, je vais te massacrer.

Kofi ne faisait pas le poids. L'autre devait passer sa journée à faire de la gonflette dans son salon, ses bras étaient plus gros que les cuisses du livreur. Kofi battit en retraite. Sa situation venait de tourner à la catastrophe. Il n'avait plus de travail. Et sans travail, il perdrait sa chambre. Sans compter qu'il y avait toujours la menace d'être arrêté par la police. Son avocat lui avait garanti qu'il ne pouvait pas être expulsé, mais Maître Tessier ne savait pas qu'il avait blessé un policier. Il quitta l'allée et sortit son portable de sa poche.

— Cheikhou, c'est moi. Le Français est passé ?

— Non, pas encore.

— Alors, prends mes affaires et mets-les sous ton lit.

— Qu'est-ce qui se passe ?

— C'est Ali, il m'a enlevé les codes. Je n'ai plus de travail.

— Comment tu vas payer le loyer ?

— Je ne peux pas.

Kofi avait bien ses trois cents euros en poche, mais maintenant qu'il n'avait plus de salaire, il ne pouvait pas se défaire du peu qu'il possédait.

— Hein ? Mais le Français doit passer tout à l'heure pour récupérer son argent.

— Je sais. Dis-lui que je suis parti.

— Mon frère, il ne va pas aimer cette situation. Tu aurais dû le prévenir avant.

— Avant ? Tu crois que je savais que j'allais perdre mon travail ?

Kofi raccrocha. La tête lui tournait, il devait manger quelque chose. Il traversa la Saône par le pont Clemenceau. Au lieu de bifurquer sur la gauche et rentrer chez lui, il continua son chemin et se rendit dans un petit restaurant de la Croix-Rousse où une Sénégalaise faisait des plats à emporter. Il lui commanda une barquette de thiéré qu'il déposa délicatement dans le fond de son sac réfrigéré. Un peu plus loin, assis sur un banc, il extirpa de son sac de livraison son couscous de mil, agrémenté de poisson, et se sentit un peu mieux quand il s'aperçut que la semoule formait un joli dôme. La cuisinière l'avait généreusement servi. De temps en temps, quand il avait le mal du pays, il pédalait jusqu'à son restaurant pour acheter un plat typique de chez lui. La cuisinière était aussi gentille que sa mère et ensemble ils parlaient du Sénégal qui leur manquait à tous les deux. Kofi avait raconté à Aminatou qu'au pays, sa mère cuisinait pour les autres, elle aussi. Par sympathie pour ce gamin esseulé qui se trouvait loin de sa famille, elle lui remplissait toujours ses barquettes avec générosité.

Kofi dévora son repas et attendit de voir la ville se vider de ses travailleurs. Il avait un plan. À vingt et une heures, grelottant de froid d'avoir patienté dehors, il retourna rue de la Bourse. Composa le code de la porte des avocats. S'il croisait quelqu'un dans l'allée, la personne ne serait pas étonnée de voir un livreur monter les escaliers. Il cadenassa son vélo dans l'arrière-cour et grimpa discrètement les étages à pied. La première fois qu'il était venu voir l'avocat, il s'était trompé. Il était monté tout en haut de l'immeuble et avait remarqué qu'au dernier étage, il n'y avait que des greniers. Il pourrait y dormir sans que personne ne le remarque.

Alors qu'il arrivait au troisième étage, un chien se jeta sur la porte en aboyant. Kofi se hâta de mettre une bonne distance entre eux. Le chien aboyait toujours quand il arriva au sixième. Puis, le silence envahit de nouveau l'allée. Au sol, le béton était froid et dur, mais c'était mieux que de dormir dehors. Kofi posa son sac, il lui servirait d'oreiller. Son portable vibra plusieurs fois. Cheikhou essayait de le joindre. Sûrement que le Français était passé et qu'il voulait être payé de son loyer. Il ne décrocha pas.

*

Il n'avait quasiment pas dormi. Sous la porte du grenier, un courant d'air lui avait glacé le dos toute la nuit. Et puis, la peur de se faire surprendre dans son sommeil par un habitant de l'immeuble l'avait tenu éveillé une grande partie de la nuit. Si sa situation ne s'améliorait pas, il lui faudrait au moins une couverture. Et un endroit pour se doucher. Il était environ neuf heures quand il se résigna à lever le camp, sa journée allait s'écouler sans but. Kofi descendit les escaliers discrètement. Arrivé au cinquième, il entendit du bruit plus bas. Il se pencha tout doucement. L'avocate était devant sa porte au quatrième, elle fouillait dans son sac. Il attendit qu'elle entre dans son cabinet, laissa passer quelques secondes et continua à descendre les escaliers. Devant la porte des avocats, il accéléra, craignant que la dame ne le surprenne et le questionne sur sa présence dans l'immeuble.

Cheikhou arriva une heure plus tard rue de la Bourse. Il se laissa tomber lourdement sur le banc, faisant tanguer le café que Kofi venait de s'acheter. Le breuvage noir lui tordait le ventre, il avait faim. « Tu as dormi où mon frère ? » Kofi préféra rester évasif.

— Dans une allée. Tu as vu le Français ?

— Oui. Il n'était pas content. Il s'est énervé quand je lui ai dit que tu étais parti. Il veut qu'on paye ce que tu lui dois. Il nous a laissé une semaine pour le rembourser. Babacar est encore plus énervé que le Français, il ne veut pas payer pour toi. Et moi non plus.

— Toi, je te rembourserai.

— Avec quoi ? Tu n'as rien, à part ça.

Cheikhou sortit de son sac de livraison une couverture fine, une brosse à dents, un shampooing et quelques vêtements.

— Et mes baskets ?

— Babacar les a gardées. Il te les rendra si tu payes tes dettes. Bon allez, je vais travailler. Ne viens pas trop près du McDo, il te cherche.

— Dis-lui que je vais le rembourser. Tu peux me trouver un autre loueur pour les livraisons ?

— Je vais me renseigner.

— Merci.

Cheikhou partit en direction de la rue de la République. Kofi l'enviait d'avoir une vie normale, un lit, un travail. Et une copine. Même s'il n'était pas vraiment amoureux d'elle.

*

Louise avait beaucoup de travail en retard et personne avec qui partager sa matinée. Elle s'était donc décidée à venir bosser ce samedi matin. Devant la porte de son cabinet, elle cherchait ses clés dans les poches de son manteau quand elle entendit un bruit à l'étage du dessus. Son voisin, un petit vieux discret, allait certainement descendre et la saluer dans un murmure timide. Elle perçut de nouveau un frottement discret, jeta un coup d'œil dans les escaliers, personne n'apparut. Elle trouva enfin son trousseau de clés au fond de son sac et se hâta d'entrer dans son local professionnel. Il y avait quelqu'un là-haut, qui ne voulait pas être vu. Ce n'était pas son voisin.

La porte fermée, elle se colla à l'œil-de-bœuf, un jeune homme noir avec un sac réfrigéré sur le dos passa devant le palier et continua à descendre les étages en regardant la porte. Elle n'en était pas certaine, mais ce livreur ressemblait au client de Jordan. Que faisait-il dans l'escalier à cette heure-là ?

Quand le jeune homme arriva à l'étage inférieur, le chien de ses voisins du dessous aboya. Depuis que ces nouveaux propriétaires avaient emménagé au troisième, l'immeuble était beaucoup plus bruyant. Le couple, âgé d'environ soixante-dix ans, avait quitté la campagne et sa tranquillité pour la ville et la proximité de professionnels de santé. Leur chien, qui avait toujours vécu en maison, ne s'habituait pas à la vie en ville et aux bruits incessants. Pour une personne qui passait sur son palier, pour une porte claquée, pour une voiture qui klaxonnait, le chien aboyait. C'était vraiment pénible. Mais, pour une fois, son aboiement permit à Louise de suivre la descente du jeune livreur. Quand elle n'entendit plus rien, elle sut qu'il avait quitté l'immeuble.

Une demi-heure plus tard, Jordan arriva au cabinet. Il sentait bon l'après-rasage. Sa barbe était impeccablement taillée et ses cheveux soigneusement coiffés.

— Qu'est-ce que tu fais là, si tôt ?

— J'ai un *date* avec le sosie de Penélope Cruz. Je suis juste passé vérifier dans mon miroir que je suis beau gosse.

— Penélope Cruz, rien que ça !

— Ouais, elle est magnifique. Ça faisait un moment que je lui proposais un verre, je l'ai eue à l'usure. Et toi ?

— J'ai du travail en retard, il faut que j'avance. Dis-moi, ton livreur clandestin devait passer te voir ce matin ?

— Non, pourquoi ?

Louise lui raconta qu'elle l'avait vu descendre les escaliers quand elle était arrivée. Et visiblement, il avait tout fait pour l'éviter. Il était resté caché à l'étage du dessus jusqu'à ce qu'elle ferme la porte du cabinet.

— Tu dois lui faire peur.

— Bien sûr. Demande-lui quand même ce qu'il faisait dans l'allée quand tu le verras. Et arrête de donner le code de la porte à tes clients, on a fait installer un interphone, il faut qu'ils s'en servent. Je ne veux pas avoir de problèmes avec le voisinage.

— Oui madame.

Le portable de Jordan vibra dans sa poche.

— Regarde, tu ne trouves pas qu'elle ressemble à Penélope Cruz ? En plus jeune !

Louise jeta un coup d'œil distrait à l'écran du portable. Et, brusquement, elle saisit le téléphone de son associé.

— Mais, c'est ma cliente ! Madame Stefano ! Jordan, je t'interdis de sortir avec elle !

— Ce n'est pas écrit sur son front que c'est ta cliente.

— Oublie-la, vraiment.

— Je ne peux pas, elle est trop belle. Bon, rends-moi mon téléphone. Il faut encore que je trouve mon portefeuille. Ça m'étonnerait que la belle brune apprécie de payer mon Coca.

Jordan récupéra son portable et partit chercher son portefeuille dans son bureau. Louise le suivit. Elle voulait le faire renoncer à son rendez-vous. Le dossier de madame Stefano n'était pas clôturé, elle attendait son jugement. Il était hors de question que Louise laisse son associé coucher avec elle. Comment réagirait sa cliente si elle venait en rendez-vous au cabinet et croisait Jordan dans le couloir ? Elle lui mettrait un coup de boule pour avoir été larguée ? Elle le grifferait au visage ? Non, il n'était pas question qu'elle laisse Jordan aller à ce rendez-vous.

— Jordan, madame Stefano a mis un coup de tête à son mari ! C'est un danger public !

— Une tigresse. J'adore !

Louise pria pour qu'il ne trouve pas sa carte bleue dans son désordre habituel, mais sous une pile de dossiers, il dénicha son portefeuille.

— Et la jolie rousse, elle est devenue quoi ?

— Elle n'avait que trois étoiles. Je n'ai pas renouvelé l'expérience.

— Jordan, ne sors pas avec madame Stefano, s'il te plaît, elle est vraiment ingérable. Je t'assure !

— T'inquiète, je ne lui dirai pas que tu es mon associée. Allez, ma prochaine conquête m'attend. Je te raconterai.

— Non, tu ne me raconteras rien du tout ! Et ne viens pas te plaindre si ça se passe mal. Moi, je t'aurai prévenu.

— Je vais tout faire pour la rendre docile. À lundi.

Louise se retrouva seule face à la porte du cabinet. Elle était dépitée.

*

À midi, son téléphone sonna. Kofi vit le visage de sa sœur s'afficher sur l'écran. Ce n'était pas l'heure habituelle. De mauvaise grâce, il décrocha.

— Comment ça va Fatou ?

— Ça va mal. Les parents ne sont pas contents de toi.

— Fatou, j'ai des problèmes ici.

— Nous aussi, on a de gros problèmes, tu le sais. C'est vraiment dur pour nous. Papa souffre trop. Maintenant, il est d'accord pour se refaire opérer du genou, mais si tu ne lui envoies pas d'argent, il ne pourra pas. Et moi, je veux me marier. Il faut que tu nous envoies de l'argent Kofi. La famille s'est endettée pour t'envoyer en France, tu as oublié ?

— Je n'ai rien oublié. Mais là, je ne peux pas.

— Ah ! Tu vis comme un roi pendant que nous, on crève de faim !

— Fatou, je n'ai plus de travail.

— Trouves-en un autre !

— Tu as des nouvelles de Coumba ?

— Coumba est comme nous, elle dit que tu l'as abandonnée. Et maintenant, elle voit quelqu'un d'autre.

— Qui ? !!

— Envoie de l'argent Kofi.

Elle avait raccroché.

Ses épaules s'affaissèrent et son cœur se serra. Alors, c'était ça. Si Coumba ne répondait plus à ses messages et ne lui envoyait plus de photos, c'était parce qu'elle voyait un autre garçon. Kofi l'imaginait main dans la main avec son nouveau copain. Peut-être Omar. Oui, c'était sûrement lui. Omar l'avait toujours jalousé, ils avaient même failli se battre une fois à cause de Coumba. Maintenant que Kofi était en France, la voie était libre pour Omar. De rage, il ôta la bague que Coumba lui avait offerte. Cette bague lui avait porté bonheur une fois, mais il n'en voulait plus. Il allait la jeter quand il se ravisa et la glissa au fond d'une poche.

Il ouvrit son sac banane et sortit les billets qu'il contenait. Un peu plus de deux cent quatre-vingts euros. Il plaça quatre billets de cinquante euros dans sa poche gauche et reposa le reste dans sa sacoche. Il enverrait deux cents euros à sa famille. Avec les quatre-vingts euros restants, il pourrait tenir une dizaine de jours en ne prenant qu'un repas par jour. Il allait devoir trouver un moyen de gagner de l'argent rapidement.

Sur le trajet qui le menait au bazar africain, il repensa à ce que Fatou lui avait dit. Peut-être que sa sœur avait menti au sujet de Coumba. Peut-être qu'elle voulait le blesser parce qu'elle ne pouvait pas se marier. C'était possible. Avec Fatou, tout était possible. Il ressortit la bague de sa poche et la fit glisser sur son annulaire. Il préférait mettre cette histoire de côté pour l'instant. Il avait d'autres problèmes plus urgents à régler.

*

Klein pouvait bien patienter avant qu'il ne l'envoie retrouver son créateur. Ce répit, il le lui accordait parce qu'il avait envie de s'amuser un peu avec la veuve Gasparo. En vérité, il avait besoin d'un peu de temps pour trouver une faille dans la sécurité de Klein et pouvoir l'atteindre. Ce mec était toujours accompagné de ses molosses. Il ne savait pas comment l'approcher. Et puis, il fallait que la peur s'installe peu à peu dans l'esprit de Klein et que la tension autour du meurtre de Tournier retombe. Pour toutes ces raisons, il avait décidé de s'accorder un peu de bon temps. Depuis qu'il avait vu la veuve Gasparo à l'église, il pensait à elle tous les jours. Peut-être qu'il en pinçait pour elle. L'idée le fit sourire. En tout cas, la veuve correspondait exactement au genre de bonnes femmes sur lesquelles il fantasmait. Même si elle avait la quarantaine, elle était encore bien roulée pour son âge. Pas trop grande, des cheveux blonds qui tombaient droit sur ses épaules et la rendaient encore plus excitante. Il s'était plusieurs fois imaginé glisser sa main le long de sa nuque et la saisir par les cheveux pour la rendre docile. Et maintenant que Gasparo était mort, elle était libre comme l'air. S'il tentait de l'aborder, peut-être qu'elle accepterait de boire un verre ou deux avec lui. Et peut-être qu'une fois grisée par l'alcool, elle le ferait monter dans son appartement de bourge et l'entraînerait dans sa chambre où il la prendrait en regardant la photo de son défunt mari, posée sur la table de chevet. Il cracha par terre. Non, la veuve ne l'inviterait jamais chez elle, ils n'étaient pas du même monde. Tout ce qu'il pourrait lui soutirer, c'était un portefeuille bien garni et des bijoux de luxe. Sur la place des Célestins, les gens allaient et venaient, pressés d'arriver au boulot. Quand Florence Gasparo sortit de son immeuble, il la prit en chasse. Elle était tirée à quatre épingles, la garce. Tailleur sombre sur des talons hauts. Son manteau à carreaux et son sac à main lui donnaient l'assurance de ces bourgeoises débordées qui n'ont rien d'autre à faire que d'aller se faire coiffer ou se faire masser dans un institut pour femmes riches et déprimées.

La rue Moncharmont était à sens unique, il n'y avait aucun stationnement pour les voitures. S'il la suivait de trop près, la veuve le remarquerait. Il la laissa s'éloigner un peu. Elle traversa la place des Jacobins et pénétra dans la rue du Président-Édouard-Herriot. Devant une vitrine, elle s'arrêta, l'obligeant à traverser la route pour ne pas être repéré. Elle reprit sa déambulation dans les rues et se retourna plusieurs fois. Est-ce qu'elle l'avait vu ? Il n'en avait aucune idée. Il augmenta la distance entre eux. Ce jeu du chat et de la souris l'amusait. Arrivée rue de la République, la veuve Gasparo traversa le petit parc de la place de la Bourse. Elle marchait d'un pas déterminé. Certainement qu'elle avait un rendez-vous avec ses copines dans un salon de thé du deuxième arrondissement. Il se planqua derrière des buissons pour l'observer. Elle s'arrêta devant une allée de la rue de la Bourse et après avoir sonné à un interphone, elle disparut à l'intérieur. Il y avait deux plaques professionnelles sur le mur, mais il était trop loin pour voir s'il s'agissait de médecins, de dentistes ou d'un cabinet de psy. Du coin de l'œil, il perçut un mouvement sur sa gauche, il tourna la tête. Un Noir assis sur un banc l'observait. C'était un livreur, sûrement un de ces clandés qui gagnait une misère en livrant les repas des bourgeois du quartier. Il le dévisagea méchamment. Le Black baissa les yeux et retourna à son téléphone, comme si de rien n'était. Il allait traverser le parc, mais la présence de ce mec sur son banc le fit reculer. Le clandé allait sûrement le suivre des yeux, juste par curiosité, pour occuper son temps à ne rien faire. Il préféra rebrousser chemin. Il lui suffisait de contourner le Palais pour rejoindre la rue de la Bourse. Quelques minutes plus tard, il passa devant l'allée où Florence Gasparo était entrée. Il y avait bien deux plaques, mais ce n'était ni des médecins ni des psys. C'étaient des avocats. Maître Jordan Tessier et Maître Louise Pariset. Qu'est-ce que la veuve venait faire chez des avocats ? Il continua son chemin et s'arrêta un peu plus loin, à l'abri des regards. Dans le parc, le clandé était toujours penché sur son portable.

*

Kofi avait remarqué cet homme, avec sa capuche qui lui couvrait complètement la tête. Ce n'était pas un jeune qui voulait ressembler à un voyou en se cachant le visage, non, cet homme qui l'avait regardé méchamment était vieux, il avait plus de quarante ans. À l'entrée du parc, il s'était caché derrière un buisson et jetait des regards en direction d'une femme qui avait traversé la rue, plus loin. Quand elle était entrée dans l'allée des avocats, l'homme à la capuche avait fait quelques pas dans sa direction, mais leurs regards s'étaient croisés et l'homme s'était arrêté net. Sous sa mèche un peu longue, Kofi avait remarqué qu'il avait un œil à moitié fermé, ça lui donnait un regard bizarre. Le jeune Sénégalais avait rapidement détourné les yeux, il ne voulait pas d'ennuis. L'homme était finalement parti dans l'autre sens pour réapparaître dans la rue des avocats. Il avait dû faire le tour pour éviter de passer devant lui. Kofi avait continué à regarder son téléphone, et faisait semblant d'être occupé, mais, discrètement, il observait le manège de l'homme à la capuche. Quand une personne arrivait à son niveau, l'homme consultait sa montre et regardait des deux côtés de la rue, pour faire croire aux gens qu'il attendait quelqu'un. Kofi était persuadé qu'il guettait la sortie de la femme qui était entrée dans l'allée de son avocat.

Qu'est-ce qu'il pouvait bien lui vouloir ?

*

Jordan se chargea de répondre quand la sonnerie de l'interphone vint rompre l'atmosphère calme qui régnait dans le cabinet d'avocats. Il était arrivé en début de matinée avec une mine dépitée. Contre toute attente, madame Stefano l'avait *ghosté*. Depuis qu'ils avaient bu un verre ensemble, elle ne répondait à aucun de ses messages. Louise n'avait rien dit, pour ne pas le blesser, mais elle était ravie que sa cliente ne donne pas de nouvelles à son associé, elle ne voulait pas de problèmes.

Louise reconnut la voix de Florence Gasparo à l'interphone. La veuve demandait à la voir. L'avocate pesta. Ça l'agaçait de devoir s'interrompre quand elle travaillait sur un dossier, elle perdait toute concentration. Elle soupira et fit pivoter son siège pour se lever. Quelques minutes plus tard, la veuve poussait la porte du cabinet d'avocats.

— Madame Gasparo, nous n'avons pas de rendez-vous.

— Je sais, je suis désolée d'arriver à l'improviste, mais j'ai quelque chose d'important à vous montrer.

Louise lui fit signe de la suivre. Même si elle s'était agacée pendant quelques secondes, elle était touchée par le combat que menait Florence Gasparo. Elle comprenait sa détresse et voulait l'aider. Sans compter que sa cliente la payait sans rechigner.

Dans le bureau, la veuve sortit un article de journal de son sac et le posa sur le bureau de Louise. De son index, elle tapota nerveusement sur l'article qui titrait : *Un dentiste sauvagement assassiné dans son cabinet médical.*

— Voilà, c'est la preuve qu'il vous fallait. Gilles Tournier était un ami d'enfance d'Alain. Il a été assassiné il y a dix jours. C'est une amie qui m'en a parlé.

Louise Pariset prit le temps de lire l'article dans lequel il était relaté que Gilles Tournier, un dentiste qui exerçait place Meissonier, dans le premier arrondissement de Lyon, avait été retrouvé assassiné dans son cabinet dentaire. Son épouse, ne le voyant pas rentrer, s'était rendue à son cabinet. C'est elle qui avait fait la macabre découverte. Sérieusement ébranlée, l'épouse avait dû être hospitalisée.

— Il faut en parler à la police.

— J'ai essayé de joindre l'inspecteur en charge de l'enquête. Il a refusé mon appel. Quant à celui qui s'occupait du dossier d'Alain, je lui ai laissé un message pour qu'il me rappelle. J'attends.

Louise fit une photocopie de l'article qu'elle glissa ensuite dans son dossier.

— Bon. Admettons que votre mari ait été assassiné lui aussi, avez-vous une idée de ce qui aurait pu amener quelqu'un à les tuer, lui et son ami d'enfance ?

— Non, je n'en ai aucune idée. Ces dernières années, Alain et Gilles ne se côtoyaient plus. Ils ne se croisaient plus qu'à l'occasion des repas du Rotary Club, une ou deux fois par trimestre.

— Il y avait une raison ?

— Rien de clair, en tout cas. Gilles et Alain étaient inséparables à l'adolescence. Gilles était même le témoin de mariage de mon mari. Ils se voyaient régulièrement. Quand Gilles s'est marié, il a commencé à s'éloigner d'Alain, il trouvait toujours une bonne excuse pour annuler nos invitations au dernier moment. Alain en était attristé, mais il a fini par jeter l'éponge.

— Gilles Tournier était-il aux funérailles de votre mari ?

— Oui.

— Est-ce qu'il vous a dit quelque chose ? Est-ce qu'il avait un doute sur les circonstances de la mort de votre époux ? Est-ce qu'il se sentait menacé ?

— Non. Le jour de la cérémonie, Gilles a discuté avec le père d'Alain et sa sœur, mais pour ce qui me concerne, je n'ai eu droit qu'à un « condoléances » du bout des lèvres.

— Je vois. Et l'homme dont vous m'avez parlé, celui qui vous a fait un clin d'œil, l'avez-vous vu aborder monsieur Tournier ?

— Non, mais il l'a bousculé avant de venir frapper le cercueil d'Alain.

— Vous pensez qu'il l'a bousculé volontairement ?

— C'est l'impression que j'en ai eue. En tout cas, c'était suffisamment violent pour déséquilibrer Gilles.

— Bon. Votre époux et Gilles Tournier se connaissaient depuis combien de temps ?

— Ils étaient au collège et au lycée ensemble. David Klein complétait le trio.

— David Klein était à l'enterrement de votre époux ?

— Aussi, oui.

— Vous connaissez le nom des établissements qu'ils ont fréquentés ?

— Pierre Termier, dans le huitième. Pour le collège et le lycée.

— Et ensuite ?

— Alain a fait un BTS pour intégrer l'agence immobilière de son père. Gilles est parti en médecine. Je ne me souviens pas de ce qu'a fait David. Leur amitié s'est délitée après leurs études, chacun a construit sa vie et sa famille. Nous avons recroisé David dans un restaurant, il y a quelques années. C'est juste après qu'Alain et lui ont commencé à travailler ensemble. Cela ne me plaisait pas du tout, David n'a pas bonne réputation, mais mon mari ne m'a pas écoutée. Il trouvait un intérêt à travailler avec quelqu'un comme David.

L'avocate et sa cliente continuèrent à discuter du dossier pendant quelques minutes encore. Louise raccompagna la veuve jusqu'à la porte et lui demanda de la tenir informée si elle avait du nouveau de la part des enquêteurs. La porte à peine fermée, Jordan sortit de son bureau et suivit son associée dans le sien. Il avait besoin de se changer les idées.

— Alors, t'en est où dans ton dossier Gasparo ?

— La veuve vient de m'apprendre qu'un ami d'enfance de son mari a été assassiné.

Louise tendit à son associé l'article du journal qu'il lut dans les grandes lignes.

— Un dentiste et un agent immobilier, c'est quoi le lien, à part qu'ils étaient à l'école ensemble ? Ils ont trempé dans des affaires louches ?

— Non, ma cliente m'a dit que son mari et ce dentiste assassiné ne se croisaient qu'une ou deux fois par trimestre, lors de leurs repas du Rotary Club.

— Alors, il n'y a aucun rapport entre ces deux décès.

— Florence Gasparo est persuadée du contraire. Le jour de l'enterrement de son mari, un homme qu'elle ne connaissait pas s'est approché du cercueil de son mari, il a frappé contre le bois et a murmuré quelque chose. Quand il s'est aperçu que ma cliente le regardait, il lui a fait un clin d'œil et il est parti. Et ce même homme a bousculé le dentiste le jour de l'enterrement.

— Si ça se trouve, c'est ce mec-là qui les a butés.

— Peut-être. Tu connais David Klein, le patron de Lyon Sécurité ?

— Celui qui embauche des mecs des cités ?

— Tout à fait. Ma cliente m'a expliqué que Klein se chargeait d'expulser des mauvais payeurs pour le compte d'Alain Gasparo. Apparemment, ils employaient la manière forte.

— Les enfoirés.

— Un locataire a été blessé lors d'une de ces expulsions. Mais l'affaire a été étouffée.

— Un ancien locataire qui se venge, ça pourrait peut-être expliquer le meurtre de Gasparo, mais il n'y a pas de lien avec celui de Tournier.

— Je sais.

La jeune avocate réfléchissait. Elle ne savait pas comment faire avancer ce dossier. Elle n'avait aucun moyen d'enquêter. Le mieux était sans doute de prévenir la police. Mais personne ne semblait vouloir répondre à la veuve Gasparo. La seule policière dont Louise avait les coordonnées, c'était Fanny Costa. Cependant, elle travaillait aux Stups et pas à la brigade criminelle. De surcroît, leur dernier échange avait été tendu. Louise continuait à penser que sa colère était légitime, mettre en garde à vue la mère de Tomasz Petrovic pour faire pression sur le fils était un coup bas, et ça n'avait rien donné de bon, ni pour les flics ni pour la famille Petrovic.

Malgré cela, une petite voix poussait Louise à contacter la policière. Avec un peu de chance, la capitaine Costa se sentirait encore merdeuse du coup qu'elle et ses collègues avaient fait à madame Petrovic et elle l'écouterait sans rechigner. Louise ne demandait aucune faveur, bien au contraire, elle voulait informer les collègues de Fanny Costa que la mort de Gasparo et celle du dentiste pouvaient être liées. Elle avait même deux suspects, David Klein et ce type à l'œil fermé.

*

Quand la dame au manteau à carreaux était ressortie de l'allée, l'homme à la capuche l'avait prise en chasse. Peut-être qu'il la suivait pour lui arracher son sac à main ou l'agresser. Mais lui, un migrant sans papiers, que pouvait-il faire contre ça ? Il ne voulait pas être mêlé aux problèmes des autres. Si la police intervenait, et qu'on l'interrogeait comme témoin, on vérifierait son identité et forcément, il aurait des ennuis. Une voix intérieure lui intimait de rester à sa place, sur son banc. C'était là qu'il était le plus en sécurité. Après tout, personne ne se souciait de ses problèmes à lui. Pourtant, il en avait des problèmes, une pleine valise. Il n'avait pas besoin de s'en rajouter.

La femme, suivie de l'homme, disparut à l'angle de la rue. Kofi soupira et enfourcha son vélo. S'il empêchait l'homme de lui voler son sac, la dame lui donnerait peut-être un billet ou deux. Et peut-être aussi qu'elle n'aurait pas besoin d'appeler la police s'il empêchait le voleur d'agir. Le jeune Sénégalais essayait de se persuader qu'il faisait cela pour gagner un peu d'argent, mais au fond de lui, il savait qu'il avait besoin de voler au secours de quelqu'un, n'importe qui. Il avait besoin d'atténuer la culpabilité de s'être débattu quand cette femme s'était désespérément accrochée à lui dans l'océan. En luttant pour sauver sa vie, Kofi l'avait condamnée.

Sur le trajet, l'homme gardait ses distances et ne semblait pas vouloir se rapprocher de celle qu'il pistait. Kofi lui aussi restait à bonne distance pour ne pas se faire remarquer. Un quart d'heure plus tard, il vit la dame entrer dans un bel immeuble de la place des Célestins. L'homme à la capuche s'arrêta un peu plus loin et recommença à attendre. S'il avait voulu attaquer cette femme pour la voler, il avait eu plusieurs occasions de le faire. Mais, il ne l'avait pas fait.

Alors, pourquoi est-ce qu'il la suivait ? Kofi n'en avait pas la moindre idée.

Il quitta la place rapidement, il ne voulait pas être vu par cet homme.

*

Plusieurs fois dans la journée, Louise avait voulu appeler la policière, mais au moment de composer le numéro de Fanny Costa, elle s'était défilée, se persuadant d'avoir quelque chose de plus urgent à faire. Elle ne savait pas comment réagirait la capitaine de police. Si seulement elle parvenait à l'appeler...

À dix-huit heures trente, après avoir relu le dossier de Florence Gasparo et constaté qu'elle n'y arriverait pas seule, Louise prit son courage à deux mains. Elle avait besoin d'aide. La policière décrocha et interrogea son interlocuteur d'un « oui ? » assez peu engageant.

— Bonjour capitaine Costa, c'est Louise Pariset, l'avocate de...

— Maître Pariset ! Laissez-moi deviner, vous m'appelez pour me reprocher de mal faire mon travail ? C'est ça ?

Le ton de la capitaine était moqueur. Louise décida de l'ignorer.

— Il ne s'agit pas du dossier Petrovic. Je vous appelle pour une autre affaire. Pensez-vous que l'on pourrait se rencontrer ?

La policière laissa passer quelques secondes avant de répondre, sur ses gardes.

— De quoi s'agit-il ?

— Le nom d'Alain Gasparo vous dit-il quelque chose ?

— Peut-être.

— C'est l'agent immobilier dont on a retrouvé les restes au pied d'une falaise en Isère. Ça s'est passé l'année dernière.

Sa veuve m'a confié la défense de ses intérêts, mais je dois avouer que je piétine. J'aimerais avoir un avis extérieur. En off, bien sûr.

— L'enquête est toujours en cours ?

— Non, le procureur a qualifié la mort d'accidentelle.

— Dans ce cas, quelle est votre mission ?

— Madame Gasparo m'a demandé de lire le dossier et de voir s'il y avait des... invraisemblances.

— Vous me demandez de juger le travail de mes collègues ?

— Non. Je veux juste votre avis sur de nouveaux éléments en ma possession.

Fanny Costa soupira.

— Juste les nouveaux éléments. Rien d'autre.

— Ce sera parfait.

Fanny Costa lui indiqua le nom d'un bar où elle avait ses habitudes et l'invita à l'y retrouver pour vingt heures.

En raccrochant, Louise sentit des papillons s'agiter dans son ventre. Il était indéniable que Fanny Costa lui plaisait. Même sa voix, calme et posée, la charmait. Elle se sermonna. Elle n'avait pas décroché un rendez-vous amoureux, mais un rendez-vous professionnel. L'avocate consulta sa montre. Si elle voulait être présentable, elle devait se dépêcher de rentrer chez elle pour se changer.

En sortant de son bureau, Louise passa la tête dans l'entrebâillement de la porte de Jordan.

— J'y vais. À demain.

— Tu vas où ?

— Un rendez-vous.

— Avec qui ?

— La flic des stups. C'est professionnel.

Jordan la fixa quelques secondes. Ils échangèrent un sourire et Louise quitta le cabinet.

*

Louise attendait assise à une table, face à l'entrée du bar. Elle s'arracha une petite peau au coin d'un ongle pour calmer ses angoisses. Au loin, elle vit arriver la policière. Elle se redressa et eut quelques secondes pour l'observer avant qu'elle ne la remarque. Fanny Costa portait un jean moulant, des *Converse* noires en cuir et un sweat gris sous un blouson qui lui donnait un air décontracté et sportif. D'un coup, Louise se sentit ridicule dans son tailleur élégant mais strict. La policière fit un signe au patron du bar et se dirigea vers la table de Louise en lui adressant un large sourire. Louise en eut de nouveau des papillons dans le ventre.

— Vous avez commandé ?

— Non, je vous attendais.

— Qu'est-ce que vous buvez ? Pour moi, ce sera un Perrier, je suis encore en service.

— C'est parfait.

Fanny Costa passa sa commande au patron et s'installa à la table.

— Alors, Maître Pariset, que puis-je pour vous ?

Louise sortit un fin dossier de sa sacoche.

— Comme je vous le disais au téléphone, la veuve d'Alain Gasparo m'a confié la défense de ses intérêts, elle est convaincue que son mari n'est pas mort accidentellement.

— Je ne commenterai pas l'enquête de mes collègues.

— J'ai bien compris. Je veux juste vous expliquer le contexte avant de vous présenter les nouveaux éléments.

— Très bien.

— Donc, le soir où Alain Gasparo est mort, il a envoyé un message incomplet à sa femme. Il lui indiquait qu'il était en forêt. Il n'avait rien à y faire puisqu'il était censé visiter une maison à Cognin-les-Gorges et rentrer à Lyon. Cela a été prouvé par l'enquête. Quand les gendarmes ont retrouvé sa dépouille, plusieurs mois après sa disparition, l'analyse des indices a permis de confirmer qu'il portait un pardessus camel, un costume et des mocassins en cuir. Il n'avait visiblement pas prévu de se balader en forêt.

— Pour se suicider, il n'y a pas de tenue type.

— Madame Gasparo ne croit pas à la théorie du suicide. Si son mari avait voulu se suicider, pourquoi faire une heure de route alors qu'il pouvait se jeter d'un pont à deux pas ?

— Parfois, les gens qui se suicident ne le font pas dans leur environnement habituel. Ils préfèrent choisir un lieu inconnu pour préserver leur famille.

— Peut-être. Mais dans ce cas, il ne lui aurait pas écrit : « Je suis en forêt », mais plutôt quelque chose comme « Je suis désolé, je t'aime », vous ne croyez pas ?

— Tiens, tiens, vous êtes experte en mots d'adieu ?

Fanny lui adressa un sourire mutin que Louise lui rendit.

— Si on parle de rupture amoureuse, je pense avoir une certaine expertise, oui. Ma dernière compagne m'a larguée par SMS.

— C'est moche.

— C'est de l'histoire ancienne.

Louise était contente d'elle. Fanny Costa savait maintenant qu'elle était célibataire. L'avocate tapota son dossier pour les ramener au sujet de leur rendez-vous.

— Venons-en aux nouveaux éléments. Le jour de l'enterrement d'Alain Gasparo, un homme que la veuve n'avait jamais vu auparavant s'est approché du cercueil. Il avait une allure assez négligée. Des baskets trouées, un jean sale. Ce n'était clairement pas le genre de personne qu'Alain Gasparo fréquentait. Cet homme est arrivé au niveau du cercueil et, d'un coup, il a frappé le bois comme on frappe à une porte. Ensuite, il s'est penché et il semblerait qu'il se soit adressé au défunt.

— Un fou ?

— Ma cliente ne le croit pas. Juste avant de s'approcher du cercueil de son mari, cet homme a violemment heurté un ami du défunt dans l'église.

Louise sortit une coupure de presse de sa pochette.

— Cet ami s'appelait Gilles Tournier. Il a été assassiné il y a quelques jours. Ma cliente est persuadée que la mort de son époux et celle de Gilles Tournier sont liées. Et cet homme dans l'église pourrait être le lien.

— Dans ce cas, qu'elle appelle mes collègues chargés de l'enquête pour en discuter, ils seront ravis de connaître ses théories.

— Elle a essayé de les joindre. Personne n'a rappelé.

— Tu m'étonnes !

— Vous pourriez peut-être transmettre ces informations à vos collègues ?

Fanny rit gentiment.

— Mes collègues n'apprécient pas plus que moi qu'on leur dise comment travailler.

— Ça pourrait faire avancer l'enquête sur le meurtre du dentiste.

— Vous ne faites pas confiance à mes collègues, à ce que je vois.

— Si, mais...

— Laissez-les faire leur travail, Maître Pariset.

— Est-ce que vous connaissez David Klein ? Il dirige une grosse boîte de sécurité à Lyon.

— Peut-être.

— C'est un ami d'enfance d'Alain Gasparo et de Gilles Tournier. Ça pourrait intéresser vos collègues de le savoir.

— Pourquoi ?

— Parce que ce n'est pas un ange.

Louise poussa son dossier vers Fanny Costa.

— J'ai fait un résumé de l'affaire, les nouveaux éléments en ma possession, une copie de l'article de presse concernant

Gilles Tournier et une description de l'homme qui se trouvait dans l'église. Il est peut-être fiché au TAJ[14]. Si vous pouviez donner ces éléments à vos collègues.

— Je ferai mon possible, mais je ne vous promets rien.

Un silence gêné s'installa entre elles. Fanny Costa but quelques gorgées de son Perrier avant de plonger son regard dans celui de Louise.

— Au fait, vous êtes au courant que Madame Petrovic a déménagé ?

— Oui, je l'ai appris, il y a quelques jours.

— Des amis de votre client sont passés chez elle pour qu'elle paye la dette de son fils. Comme elle n'avait pas l'argent, ils voulaient l'utiliser comme nourrice jusqu'à ce que sa dette soit remboursée. Elle a refusé. Ils l'ont menacée.

— Ah bon ? J'ignorais qu'elle avait été directement menacée.

— Votre client ne doit pas avoir envie de se vanter d'avoir mis sa mère et sa sœur dans une panade pas possible. En tout cas, avec l'aide du bailleur social, on a trouvé un nouveau logement à la mère, elle est en sécurité maintenant.

— Merci, infiniment.

— Vous voyez, nous ne sommes pas des monstres incompétents.

— Je ne l'ai jamais pensé. Je suis désolée de m'être emportée la dernière fois.

Louise sentit ses joues s'empourprer. Elle se maudit d'être si transparente. La policière lui sourit avant de consulter son portable.

---

14 TAJ : traitement des antécédents judiciaires. C'est un fichier de police judiciaire (police, gendarmerie) utilisé lors des enquêtes judiciaires (recherche des auteurs d'infractions), administratives (recrutement à un emploi sensible...) et certaines enquêtes de renseignement. Il contient des informations sur les personnes mises en cause et sur les victimes. Seuls certains professionnels habilités ont le droit de consulter le TAJ.

— Bon, il faut que je retourne au commissariat. Je vais voir ce que je peux faire pour votre affaire, mais je ne vous garantis pas un miracle.

— Merci de m'avoir écoutée.

— Vous avez une dette envers moi maintenant.

Fanny lui adressa son plus beau sourire et quitta le bar avec le dossier sous le bras.

À cet instant, Louise se fichait complètement du dossier de la veuve Gasparo. Seule la silhouette athlétique de Fanny Costa l'intéressait.

*

Klein décacheta l'enveloppe manuscrite. À l'intérieur, se trouvait une coupure de journal qu'il déplia. L'article titrait : « Le harcèlement scolaire tue. » Il reprit l'enveloppe et n'y trouva pas de nom d'expéditeur. Il se concentra sur l'adresse manuscrite. L'écriture était un peu maladroite, tout en majuscules. Il ne la connaissait pas. Qui lui avait envoyé cet article ? Et pourquoi ? Tout à coup, il imagina ses deux gamins, Sacha et Adam, harcelés à l'école et la colère l'envahit. Il avait essayé d'apprendre la boxe à son fils aîné. Mais Sacha n'aimait pas le sport. Encore moins s'il s'agissait d'un sport de combat. Son fils était tout le contraire de lui. Un tempérament calme, le nez toujours plongé dans un bouquin. Klein avait du mal à supporter la douceur de ce gamin, c'était pour lui de la faiblesse. Plusieurs fois, il avait forcé Sacha à enfiler des gants et lui avait envoyé quelques directs au visage pour l'énerver et l'obliger à se défendre. À chaque fois, ça s'était fini dans les pleurs. Son fils était allé se réfugier dans les bras de sa mère en geignant.

Klein sortit son portable pour appeler son ex. Il tomba directement sur son répondeur. Laissa un message. « C'est moi. Dis aux gamins de me rappeler. » Il savait que personne ne le rappellerait. Ni son ex ni ses enfants. Mais si vraiment l'un d'eux se faisait emmerder au collège ou à l'école, son ex n'hésiterait pas à saisir l'occasion de cet appel pour lui en parler et lui demander de régler le problème. Nadia était une opportuniste. Elle avait grandi en bordure de la ville, avec ses neuf frères et sœurs. Sa famille XXL lui avait toujours fait honte. Il n'y avait que les immigrés et les pauvres pour faire autant de gamins. Même les cathos en avaient moins. Au collège, quand elle remplissait les fiches de renseignements, Nadia lui avait raconté qu'elle oubliait le nom de la moitié de ses frères et sœurs. C'était mieux comme ça. À partir de quatre enfants, on passait de famille nombreuse à famille de pauvres. D'autant plus, si on portait un nom étranger. Ces étiquettes-là, Nadia n'en voulait pas. C'était comme du mazout sur les ailes des oiseaux qui l'empêchaient de prendre son envol. L'ambition avait été le ciment de leur couple. Ils avaient grandi ensemble. S'étaient élevés dans la société lyonnaise ensemble. Jusqu'à ce que Nadia apprenne qu'il l'avait trompée. Avec une copine à elle, en plus. Elle ne l'avait pas supporté et lui avait juré qu'elle le plumerait jusqu'au dernier euro. Et il devait reconnaître qu'elle y arrivait plutôt bien. Elle avait réussi à se faire attribuer la maison de Montchat, lui avait dû emménager dans un de ses studios.

David Klein lut l'article qui lui avait été envoyé. Définitivement, il ne comprenait pas pourquoi on lui adressait ça. Dans la semaine, il irait faire un tour près du collège de Sacha. Adam, lui, avait le caractère de sa mère, il n'était pas du genre à se laisser faire.

*

Il s'était servi d'un carton posé au sol pour s'isoler du béton froid et des courants d'air. À l'abri, sous sa couverture,

Kofi avait réussi à dormir quelques heures, par à-coups, sursautant au moindre bruit suspect. Et puis, vers six heures du matin, il s'était réveillé en nage, les deux mains sur le ventre. Un cauchemar. L'homme à la capuche le suivait dans les rues de Lyon. Il courait aussi vite qu'il pouvait, mais cet homme était toujours à ses trousses. Il disparaissait à un angle de rue et réapparaissait quelques secondes plus tard, la lame de son couteau luisant dans la lumière des réverbères. Kofi s'était retrouvé dans une impasse, fait comme un rat. L'homme à la capuche s'était jeté sur lui et l'avait poignardé. Fin du cauchemar. Plusieurs secondes avaient été nécessaires pour qu'il sorte de sa torpeur. Qu'il comprenne qu'il était dans une cage d'escalier et pas dans une impasse.

Dehors, il entendait la ville se réveiller doucement. Des voitures commençaient à circuler, les éboueurs vidaient les énormes containers gris dans leur camion en criant par-dessus le bruit. Il attendit une bonne heure, au chaud, avant de se décider à quitter l'immeuble et rejoindre le froid piquant de la rue. En partant, il releva le carton et le colla contre le mur. Si quelqu'un montait jusqu'au dernier étage pour accéder à son grenier, il ne se douterait pas que ce carton servait de lit à un jeune clandestin.

Une fois dehors, Kofi acheta un chocolat chaud chez un vendeur ambulant et le but tout doucement. Le lait tenait mieux au corps que le café, il espérait ne pas avoir faim trop tôt.

Il ne savait pas comment occuper son temps. Il n'avait rien à faire et s'ennuyait ferme. Vers neuf heures, il se décida à retourner place des Célestins afin de s'assurer que l'homme à la capuche ne s'y trouvait pas. Arrivé sur la place, il ne vit personne à l'endroit où, trois jours plus tôt, il s'était arrêté. Kofi s'était fait des idées. La femme ne courait aucun danger.

*

La filature qu'il avait commencée trois jours plus tôt l'avait frustré. Il était de sale humeur. La veuve n'était sortie qu'une fois de chez elle, pour aller voir un avocat. Il avait attendu qu'elle se montre à nouveau. Rien. Le lendemain, il était revenu. Avait patienté. La veuve n'était pas sortie. Il appuya avec insistance sur l'interphone au nom de Florence Gasparo. Quelques secondes plus tard, une voix féminine répondit par un « Allo ? » Il expira bruyamment dans le micro pour qu'elle comprenne qu'il était là, tout près. Florence Gasparo allait commencer à sentir sa présence. Il voulait qu'elle ressente la même peur que celle que son mari avait ressentie dans la forêt. Une peur d'animal traqué. Avant que la veuve n'ait eu le temps de réagir et de se mettre à sa fenêtre, il traversa la route tranquillement et se joignit au flot des passants qui allaient et venaient. Dans son dos, au quatrième étage d'un immeuble, il imagina Florence Gasparo sur son balcon, le cherchant dans la foule.

Il s'installa un peu plus loin à la terrasse de la brasserie des Célestins. De là, il pouvait surveiller sa proie sans qu'on le remarque. La veuve apparut derrière les rideaux et observa la place quelques secondes avant de disparaître. Elle s'inquiétait, il aimait ça.

Le serveur traversa la rue qui séparait le bar de la terrasse. Il lui commanda un café noir et le journal. Après les meurtres de Gasparo et de Tournier, il avait pris l'habitude d'éplucher la presse locale pour y lire ses exploits.

*

Kofi vit un homme s'éloigner de l'allée où la dame au manteau à carreaux vivait. Sûrement un habitant de l'immeuble. Il patienta encore quelques secondes. Puis, discrètement, se rapprocha de l'entrée, et prit une photo de tous les noms inscrits sur l'interphone. Celui de la femme figurait parmi tous ceux-là. Restait à savoir lequel était le sien. Pour l'instant, il n'en avait aucune idée. Pas plus qu'il n'avait d'idée de ce qu'il allait faire de cette photo. Mais une petite voix continuait à le harceler pour qu'il protège cette femme, parce que l'homme à la capuche avait eu un comportement vraiment bizarre.

Kofi prit le temps de faire le tour de la place des Célestins. Après s'être assuré que les bancs du petit parc étaient inoccupés, il s'engouffra dans la rue Charles-Dullin, détaillant avec soin chaque piéton qu'il croisait, encore plus ceux qui se cachaient sous une capuche ou une casquette. Il voulait être certain de ne pas laisser derrière lui une personne en difficulté. Sur le quai des Célestins, il n'eut pas un regard pour la basilique de Fourvière, il devait rester concentré sur sa mission. Quand il bifurqua sur la gauche pour retourner vers le théâtre, il avait quasiment bouclé le tour de la place. L'homme à la capuche ne s'y trouvait pas. Il s'était fait de fausses idées et finalement c'était très bien comme ça. Si la femme au manteau à carreaux n'était pas en danger, il ne le serait pas non plus. Sur la place, à une terrasse de café, il aperçut un couple qui discutait en buvant un thé. Son regard fut accroché par un homme, de dos, assis deux tables plus loin. L'homme fumait. Kofi sentit son cœur faire un bond dans sa poitrine. Cette façon étrange de fumer, la main gauche soutenant le coude droit comme si la cigarette pesait trop lourd, il l'avait déjà vue quelque part. La veille, l'homme à la capuche avait fumé plusieurs cigarettes et cet homme-là, de dos, avait les mêmes gestes. Quelqu'un cria sur sa droite. Kofi évita de justesse le serveur du bar qui portait un plateau. Il s'excusa du bout des lèvres et appuya sur la pédale pour déguerpir. Le fumeur tourna légèrement la tête dans sa direction, suffisamment pour que Kofi remarque, sous sa mèche de cheveux, son œil à moitié fermé. C'était bien l'homme à la capuche. Il ne se fit pas prier pour disparaître.

*

Il tourna la tête et vit le serveur du bar enguirlander un cycliste qui avait failli le renverser. Il ressentit des picotements à l'extrémité de ses doigts. Le type sur le vélo était noir et portait un sac réfrigéré sur le dos. Est-ce que c'était le même mec que celui qu'il avait croisé dans le parc la veille ? Non, ça ne pouvait pas être lui. C'était impossible. Des livreurs comme ce gars-là, il y en avait dans toutes les rues de Lyon aux heures de repas. Et maintenant, même le matin, ils pédalaient comme des cons pour aller servir le petit déjeuner aux riches. Mais, si ce n'était pas lui, pourquoi ce Black avait-il eu l'air de s'enfuir ?

Le serveur venait de déposer son café et le journal sur la table. Il en profita pour l'interroger.

— Il s'est passé quoi avec ce cycliste ?

— Cet imbécile regardait ailleurs, il a bien failli me renverser.

— Il admirait son reflet dans les vitrines ?

— Non, il regardait dans votre direction.

Il déglutit péniblement et se concentra pour ne pas renverser la tasse à café qu'il venait de saisir. Il avait vu juste. Ce Noir, c'était bien celui de la veille. Il scruta les environs à la recherche du mec au sac réfrigéré. Il n'était plus là. De l'autre côté de la rue, la veuve Gasparo sortit de l'immeuble. *Putain, c'est pas le moment !* Il paya sa consommation, avala son café d'un trait et attendit que le serveur reparte à l'intérieur du bar pour quitter la terrasse en emportant le journal. Tout en marchant dans les pas de la veuve, il réfléchissait à ce qui s'était passé. Qui était ce mec à part un migrant effectuant des livraisons de bouffe pour survivre ? Si ce Black était juste ce qu'il avait l'air d'être, pourquoi est-ce qu'il l'avait croisé quelques jours plus tôt dans un parc et ce matin sur la place où habitait Florence Gasparo ? Il aurait bien aimé le coincer et fouiller son sac pour s'assurer qu'il était en train de livrer des petits déjeuners, mais le clandé s'était évaporé. Après avoir évité de justesse le serveur, il s'était mis à pédaler comme un malade. Et ça, ça ne sentait pas bon du tout.

*

Kofi réfléchissait aussi vite qu'il pédalait. Est-ce que l'homme à la capuche l'avait vu ? Il ne pensait pas. Il était parti si vite que même le serveur qu'il avait failli renverser n'avait pas dû voir son visage. Maintenant, il était persuadé que la femme, celle au manteau à carreaux, courait un grand danger. Le problème, c'est qu'il ne savait pas comment l'aider. Si Cheikhou avait été là, il aurait su quoi faire. Son ami savait toujours se sortir d'un mauvais pas. Il posait ses coudes sur ses genoux, réfléchissait quelques minutes et la solution arrivait, comme par miracle. Kofi avait envisagé d'aller trouver son ami dans l'appartement qu'ils avaient partagé, mais Babacar serait sûrement là et Kofi n'avait aucune envie de le croiser. Il n'avait toujours pas remboursé sa dette.

Prévenir l'avocat ! C'était sûrement ce qu'aurait fait Cheikhou. Maître Tessier savait forcément qui était cette femme puisqu'elle était venue à son cabinet. Et il saurait pourquoi l'homme à la capuche la suivait. Il pédala sans se soucier de sa douleur au genou, la vie de cette femme dépendait de sa rapidité. Une fois arrivé au numéro quarante-trois de la rue de la Bourse, il se rua dans l'allée. Après avoir cadenassé son vélo dans la cour intérieure, il monta les marches jusqu'au quatrième étage. Sonna. Rien. Il tambourina contre la porte. Rien. Tourna la poignée. La porte resta fermée. Il ne savait plus quoi faire. Il descendit les escaliers, le chien aboya derrière la porte. Il se fichait pas mal d'attirer l'attention de son maître. Il était tellement stressé qu'il était prêt à raconter son histoire à n'importe qui pourvu que quelqu'un l'aide à y voir plus clair et lui trouve une solution. Mais personne ne sortit sur le palier. Kofi allait devoir attendre le retour de son avocat. Il décadenassa son vélo, rejoignit un banc de la place, sans cesser de surveiller les allées et venues des gens dans la rue et la porte en bois de la rue de la Bourse.

*

La veuve s'était arrêtée à un feu rouge, portable collé contre l'oreille. Il y avait du monde sur le trottoir, elle ne faisait pas attention à lui. Il se rapprocha pour écouter sa conversation. Elle était en train d'expliquer qu'elle avait trouvé deux photos de classe de son mari. Comme Tournier était un ami d'enfance « d'Alain », c'était cette période de leur vie qu'elle avait commencé à fouiller pour essayer de trouver le lien entre les deux meurtres. Au téléphone, Florence Gasparo employait le mot de « meurtre », il n'aimait pas ça. Si la veuve était persuadée que son mari avait été tué, elle arriverait sans doute à convaincre d'autres personnes que c'était la vérité et cela deviendrait dangereux pour lui. Il écouta attentivement la suite de la conversation et comprit qu'il avait vu juste. Florence Gasparo venait d'expliquer à son interlocuteur que depuis qu'elle avait montré à son avocate l'article sur le meurtre de Tournier, celle-ci prenait son affaire très au sérieux.

La sirène d'un camion de pompiers l'empêcha de suivre la suite de la conversation. Mais en pointillé, il crut comprendre que l'avocate de la veuve voulait aussi creuser du côté de ce type qui avait une paupière tombante. Lui. Florence Gasparo se réjouissait au téléphone parce que son avocate avait un contact à l'hôtel de police. Ça ferait peut-être avancer le dossier. Il sentit un vent glacial lui souffler dans la nuque. Si cette avocate contactait un flic et qu'elle lui demandait de vérifier dans le fichier des antécédents judiciaires, il risquait d'être identifié. Il ne devait pas y avoir beaucoup de mecs fichés avec la caractéristique d'avoir un ptosis. Il tira sur sa capuche pour masquer son visage. Si d'autres que lui écoutaient la conversation de la veuve, ce qui était certain, vu que cette connasse parlait tout haut, il risquait de se faire repérer par un passant.

Il laissa la veuve continuer son chemin. Il devait revoir ses plans. La conversation qu'il avait surprise lui avait appris une chose importante. L'avocat de Florence Gasparo était une femme. Une chance pour lui. En une minute, cette avocate venait de passer de personne insignifiante à danger potentiel. D'autant qu'elle avait l'air d'être à la manœuvre pour guider l'enquête. Puisqu'elle voulait fourrer son nez dans des affaires qui ne la concernaient pas, il allait la mettre hors-jeu. Quelques os brisés suffiraient à l'éloigner de son cabinet pour plusieurs semaines. Il en profiterait pour récupérer le dossier de Florence Gasparo. En repartant à zéro, et sans son avocate, la veuve perdrait de précieux mois à reconstituer ses pièces, si seulement elle y arrivait. Cela lui laisserait le temps nécessaire pour buter Klein et disparaître.

Il continuait à marcher en réfléchissant. Il hésitait à traîner dans le quartier pour mettre la main sur le livreur de repas. Il ne savait pas qui il était, mais puisqu'il l'avait croisé deux fois, ce n'était pas un hasard. Est-ce que le mec l'avait vu suivre la veuve et voulait jouer les héros ? C'était possible. Mais, si ce livreur était un clandé, comme il le pensait, il ne représentait qu'un danger mineur. Un mec dans sa situation n'irait pas voir les flics. Il décida de laisser le Black de côté, il s'occuperait de lui si l'occasion se présentait. L'urgence, c'était l'avocate. Maître Pariset. C'était le nom que la veuve avait prononcé et qu'il avait lu sur une des plaques de la rue de la Bourse.

*

Klein s'était garé au début de la rue Paul-Michel-Perret. De là où il se trouvait, il pouvait voir l'entrée du collège Fénelon La Trinité. C'était le choix de Nadia d'inscrire leurs mômes dans le privé. Chez les jésuites ! Ils étaient tous les deux athées mais pour faire partie du sérail, il fallait avoir des gamins en école privée. De préférence catholique. *Putain, le foutage de gueule !* Lui, il avait voulu scolariser ses fils dans le public. C'était gratuit et on y apprenait la vraie vie, pas celle, sans remous, des cours d'écoles privées. Mais Nadia s'y était opposée et le juge lui avait donné raison en le condamnant à payer une grande partie des frais de scolarité. David Klein jeta un coup d'œil à sa montre. Les mômes n'allaient pas tarder à sortir. Puisque ni ses enfants ni son ex ne l'avaient rappelé, il avait décidé de venir constater par lui-même comment se passait la sortie de cours pour Sacha, quitte à foutre le bordel, parce que s'il voyait un merdeux s'en prendre à son gamin, il lui ferait passer l'envie de recommencer.

La sonnerie du collège retentit. Klein ne savait pas comment réagirait son fils s'il le voyait. Lui-même ignorait s'il devait sortir de sa voiture pour aller à la rencontre de Sacha ou s'il devait rester planqué et seulement s'assurer que tout allait bien. Une petite pointe acide remonta dans sa gorge. Pas un coup de fil en six mois… Franchement, ces gamins n'avaient aucun respect pour lui. Des élèves commencèrent à sortir du collège par grappes. Les filles piaillaient en marchant tranquillement, les garçons s'agitaient dans tous les sens en beuglant. Il avait du mal à tous les dévisager. Son fils pouvait très bien passer sous son nez sans qu'il le voie. Un coup violent contre sa voiture le fit sursauter. Un gamin en avait empoigné un autre et l'avait plaqué contre la carrosserie. Autour, les autres riaient et haranguaient le plus fort à cogner le plus faible. Klein ouvrit sa portière et leur gueula dessus : « Oh, cassez-vous de là ! » Les mômes ne se firent pas prier, ils déguerpirent en courant. Un des collégiens s'arrêta un peu plus loin et lui fit un doigt d'honneur avant de partir en courant. Klein referma sa portière. Quand il était gamin, lui aussi était un rebelle, une vraie tête dure. Au collège Pierre Termier, il traînait toujours avec Gasparo et Tournier. À eux trois, ils formaient une bande de petits cons qui cognaient sur tout ce qui bougeait. Ça les amusait. Jusqu'à cette histoire qui avait failli leur coûter cher. Ce merdeux, comment ils l'appelaient ? Il ne s'en souvenait plus.

Les gamins continuaient à défiler devant ses yeux quand David Klein se frappa le front. *Putain, mais c'est lui ! C'est le merdeux à qui Tournier avait donné un surnom pourri.* Tout s'imbriquait. La mort d'Alain. Ensuite, le meurtre de Tournier. Et maintenant l'article de journal. Il n'avait pas compris tout de suite parce que l'article datait de quelques mois. Mais David Klein en était persuadé, la coupure de presse était un message. Pour lui. Son fils n'avait rien à voir avec cette histoire de harcèlement. La cible, c'était lui. David Klein fit démarrer sa voiture et quitta la rue au moment où son fils Sacha sortait du collège, accompagné de deux copains.

Florence Gasparo décrocha à la deuxième sonnerie.

— David ?

— Salut Florence. Écoute, j'ai réfléchi à cette histoire que tu m'as racontée, ce type bizarre dans l'église. Tu pourrais me le décrire pour que je voie avec mes gars si sa description leur dit quelque chose ?

— Il est petit et mince. Les cheveux raides. Un peu longs. Il avait un masque, je n'ai pas pu voir son visage entièrement. Mais il avait un ptosis.

— C'est quoi ça ?

— Une paupière tombante. Ça lui donnait un regard étrange.

Il avait raison ! Maintenant, David Klein se souvenait du surnom de ce gamin qu'ils emmerdaient au collège. « Le Borgne. » Oui, c'était ça. Ils l'appelaient le Borgne à cause de sa paupière qui s'était cassé la gueule. Bordel, si ce mec était véritablement à ses trousses après tout ce temps, c'était forcément un taré. Il devait lui mettre la main dessus avant que ce ne soit ce malade qui ne l'attaque par surprise. Klein respira calmement. Il ne voulait pas que Florence Gasparo perçoive sa tension.

— D'accord. Dans la semaine, un de mes gars passera dans ton quartier pour s'assurer que tout va bien.

— Je ne crois pas que cela soit nécessaire.

— Florence, si ce mec-là avait quelque chose à reprocher à Alain, il se peut qu'il s'en prenne à toi maintenant.

— S'il avait dû s'en prendre à moi, il l'aurait déjà fait.

— Qu'est-ce que tu en sais ?

— À l'église, il a bousculé Gilles Tournier. Et Gilles est mort.

Klein fit semblant de ne pas être au courant de la mort de Tournier.

— Comment ça ? Gilles est mort ?

— Tu ne regardes pas les infos ? Gilles a été assassiné.

— Et tu crois que c'est ce mec qui l'a tué ?

— Je ne sais pas.

— Est-ce qu'Alain et Gilles se voyaient toujours ?

— De temps en temps, aux réunions du Rotary Club, mais en dehors de ça, je ne crois pas. Pourquoi ?

— Ils n'avaient aucun lien d'affaires ?

— Alain ne m'en a jamais parlé.

— Écoute, si tu changes d'avis, si tu as besoin d'une protection, ou si tu vois ce mec rôder dans ton quartier, appelle-moi tout de suite. D'accord ?

— Merci David.

David Klein raccrocha. *Putain, quelle merde !* Il arriva rue Servient. Stationna sa voiture sur une place de livraison. Il alluma une cigarette et chercha dans ses favoris le numéro de Sofiane.

— T'es pas au tribunal, patron ?

— Je viens d'arriver. T'as toujours un contact chez les flics ?

— Ouais.

— Alors, appelle ton gars. J'ai besoin de trouver quelqu'un. Je n'ai pas son nom, j'ai juste une description. Je dirais quarante-quatre ans ou un peu moins, petit, maigre. Les cheveux raides. Un œil à moitié fermé.

— C'est tout ?

— Si ce mec est fiché, ça suffira pour l'identifier. Et si ça ne fonctionne pas de ce côté-là, fais marcher le bouche-à-oreille, les dealers, les *chouffeurs*[15], les putes, les vendeurs à la sauvette, je veux que tout le monde se mette à la recherche de ce mec, tu m'entends ? Tu m'inondes tous tes contacts de SMS avec sa description.

— D'accord. Mais pourquoi tu cherches ce pélo ?

— T'as pas besoin de le savoir.

*

En sortant de son audience, Louise Pariset rejoignit un groupe de confrères dans l'espace avocats. À les voir rire en regardant leurs portables, la jeune avocate était à peu près certaine qu'ils ne s'échangeaient pas de la jurisprudence. Elle joua des coudes pour s'immiscer dans la conversation et demanda aux autres ce qui les faisait rire. Maud Larchet, une avocate de sa promo, lui montra les dernières photos d'un confrère qui se la coulait douce à Dubaï. Deux mois

---

15 Chouffeur : guetteur (pour le trafic de drogue).

auparavant, il était à Cancún, au Mexique. Le confrère qui posait crânement sur son jet-ski, barbe impeccablement taillée, sourire immaculé et tatouages exposés, ressemblait plus à un candidat d'une émission de téléréalité qu'à un avocat. Tous ses confrères se demandaient quand est-ce qu'il travaillait, balançant au passage son peu de sérieux dans les dossiers. Maud fit défiler des photos Instagram sur son téléphone et mit cette fois sous le nez de Louise la dernière story que Jordan avait postée. Deux verres de vin blanc sur une table, quelques amuse-gueule, avec une légende : « La soirée commence bien. » Louise ne fit aucun commentaire.

— Quand est-ce que tu me mets sur le coup avec ton associé ?

— Tu sais bien que Jordan refuse de sortir avec une consœur.

— Il pourrait faire une exception si tu lui en parlais.

— Fais-toi omettre[16] du barreau et tu auras tes chances.

Maud avait les yeux qui brillaient dès qu'elle prononçait le prénom de Jordan. Cela faisait des mois qu'elle fantasmait sur l'associé de Louise. En pure perte. Jordan n'avait aucune intention de lui céder, même s'il la trouvait plutôt sexy.

— Tiens, quand on parle du loup.

Louise se retourna, elle vit Jordan arriver avec la mine un peu froissée. Il la prit par le bras et l'entraîna un peu plus loin après avoir jeté un rapide « salut » à Maud Larchet.

— Tu aurais pu être gentil avec elle, elle en pince pour toi.

— Je m'en fous.

— Qu'est-ce que tu as ?

— Je signe un consentement mutuel avec ton ex.

16 Se faire omettre du barreau : En France, chaque avocat peut se faire « omettre » du barreau, c'est-à-dire qu'il reste membre de l'Ordre mais ne peut plus faire état de son titre d'avocat ni exercer cette profession. L'omission n'est pas une démission, l'avocat reste rattaché à son barreau et ne peut s'inscrire dans un autre barreau.

Jordan n'avait jamais apprécié Maëva. Il la trouvait trop agressive dans les dossiers et plus prompte à sortir l'artillerie lourde qu'à tenter de négocier, mais puisqu'il s'agissait d'un divorce par consentement mutuel, que la convention avait été rédigée de concert entre les futurs divorcés et leurs avocats, il n'y avait que peu de risques que le rendez-vous à quatre dégénère. Louise demanda à son associé ce qui lui posait problème. « Elle ne veut pas signer chez elle, son bureau est trop petit pour accueillir quatre personnes. »

— Et tu as accepté qu'elle vienne chez nous ?

— Je n'ai pas eu le choix. Si je refuse de signer au cabinet, elle va réserver une salle à la Maison de l'avocat, ça va nous retarder de deux ou trois semaines. Sauf que mon client est pressé. Son orgueil en a pris un coup quand sa femme lui a annoncé qu'elle le quittait. Maintenant, il veut s'en débarrasser au plus vite.

Louise soupira.

— Vous signez quand ?

— Lundi soir. Je suis désolé.

Louise était en colère. Non pas contre Jordan qui semblait sincèrement navré mais contre Maëva qui avait eu le culot d'imposer sa présence dans ses locaux sans se soucier une seconde de ce que cela pourrait lui faire. Son ex était-elle insensible à ce point ? Elle l'avait trompée avec une consœur, larguée par SMS et maintenant, elle venait se pavaner chez elle ! Louise n'avait aucune envie de la croiser. Elle n'avait toujours pas digéré leur rupture et ne souhaitait pas être spectatrice du nouveau bonheur de Maëva. Elle resterait enfermée dans son bureau. Ou elle partirait.

*

Klein tapota nerveusement sur son volant. Le stress commençait à lui ronger le cerveau. Il regarda sa montre.

C'était l'heure. Il sortit de son véhicule et quelques minutes plus tard pénétra dans le palais de justice. Son avocate avait insisté pour qu'il soit présent. Soi-disant, les magistrats se montraient plus sévères quand un prévenu ne venait pas à l'audience à laquelle il était convoqué. Dans ce cas, à quoi servaient les avocats s'ils n'étaient pas foutus de représenter leurs clients ? Après cette affaire, il se passerait des services de Maître Levy, cette baveuse commençait à le gonfler avec sa supériorité à peine masquée. Pour lui, elle n'était rien d'autre qu'un pion sur l'échiquier. Il l'avait choisie parce qu'elle était du barreau de Paris et qu'à Lyon personne ne la connaissait. Il n'allait pas refaire la même erreur que pour son divorce. Quand Nadia avait entamé la procédure, Klein avait demandé à Maître Barbery, son avocat habituel pour ses affaires pénales, de le défendre. Ce qu'il ignorait, c'est qu'en confiant à Barbery son dossier, Klein s'était collé une étiquette dans le dos. Celle d'un délinquant. Parce que son baveux avait la réputation de défendre les voyous de Lyon, ce que les magistrats savaient parfaitement. Klein avait commis une erreur. Personne ne mandatait un pénaliste pour son divorce. Personne, sauf les malfrats. Devant le juge, il s'était fait laminer et sa femme avait obtenu tout ce qu'elle voulait.

David Klein passa le portique de sécurité, il récupéra ses clés et son portefeuille, jeta un regard mauvais au vigile qui le fixait depuis quelques secondes. Il se dirigea sur sa gauche et demanda son chemin à l'accueil.

*

Louise avait abandonné Jordan à sa mauvaise conscience. Elle s'apprêtait à quitter l'espace avocats quand une autre avocate lui barra la route.

— Consœur, soyez gentille, conduisez-moi aux salles correctionnelles.

Louise toisa cette femme qui n'avait pas eu l'élégance de se présenter. La soixantaine bien tassée, un brushing figé à la laque. Elle portait un rouge à lèvres criard et un tailleur élégant sous sa robe d'avocat encore ouverte. Son air pincé donnait le ton. Une Parisienne.

— Vous êtes de quel barreau ?

— Paris.

Bingo ! Ces avocats parisiens se croyaient vraiment au-dessus de la mêlée sous prétexte qu'ils exerçaient leur profession dans la capitale. C'était tout simplement ridicule.

— Que faites-vous parmi nous ?

— Je suis venue plaider un dossier correctionnel. Allez, pressons-nous, mon client me paye à l'heure, il va hurler quand il recevra la note.

Louise savait que cette précision sur la facturation était une pique à son intention. Seuls les avocats parisiens facturaient leurs honoraires à l'heure. Les autres, les provinciaux, se faisaient payer au forfait, ce qui était moins rémunérateur et contribuait à entretenir le mépris des Parisiens pour leurs confrères.

Dans leur dos, quelqu'un cria « Maître Levy ». Les deux avocates se retournèrent. Louise vit arriver face à elle un homme dans la quarantaine, élégamment vêtu. Il portait un catogan et une barbe joliment taillée. Sa démarche était nerveuse et son visage fermé. Il serra la main de son avocate et dévisagea Louise sans un mot.

— Allons-y, nous sommes en retard. Monsieur Klein, savez-vous où sont les salles correctionnelles ?

— J'ai demandé à l'accueil, c'est juste là.

David Klein et son avocate partirent ensemble vers une des salles correctionnelles qui faisaient face à l'espace avocats. Louise les suivit du regard. C'était donc lui David Klein ? Eh bien, il ne lui plaisait pas du tout. Il y avait chez cet homme quelque chose d'agressif qu'il cachait derrière une apparence soignée. L'avocate attendit quelques minutes avant de pénétrer elle aussi dans la salle d'audience. Elle s'installa discrètement sur un des longs bancs en bois clair dont l'assise était recouverte d'une épaisseur matelassée vert bouteille. Klein et son avocate se tenaient sur la gauche, juste devant elle. Quand le magistrat appela leur dossier, il les fit passer de l'autre côté de la salle d'audience. C'était l'usage, les prévenus et leurs avocats étaient installés du côté droit, du même côté que le box fermé réservé aux personnes incarcérées. Les parties civiles, elles, se tenaient généralement à gauche. Et Klein n'avait rien d'une victime. Il balaya la salle du regard. Quand leurs regards se croisèrent, il la dévisagea une nouvelle fois. Son regard était dur et froid. Elle attendit qu'il tourne la tête dans l'autre sens pour quitter la salle d'audience. David Klein ne lui inspirait vraiment aucune sympathie.

Jordan attendait à l'extérieur du tribunal.

— T'étais où, je t'ai cherchée.

— Je suis allée voir une audience correctionnelle.

— Tiens, je t'ai pris ton courrier « palais ».

Louise le feuilleta rapidement et vit que le jugement de madame Stefano avait été rendu.

— J'ai la décision de madame Stefano. Tu sais, « Penélope Cruz ».

— Oui, je sais.

Elle consulta la dernière page avec angoisse. Le juge avait ordonné une garde alternée sur l'enfant mineur. Sa cliente ne serait sans doute pas contente, puisqu'elle voulait à tout prix évincer son ex de la vie de son fils, mais pour Louise, c'était une décision équitable. Si madame Stefano voulait faire appel, elle lui conseillerait d'aller voir un autre avocat.

— Elle va se payer une garde alternée. Je suis sûre que ça va la faire hurler.

— Elle n'aura qu'à faire appel.

— Sans moi. Je te l'envoie ?

— Non, merci.

— Ah, c'est vrai, j'avais oublié, elle t'a *ghosté*.

Louise n'avait rien oublié du tout. Elle était juste d'une humeur massacrante. Et sa colère était tombée sur son associé.

*

Les deux avocats arrivèrent ensemble rue de la Bourse. Dès qu'il les aperçut, Kofi lança des « Maître ! Maître ! » vers eux. Aucun ne l'entendit. Il se dépêcha d'endosser son sac réfrigéré et poussa son vélo pour les rejoindre. L'ascenseur s'élevait déjà dans les étages en grinçant quand il pénétra dans l'allée. Il cria encore « Maître, attendez ! » Personne n'attendit. Arrivé au quatrième étage, en nage et essoufflé, il tambourina à la porte et, sans attendre qu'on lui ouvre, pénétra dans le cabinet d'avocats. Maître Tessier était en train de retirer son long manteau dans le couloir.

— Monsieur Diallo, qu'est-ce qui vous arrive ?

— Quelqu'un suit la dame qui est venue chez vous l'autre jour.

— Qui ça ? Quelle dame ?

Kofi ne savait pas comment elle s'appelait. Elle avait un manteau à carreaux. Mais ça n'aidait pas franchement son avocat. Le livreur essaya de la décrire. Elle avait un nez pointu. Et des cheveux blonds. Un peu grande. Pas grosse du tout. D'un coup, Kofi se souvint de la photo de l'interphone qu'il avait prise et la montra à son avocat. « Son nom, c'est un de ceux-là, parce qu'elle est entrée dans cet immeuble. Elle doit habiter là. » Maître Tessier agrandit la photo et posa un doigt sur l'écran.

— Là ! Gasparo.

Maître Tessier l'abandonna dans le couloir pour rejoindre l'autre avocat, la dame. Ils sortirent tous les deux du bureau.

— Vous connaissez l'adresse ?

— Oui, c'est la place des Célestins.

L'avocate retourna dans son bureau et, quand elle en ressortit, elle était blanche, comme la farine.

— C'est bien l'adresse de ma cliente. À quoi ressemblait l'homme qui la suivait ?

— Il est petit. Il a un peu de barbe et son œil est à moitié fermé.

— À moitié fermé, vous êtes sûr ? !

— Oui.

— Et comment savez-vous qu'il suivait ma cliente ?

— Quand la dame est venue ici, je crois que c'était mardi, j'étais dans le parc. J'ai vu un homme qui la suivait. Il s'est caché derrière des buissons pour qu'elle ne le voie pas. Quand elle est entrée dans l'allée, il a attendu. Quand elle est sortie, il l'a suivie. Alors, moi aussi je les ai suivis. Parce que je pensais qu'il voulait lui voler son sac. Mais, il n'a rien fait, il l'a juste suivie. Et ce matin, il était en bas de chez elle. Je l'ai vu, il buvait un café sur la place.

— Et vous, qu'est-ce que vous faisiez en bas de l'immeuble de ma cliente ?

— Je suis venu devant son immeuble ce matin pour voir si tout allait bien. Mais l'homme était là.

— Il faut prévenir la police.

Kofi sentit la peur lui tordre les boyaux.

— Non, pas la police. S'il vous plaît. Sinon, je vais être renvoyé au Sénégal.

Il ne voulait pas de problèmes, il était venu les voir parce que la dame était en danger, mais lui, il ne voulait pas être mêlé à ça. Maître Tessier posa une main sur son bras pour le rassurer. Il se tourna vers l'autre avocate.

— Laisse tomber les flics, ça ne changera rien de toute façon. Si on les appelle, on va leur dire quoi ? Que ta cliente a été suivie par un inconnu ? Franchement, ils vont nous envoyer balader. Par contre, il faut identifier cet homme au plus vite et comprendre ce qu'il veut à ta cliente.

L'avocate faisait maintenant face à Kofi.

— Ma cliente a rendez-vous dans moins de trente minutes. Est-ce que vous pouvez patienter au cabinet jusqu'à ce qu'elle arrive ?

Kofi accepta sans hésiter. Il n'avait rien de mieux à faire et, dans les locaux des avocats, il serait au chaud. Maître Tessier lui proposa un café, il le remercia. Le breuvage sucré calmerait un peu sa faim.

*

Jordan avait installé son client dans la pièce du fond qui servait à la fois de réserve, de bureau pour les stagiaires, mais surtout de salle de repos. Quand l'associé de Louise avait un coup de fatigue après une nuit trop courte, il dépliait la chauffeuse rangée dans un coin et piquait un somme.

Louise servit un café au jeune livreur et lui tendit une boîte de biscuits qu'un client lui avait offerte. Le jeune homme mangea de bon cœur.

Vingt minutes plus tard, elle accueillit Florence Gasparo. L'avocate expliqua à sa cliente que lors de son dernier rendez-vous au cabinet, elle avait été suivie par un homme. « Cet homme avait une paupière tombante. » Florence Gasparo encaissa l'information.

— Comment le savez-vous ?

— C'est un client de mon associé qui a vu le manège.

— Mais enfin, pour quelle raison cet homme me suivrait-il ? Je ne le connais pas !

— Je n'en ai malheureusement aucune idée.

Louise marqua une pause.

— Ce n'est pas tout. Ce matin, le client de mon associé est passé sur la place des Célestins pour s'assurer que vous ne risquiez rien. Il a revu l'homme à la paupière tombante, assis à une terrasse de bar, en bas de votre immeuble.

Le visage de la veuve se transforma en un masque blême.

— Ce matin, quelqu'un a sonné à l'interphone, chez moi. Quand j'ai répondu, personne ne s'est manifesté, mais j'ai entendu comme une respiration. C'était effrayant. Je me suis mise à la fenêtre. Mais, je ne savais pas qui chercher, ni dans quelle direction.

— Est-ce qu'un des enquêteurs vous a rappelée ?

— Non, ni celui qui s'occupe du meurtre de Gilles ni celui qui s'occupait du dossier d'Alain. Et vous, votre contact à l'hôtel de police ?

— Rien de concluant, malheureusement.

Fanny Costa ne l'avait pas rappelée, Louise était un peu déçue de ce silence, mais sans doute la policière était-elle débordée.

— Tant pis, on se débrouillera sans eux. Je vous ai apporté les photos dont je vous ai parlé au téléphone.

Florence Gasparo plongea une main tremblante dans son sac et en ressortit deux clichés. Sa volonté de parvenir à la vérité ne semblait pas entamée, mais elle avait peur désormais.

— Tenez, là, il y a Alain. Là, c'est Gilles Tournier. Et là David Klein. David m'a appelée ce midi. Il voulait que je lui décrive cet homme qui a frappé le cercueil de mon mari.

— Il vous a dit pourquoi ?

— Il voulait s'assurer que je ne sois pas en danger. Mais je ne le crois pas. David n'est pas un philanthrope.

— Alors pourquoi vous a-t-il appelée ?

— Je n'en ai aucune idée.

— Je l'ai croisé au palais de justice en début d'après-midi. Il ne vous a pas parlé de son audience correctionnelle ?

— Non.

— Bon.

Louise récupéra les clichés.

— Je vais les montrer au jeune livreur qui était en bas de votre immeuble. On ne sait jamais.

Dans le bureau du fond, Kofi et Jordan discutaient à voix basse. Ils s'interrompirent quand Louise pénétra dans la pièce.

— Vous sauriez reconnaître l'homme que vous avez vu ce matin ?

— Oui.

Elle tendit à Kofi les deux photos de classe. « Est-ce que cet homme pourrait être l'un des garçons sur ces photos ? C'est important que vous vous concentriez sur leur visage. Vous êtes le seul à avoir vu cet homme sans son masque. »

Les clichés étaient un peu anciens mais la qualité était correcte, Louise espérait bien pouvoir en tirer quelque chose. Le livreur se pencha sur la première photo. Il étudia chaque visage, l'un après l'autre. Son doigt glissait au fur et à mesure de sa progression, du premier rang jusqu'au quatrième. Il refit la même opération sur la deuxième photo. Louise et Jordan étaient pendus à ses lèvres, silencieux.

— Non, il n'est pas sur ces photos.

— Vous en êtes sûr ?

— Oui, je suis sûr.

C'était décevant, mais ça ne voulait pas dire que le type au ptosis n'avait jamais fréquenté la même classe que Gasparo, Tournier ou Klein. Sur les quatre années passées au collège et les trois années au lycée, Louise ne détenait que deux photos. Qui plus est, cet homme pouvait très bien avoir fréquenté une autre classe, dans le même collège ou le même lycée, avoir été malade le jour de la photo de classe. Non, cela ne voulait rien dire. Le livreur se racla la gorge pour qu'on l'écoute.

— Sur Internet, je peux trouver des informations.

Jordan eut l'air amusé.

— Vous avez l'air bien sûr de vous.

— C'est parce que je travaillais dans l'informatique avant.

— Dans l'informatique ? Vous faisiez quoi exactement ?

— Des recherches.

— Des recherches ?

— Oui.

— D'accord. On peut essayer. Vous allez faire des recherches pour nous. En échange, on vous paye à manger. Vous avez faim ?

— Oui, beaucoup.

— Moi aussi, je crève de faim.

Louise jeta un regard lourd de reproches à son associé qui l'ignora. Jordan fit le tour du bureau et mit en route un vieil ordinateur qui prenait la poussière dans un coin de la pièce. La bécane émit une longue sonnerie plaintive mais elle fonctionnait toujours. Avant de quitter le bureau et d'aller retrouver sa cliente, Louise entendit le livreur demander à son associé un carnet et un stylo. Visiblement, ce jeune homme prenait sa tâche très à cœur, mais Louise n'aimait pas du tout cette situation. C'était parfaitement illégal de faire travailler un clandestin.

L'avocate retourna dans son bureau. Elle expliqua à sa cliente que le livreur n'avait pas non plus reconnu l'homme au ptosis sur les photos. La voix de Florence Gasparo déraillait et son regard se voilait de frustration. Elle n'avait plus aucune piste à exploiter pour parvenir à la vérité. Et puis, il y avait cet homme qui la suivait. Elle avait peur maintenant. Pour elle et pour ses enfants. Louise lui demanda si elle pouvait se loger ailleurs pendant quelques jours. Le temps qu'on sache qui il était et ce qu'il voulait. Florence Gasparo acquiesça. Elle passa plusieurs coups de fil. À Lola et Théo, pour leur demander de ne pas sortir de l'appartement. À sa mère. À son frère pour qu'il vienne la chercher au cabinet. Elle irait habiter chez ses parents, à l'extérieur de la ville, pendant quelque temps. Louise lui conseilla de relancer une nouvelle fois le policier qui avait enquêté sur la mort de son mari et de lui expliquer la situation. Si elle insistait, il finirait peut-être par lui répondre.

*

L'avocate n'avait pas l'air très contente de le voir faire ses recherches. Si Kofi lui prouvait qu'il était capable de trouver des informations, elle serait peut-être plus gentille avec lui. Kofi avait noté dans le carnet le nom d'Alain Gasparo. Maître Tessier lui avait expliqué qu'ils enquêtaient sur la mort de cet homme. Il avait aussi inscrit dans le carnet le nom de l'établissement qu'avait fréquenté Alain Gasparo, c'était écrit sur les clichés qu'on lui avait montrés. Ensuite, il s'était créé un faux profil pour accéder aux informations du site *Copains d'avant*. Il avait déniché plusieurs photos de classe du collège Pierre Termier à Lyon. Sur deux d'entre elles, il avait reconnu Alain Gasparo. Le premier cliché était identique à celui que l'avocate lui avait montré. Sur l'autre, une ardoise tenue par une jeune fille indiquait « 4e 3 ». Il avait imprimé le cliché en deux exemplaires. Kofi avait relevé le nom de trois personnes qui s'étaient identifiées sur cette photo. Deux filles et un garçon. Une des deux filles avait laissé son adresse électronique pour renouer contact avec ses anciens copains de classe. Kofi avait continué à chercher d'autres informations. Il avait trouvé la page Facebook de l'autre fille qui s'était identifiée. Elle habitait toujours à Lyon et tenait un magasin de fleurs dans le quartier des Brotteaux. C'était un très bon début. Par contre, il n'avait rien trouvé sur la troisième personne, le garçon.

Kofi commençait à avoir de douloureuses crampes d'estomac quand son avocat leur commanda des hamburgers et des frites sur une application de livraison et l'envoya récupérer leur repas en bas de l'immeuble. Kofi aurait préféré que Maître Tessier descende lui-même, il n'avait pas envie de croiser l'un de ses amis, mais l'avocat ne lui avait pas vraiment laissé le choix. Devant la porte d'entrée, un Syrien stoppa son vélo électrique et lui tendit un sac volumineux. Kofi était soulagé, il ne le connaissait pas. Dans les escaliers, de bonnes odeurs de steak grillé fuitaient du sac en papier et pour une fois, Kofi allait en profiter, il en avait le ventre qui gargouillait de plaisir. S'il avait été seul, il aurait entamé son repas bien avant d'arriver au quatrième étage.

Dans la cuisine, le jeune homme attendit que Maître Tessier commence à mordre dans son sandwich pour en faire de même. Kofi croquait de petites bouchées et les mâchait lentement pour faire durer son plaisir le plus longtemps possible. À la fin du repas, l'avocat lui demanda où en étaient ses recherches. Kofi lui expliqua ce qu'il avait trouvé.

— Une fleuriste ? Comme vous savez ça ?

— J'ai trouvé sa page Facebook.

— Vous avez noté toutes ces informations ?

— Oui. Tout.

— C'est parfait. J'en parlerai à mon associée tout à l'heure. Bon allez, il faut se bouger, j'ai un rendez-vous qui va arriver.

Kofi comprit qu'il était temps pour lui de quitter le cabinet de son avocat. Il retourna dans le bureau du fond, prit ses affaires, le carnet, le stylo et récupéra les deux exemplaires de la photo qu'il avait imprimée. Il frappa à la porte de Maître Tessier et lui remit une feuille sur laquelle étaient notées toutes les informations qu'il avait trouvées ainsi qu'un exemplaire de la photo. Dans le carnet qu'il rangea dans son sac réfrigéré avec le stylo, il avait noté les mêmes renseignements. Pour lui. Peut-être que s'il trouvait de nouveaux éléments, son avocat lui payerait un autre repas.

*

Klein venait de rentrer chez lui. Il appela Sofiane.

— Tu as quelque chose pour moi ?

— Non, le keuf m'a pas rappelé.

— Demain, tu le relances, c'est urgent.

— OK. Ça s'est passé comment au tribunal ?

— Ils rendent leur décision dans trois semaines. On verra bien. Tiens-moi au jus dès que tu auras des nouvelles de ton contact.

— D'accord.

Klein raccrocha. À l'audience, le juge lui en avait mis plein la gueule. Et le parquet avait requis une peine exemplaire. Pour s'en sortir, David Klein avait balancé le nom d'un de ses employés. Osman Kokcu. Ce gars n'avait pas deux ans de boîte, mais depuis un moment déjà, il l'emmerdait pour tout un tas de raisons. Le paiement de ses heures supplémentaires, les paniers repas, les vêtements et les chaussures qu'il voulait que l'entreprise prenne à sa charge. Même son abonnement à la salle de sport, Osman avait essayé de se le faire rembourser. Ce mec vérifiait tout et ne lâchait sur rien. Pour lui, un quart d'heure travaillé, c'était un quart d'heure qui devait lui être payé. Et comme ça, chaque mois, il récupérait trois ou quatre heures. Le problème, c'est qu'Osman était une grande gueule et que ses réclamations avaient donné des idées aux autres. Maintenant, la plupart de ses gars vérifiaient leur contingent d'heures supplémentaires, et, tous les mois, venaient réclamer le paiement de celles que leur patron avait volontairement oublié de comptabiliser. Klein s'était plusieurs fois engueulé avec Osman. Il lui avait demandé de quitter la boîte, mais ce gars était plus malin que la plupart de ses employés. Il savait parfaitement lire et écrire, et quand il avait besoin d'informations pour défendre ses droits, il les trouvait. En voyant que l'audience tournait en sa défaveur, David Klein n'avait eu aucune hésitation à sacrifier Osman. Il avait tendu à son avocate plusieurs attestations rédigées par des employés de l'entreprise Lyon Sécurité qui déclaraient tous avoir vu Osman Kokcu sortir du bureau du patron le jour où les SMS avaient été envoyés au fonctionnaire de la mairie de Lyon.

Maître Levy avait ensuite longuement plaidé sur la notion du doute qui devait profiter à son client. Personne ne l'avait vu envoyer ces messages non signés. Klein devait reconnaître que son avocate s'était montrée convaincante.

Il n'avait maintenant plus qu'à attendre la décision. Mais, ce qui le préoccupait par-dessus tout, c'était la menace qui pesait sur ses épaules. Le Borgne en avait après lui. Et il ne savait toujours pas où le loger[17].

*

Pendant le week-end, Louise avait eu des nouvelles de Florence Gasparo. Elle était désormais installée chez sa mère avec ses enfants. Sa fille, Lola, avait été difficile à convaincre, elle avait pleuré et crié, refusant de quitter son quartier et ses amis. Mais elle avait fini par céder, tout le monde était à l'abri.

Louise, elle, avait passé son week-end à ressasser sa colère contre Maëva. Elle ne comprenait toujours pas comment cette dernière pouvait oser venir dans ses locaux après ce qu'elle lui avait fait. Son ex s'était bien foutue d'elle. Elle l'avait considérée comme un amour de passage, alors qu'elle s'investissait pour l'avenir. Après quatre mois de relation discrète, Louise avait officialisé leur couple en présentant Maëva à ses parents et à son frère. Tout le monde l'appréciait. Louise s'était imaginé qu'elle pourrait se poser à ses côtés, avoir une vie stable, et pourquoi pas fonder une famille. Mais Maëva avait balayé ses projets d'un revers de

---

17 Loger : repérer, localiser, en argot.

main, passant d'une relation à une autre, sans état d'âme. Louise s'en voulait d'avoir été, à ce point, aveuglée par son amour. Au-delà du chagrin qu'elle ressentait, elle devait aussi vivre avec la honte d'avoir été trompée. Et pour ça, elle en voulait terriblement à Maëva.

La journée s'était écoulée au rythme de cette échéance à venir. Heureusement, Louise avait eu une audience et trois rendez-vous qui l'avaient bien occupée. Elle consulta sa montre pour la énième fois. Elle hésitait à quitter le cabinet avant l'arrivée de Maëva. Mais par orgueil, elle se l'interdit. Elle voulait aussi se prouver qu'elle pourrait tolérer la présence de son ex dans ses locaux. Louise se replongea dans un de ses dossiers. Il était hors de question qu'elle s'en aille.

Maëva Dupuy arriva au cabinet avec un bon quart d'heure d'avance. Louise se précipita sur la porte de son bureau pour la fermer. Elle entendit son ex dire bonjour à Jordan, et celui-ci l'entraîner dans son bureau. La jolie voix de Maëva lui faisait toujours autant d'effet. Elle en eut les larmes aux yeux. Visiblement, la colère qu'elle ruminait n'était pas assez forte pour enterrer définitivement les sentiments qu'elle avait eus pour Maëva. Louise ressentit soudain le besoin impérieux de s'enfuir. Mais si, pour une raison ou une autre, son ex sortait du bureau de Jordan au moment où elle partait, elles se retrouveraient nez à nez et ça, Louise voulait l'éviter à tout prix. Elle se raisonna et se dit qu'elle attendrait que Jordan et Maëva soient en rendez-vous avec leurs clients pour partir. Elle avait un quart d'heure à tenir, ce n'était pas le bout du monde.

Dans le bureau d'à côté, les talons de Maëva résonnèrent de nouveau sur le parquet. Elle se dirigeait vers le couloir. Louise se recroquevilla dans son fauteuil. Observa les ombres à travers les vitres opaques de sa porte et voulut se rassurer en se disant que Maëva n'oserait pas venir lui dire bonjour. Les talons martelèrent la mosaïque du couloir et s'arrêtèrent devant son bureau. Maëva tapota légèrement la vitre du bout des doigts. Louise inspira profondément pour calmer les battements de son cœur mais ne répondit pas, espérant que son ex-compagne comprendrait et battrait en retraite. Maëva attendit quelques secondes et frappa cette fois-ci contre le bois de la porte. Maintenant, Louise se maudissait de ne pas avoir quitté le cabinet avant son arrivée. Elle s'était imaginé qu'elle supporterait sa proximité sans sourciller, mais elle constatait une nouvelle fois que le deuil de son couple était loin d'être fait. Même si Maëva s'était mal conduite, elle n'arrivait pas à la détester. Elle répondit « oui » sans enthousiasme. Maëva ouvrit la porte avec un sourire un peu gêné. « Salut, comment ça va ? » Louise eut un petit rire amer. La femme qui se tenait devant elle l'avait trompée, humiliée, larguée, et elle osait lui demander comment elle allait. Louise haussa les épaules en guise de réponse et évita le regard de son interlocutrice. La sonnerie de la porte d'entrée retentit. Maëva rompit leur silence. « Ça doit être nos clients. Est-ce que ça te dirait de manger avec moi la semaine prochaine ? » Louise se sentit heurtée par cette proposition. Si inattendue. Si déplacée. Elle n'avait aucune envie de passer du temps avec son ex, comme si elles étaient deux bonnes copines. Elle ne voulait pas devenir son amie. La photo de Maëva en train d'embrasser Lantier lui revint en mémoire et la colère fit place à la peine. « Est-ce que ta nouvelle copine est d'accord avec ça ? Tu lui en as parlé ? » Maëva eut un sourire triste mais ne répondit pas. Elle sortit du bureau pour rejoindre Jordan. Louise sentit la colère la submerger. Maëva avait encore gagné. De bourreau, elle était devenue victime. Maintenant, Louise culpabilisait de l'avoir envoyée sur les roses avec sa proposition de restaurant. La jeune avocate rangea dans sa sacoche les dossiers qu'elle plaiderait le lendemain et son courrier à distribuer au palais. Elle quitta le cabinet en claquant la porte. C'était une maigre consolation.

*

L'obscurité s'était répandue sur la ville. Le vent glacial poussait les gens à déserter les rues et rentrer chez eux au pas de course. Il avait hâte d'en terminer. Il avança en rasant les murs de la rue de la Bourse. Arrivé à l'angle de la place, il sortit son paquet de cigarettes, palpa ses poches en feignant de chercher son briquet, ce qui lui permit de gagner quelques secondes pour observer discrètement les lieux. Il alluma sa cigarette. Le livreur black ne se trouvait ni sur le banc où il l'avait vu la première fois, ni sur les marches du palais de la Bourse. Il devait être en train de sillonner les rues de Lyon pour livrer des repas, sans se soucier de lui. Peut-être que ce mec n'était finalement pas celui qu'il avait aperçu sur la place des Célestins. C'était possible. Il n'avait pas eu le temps de voir son visage. Mais une alarme s'était déclenchée dans sa tête quand le Black était passé, il ne savait toujours pas pourquoi.

Au quatrième étage de l'immeuble des avocats, il y avait de la lumière dans un des bureaux, les autres étaient juste éclairés par le halo du couloir. En faisant des recherches sur Internet, il avait trouvé le site des avocats. En page d'accueil, ils vantaient, comme des marchands de tapis, leur expertise en droit pénal, en droit de la famille, en droit immobilier, et la liste de leurs compétences s'allongeait sur plusieurs lignes. Il se foutait pas mal de tout ce baratin, lui, tout ce qui l'intéressait, c'étaient les photos. Et plus particulièrement celle de Louise Pariset. Maintenant, il pouvait mettre un visage sur son nom. L'avocate était blonde, plutôt pas mal, mais dans sa manière de poser face à l'objectif, il avait reconnu l'assurance des privilégiés, et il détestait ça.

La porte de l'allée s'ouvrit sur une femme. Il ne distinguait pas très bien son visage à cause du masque chirurgical qu'elle portait et de l'obscurité. Ses cheveux qui dépassaient de sous son bonnet étaient clairs. Elle tenait une sacoche qui semblait peser lourd, et un sac à main sur l'épaule. C'était l'avocate ! Avec un peu de chance, le dossier de la veuve Gasparo serait à l'intérieur de la sacoche. Sinon, il irait le récupérer au cabinet des avocats, avec les clés de Pariset. Il remonta sa capuche et son masque. Emboîta le pas à la baveuse. Quand elle pénétrerait dans une rue déserte, il l'attraperait par le col de son manteau avant de la tirer en arrière pour lui faire perdre l'équilibre. La suite serait facile. Quelques coups pour la mettre hors-jeu. Il repartirait avec le sac et la sacoche. Devant lui, l'avocate s'arrêta brusquement sur le trottoir, fouilla son sac, ses poches et, d'un coup, rebroussa chemin. Par chance, il ne la suivait pas de trop près, il anticipa sa volte-face. Se dirigea vers une allée et sortit son trousseau de clés, comme pour ouvrir la porte. Pariset ne lui prêta aucune attention quand elle passa dans son dos. De retour devant le cabinet, elle composa le code de la porte et s'engouffra dans l'allée. Il se précipita sur la porte pour qu'elle ne se referme pas. Il la tint à peine ouverte pendant quelques secondes et, quand il estima que l'avocate devait être suffisamment loin, il la poussa pour se faufiler discrètement à l'intérieur. La chance lui souriait, il allait pouvoir agir à l'abri des regards. Dans la cour intérieure, au fond, il aperçut des vélos cadenassés. Une alerte se déclencha dans son esprit. Il ne comprenait pas ce qui clochait mais ce n'était pas le moment d'y réfléchir, il devait rester concentré sur l'avocate. Il poussa la porte vitrée de l'immeuble, puis pénétra dans le hall. Juste à côté de l'ascenseur, sous la montée d'escalier, il y avait un renfoncement où se trouvait un tableau électrique. C'était l'endroit idéal pour se cacher. Quand Pariset sortirait de l'ascenseur, elle ouvrirait la porte sur le renfoncement et masquerait sa présence. Il la surprendrait en l'attaquant par-derrière. Il enfila ses gants en latex, réajusta son masque et sa capuche. Il n'y avait plus qu'à attendre qu'elle redescende.

Plus haut, il entendit des pas dans les escaliers, puis l'ascenseur s'ébranla. À cette heure, les gens étaient déjà rentrés chez eux. Ils regardaient le journal télévisé en mangeant ou s'affairaient en cuisine. Personne ne viendrait le déranger. Si l'avocate obéissait gentiment, il ne lui ferait pas trop de mal, juste quelques coups un peu appuyés pour qu'elle comprenne qu'elle ne devait plus se mêler des affaires qui ne la regardaient pas.

*

En montant les escaliers, un peu plus tôt, Kofi avait entendu des éclats de voix. Il avait rebroussé chemin pour se cacher dans la cour et avait attendu que le silence revienne. Un homme âgé était sorti de l'allée quelques minutes plus tard. Kofi avait retenté sa chance. Il avait grimpé tous les étages jusqu'au grenier en priant pour ne croiser personne. Au troisième, le chien avait aboyé. Il s'était ensuite pressé de passer devant la porte de son avocat au quatrième. De l'extérieur, il avait vu que le cabinet était encore éclairé. Maître Tessier devait être en train de travailler.

C'était risqué de monter si tôt dans sa cachette, mais le jeune homme qui avait passé la journée dehors était épuisé de lutter contre le froid. Il avait besoin de se mettre à l'abri.

À chaque fois qu'il entendait un bruit dans l'allée, il éteignait son portable et tendait l'oreille. Quand une porte claquait, que la pénombre revenait, il reprenait ses recherches sur Internet et les notait dans son carnet. Il s'était créé un faux compte sur LinkedIn. Même si Alain Gasparo était mort depuis longtemps, son profil y figurait toujours. Kofi avait fait défiler la liste de tous ses contacts et n'avait rien trouvé d'intéressant. La lumière de l'allée s'alluma, il entendit des talons tout en bas, puis plus rien. La personne avait pris l'ascenseur. Quand les talons frappèrent à nouveau le sol bétonné, Kofi se pencha discrètement pour apercevoir les jambes d'une femme en jean au niveau du quatrième étage. Elle pénétra dans le cabinet et en ressortit une ou deux minutes plus tard. C'était l'avocate, Maître Pariset, Kofi avait entendu Maître Tessier la tutoyer et lui dire « ciao ». Les talons martelèrent de nouveau les marches de l'escalier, avant de disparaître dans l'ascenseur à mi-étage. Il replaça ses écouteurs dans ses oreilles et se replongea dans ses recherches.

*

L'ascenseur s'immobilisa au rez-de-chaussée. L'adrénaline crépitait dans ses veines, comme l'électricité sur les câbles à haute tension. Il attendit une seconde, puis deux. Personne n'ouvrit la porte. Est-ce qu'il y avait quelqu'un à l'intérieur ? Il hésita à s'approcher. Il était tendu à l'extrême. Il sortit légèrement la tête de sa cachette. La porte de l'ascenseur s'ouvrit. Il recula pour ne pas être vu. L'avocate était concentrée sur son téléphone. Il surgit de son recoin. Empoigna la femme par le col. Elle laissa tomber son portable de surprise. Il la plaqua contre les boîtes aux lettres, avant de lui enfoncer la pointe de son couteau dans le dos. Lui murmura à l'oreille « Ton sac. » Elle obéit et fit glisser l'anse jusqu'au sol. « Ta sacoche aussi. » L'avocate refusa. Elle se défendit en précisant qu'à l'intérieur, il n'y avait que des dossiers de clients, cela n'avait aucun intérêt pour lui. Elle rajouta que si c'était de l'argent qu'il voulait, elle en avait un peu dans son portefeuille et qu'elle pouvait en retirer plus. Cette salope le prenait vraiment pour un con. Il savait très bien que les distributeurs étaient équipés de caméras. Il ne voulait pas de son fric. Il lui restait encore un bon petit paquet de celui qu'il avait volé à Tournier. Il appuya la pointe de son couteau un peu plus fort dans le dos de l'avocate qui se cabra, plus de peur que de douleur. « Ne joue pas à la conne. Tu poses gentiment ta sacoche au sol, si tu veux rester en vie. » Elle lâcha la sacoche et, sans qu'il s'y attende, lui envoya un coup de coude sur le côté du visage avant de pousser un cri de rage qui déchira le silence de l'allée. Il se jeta sur elle pour la faire taire.

*

Kofi arracha les écouteurs de ses oreilles et se pencha par-dessus la balustrade de l'escalier. Il avait entendu une femme crier, plus bas dans l'allée. Un cri terrifiant, de colère ou de peur, il ne savait pas. La cage d'escalier, avec son centre ouvert, lui permettait de voir une partie de chaque étage, jusqu'au rez-de-chaussée. Tout en bas, il y avait quelqu'un, couché sur le sol. Kofi ne voyait pas son corps, ni son visage, juste un bras et une jambe, qui ne bougeaient pas. Tout à coup, une ombre se rapprocha du centre de la cage d'escalier et leva la tête. Kofi eut un mouvement de recul. Est-ce que la personne l'avait vu ? Il entendit des gens ouvrir leur porte et, quelques secondes plus tard, des pas se précipitèrent dans les escaliers. Tout doucement, il se risqua à se pencher de nouveau, l'ombre avait disparu. L'homme, puisqu'il était persuadé qu'il s'agissait d'un homme, avait dû s'enfuir en entendant les habitants dévaler les escaliers. Kofi rassembla rapidement ses affaires et descendit à son tour, il ne pouvait pas rester dans l'immeuble. Arrivé au quatrième étage, la porte s'ouvrit brusquement. Maître Tessier sursauta en l'apercevant. « Qu'est-ce qui se passe ? » Kofi bafouilla. « Il y a quelqu'un par terre. En bas. » L'avocat se rapprocha de la rambarde et quand il vit, à son tour, le corps gisant quatre étages plus bas, il comprit ce que lui expliquait Kofi.

Ils se ruèrent tous les deux dans les escaliers. L'avocat devant, lui derrière. Au rez-de-chaussée, à côté de l'ascenseur, il y avait déjà du monde autour de la personne allongée par terre. Maître Tessier les poussa et s'agenouilla à côté de la femme. Il murmurait des « non » comme s'il refusait d'y croire. Kofi se tenait en retrait. De là où il était, il ne voyait pas grand-chose, mais à la réaction de Maître Tessier, il comprit qu'il s'agissait de l'avocate avec laquelle il travaillait et que c'était très grave. La voix pleine de sanglots, son avocat demanda aux gens présents d'appeler les pompiers. « Ils sont en route » lui répondit une dame âgée. Tout à coup, un sentiment d'urgence envahit l'esprit du jeune Sénégalais. Les pompiers allaient arriver, et ensuite ce serait la police. Il craignait que quelqu'un ne le remarque et l'interroge sur sa présence dans l'allée. Peut-être que les habitants de l'immeuble allaient le soupçonner d'avoir poignardé l'avocate et l'empêcheraient de quitter les lieux jusqu'à l'arrivée de la police. La suite, il l'imaginait sans difficulté. Il était étranger et clandestin. Il irait tout droit en prison sans avoir pu prouver son innocence et quand sa peine serait purgée, on le renverrait dans son pays, dans dix ou vingt ans. S'il ne partait pas maintenant, il allait avoir de sérieux problèmes.

Maître Tessier continuait à parler à l'avocate qui ne se relevait pas, il la suppliait d'ouvrir les yeux. Kofi recula discrètement et quitta les lieux. Il préférait passer une nuit dehors, avec un assassin en liberté plutôt que de prendre le risque de se faire arrêter. En sortant du porche, il observa les rues alentour. Il ne vit aucune silhouette suspecte. La sirène des pompiers se rapprochait, il partit dans la direction opposée.

*

À l'angle d'une rue, il fouilla le sac de l'avocate, prit son portefeuille, son trousseau de clés, mit le tout dans sa poche. Quand il traversa le pont Wilson, après avoir regardé autour de lui, il jeta discrètement le sac et le portable dans le Rhône. Bordel, l'avocate ne pouvait pas juste obéir, lui donner sa sacoche et fermer sa gueule ! Mais non, elle lui avait mis un coup de coude au visage, cette connasse. Et après, elle s'était mise à hurler ! Il avait dû la planter pour la faire taire ! Ce n'était pas de l'avoir butée qui le stressait, c'était cette ombre qu'il avait aperçue tout en haut de l'allée. C'était si rapide qu'il se demandait encore s'il avait rêvé ou s'il y avait réellement quelqu'un au dernier étage. Un Noir, bordel, il avait cru voir un Noir là-haut ! Il n'aimait pas ça du tout.

Il quitta son masque et ses gants en latex et les jeta dans une bouche de caniveau.

Une fois rentré chez lui, il posa la sacoche à côté de la table et commença à vider le portefeuille de l'avocate. Il jeta sur la table sa carte de crédit et sa carte Vitale. *Putain, c'est quoi ce bordel ? !* La surprise l'obligea à reprendre chaque document pour tout relire. *Merde !* Il continua à fouiller le portefeuille. Sortit le permis de conduire de l'avocate et sa carte d'identité. Tous les documents portaient les mêmes nom et prénom. Maëva Dupuy. Il sentit des picotements dans ses doigts. La fureur bouillonnait dans sa tête. Il était prêt à exploser. Le nom sur la plaque, ce n'était pas celui qu'il lisait sur les documents. L'avocate s'appelait Louise Pariset. Il se saisit de la sacoche et sortit les dossiers. Tous étaient à l'en-tête de Maëva Dupuy. Sous l'en-tête, au feutre épais était écrit le nom des « pour » et des « contre ». Quatre divorces et un conflit de voisinage. Pas un seul de ces dossiers ne concernait Florence Gasparo. Il refit le tour des dossiers pour en être sûr et balança la pile d'un revers de main. *Putain !* Il s'était trompé de cible.

*

Des gyrophares bleus balayaient les façades par intermittence. Louise ressentit une vive douleur dans la poitrine et courut aussi vite qu'elle le put pour rejoindre l'entrée de son cabinet. Jordan avait été laconique dans son message téléphonique. Il lui avait dit « Reviens au cab. Il s'est passé quelque chose de grave. » Elle avait essayé de le rappeler, il n'avait pas répondu. Alors, elle s'était précipitée dans la rue, s'imaginant tout et son contraire. Un incendie. Un cambriolage. L'arrestation de Kofi. Arrivée devant le cordon de sécurité, Louise hurla le prénom de Jordan. Celui-ci la désigna du doigt au policier avant de se précipiter à sa rencontre.

— Qu'est-ce qui se passe ?

— Maëva a été poignardée.

— Quoi ? Comment va-t-elle ? Où est-elle ?

— Les pompiers l'ont emmenée à l'hôpital, elle a perdu beaucoup de sang.

Des larmes commencèrent à perler sur ses joues. Qui avait pu poignarder Maëva ? Deux policiers les firent pénétrer sous le porche pour les interroger. Louise remarqua l'épaisse tache de sang au sol, ses jambes se dérobèrent sous son poids. Jordan la soutint par le bras et l'entraîna vers l'ascenseur.

Arrivés au quatrième étage, Jordan fit entrer les policiers dans le bureau de son associée, le sien se noyait sous le désordre. Il avait prévenu le bâtonnier de la situation. Ce dernier lui avait proposé de venir à son cabinet pour les assister, Jordan avait préféré qu'il se rende à l'hôpital où se trouvait Maëva et qu'il lui donne de ses nouvelles.

Un des deux flics ouvrit un petit carnet et demanda à Jordan de lui redonner les nom et prénom de sa consœur qu'il nota.

— Très bien. Expliquez-moi ce qui s'était passé.

— Maëva est venue au cabinet pour une signature de divorce.

— À quelle heure ?

— Vers dix-neuf heures.

Louise intervint entre deux sanglots.

— Quarante-cinq. C'était dix-huit heures quarante-cinq.

— C'est précis.

— C'est parce que je m'apprêtais à partir, j'ai regardé l'heure.

Le flic l'observa une seconde de trop.

— Y avait-il d'autres personnes au cabinet ?

— Oui, nos deux clients pour signer leur convention de divorce. Pendant le rendez-vous, il y a eu un incident. C'était pas prévu. Mais mon client s'est braqué et a refusé de signer, il a dit qu'il ne voulait plus payer de prestation compensatoire. Je crois que son épouse a dit quelque chose qui lui a déplu.

— Quoi ?

— Je ne sais pas, je n'ai pas entendu, tout le monde commençait à s'agiter et à hausser le ton. J'ai essayé de raisonner mon client. Il a dit que si sa femme voulait reprendre sa liberté, elle devait en assumer les conséquences. Maëva s'est énervée, elle a balancé à mon client ses quatre vérités. Ils se sont engueulés. Mon client est parti en claquant la porte.

— Ensuite ?

— La cliente de Maëva a attendu cinq bonnes minutes avant de partir.

— Seule ou avec son avocate ?

— Non, seule. Maëva rangeait ses affaires. Elle est partie après tout le monde.

Louise écoutait le flot de paroles débitées par Jordan et les questions que les policiers lui posaient en retour. Elle n'arrivait toujours pas à intégrer que son ex-compagne était à l'hôpital entre la vie et la mort. Elle se leva brusquement.

Se dirigea vers la cuisine pour s'asperger le visage. La fraîcheur de l'eau stopperait peut-être le torrent de larmes qui se déversait sur ses joues.

Quand elle revint dans le bureau, les deux policiers la dévisagèrent en silence. Louise se rassit à sa place, en s'excusant de les avoir interrompus. Jordan reprit le fil de sa fin de journée.

— Quelques minutes après être partie, Maëva est revenue au cabinet, elle avait oublié ses lunettes de vue sur le bureau. C'est là qu'elle a été agressée.

— Donnez-moi le nom et l'adresse de votre client.

— Je ne pense pas qu'il soit responsable de l'agression. Il a plus de soixante ans.

— Si vous le permettez, on s'en assurera par nous-mêmes.

— Bien sûr.

Jordan se leva pour aller chercher son dossier dans son bureau. Il reporta sur le carnet du flic les coordonnées demandées. L'enquêteur sortit du bureau pour passer un coup de fil. Le sexagénaire allait être arrêté.

Le policier resté dans le bureau se retourna vers Louise.

— Et vous ?

— Quand Jordan est entré en rendez-vous avec Maëva et leurs clients, je suis partie.

— À quelle heure ?

— Un peu après dix-neuf heures.

— Qu'avez-vous fait ensuite ?

— Je suis rentrée chez moi.

Le policier nota ces informations dans son carnet.

— Avez-vous déjà reçu des menaces ?

Louise et Jordan répondirent par la négative. Le flic pointa un dossier avec son stylo. Je vois qu'il est indiqué « stups » sur ce dossier. Vous défendez des trafiquants ?

— Ça peut nous arriver, oui.

— Et vous n'avez jamais eu de problèmes de ce côté-là ?

— Non.

Louise repensa au dossier Petrovic. Son client avait été menacé, sa mère aussi. Mais elle refusait de donner le nom de Tomasz. Il subissait déjà suffisamment de pressions en prison.

Un des deux flics tendit sa carte à Jordan et lui demanda de passer au commissariat le lendemain pour que sa déposition soit enregistrée. Ils quittèrent ensuite le cabinet. Jordan et Louise étaient dans la cuisine, assis autour d'un café. Aucun des deux ne comprenait pourquoi Maëva avait été poignardée dans leur allée.

— Tu es sûr que ce n'est pas ton client ?

— C'est vraiment un sale type. Il ne digère pas que sa femme ait voulu divorcer, mais je ne l'imagine pas poignarder Maëva. Et encore moins se balader avec un couteau sur lui. Il a plus de soixante balais.

Jordan continuait à échafauder des hypothèses quand Louise se remémora ce qu'il avait dit aux policiers.

— Tu as dit aux flics que son sac avait disparu. Et sa sacoche ? Elle a toujours un sac à main et une sacoche en cuir pour ses dossiers. C'est moi qui la lui ai offerte.

— C'est vrai, quand elle est partie, elle avait une sacoche en cuir noir. Mais elle n'était pas dans l'allée. J'en suis sûr.

— Pourquoi lui voler sa sacoche ? Il n'y a que des dossiers.

— Son agresseur l'ignorait peut-être.

Les larmes de Louise perlèrent de nouveau sur ses joues. Jordan prit ses mains dans les siennes. « Elle va s'en sortir. Tu la connais, c'est une dure à cuire. » Louise sourit tristement. Oui, Maëva était une dure à cuire. En apparence. Mais, elle avait ses fragilités aussi. Louise se remémora cette fois où elle avait discrètement posé sa main sur celle de Maëva au restaurant. Rien d'ostentatoire. La réaction de Maëva avait été aussi brutale qu'inattendue. Après avoir violemment retiré sa main elle avait paniqué. Elle ne voulait pas qu'on les voie comme un couple. Elle ne voulait pas qu'on sache qu'elle aimait les femmes. Comme si c'était une maladie honteuse. Mais, tout ça était maintenant sans importance, ce qui comptait, c'était que Maëva s'en sorte. Jordan se détacha d'elle et lui tendit un mouchoir pour qu'elle essuie ses larmes.

— Kofi Diallo, mon client sans-papiers, était dans l'allée au moment où Maëva a été agressée.

— Ah bon ? Mais qu'est-ce qu'il faisait là ?

— Je ne sais pas. Peut-être qu'il livrait des repas.

— Tu crois qu'il aurait pu s'en prendre à Maëva ?

— Non, c'est un gentil et il n'avait aucune raison de l'attaquer. En plus, il descendait du cinquième étage quand j'ai ouvert la porte.

— Il est où maintenant ?

Jordan n'en savait rien. Son client était sûrement parti avant que les policiers n'arrivent.

— Il faut l'interroger sur sa présence dans l'immeuble et ce qu'il a pu voir. Appelle-le et demande-lui de venir au cabinet.

Jordan s'exécuta.

— Il a dû éteindre son portable, on tombe directement sur la messagerie.

— Demain, tu le fais venir au cabinet.

— D'accord. En attendant, enfile ton manteau, je te ramène chez toi. On en a bien assez vu pour ce soir.

— J'aurais dû dire aux flics que Maëva était mon ex.

— Si tu l'avais fait, tu aurais été suspectée de son agression.

*

Il n'y avait personne dans la rue. Kofi grimpa sur la boîte aux lettres jaune adossée au mur de l'école primaire et, d'un bond, il atterrit dans la cour. Il la traversa en courant pour se mettre à l'abri des regards. La porte d'accès aux classes était fermée à clé, mais il constata que les vitres étaient en verre fin. Il appuya son coude droit contre la vitre, le poing fermé. Du plat de son autre main, il cogna deux fois le poing, comme un marteau sur la tête d'un clou. Son coude traversa la vitre dans un bruit de verre brisé et déchira sur trois centimètres la manche de son blouson. Il glissa délicatement son bras entre les morceaux restés accrochés et déverrouilla la porte. Aucune alarme ne retentit, il pouvait respirer. Kofi ramassa les bouts de verre. Les empila un à un dans un coin de la pièce pour que personne ne se blesse à l'ouverture de l'école. Une odeur particulière flottait dans les couloirs. Un mélange de peinture, de colle ou de feutres. Ce parfum d'enfance le rassurait. Il fit le tour des classes du rez-de-chaussée, à la lueur de sa torche de téléphone. Il cherchait quelque chose à manger. Dans le tiroir d'un bureau, il dénicha une compote à boire qu'il engloutit sans prendre le temps de l'apprécier. Il continua à fouiller. La faim lui donnait mal au ventre. Dans le sac à dos qu'un enfant avait accroché à l'extérieur de sa classe, il trouva une brioche à l'abricot. La culpabilité de voler un petit le fit hésiter, mais son organisme réclamait son dû pour fonctionner. S'il ne mangeait pas, il aurait encore des vertiges et serait une proie facile pour l'homme à l'œil à moitié fermé. Il déchira l'emballage de la brioche et la dévora en deux bouchées.

L'image de l'avocate gisant au sol lui revenait sans cesse en mémoire. Il avait peur. Il avait vu cette ombre lever la tête et regarder vers lui. Cela n'avait duré qu'une seconde, pas plus. Mais maintenant, il était sûr que celui qui se trouvait en bas l'avait vu. Et plus il y repensait, plus il avait la certitude qu'il n'avait pas rêvé, cet homme avait un drôle de regard, le même que celui de l'homme qui avait suivi la dame au manteau à carreaux. Kofi ne savait pas qui il était, mais c'était quelqu'un de très dangereux. Et maintenant que l'homme l'avait vu, lui aussi était en danger. Il soupira. Ses problèmes ne faisaient qu'empirer.

Son téléphone vibra dans sa poche. Maître Tessier l'appelait. Il refusa l'appel et continua son exploration. Derrière une porte, il découvrit une pièce dont le sol était recouvert de matelas bleus. C'était sûrement là que les enfants de l'école faisaient leur sieste. La peur, le froid et le manque de nourriture l'avaient épuisé, il avait besoin de dormir. Il se saisit de plusieurs couvertures et se coucha, en programmant une alarme sur son portable. S'il voulait sortir de l'école sans être vu, il devrait partir très tôt.

*

Son sommeil avait été ponctué de cauchemars horribles. Aux aurores, Louise avait appelé son frère pour lui raconter ce qui était arrivé à Maëva. Son ex-compagne allait être opérée en urgence. Louise n'avait pas plus d'informations. Elle était en pleurs et n'arrivait pas à se calmer. Julien l'avait écoutée, ponctuant ses silences de paroles positives. Maëva était une battante, elle allait surmonter cette épreuve pour mieux revenir à la vie. Il la connaissait suffisamment pour en être persuadé. Quand Louise était en couple avec elle, ils se voyaient régulièrement pour un apéro ou un repas. La petite Jade aimait beaucoup Maëva. À leur séparation, la nièce de Louise l'avait réclamée pendant un temps et puis elle avait fini par l'oublier. Louise, elle, n'avait pas réussi à tourner la page aussi vite que sa nièce.

La jeune avocate expliqua à son frère que personne ne savait pourquoi Maëva avait été attaquée. Tout le monde était potentiellement suspect et notamment un client de Jordan qui avait pété les plombs lors d'un rendez-vous, mais Jordan ne croyait pas à sa culpabilité. Il se pouvait que le mobile soit tout simplement crapuleux. Un rôdeur qui serait entré dans l'allée et l'aurait attaquée pour son sac à main.

— Je n'ai rien dit aux policiers de ma relation avec Maëva, j'aurais peut-être dû le faire.

— Non, tu as bien fait de te taire. Ça t'aurait attiré plus d'ennuis qu'autre chose. Et puis, vous n'êtes plus ensemble, donc ça ne les regarde pas.

— J'espère que tu as raison. Bon, je vais essayer de joindre l'hôpital pour avoir des nouvelles. Est-ce que tu peux appeler papa et maman pour leur expliquer avant qu'ils ne l'apprennent par les infos ?

— Oui, je m'en occupe.

— Je compte sur toi pour les rassurer. D'accord ?

— OK. Tu es où, là ?

— Je suis encore chez moi. Je vais me préparer pour aller au cabinet.

— Louise, tant qu'on ne saura pas qui a agressé Maëva, tu devrais éviter ton bureau.

— Ne t'inquiète pas, un policier va assurer la surveillance du cabinet pendant quelques jours.

Son frère insista. Pour le rassurer, lui aussi, Louise promit qu'elle ferait très attention et fermerait le cabinet à clé quand elle y serait. Après avoir raccroché, elle attendit huit heures trente pour avoir quelqu'un au standard de l'hôpital et dut déployer des trésors de patience pour ne pas s'énerver à chaque fois qu'on lui passait un nouvel interlocuteur qui d'emblée refusait de la renseigner parce qu'elle n'était pas de la famille. Finalement, elle réussit à joindre une infirmière compréhensive qui lui expliqua ce qu'elle savait déjà par son bâtonnier. Maëva devait être opérée dans la matinée.

Louise remercia l'infirmière et raccrocha en pleurs.

*

Aux infos, on ne parlait que de l'agression de l'avocate, Maëva Dupuy. Sur *BFM Lyon*, un journaliste qui avait réussi à pénétrer dans l'allée où s'était déroulée la « tragédie » montrait du doigt une épaisse tache brune et indiquait à ceux qui n'avaient pas encore compris que c'était exactement à cet endroit-là, en sortant d'un rendez-vous, aux alentours de vingt heures, que l'avocate avait été sauvagement attaquée. Les habitants de l'immeuble avaient entendu crier et s'étaient précipités au rez-de-chaussée où ils avaient découvert le corps gisant de la jeune femme. La caméra pivota ensuite vers deux vieux. Le journaliste leur demanda ce qu'ils avaient vu. « On a entendu crier. Mon épouse et moi, on habite au premier, alors on est sortis sur le palier pour voir ce qu'il se passait. Et puis, on a vu cette pauvre femme par terre. Mon épouse a appelé la police et les pompiers. » « Et l'agresseur, vous l'avez vu ? » Non, personne ne l'avait vu. Ni ces deux vieux ni les autres habitants de l'immeuble que le journaliste avait interrogés. Mais, c'était faux. Quelqu'un l'avait vu. Quelqu'un qui se trouvait au dernier étage. Un Black. Il en était persuadé.

L'impunité dont il avait profité après les meurtres de Gasparo et de Tournier l'avait rendu trop confiant et lui avait fait commettre une grave erreur. À cause du masque chirurgical que cette avocate portait, il l'avait confondue avec Pariset. Le résultat était là. Insupportable. Il n'avait pas récupéré le dossier de la veuve Gasparo. Pariset n'était pas hors-jeu. Elle allait continuer à mener son enquête, contacter les flics et tout faire foirer. Putain ! Il détestait quand les choses ne se passaient pas comme prévu. Ça le mettait dans une rage noire.

À la télé, le journaliste meublait tandis que le caméraman élargissait le plan montrant le porche et l'arrière-cour. Tout à coup, il se jeta sur la télécommande et mit le journal en pause. Les moufles sur le vélo garé ! C'était ça le détail qui lui rongeait le cerveau depuis plusieurs jours. Il les avait vus pour la première fois sur le vélo du livreur, assis sur un banc place de la Bourse. Deux espèces d'énormes gants bricolés avec du scotch marron. Beaucoup de livreurs en avaient sur leur vélo, mais chaque paire était unique, parce que c'était du bricolage fait avec les moyens du bord. Le livreur qui avait failli renverser le serveur place des Célestins avait exactement les mêmes moufles entourées de scotch marron. Maintenant, il en était sûr. Et ces manchons pourris, il les avait encore vus la veille, sur un vélo cadenassé dans l'allée de Pariset. Le vélo qui était là, sous ses yeux.

Putain, il avait raison ! L'ombre qu'il avait aperçue en haut de l'immeuble, c'était celle du clandé. Plus il y pensait, moins il comprenait ce que venait faire ce livreur de repas sur son chemin. *T'es qui mec ? Putain, je vais te crever !*

*

Sofiane pénétra dans son bureau sans prévenir.

— Patron, on a peut-être logé le mec que tu cherches. Petit, maigre, avec un œil qui a baissé le rideau, c'est ça ?

— C'est ça ! Alors, il crèche où ?

— Des *chouffeurs* l'ont vu près de la rue Basse-Combalot, il habite le quartier.

— Tu as l'adresse ?

— Non.

— Trouve-la moi !

— D'accord.

Sofiane allait repartir quand Klein le stoppa dans son élan.

— Tu vas où là ?

— Ben, rue Basse-Combalot, je vais voir si je le trouve.

— Non, tu restes là. J'ai un rendez-vous dans trente minutes, je veux que tu m'accompagnes. Envoie deux gars à sa recherche. Dis-leur bien que je veux son adresse au plus vite. Et je veux son nom. Ton contact chez les poulets, ça donne quoi ?

— Ce bâtard me répond pas.

— Tu le relances jusqu'à ce qu'il te rappelle.

Klein commençait à avoir peur. Si le Borgne avait bien assassiné Gasparo et Tournier, il était le suivant sur la liste. Cet enfoiré n'avait aucune raison de l'épargner. Au contraire. Klein fit tourner nerveusement sa chevalière sur son annulaire. Le Borgne aurait dû le tuer en premier. Cette erreur allait lui coûter la vie.

— Eh, Sofiane…

— Quoi ?

— Fais renforcer la sécurité à l'entrée de la boîte. Je veux deux vigiles en permanence à compter d'aujourd'hui.

Quand Sofiane sortit de son bureau, Klein se pencha et palpa son mollet. Son couteau était là. Deux protections valaient mieux qu'une. Le Borgne serait bien reçu s'il s'avisait de l'approcher.

*

Dans un parc, à l'abri des regards, Kofi attendait que la journée s'écoule en surveillant chaque mouvement autour de lui. Il n'avait plus d'endroit où se mettre à l'abri, sa cachette au sixième étage de l'immeuble des avocats était devenue trop dangereuse. Il était maintenant à la merci de l'homme à l'œil fermé qui pouvait surgir de nulle part et l'attaquer. Si, par chance, il ne le tuait pas, s'il ne faisait que le blesser, Kofi serait emmené à l'hôpital. Et ensuite ? Ensuite, les policiers viendraient l'interroger et le renverraient chez lui. Il ne voyait aucune issue positive à sa situation.

Son téléphone sonna. C'était son avocat. Il décrocha, sur la défensive. « Oui ? Allo ? »

— Monsieur Diallo, bonjour, c'est Maître Tessier.

— Oui, bonjour.

— Est-ce que vous pouvez venir au cabinet ?

— Maintenant ?

— Oui, maintenant. Je vous attends.

Son avocat avait raccroché avant qu'il ait pu lui demander la raison de sa convocation. Kofi aurait bien aimé lui expliquer qu'il ne voulait pas revenir dans le quartier. À cause de l'homme à l'œil bizarre. À cause des policiers aussi. Il y en avait sûrement dans la rue ou dans l'immeuble pour enquêter. Peut-être que Maître Tessier voulait le faire venir pour que les policiers puissent l'interroger. Et peut-être que tout le monde le croyait coupable d'avoir attaqué l'avocate, parce qu'il était noir, migrant, sans travail et sans domicile. C'était injuste.

Il se mit en route, la peur au ventre. Il n'avait pas le choix. S'il refusait de faire ce que son avocat lui demandait, il n'aurait pas ses papiers. En plus, il devait y aller pour récupérer son vélo. Arrivé rue de la République, il patienta dix minutes, appuyé contre un mur, observant les allées et venues des passants. L'homme à l'œil abîmé n'était pas dans les parages. Mais il y avait un policier qui surveillait l'allée des avocats. Il préféra ne pas traverser la place de la Bourse, il la contourna en passant par la rue Gentil. Là, il aperçut plusieurs personnes avec des micros et des caméras. Des journalistes. Il resta en retrait et sortit son portable pour rappeler Maître Tessier.

— Cabinet d'avocats, bonjour.

— Maître, c'est Kofi, je suis dans la rue, mais il y a des journalistes et un policier. Je ne veux pas entrer.

— Vous avez votre sac de livraison ?

— Oui.

— Alors, faites comme si vous deviez livrer un repas. Je vais descendre vous ouvrir la porte de l'allée.

— Je ne vais pas être arrêté ?

— Non, personne ne va vous arrêter.

Kofi suivit les instructions de Maître Tessier. Il arriva devant l'allée tête baissée et attendit. Son avocat déverrouilla la porte après s'être assuré que c'était bien lui. Dans l'allée, la tache qui témoignait de la violence de l'attaque avait quasiment disparu, mais le cri de la victime s'agrippait toujours à la mémoire du jeune Sénégalais et venait sans cesse le tourmenter. Tout autant que l'ombre de son agresseur.

Kofi jeta un coup d'œil dans la cour intérieure, son vélo était toujours là. Dans l'allée, il leva la tête pour observer les étages, il ne lui semblait rien voir d'anormal. Pour une fois, il accepta de prendre l'ascenseur aux côtés de son avocat. À l'intérieur, il s'y sentait plus en sécurité. Kofi n'avait pas l'intention de dire à son avocat qu'il pensait avoir reconnu l'homme à l'œil bizarre. Moins il parlait, plus on le laisserait tranquille.

*

Louise n'avait pas la tête à assurer ses rendez-vous. Elle les annula, tous. Au téléphone, ses clients demandèrent des nouvelles de l'avocate qui avait été agressée et la questionnèrent sur les raisons de cette attaque. Elle n'en avait aucune idée, ce qui n'était pas fait pour les rassurer. Mais à chacun d'eux, elle indiqua que l'agresseur serait arrêté très rapidement.

Jordan avait fait venir une société de nettoyage qui avait réussi à estomper la tache de sang dans l'allée. Louise lui en était vraiment reconnaissante.

Le livreur arriva au cabinet. Les deux avocats s'installèrent du même côté du bureau, Kofi Diallo face à eux, prêt à être interrogé. Il paraissait fatigué, ses épaules tombaient, il avait les yeux rouges et la mine abattue. Louise ne savait pas grand-chose de ce jeune homme, mais elle supposa qu'il avait dû vivre des choses difficiles, ne serait-ce que l'exil à un âge où la plupart des jeunes Français font des études et vivent encore chez leurs parents. Le client de Jordan ne la quittait pas des yeux. Elle commençait à trouver ça gênant. Il finit par rompre le silence et l'interrogea.

— Alors, c'était pas vous la femme qui a été attaquée ?

— Non, c'est une consœur qui sortait de notre cabinet.

— Elle est vivante ?

— Oui. Mais sérieusement blessée. On espère qu'elle va vite se remettre.

Louise essayait d'inspirer par petits coups. En entrant dans le bureau, le livreur avait traîné derrière lui une forte odeur de transpiration qui rendait l'atmosphère irrespirable. Ses vêtements étaient toujours les mêmes depuis qu'elle l'avait rencontré la première fois.

Louise demanda à Kofi Diallo de leur raconter ce qu'il avait vu. Il leur expliqua qu'il se trouvait au dernier étage de l'immeuble quand il avait entendu hurler. Il s'était penché pour voir d'où venaient les cris. En bas de l'immeuble, quelqu'un était couché par terre et ne bougeait pas. Il avait aussi vu une ombre se pencher au-dessus de la victime. L'homme avait levé la tête vers lui. Kofi avait reculé. Louise réagit avant Jordan. « Vous avez vu son visage ? » Les joues du jeune homme s'empourprèrent, il baissa les yeux avant de répondre « Non. » De toute évidence, il mentait. Louise en était persuadée mais elle ne dit rien et le laissa continuer son récit. Il avait entendu des gens ouvrir leur porte, pousser des cris et descendre les escaliers en courant. Lui aussi était descendu, c'est là qu'il avait croisé Maître Tessier. Ensuite, il était parti. Voilà, il n'avait quasiment rien vu en fait.

Louise lui demanda ce qu'il faisait dans les escaliers. Elle s'attendait à ce qu'il lui raconte encore un baratin, mais, à sa grande surprise, Kofi leur expliqua qu'il avait perdu son travail parce que la personne qui lui sous-louait son compte de livraison trouvait qu'il pédalait trop doucement et lui faisait perdre de l'argent. Et sans travail, il ne pouvait pas payer la chambre qu'il sous-louait à un Français. C'est pour ça qu'il dormait au dernier étage de l'immeuble, sur le palier des galetas. Il n'avait pas d'autre endroit où aller.

Jordan demanda à son client s'il voulait boire un café, le jeune homme préférait un verre d'eau. Louise et son associé laissèrent Kofi quelques minutes dans le bureau. Pendant qu'elle préparait deux cafés, Louise s'adressa à son associé à voix basse.

— Il a vu le visage de l'agresseur. J'en suis certaine.

— Pourquoi est-ce qu'il mentirait ?

— Pour avoir la paix. Il faut en parler à la police.

— S'ils mettent la main sur mon client, tu sais qu'il va avoir des problèmes.

— Mais enfin Jordan, tu ne peux pas le soustraire à la justice ! Et cette nuit, il compte dormir où, parce qu'il n'est pas question qu'il reste dans l'immeuble après ce qu'il vient de se passer.

Jordan fit une moue et lui indiqua du menton le bureau du fond. Louise n'en croyait pas ses oreilles. Son associé voulait faire dormir un clandestin dans leur cabinet. Il devenait fou ?

— Non Jordan ! Tu ne peux pas le faire dormir ici. Il y a des associations pour les héberger. Tu en contactes une si tu veux, mais je refuse qu'il dorme dans nos locaux. C'est de la pure folie !

Dans le couloir, ils entendirent une porte claquer. Ils sortirent de la cuisine en même temps. Kofi Diallo avait disparu.

— Merde, il nous a entendus.

*

Il arpentait les rues du deuxième arrondissement de Lyon à la recherche du clandé. Il était retourné sur la place des Célestins, avait rôdé dans le quartier, le livreur n'y était pas. Il avait observé les fenêtres de la veuve Gasparo quelques instants. Sûrement qu'elle se terrait chez elle depuis qu'elle avait appris qu'une baveuse s'était fait attaquer dans l'allée de son avocate. Revenu du côté de la place de la Bourse, une silhouette statique attira son attention. Le mec était appuyé contre un mur et observait les passants sans aucune discrétion. Il portait un jean, des baskets et un blouson noir qui masquait à peine la bosse de son flingue, au niveau de la taille. Un flic. Les avocats avaient dû demander la protection de la police, de peur d'être les suivants sur sa liste. Ils avaient raison de le redouter, il n'en avait pas fini avec eux. Mais chaque chose en son temps, il attendrait la nuit tombée pour s'occuper de Pariset. Dans l'immédiat, mieux valait ne pas traîner dans les parages s'il ne voulait pas être repéré par le flic, d'autant que le livreur de repas n'était pas là non plus. Deux fois de suite, il avait croisé le Black dans le deuxième arrondissement. Il n'y avait pas de hasard, soit il y travaillait, soit il y habitait. La deuxième hypothèse était impossible, le clandé n'avait pas plus que lui les moyens de se loger dans cet arrondissement de bourges. Vers treize heures, il commença à tourner autour des fast-foods. Dès qu'il croisait un livreur noir, l'adrénaline se répandait dans tout son corps et le poussait à attaquer. Il était à l'affût, prêt à chasser sa proie. Devant le McDo de la rue de la République, à côté des poubelles grises siglées d'un « *M* », trois livreurs attendaient en regardant leur téléphone. Il se rapprocha d'eux, aussi près qu'il put. Les trois mecs ressemblaient tous à son clandé. Grands, noirs, des fringues pourries et un sac vert sur le dos. À croire que c'étaient tous les mêmes. Le seul détail qui les distinguait, c'était leur vélo. Un des livreurs était assis sur un joli vélo électrique, un autre sur un vélo vert avec des rayons jaunes. Et le dernier avait sur son guidon d'énormes manchons rouges, confectionnés dans du tissu imperméable. Aucun d'entre eux n'était son clandestin. Il continua sa chasse à l'homme, arpenta les rues jusqu'à deux heures de l'après-midi, sans résultat. Il détestait être dans le flou, il avait beau y réfléchir, il ne comprenait pas qui était ce Black et ce qu'il venait faire sur son chemin. Et tant qu'il serait dans ce brouillard, il ne pourrait pas évaluer la menace que représentait ce mec. Il allait revenir dans le quartier jusqu'à ce qu'il lui mette la main dessus. Selon ce que lui dirait le Black, il le laisserait repartir ou il le tuerait. Au fond de lui, il savait très bien que le sort du clandé était scellé.

*

Au téléphone, Florence Gasparo s'inquiétait, tant pour la santé de l'avocate qui avait été agressée que pour la sécurité de Louise. Celle-ci la rassura, en essayant de cacher ses propres angoisses. Les nouvelles de Maëva arrivaient au compte-goutte. Elle était toujours au bloc. C'était tout ce que Louise savait et ça la mettait dans un état de stress insupportable. Toutes les cinq minutes, elle consultait son portable, dans l'attente d'un message encourageant de son bâtonnier. Elle voulait y lire que l'opération s'était bien passée, que Maëva allait bien. Mais jusque-là, elle n'avait rien reçu et ce silence ne faisait qu'aggraver son inquiétude.

À peine Louise avait-elle raccroché que son téléphone sonna de nouveau. C'était son père. Elle inspira profondément.

— Coucou papa.

— Ma chérie ! Qu'est-ce qui s'est passé ? Comment va Maëva ?

Tout comme son frère, les parents de Louise connaissaient Maëva. Ils l'avaient rencontrée à plusieurs reprises, au restaurant. Quand elles s'étaient séparées, Louise avait épargné à sa famille les détails mesquins de leur rupture. Elle leur avait juste indiqué que Maëva l'avait quittée. Point. Et personne n'avait cherché à en savoir plus.

La première fois que Louise avait avoué à sa famille son attirance pour une fille, elle était encore au lycée. Elle s'était d'abord confiée à son frère, Julien. Celui-ci l'avait aidée à passer le cap de la peur et l'avait poussée à en parler à leurs parents. Un soir, Louise avait surgi dans le salon et leur avait annoncé de manière très solennelle qu'elle avait quelque chose à leur dire. Ses parents l'avaient écoutée, sans l'interrompre. Une fois, son annonce terminée, Louise avait attendu avec crainte leur réaction. Sa mère avait échangé un regard avec son père. Jean Pariset s'était éclairci la voix et lui avait dit : « Ta mère l'avait compris avant moi. On attendait que tu nous en parles, c'est bien que tu l'aies fait. Tu es notre fille et nous t'aimons telle que tu es. » Et tous deux étaient venus la serrer dans leurs bras. Louise avait une famille merveilleuse, elle en avait conscience. Maëva, elle, n'avait pas cette chance. Elle n'avait jamais fait son *coming out* auprès de ses parents, parce qu'elle craignait le rejet de son père qui ne cachait pas son homophobie.

— Louise, tu es là ?

— Oui, pardon. Maëva est en soins intensifs, ils l'opèrent en ce moment. Je n'en sais pas beaucoup plus, étant donné que je ne suis pas de sa famille.

— Qu'est-ce qui s'est passé ? Pourquoi est-ce qu'on l'a attaquée ?

— Je ne sais pas, papa. Elle était venue signer un divorce avec Jordan, son agresseur l'a attaquée dans l'allée, quand elle repartait.

— Mais quelle histoire ! Tu ne dois pas retourner travailler tant qu'ils n'auront pas arrêté celui qui a fait ça.

— Ne t'inquiète pas, il y a un policier qui surveille l'entrée.

— Tu es sûre que vous êtes en sécurité, Jordan et toi ?

— Oui, je t'assure.

Louise abrégea la conversation, elle devait se rendre en audience. Elle enfila sa veste et prit la direction de la rue Servient. Au palais, l'agression de Maëva Dupuy était sur toutes les lèvres. Dès qu'elle pénétra dans l'espace avocats, tous les confrères qui la connaissaient de vue se jetèrent sur elle. L'un d'eux lui demanda si c'était le client de Jordan qui avait poignardé Maëva. Les nouvelles allaient bon train, visiblement. Louise lui répondit qu'au stade où en était l'enquête, elle l'ignorait. Quelqu'un la tira par le bras. Nadia Boumaza, une des consœurs avec qui Maëva partageait ses locaux, la fit sortir de l'espace avocats pour qu'elles puissent discuter tranquillement.

— Alors, c'est le client de Jordan qui a poignardé Maëva ?

— On n'en sait rien. Pour l'instant, il est en garde à vue. Tu sais si Maëva travaillait sur un dossier particulièrement sensible ?

— Non, je ne pense pas. Pourquoi ?

— On lui a volé sa sacoche.

— Ah bon ? Ben, franchement, elle fait un peu de pénal avec ses perm' flag[18]. Mais tu sais ce que c'est, des petits dealers, des voleurs du dimanche, le con qui bat sa femme. Rien de spécial. Le reste de sa clientèle, c'est du JAF. Je ferai quand même la liste des dossiers qui manquent et je vérifierai de quelle procédure il s'agit.

— Tiens-moi au courant s'il te plaît.

— Oui, si je peux approcher de ses dossiers. Les flics sont au cabinet en ce moment. Ils fouillent partout.

— Tu as prévenu le bâtonnier ?

— Il nous a envoyé un membre du conseil de l'Ordre. Mais Marylin veille au grain pour que les flics ne fouillent

18 Perm' flag : Permanence flagrants délits.

pas au-delà de ce qui est nécessaire. Moi, je suis partie, j'avais besoin d'air.

Nadia resta silencieuse quelques secondes sans quitter Louise des yeux.

— C'était peut-être toi que l'agresseur visait. Tu y as pensé ?

— Pourquoi tu dis ça ?

— Vous êtes toutes les deux blondes. Et avec les masques chirurgicaux, on peut très bien vous avoir confondues, Maëva et toi.

Louise ne sut pas quoi répondre. Bien sûr qu'elle y avait pensé. Jordan lui avait déjà fait remarquer que Maëva et elle se ressemblaient beaucoup. Même silhouette fine, même couleur de cheveux, même longueur. Mais Louise ne voyait pas qui aurait pu vouloir l'agresser. Elle mit rapidement fin à la conversation avec Boumaza et se rendit au bureau du JAF. Elle devait assister une adolescente qui voulait faire entendre sa voix dans le conflit qui opposait ses parents. Au moins, là, on la laisserait un peu tranquille.

*

Il n'avait pas eu d'autre choix que de partir sans prévenir. Kofi avait entendu l'avocate dire qu'elle voulait appeler la police. Il ne voulait pas être arrêté. Maintenant, il se retrouvait à traîner dans les rues sans savoir quoi faire ni où aller. Il avait faim, il avait froid, il sentait mauvais. S'il ne trouvait pas une solution rapidement, il allait devenir un de ces sans-abri qui passaient leur journée assis par terre et demandaient une pièce ou une cigarette aux passants. Sans compter qu'il y avait l'homme à l'œil à moitié fermé qui faisait peser sur ses épaules une sérieuse menace.

Le nom de Cheikhou s'afficha sur son écran, Kofi décrocha.

— Allo ?

— Alors mon frère, comment ça va ?

— Ça va. Tu as du travail pour moi ?

— Non, rien pour l'instant. Mais j'ai eu une idée. Laurence m'a parlé d'une copine à elle qui est célibataire. Je peux lui demander d'organiser une rencontre avec toi.

— Je vais réfléchir.

— Mais c'est tout réfléchi ! Avec cette femme, tu n'auras plus aucun problème et tu pourras me rembourser ce que tu me dois.

— Je te rappelle dès que je peux. Là, je cherche quelqu'un.

— Tu cherches quelqu'un ? C'est quoi cette histoire ?

Kofi lui raconta que son avocat lui avait demandé de retrouver un homme avec un œil à moitié fermé. Cet homme était dangereux, il avait déjà poignardé une avocate. Kofi voulait le retrouver pour qu'il soit emprisonné.

— Il y a une récompense si tu le trouves ?

— Non. J'aide l'avocat pour qu'il m'aide avec mes papiers. Mais je ne gagne pas d'argent. Parles-en aux autres livreurs. L'homme est blanc et petit. Des fois, il porte une capuche noire, mais surtout, il a l'œil gauche à moitié fermé, ça lui fait un regard bizarre. Et, tu ne dois pas dire pourquoi je le recherche.

— D'accord mon frère. On va le retrouver cet homme-là, comme ça, tu auras tes papiers.

Kofi remercia son ami avant de raccrocher. Il avait honte d'avoir menti à Cheikhou, son avocat ne lui avait rien demandé. C'est lui qui cherchait à localiser l'homme à l'œil fermé. Il voulait savoir où il se trouvait pour l'éviter. Sa vie en dépendait.

Tard dans la soirée, il s'introduisit dans une allée. Quand il était encore livreur, il avait effectué plusieurs courses pour une famille dans cet immeuble. Il se souvenait encore du code de la porte parce qu'il correspondait au jour et au mois de naissance de Coumba. Le douze février. Au dernier étage de l'immeuble, il n'y avait pas de galetas, mais deux portes d'appartements qui se faisaient face. Kofi hésita, le risque qu'on le surprenne sur le palier était grand. Mais, il était trop tard pour chercher un autre endroit où dormir. Il faisait nuit depuis longtemps, il ne voulait pas se retrouver dehors à cette heure-ci. Même s'il était grand et costaud, il ne faisait pas le poids face à des jeunes déterminés à le voler. Il avait déjà été confronté à des voyous qui lui avaient demandé à voir son téléphone. Comme il avait un vieux Samsung sans réelle valeur, on l'avait laissé repartir. Sans doute que s'il avait possédé le dernier iPhone, il aurait eu de sérieux soucis. Et puis il y avait l'homme à l'œil fermé. Lui représentait un danger bien plus important qu'une bande de voleurs. Il s'était donc décidé à rester dans l'immeuble et à s'installer entre les deux portes palières, face à l'ascenseur. Il se cala contre le mur, se couvrit de sa couverture et laissa sa tête reposer sur son sac de livraison. Quelques minutes plus tard, il s'endormit.

*

Kofi avait été réveillé en sursaut par des cris d'enfants qui provenaient d'un des deux appartements du palier. Il rangea ses affaires dans son sac de livraison et quitta rapidement l'immeuble avant de se faire déloger. À deux reprises, dans la nuit, des gens étaient entrés dans l'immeuble. Ils parlaient et riaient un peu trop fort. Kofi avait dû se lever en catastrophe et se tenait prêt à fuir si quelqu'un montait jusqu'au dernier étage. Par chance, ils s'étaient arrêtés plus bas, et le jeune homme avait pu s'assoupir pour quelques heures encore, à l'abri du froid. Avant de fermer son blouson, il respira l'odeur de ses vêtements. Ils sentaient mauvais. Il fouilla le fond de son sac banane et fit le compte de ce qui lui restait. Une vingtaine d'euros. S'il faisait attention à ses dépenses, il pouvait tenir encore quelques jours, mais il n'était pas question qu'il gaspille le peu d'argent qui lui restait en se rendant dans une laverie automatique comme il y avait songé. Il devait trouver une autre solution. Quelqu'un lui avait dit que la ville mettait à disposition des douches gratuites. Mais ça ne changeait rien à son problème de vêtements sales.

Dans la matinée, à force d'errer dans la ville, il eut une idée. Il cadenassa son sac à son vélo, juste derrière un gymnase. Il ne devait surtout pas ressembler à un livreur. Maintenant, il observait le flot des gens qui entraient et sortaient du bâtiment. Tous portaient un sac de sport. Kofi n'avait pas du tout l'allure d'un sportif avec ses bottes en plastique sous son pantalon trop épais, mais il se risqua tout de même à entrer quand le gardien quitta son poste de surveillance pour sortir fumer une cigarette. Kofi emboîta le pas à un groupe. Les trois hommes et la femme discutaient joyeusement sans se soucier de lui. L'un d'eux ouvrit une porte sur la droite et tous s'engouffrèrent dans une pièce qui faisait office de vestiaire. Kofi continua son chemin et, au hasard, prit les escaliers, au fond du couloir. Il était stressé. S'il se faisait attraper, il raconterait qu'il était venu voir un entraînement, en espérant que le gardien le mettrait dehors sans appeler la police.

Le premier étage donnait sur une salle de boxe avec un ring au centre et une rangée de sacs de frappe sur la gauche. La salle était déserte, mais une odeur âcre flottait dans l'air. Il entendit des rires et des discussions plus loin. La salle où il se trouvait surplombait un grand dojo. Il s'avança prudemment, aperçut des gens en tenue de combat, avec des ceintures de couleur : jaune, orange, marron, noire. Il ne savait pas de quel art martial il s'agissait. Les élèves portaient un bas de pantalon noir et un tee-shirt blanc avec un drôle de logo. Le professeur se positionna face à ses élèves. Le silence envahit l'espace. Il pencha la tête en avant, les bras le long du corps. Tous les élèves lui répondirent par le même salut. Ensuite, ils se répartirent dans la salle et commencèrent à courir tout autour des tatamis. Kofi recula avant d'être vu. Il ouvrit une porte sur sa gauche. Il venait de trouver ce qu'il était venu chercher. Une douche. Il s'enferma et extirpa de son blouson ses affaires de toilette. Dix minutes plus tard, il ressortit de la pièce, heureux d'avoir pu accéder à une douche chaude. Il s'avança de nouveau pour voir les gens qui s'entraînaient en bas. Il reconnut deux des hommes qui étaient entrés devant lui dans le gymnase. Le professeur était en train de leur expliquer comment faire une clé de bras. Kofi serait bien resté pour apprendre quelques techniques de défense, mais il ne devait pas forcer sa chance. Jusque-là, il s'en était sorti sans histoires. En descendant les escaliers, il eut une hésitation. Il s'arrêta devant la porte du vestiaire, posa une main sur la poignée, hésita encore en regardant à droite, à gauche et finalement poussa la porte. Son cœur battait anarchiquement sous ses côtes, il avait une trouille terrible. S'il se faisait prendre en train de voler, le gardien appellerait la police, c'était certain. Il attrapa une chemise blanche accrochée au portemanteau, un jean qui semblait à sa taille et un joli blouson épais. Il n'aimait pas voler, mais son blouson était déchiré et s'il voulait continuer à faire ses recherches, il devait être bien habillé. Il voulut ajouter à son butin une paire de baskets pour remplacer celles que Babacar lui avait prises. Il les reposa rapidement quand il s'aperçut qu'elles étaient trop petites. En sortant du vestiaire, il vit que le gardien était de nouveau dans son local. Il prit un air détendu, s'obligeant à marcher tranquillement, ses affaires roulées en boule sous son bras. Le gardien ne lui prêta aucune attention. Le cœur battant, Kofi sortit du gymnase. Il avait réussi.

Son téléphone sonna. C'était Cheikhou.

— Comment ça va Cheikhou ?

— Mon frère, l'homme à l'œil bizarre, il traîne dans le deuxième arrondissement. Des amis à moi l'ont vu hier, près d'un tacos.

— Ils sont sûrs que c'était lui ?

— Ouais, ils sont sûrs. Tu vas faire quoi maintenant ?

— Je ne sais pas encore. Je te rappellerai.

Kofi savait très bien ce qu'il devait faire. Quitter le deuxième arrondissement.

*

Grâce à l'intervention du bâtonnier, Louise avait obtenu l'autorisation exceptionnelle de voir Maëva à l'hôpital de la Croix-Rousse. Seulement quelques minutes, lui avait-on dit. Elle n'en demandait pas plus. Elle avait juste besoin de voir son ex-compagne s'accrocher à la vie, même si celle-ci était fragile.

Avant d'entrer dans l'enceinte de l'hôpital, elle prit une profonde inspiration. Elle appréhendait ce moment et savait qu'il serait difficile. Plus les heures passaient, plus elle se sentait responsable de ce qui était arrivé à Maëva.

L'horloge qui surplombait la façade lui donnait plus l'impression d'être face à un hall de gare qu'à l'entrée d'un hôpital, mais les ambulances garées sur le parking lui rappelèrent qu'elle était au bon endroit. Louise demanda son chemin à l'hôtesse d'accueil et se rendit à l'unité de soins intensifs où un médecin l'attendait. Il l'accueillit sans enthousiasme et l'accompagna devant la chambre où Maëva Dupuy semblait dormir paisiblement. Il lui expliqua que la blessure pénétrante avait touché le poumon de sa patiente. Avant de le réparer, il avait fallu retirer le sang et l'air qui se trouvaient entre sa cage thoracique et son poumon, ce qui comprimait l'organe. L'opération s'était bien passée, il fallait juste laisser du temps à sa patiente pour se remettre de ce qu'elle avait subi, mais elle s'en sortirait.

Tant que le chirurgien était à ses côtés, Louise avait réussi à s'en tenir à l'aspect médical de la situation, mais maintenant qu'elle était seule, face à Maëva intubée, entourée de machines qui la maintenaient en vie, de grosses larmes perlaient sur ses joues.

Tout se mélangeait dans son esprit. Même si Maëva l'avait trompée, ses sentiments pour elle n'étaient pas complètement éteints. Quand le manque la faisait trop souffrir, elle était tentée de lui pardonner, elle voulait la reconquérir. Parfois même, elle se rendait coupable de leur rupture. Si elle avait commis des erreurs qui les avaient éloignées, elle était prête à les corriger. Elle se souvenait encore de leur dernier week-end ensemble. Loin de Lyon, Maëva avait accepté de relâcher un peu la bride et d'être elle-même. Rien d'exubérant, un baiser dans une rue quasiment déserte ou une main tenue quelques secondes. Louise s'était réjouie, persuadée que Maëva commençait à assumer leur histoire. Mais il y avait eu cette maudite photo.

Louise ne savait plus comment interpréter la proposition de repas que lui avait faite Maëva. Y avait-il juste une volonté de faire la paix ou son ex-compagne attendait-elle autre chose ? Y avait-il de l'eau dans le gaz entre Maëva et Lantier ? Elle n'en avait aucune idée et pour l'instant c'était le cadet de ses soucis. Elle voulait juste que son ex se réveille, qu'elle puisse respirer sans l'aide d'une machine et qu'on lui dise qu'elle ne garderait aucune séquelle de son agression. Elle se sentait tellement responsable de ce qui lui était arrivé qu'elle aurait fait n'importe quoi pour prendre sa place. Louise ouvrit doucement la porte de la chambre. Elle voulait juste poser sa main sur celle de Maëva, lui faire sentir sa présence. Rien de plus. Une infirmière qui passait dans le couloir l'interpella et la fit sortir de la pièce sans ménagement. Personne ne l'avait autorisée à entrer dans la pièce. C'était vrai, mais le chirurgien était parti si vite qu'elle n'avait pas eu le temps de le lui demander. Louise bafouilla quelques mots d'excuse et quitta le service sans se faire prier.

En sortant de l'hôpital, elle aperçut au loin la silhouette de Lantier. Louise bifurqua sur sa droite, elle ne voulait surtout pas la croiser.

*

Sofiane frappa à la porte du bureau.

— Patron, le pélo à l'œil fermé, il habite rue Pasteur. L'immeuble appartient à un Chinois, un vieux proxo. Le mec lui loue un studio au deuxième étage. J'y suis allé et j'ai essayé de négocier avec le Chinois pour visiter discrètement l'appartement. Ce sale vieux n'a rien voulu savoir, il a sorti sa machette pour me faire dégager. Franchement, j'ai rien compris de ce qu'il disait, c'était du chinois !

Sofiane rit à sa blague, son patron resta de marbre.

— J'en ai rien à foutre de ce que veut ou pas ce Chinois. Tu vas retourner rue Pasteur et tu vas fouiller l'appartement de ce minable. Démerde-toi comme tu veux, mais je veux que tu entres chez lui, je veux savoir comment il vit et ce qu'il a dans le crâne.

— Faut que j'attende que le vieux aille faire un tour, parce qu'il fait flipper avec sa machette.

— T'as des nouvelles du flic ?

— Ouais, il a gueulé, ce bâtard. Il dit que ça va lui prendre trop de temps et qu'il a pas que ça à faire. Il veut le blase du mec, sinon, il ne fera rien.

— Ton poulet est un crétin. C'est justement son nom que je veux.

Parce que le nom du Borgne, il ne s'en souvenait pas. Il ne le connaissait sans doute pas. La seule chose dont il se souvenait, c'était qu'il avait un prénom de Boche.

— T'inquiète, je vais me débrouiller. Si j'arrive à rentrer chez le pélo, je vais trouver son blase.

Klein commençait à s'impatienter. Alors que la mort de Tournier remontait à trois semaines, Sofiane venait tout juste de localiser la piaule du mec à ses trousses et il n'avait toujours pas son nom. Plus les jours passaient, plus il sentait que l'étau se resserrait. Si ce mec était bien le Borgne, il allait bientôt s'en prendre à lui. Il devait l'arrêter avant que ça n'arrive.

*

Il n'était pas fier de lui. Il avait volé des vêtements à quelqu'un qui allait se retrouver sans ses affaires, alors qu'il faisait froid dehors. Mais Kofi n'avait pas eu le choix, il avait besoin de ces beaux habits pour ce qu'il voulait faire. Le blouson était épais et chaud, le jean un peu large. Par contre, la chemise le serrait aux bras et aux épaules, il avait eu du mal à fermer les boutons. S'il ne voulait pas qu'elle craque, il devait éviter les grands gestes. Maintenant qu'il sentait bon, qu'il était bien habillé, il pouvait être certain que son plan allait fonctionner. Il pénétra dans le magasin de fleurs du quartier des Brotteaux, son carnet et son stylo à la main pour impressionner la personne qu'il allait interroger. Son sac réfrigéré et son vélo étaient attachés sur le trottoir, un peu plus loin. Une femme dans la quarantaine se tenait derrière un joli comptoir en bois. Elle était en train de confectionner un bouquet avec plusieurs sortes de fleurs, des jaunes, des blanches, des rouges. Les seules que Kofi avait reconnues étaient les roses. De belles roses rouges dont les pétales ressemblaient à du velours. Un jour, il offrirait les mêmes à Coumba. Il se racla la gorge et demanda à parler à Isabelle Laplace. La fleuriste le détailla de haut en bas et s'arrêta un instant sur ses bottes en plastique. Elle lui répondit sèchement « Si c'est pour me vendre quelque chose, vous perdez votre temps. »

Kofi sortit la photo de classe imprimée, la déplia et s'avança pour la poser sur le comptoir. « Vous êtes bien sur cette photo, madame ? »

— Pourquoi ?

— Je mène une enquête sur la mort d'Alain Gasparo.

— Qui êtes-vous exactement ?

— Je travaille pour des avocats.

— Des avocats ?

— Oui.

— Vous vous moquez de moi ?

— Non, madame. Je mène une enquête très sérieuse.

— Et moi, je suis la reine d'Angleterre. Allez, sortez de mon magasin ou j'appelle la police.

La fleuriste fit le tour du comptoir et lui désigna la sortie. Kofi voulut récupérer la photo qu'il avait posée sur le comptoir, elle le devança et plaqua sa main sur la feuille imprimée. « Cette photo ne vous appartient pas. Je la garde. » Le jeune Sénégalais allait répondre qu'il en avait besoin pour son enquête, mais il préféra battre en retraite, il ne voulait pas qu'elle appelle la police.

Dépité par la méchanceté de cette dame, il quitta rapidement la rue et retourna vers son vélo. Dans son carnet, il raya le nom d'Isabelle Laplace. Il n'avait plus qu'une solution pour faire avancer son enquête : écrire à Séverine Mortier, la femme qui avait laissé son adresse mail sur le site de *Copains d'avant*. Si ça ne marchait pas, que Séverine Mortier ne répondait pas à son mail, il repartirait à zéro. Mais pour l'instant, il lui restait encore une chance d'obtenir des informations. Et il fallait qu'il s'y accroche. En s'occupant l'esprit, il ressentait moins le froid, la faim et la peur. Il se créa une adresse mail avec le nom de son avocat et chercha ses mots pendant plus d'une heure. Après la réaction de la fleuriste, il se dit qu'il valait mieux ne pas mentionner la mort de Gasparo et rester évasif sur les motifs de son enquête. Il relut plusieurs fois son mail avant de l'envoyer. « Bonjour, nous cherchons des personnes qui ont connu monsieur Alain Gasparo au collège ou au lycée. Vous avez laissé votre adresse mail sur le site *Copains d'avant*. Pouvez-vous nous contacter ? » Il avait récupéré le logo du cabinet et l'avait ajouté à son mail pour donner du crédit à son envoi. La personne qui le recevrait prendrait certainement le soin de vérifier qu'il y avait bien un cabinet d'avocats à cette adresse et cela la rassurerait pour répondre.

*

Louise Pariset et Jordan Tessier pénétrèrent dans un bureau aux couleurs fanées. Face à eux, se tenait un policier qui avait sans doute le même âge que les peintures. Pour masquer la laideur ambiante, quelqu'un avait scotché aux murs des affiches de films d'action qui étaient aussi désuètes que le reste. Le flic avait des yeux bleu délavé, perçants et froids comme la lame d'un couteau. Il leur intima de s'asseoir d'un geste de la main. Maintenant, Maître Pariset comprenait ce que pouvaient ressentir ses clients quand ils étaient auditionnés. Le stress lui donnait des haut-le-cœur, elle luttait pour ne pas renvoyer sur le bureau du policier les trois cafés qu'elle avait dans l'estomac. À midi, elle n'avait rien pu avaler.

Le matin même, Louise avait reçu un coup de fil de ce flic qui voulait l'entendre au sujet de l'agression de Maëva. Au téléphone, il avait refusé de lui donner le motif de sa convocation. L'avocate était inquiète. Y avait-il un risque qu'il soit au courant de sa relation avec Maëva ? Ce n'était pas impossible. Si c'était le cas, elle allait au-devant de gros problèmes. Elle avait immédiatement prévenu son bâtonnier. Lui avait expliqué autant que possible sa situation et lui avait demandé de l'accompagner l'après-midi au commissariat. Celui-ci lui avait répondu qu'il n'était pas disponible, une réunion à laquelle il devait impérativement assister. Louise avait raccroché, écœurée. Son bâtonnier était censé être une autorité protectrice. Mais, visiblement, il avait mieux à faire que de l'accompagner chez les flics. Elle avait attendu l'arrivée de Jordan au cabinet pour lui raconter sa discussion avec le bâtonnier et lui demander conseil.

— T'inquiète pas. Tout à l'heure, je viendrai chez les flics avec toi. Mais il faut faire remonter l'information auprès du syndicat, le bât' aurait dû t'accompagner.

— Tu crois qu'ils vont me placer en garde à vue ?

— Non, ils n'ont rien contre toi.

— Et ma relation avec Maëva ?

— C'est de l'histoire ancienne.

— J'angoisse, Jordan.

— Je sais.

Et maintenant, ils étaient là tous les deux, face à ce flic imbuvable qui semblait prendre un malin plaisir à la voir se décomposer, elle l'avocate pénaliste qui incarnait tout ce qu'il détestait.

Le policier plongea son regard délavé dans celui de Louise et ne la lâcha plus. Elle se sentait prise au piège.

— Madame Pariset, je vous ai convoquée pour éclaircir un point concernant l'agression de Maëva Dupuy.

Jordan s'agaça immédiatement.

— « Maître » Pariset. Ma consœur est avocate, je vous le rappelle.

— Ce n'est pas en cette qualité qu'elle est entendue. Madame Pariset, est-il exact que vous avez entretenu une relation avec Maëva Dupuy ?

Louise sentit ses épaules s'affaisser. Elle croisa le regard de son associé qui tenta de la rassurer.

— Oui, c'est vrai.

— Pourquoi nous l'avoir caché ?

— Je ne vous ai rien caché. Nous ne sommes plus ensemble. Cela relève de la vie privée.

— Tiens donc. Madame Pariset, vous êtes avocate comme votre confrère vient de me le rappeler. En tant que professionnelle du droit, vous n'ignorez donc pas que la plupart des crimes perpétrés sont commis par des personnes connues de la victime. Où étiez-vous le soir de l'agression de votre ex ?

— Chez moi.

— Quelqu'un peut-il le confirmer ?

— Non, j'étais seule.

Le policier la dévisagea longuement. C'était insupportable. Louise rompit le silence.

— Vous n'avez qu'à faire une réquisition auprès des opérateurs téléphoniques pour localiser mon portable.

— Vous auriez pu laisser votre portable chez vous et revenir à votre cabinet. La géolocalisation n'est pas un alibi.

— Je n'ai rien à voir avec l'agression de Maëva.

— Depuis quand êtes-vous séparées ?

— Quelques mois, je ne m'en souviens plus.

Louise s'en souvenait parfaitement, mais elle préféra rester évasive pour feindre un certain détachement.

— Laquelle de vous deux a mis fin à votre relation ?

L'avocate soupira.

— C'est elle.

— Pour quelle raison ?

— Elle m'a trompée. Je l'ai su et lui ai fait une scène. Elle m'a larguée.

— Ça vous donne un mobile de vengeance.

Jordan interrompit le policier.

— Gardez vos affabulations pour vous.

Le policier l'ignora et continua à interroger Louise sur sa relation avec Maëva.

— Comment se fait-il que madame Dupuy soit venue à votre cabinet ?

— Maëva avait rendez-vous avec mon associé pour signer un divorce. Je n'en sais pas plus, je n'étais pas concernée.

— Il y a quelque chose qui me chiffonne dans cette histoire de signature. Ma femme et moi...

Le flic se reprit.

— Mon ex-femme et moi, on vient de divorcer. Le jour de la signature, je suis allé chez son avocat pour signer la convention. Parce que c'est la règle. C'est mon avocat qui me l'a expliqué. On signe chez le plus âgé des confrères. Question de confraternité. Ou de courtoisie. J'ai vérifié, Madame Dupuy est plus âgée que votre associé et avocat, ici présent. Comment cela se fait-il dans ce cas qu'elle soit venue chez vous ?

— Maëva ne voulait pas signer chez elle, elle a indiqué à Jordan que son bureau était trop petit.

— Pourtant, il y a une salle de réunion dans son cabinet. Spacieuse, confortable.

Louise et Jordan échangèrent un regard. Le policier était-il en train de suggérer qu'elle et son associé avaient fomenté un piège pour agresser Maëva ? C'était de la pure folie. Louise essaya de ne rien montrer de la panique qu'elle ressentait. Elle prit le ton le plus neutre pour répondre.

— Aller chez le plus âgé des confrères est un usage, pas une obligation. Si vous interrogez nos jeunes confrères, vous constaterez que cet usage leur est totalement étranger.

— Ça vous a fait quoi que votre ex vienne à votre cabinet ? Ça manque un peu d'élégance, non ?

Louise n'avait aucune intention de dire à ce flic ce qu'elle ressentait vraiment.

— Maëva est avocate, comme moi. Nous sommes amenées à nous croiser au palais régulièrement. De plus, elle venait signer un divorce avec mon associé, pas avec moi.

— Vous voulez dire que vous ne l'avez pas vue lorsqu'elle est venue à votre cabinet ?

Louise hésita. Une fraction de seconde de trop. Le flic s'arrêta de taper sur son clavier et plongea son regard froid dans le sien.

— Si.

— Expliquez-moi ça.

— J'étais dans mon bureau. Elle est venue me dire bonjour.

— Juste bonjour ?

Louise ne savait pas si elle devait dire la vérité ou mentir. Son cerveau moulinait à toute vitesse. La vérité risquait de lui coûter cher.

— Non, elle voulait m'inviter à manger.

— Une réconciliation ?

— Je ne sais pas. J'ai refusé.

— Pour quelle raison ?

— Parce que je n'en avais pas envie.

— Vous lui en voulez donc toujours de vous avoir trompée et plaquée ?

— Comme vous en voudriez à votre ex si elle vous avait fait subir ça. Mais pas au point de vouloir me venger.

— Vous êtes allée la voir à l'hôpital ?

— Oui.

— Pour quelle raison ?

— Je m'inquiétais. J'avais besoin de la voir pour me rassurer.

— Vous rassurer ?

— Oui.

— C'est-à-dire ?

— Je voulais être sûre qu'elle allait s'en sortir.

— C'est pour cette raison que vous êtes entrée dans sa chambre, sans y avoir été autorisée ?

— Personne ne me l'avait interdit. Et je voulais seulement que Maëva sache que j'étais là.

— Je ne comprends pas. Vous avez refusé sa proposition de manger avec elle et là, à l'hôpital, vous vouliez qu'elle sache que vous étiez là. Si l'infirmière n'était pas intervenue, que se serait-il passé ?

— Mais rien ! Je voulais juste la toucher. Pour qu'elle ne se sente pas seule, qu'elle sache qu'elle était entourée.

Des larmes coulaient sur ses joues. Tout ce que Louise expliquait était déformé par ce flic imbuvable. Elle ne savait plus quoi répondre sans s'enfoncer un peu plus.

— Connaissez-vous la nouvelle compagne de Maëva Dupuy ?

— De nom, oui.

— Qui est ?

— Agathe Lantier.

— Elle est avocate ? Comme vous ?

— Oui.

— Ça ne doit pas être facile de croiser son ex et sa nouvelle copine tous les jours en allant travailler.

— On ne se croise pas tous les jours.

— Vous n'avez jamais été adversaires dans des dossiers ?

— Si. J'ai plaidé contre Lantier il n'y a pas très longtemps.

— Comment ça s'est passé ?

— Normalement.

— Vous êtes sûre ?

— Le divorce était conflictuel. Donc, c'était forcément tendu. Lantier substituait une consœur, ce n'était pas son dossier. Et nous n'avons pas eu d'autres échanges que cette audience.

Le policier continua à la tourmenter et à la questionner sur tout et rien. Au bout d'une heure d'interrogatoire, Louise vit Jordan regarder sa montre et s'agiter sur sa chaise.

— Bon, si vous n'avez pas d'autres questions, nous allons vous laisser mener votre travail d'enquête. Bien sûr, Maître Pariset se tient à disposition pour répondre à vos questions.

Les deux avocats se levèrent. Le policier les interrompit dans leur élan.

— Asseyez-vous, madame Pariset. Vous êtes placée en garde à vue à compter de maintenant. Il jeta un regard à sa montre et lui indiqua l'heure exacte.

Jordan s'énerva.

— Vous n'avez aucune raison de placer ma cliente en garde à vue ! C'est un abus de pouvoir !

Louise sentit cette fois le plafond lui tomber sur la tête. Est-ce que le flic la suspectait réellement d'avoir agressé Maëva ? Ou voulait-il seulement se payer la tête d'une pénaliste ? Est-ce que ça venait du flic ou du procureur ? En défendant des voyous, Louise ne s'était pas fait que des amis au parquet. Le policier se leva, ordonna à Louise de placer ses mains dans le dos et la menotta. Sans ménagement, il la prit par le bras et la conduisit vers l'ascenseur, sous le regard médusé de son associé. Les portes de l'ascenseur s'ouvrirent. Trois personnes en sortirent. Derrière les deux flics baraqués, Louise vit apparaître le visage de Fanny Costa. Leurs regards se croisèrent. Louise baissa la tête, le flic la poussa à l'intérieur.

*

En fin de journée, son téléphone vibra dans sa poche. Le numéro était masqué. Kofi répondit par un prudent « Allo ? » La personne au bout du fil se présenta sous le nom de Séverine Mortier. Elle lui indiqua qu'elle avait reçu son mail au sujet d'Alain Gasparo et lui demanda de quoi il s'agissait exactement. Kofi sentit les battements de son cœur s'accélérer. Il ne pouvait pas sauter de joie dans la rue, il ne voulait pas se faire remarquer, mais intérieurement, il faisait des bonds. À cette dame, Kofi débita une version plus élaborée de sa démarche. Le cabinet d'avocats pour lequel il travaillait avait été mandaté par la veuve de monsieur Gasparo pour engager une procédure contre une assurance. L'assurance refusait de verser à la veuve et à ses enfants le capital d'une assurance-vie, prétextant que le décès d'Alain Gasparo n'était pas accidentel et qu'il pouvait s'agir d'un suicide. Pourtant, la justice avait bien déclaré que c'était un accident. Kofi avait fabriqué son mensonge en faisant diverses recherches sur Internet. La toile regorgeait d'informations, d'articles de presse, de faits divers et de témoignages sur des forums. Il suffisait de piocher les bons mots pour que son histoire soit crédible et qu'elle suscite de l'émotion. Pour prouver que la mort d'Alain Gasparo était bien accidentelle, le cabinet d'avocats qui faisait travailler Kofi avait pour mission de recueillir des éléments qui viendraient contredire la thèse du suicide évoquée par l'assurance. Kofi avait soupesé ses mots. « Recueillir des éléments » lui semblait moins effrayant que « rechercher des témoignages » ou « enquêter ». En tout cas, c'était ce qu'il pensait. Séverine Mortier l'écouta avec attention et quand il eut fini son histoire, elle semblait très énervée.

— C'est dégueulasse. Les assurances sont toujours là pour nous faire payer, mais quand il s'agit d'être indemnisé, c'est une autre histoire !

— C'est ça !

Son baratin avait fonctionné. Si cette dame avait le sentiment qu'elle pourrait réparer une injustice, elle n'hésiterait pas à l'aider.

— Et vous, vous travaillez vraiment pour un cabinet d'avocats ?

Kofi savait que son accent sénégalais le rendait moins crédible qu'un Français qui aurait des mots mieux choisis et un accent de Français, tout comme ses bottes en plastique lui avaient fait perdre toute crédibilité auprès de la fleuriste, mais Séverine Mortier ne semblait pas sur la défensive, elle était juste curieuse.

— Oui, vraiment. Je ne suis pas avocat, je suis juste celui qui fait les recherches. Quand les dossiers sont bloqués, j'essaye de trouver des informations pour les faire avancer.

— Vous êtes une sorte de détective ?

— Oui, c'est ça.

La femme se détendit complètement et lui raconta que, dans son souvenir, Alain Gasparo était un garçon fanfaron qui perturbait régulièrement la classe. Elle ne l'imaginait pas une seconde avoir eu des pensées suicidaires. Mais peut-être qu'elle se trompait.

— Il avait des copains de classe ou il était plutôt seul ?

— Seul ? Non, pas du tout. Ils étaient toujours tous les trois ensemble. Il y avait justement ce dentiste qui s'est fait assassiner récemment. Vous savez, Gilles Tournier ?

— C'était son ami ?

— Oh oui ! Ils faisaient les quatre cents coups ensemble.

Kofi nota dans son carnet le nom de Gilles Tournier. Pour que son professionnalisme ne soit pas remis en cause, il ne dit pas à la femme qu'il ne savait rien de ce meurtre qui avait pourtant dû faire la une des journaux lyonnais. Il ferait des recherches plus tard. Il reprit le fil de la discussion et demanda à Séverine Mortier si elle se souvenait du prénom du troisième garçon.

— David Klein. Je crois qu'il est patron d'une société de sécurité.

Séverine Mortier marqua une pause et puis reprit.

— Dites, notre conversation est confidentielle ou vous allez tout raconter à la veuve d'Alain ?

— C'est confidentiel.

Rassurée, elle se laissa aller à faire un portrait d'Alain Gasparo et de ses copains assez dur. Pour elle, c'était des sales gosses qui perturbaient la classe en permanence, couvraient les filles de propos salaces et de gestes déplacés. Certains parents s'étaient plaints, mais les trois gamins semblaient intouchables parce qu'ils étaient, au moins pour Gasparo et Tournier, des fils de notables de la ville. Si Séverine Mortier avait bonne mémoire, le père de David tenait un bar. Elle l'avait vu une fois à la sortie du collège. Il était venu menacer le proviseur quand son fils et ses copains avaient été accusés de harcèlement sur un autre gamin. Kofi lui demanda si elle connaissait le nom du collégien harcelé. Malheureusement, elle n'en avait aucun souvenir. Kofi lui demanda encore si ce garçon avait un œil abîmé. Séverine Mortier, surprise qu'il soit au courant de l'incident, lui confirma que le gamin avait effectivement été blessé à l'œil. Alain Gasparo et sa bande avaient été mis en cause sans que personne n'ait pu prouver leur responsabilité. La quadragénaire termina la conversation en indiquant à Kofi qu'elle allait en parler à sa meilleure amie avec qui elle avait fait toute sa scolarité. Le jeune Sénégalais la remercia chaudement et lui dit qu'il attendait son prochain appel ou celui de son amie.

*

Louise Pariset somnolait, les bras repliés autour de la taille, la tête appuyée contre un mur. Elle refusait de s'allonger sur un matelas plastifié où des centaines d'autres personnes avaient déjà dormi. Tout ce qui l'entourait lui donnait la nausée. Le matelas, la couverture marron, les murs humides. Et puis, il y avait cette puanteur. Un mélange d'urine et d'odeurs corporelles. Écœurant. Dans la soirée, on lui avait proposé un repas qu'elle avait refusé, son estomac n'aurait pas supporté d'ingurgiter quoi que ce soit. Elle avait aussi refusé d'être examinée par un médecin.

Louise se moucha pour la énième fois dans son mouchoir en lambeaux. Depuis le début de sa garde à vue, elle n'avait pas cessé de pleurer. Maëva avait été poignardée dans son allée. Elle n'en comprenait toujours pas la raison. Est-ce que c'était le client de Jordan ? Est-ce que c'était quelqu'un d'autre ? Maëva était-elle vraiment visée ? Avait-elle été agressée à sa place ? Toutes ces questions tournaient en boucle dans son esprit, sans qu'elle n'y trouve aucune réponse. Mais, pour les flics, elle était la coupable idéale.

Dans une cellule, plus loin, un gardé à vue la sortit de ses ruminations en hurlant des mots incompréhensibles. Un des plantons lui demanda de se taire, l'homme l'insulta copieusement en retour. Louise se recroquevilla un peu plus. Elle n'allait pas oublier de sitôt l'humiliation d'avoir été placée en garde à vue. Rien ne l'y avait préparée. Son métier d'avocate la plaçait du côté de la loi, elle n'enfreignait jamais les règles. Mais depuis l'agression de Maëva, elle était passée dans l'autre camp, celui des coupables. C'était insensé. Elle espérait que ni ses parents ni son frère n'étaient au courant de son placement en garde à vue. Elle repensa à Fanny Costa qu'elle avait croisée avant d'être placée en cellule. Elle avait dû se renseigner auprès de son collègue de la criminelle. Il lui avait sûrement expliqué qu'il la soupçonnait d'avoir agressé son ex avec un couteau. La policière ne la regarderait plus jamais comme avant. Si elles se recroisaient en audition, il y aurait toujours ce doute entre elles. « Est-ce qu'elle l'a fait ? Est-ce qu'elle a poignardé son ex ? »

Dans ce trou à rats, Louise Pariset n'avait plus aucune notion du temps. On lui avait pris son portable, sa montre. On lui avait fait enlever sa ceinture, ses lacets. Elle n'avait pas été mieux traitée qu'un criminel. Elle avait subi une humiliante fouille au corps. On avait pris ses empreintes, elle avait été soumise à un prélèvement ADN et se retrouvait désormais fichée au FNAEG[19].

Elle se demandait encore qui avait pu faire état de sa relation avec Maëva et l'envoyer dans ce trou. Plus elle y pensait, plus il était évident qu'il s'agissait de cette garce d'Agathe Lantier. Personne, mis à part sa famille et son associé, n'était au courant de sa relation avec Maëva. Jordan n'avait rien dit aux flics. Il le lui avait confirmé avant qu'elle soit auditionnée. Il ne pouvait donc s'agir que de Lantier. Louise supposait qu'au début de leur relation, Maëva et sa copine avaient dû faire la liste de leurs anciennes conquêtes. Cela faisait partie du rituel quand on entamait une nouvelle histoire. On faisait l'inventaire de ses amours passées, avec les prénoms, la durée. On énonçait un chiffre, quand on s'en souvenait, quand il était présentable. Par souci de transparence. Pour rassurer l'autre. Identifier ses ex pour que la nouvelle compagne ou le nouveau compagnon puisse leur coller une cible dans le dos.

Louise ne connaissait pas particulièrement Lantier. Le barreau comptait près de quatre mille avocats, certains lui étaient parfaitement inconnus. Mais, elle l'avait eue comme contradictrice dans le dossier de madame Stefano. Si Lantier l'avait balancée aux flics, c'était forcément pour se venger de l'humiliation vécue lors de l'audience devant le JAF. Et Lantier ne s'arrêterait sûrement pas là. Elle allait s'épancher au palais jusqu'à ce que la réputation de Louise soit définitivement entachée. D'ici quelques années, on ne se souviendrait plus des circonstances de l'agression de Maëva, mais ce dont on se souviendrait, c'est que son ex, Louise Pariset y était mêlée. La rumeur était bien plus tenace que la vérité.

19 FNAEG : Ficher national des empreintes génétiques. Le FNAEG sert à faciliter l'identification et la recherche des auteurs d'infractions à l'aide de leur profil génétique, et de personnes disparues à l'aide du profil génétique de leurs descendants ou de leurs ascendants.

*

Dans la nuit, le couple qui sortait de l'ascenseur s'était retrouvé bouche bée face à Kofi. Le jeune homme s'était levé d'un bond et avait rangé toutes ses affaires dans son sac réfrigéré avant de disparaître dans les escaliers. Il était trois heures du matin. La femme avait bien essayé de le retenir en lui lançant « Attendez ! » mais Kofi avait préféré fuir, il ne voulait pas d'ennuis.

Il avait trouvé refuge sur le perron marbré d'une allée et avait patienté dans le froid, jusqu'à ce que le jour se lève. Il ne s'était pas assoupi, il avait bien trop peur de se faire attaquer par un SDF, un voyou ou l'homme à l'œil fermé.

Vers neuf heures, son téléphone sonna. Une voix féminine se présenta. Cécile était la meilleure amie de Séverine Mortier, la personne qui l'avait renseigné la veille. Kofi la remercia de l'avoir appelé. Il n'eut pas besoin de lui expliquer sa démarche, elle était déjà au courant. Il l'interrogea sur ce gamin qui avait été harcelé par Alain Gasparo et ses amis. Il était persuadé de tenir une piste sérieuse.

— C'est vrai. Il y avait un garçon qui se faisait régulièrement bousculer par la petite bande.

— Vous connaissez son nom ?

— Non. Il était dans la classe de ma sœur.

Une vague de chaleur vint caresser le visage de Kofi.

— Vous pourriez demander à votre sœur si elle se souvient de son nom ?

— Pourquoi vous vous intéressez à ce gamin ? Ça a quelque chose à voir avec votre histoire d'assurance-vie ?

— Mon patron m'a dit qu'il voulait tout savoir sur Alain Gasparo. Alors, je note toutes les informations.

— Très bien. Je vais en parler à ma sœur.

— Et si elle a une photo de classe, ce serait vraiment bien.

— Je vais l'appeler. Je vous tiendrai au courant.

— D'accord. Vous croyez qu'elle peut me rappeler aujourd'hui ? C'est un peu urgent.

— Écoutez, je vais déjà voir si elle me répond. Je ne vous promets rien.

Elle raccrocha. Kofi était content, ses recherches avançaient à grands pas. Il espérait, grâce aux réponses qu'on lui apporterait, découvrir des informations capitales. Il se rendait compte qu'il aimait enquêter. Avec un nom, il tissait une histoire, un passé et sans doute qu'il finirait par faire émerger la vérité. Finalement, toutes les épreuves qu'il avait endurées depuis son départ de Yoff avaient un sens. Elles l'avaient mené vers ce travail d'enquêteur. C'était peut-être ça son avenir : enquêter pour des gens qui avaient besoin de réponses. Sur la dernière page de son carnet, il nota de se renseigner sur ce métier et le salaire qu'on pouvait toucher.

*

Jordan, aidé cette fois par son bâtonnier, avait remué ciel et terre pour que Louise soit extraite des geôles du commissariat. En début de matinée, elle put enfin quitter sa cellule. Elle n'avait jamais été aussi heureuse de voir son associé et le serra longuement contre elle. Il sentait bon. Elle se détacha de lui, soudain consciente qu'elle devait, elle, sentir mauvais.

— J'ai besoin de prendre une douche.

— Je te ramène chez toi.

Dans la voiture, Louise lui raconta la nuit qui venait de s'écouler. Sa cellule froide et puante. Le sommier en béton sur lequel reposait un matelas plastifié. Une couverture qui sentait mauvais. Des toilettes immondes à peine isolées du reste de la pièce par un muret à mi-hauteur. Dans les autres cellules, des gens hurlaient par intermittence. Que des hommes. Ils cognaient contre les murs, contre les portes, insultaient le policier chargé de les surveiller. Certains pleuraient, gémissaient. Sûrement des drogués en manque. Bref, le souvenir de la nuit cauchemardesque qu'elle venait de passer en garde à vue allait la poursuivre un moment, elle en était certaine.

Jordan se tourna vers elle.

— Je ne comprends toujours pas comment ce flic a su pour Maëva et toi.

— C'est certainement sa nouvelle copine.

— Lantier ?

— Oui.

— Je vais la dézinguer. Tout le monde va savoir ce qu'elle t'a fait.

— Non Jordan, je n'ai aucune preuve.

— Je me renseignerai, je finirai bien par apprendre d'où ça vient.

— J'espère que ma garde à vue ne va pas trop s'ébruiter.

Jordan passa son bras à l'arrière de la voiture et récupéra un journal.

— C'est déjà dans la presse. Le flic a dû rencarder les journalistes.

Louise soupira. Elle aurait aimé épargner à ses parents cette histoire sordide. Elle les appellerait dès que possible pour leur expliquer, en espérant qu'ils n'aient pas déjà lu les journaux et que personne ne leur en ait parlé.

À peine arrivée chez elle, Louise se rua sous la douche, laissant Jordan s'installer dans la cuisine. Elle resta longtemps sous l'eau chaude pour se débarrasser de l'odeur de cette cellule qui lui collait à la peau.

Quand elle réapparut dans la cuisine, Jordan lui prépara un café. Louise lut l'article du journal qui la mettait en cause. Des larmes de colère coulèrent sur ses joues. Le journaliste réduisait l'agression de Maëva à un règlement de comptes entre deux ex, avocates lesbiennes du barreau de Lyon. Les gens allaient adorer ce torchon racoleur.

— Il faut que j'appelle mes parents.
— Bois ton café d'abord.
Jordan lui tendit un mouchoir. Louise s'essuya les yeux.
— C'était vraiment humiliant.
— Je sais.
Louise but son café d'une traite et reposa sa tasse. Elle prit une profonde inspiration.
— Allez, j'appelle ma mère.
— Ça va bien se passer.
Édith Pariset était en train de préparer les tables pour le service du midi quand elle décrocha.
— Ça va ma fille ?
— Pas très fort.
— Que se passe-t-il ?
— Hier, j'ai été placée en garde à vue. Les policiers me soupçonnent d'avoir agressé Maëva.
— Mais c'est ridicule ! Pour quelle raison tu aurais fait ça ?
— Parce qu'elle m'a trompée avec une consœur avant de me larguer.
— Oh, Louise, pourquoi tu ne nous en as pas parlé ?
— Ça n'aurait rien changé.
— Je suis vraiment désolée, ma chérie. Comment tu te sens ?
— Ça va.
— Attends deux secondes, ton père est là.
Louise attendit que sa mère explique à son père ce qu'elle venait de lui raconter. Maintenant, ils étaient tous les deux au téléphone.
— Ma chérie, on est avec toi et on pense très fort à toi.
— Merci papa.
— Que va-t-il se passer maintenant pour toi ?
— Ils n'ont pas dû trouver grand-chose pour accréditer leur thèse. Ils vont me laisser tranquille, je suppose.

— Viens manger au restaurant ce midi.

— Non, papa, je ne peux pas aujourd'hui. Mais je viens dès que je peux, d'accord ?

— On t'aime, tu sais.

— Oui, je sais. Vous allez sûrement en entendre parler par vos clients, les journaux en ont déjà fait leurs choux gras. Je suis désolée.

— Ton père et moi, on saura leur répondre, ne t'inquiète pas pour nous. Et si tu as besoin de quoi que ce soit, tu nous appelles ?

— D'accord, maman. Je vais vous laisser, je dois aller au cabinet. Vous prévenez Julien ?

— Oui, ma chérie. Sois très prudente.

Louise raccrocha et revint dans la cuisine. Jordan s'apprêtait à partir, mais elle lui demanda de l'attendre quelques minutes, le temps qu'elle se prépare. Il n'était pas question pour elle de se reposer, elle n'en avait pas envie et préférait s'occuper l'esprit au travail plutôt que de ruminer et revivre en boucle la nuit qu'elle venait de passer.

*

David Klein faisait défiler les photos que Sofiane avait prises en s'introduisant dans le studio de celui qu'il pensait être le Borgne. L'appartement ressemblait à un vrai taudis. Les murs étaient sales, défraîchis. Le canapé qui servait de lit à son occupant était tout aussi dégueulasse que le reste. Des vêtements et des emballages de bouffe traînaient par terre. Le sol était maculé de tâches. C'était immonde. Il rendit à Sofiane son téléphone.

— C'est un vrai porc ce mec. Tu as pu trouver son nom ?

— Oui, il s'appelle Carl Muller.

Klein mémorisa l'information. Un prénom de *boche*, c'était bien ça.

— Ça ne me dit rien.

— Mon pote flic m'a trouvé une photo de lui. T'avais raison, il est fiché au TAJ.

— Montre.

Sofiane lui tendit à nouveau son portable. David Klein agrandit la photo qu'il avait sous les yeux. Un type avec un œil mi-clos fixait l'objectif. Klein n'eut pas besoin de convoquer ses souvenirs. Il reconnut immédiatement le Borgne.

— Regarde les autres photos. C'est des articles de journaux accrochés au mur. On dirait que ce mec collectionne les faits divers. Le premier, il parle du dentiste qui devait me donner sa Rolex.

— Tournier ?

— Ouais. Après, il y a trois articles sur un agent immobilier. Alain Gasparo.

Klein encaissa les informations sans sourciller. Sofiane marqua une pause, le temps que son patron ait pu faire défiler les photos.

— Et le dernier, c'est sur toi.

— Sur moi ?

— Ouais. Ça, j'ai pas compris. Ça parlait de ta société. Le mec, il a entouré ta photo au stylo plusieurs fois. C'est un psychopathe, je te jure.

Klein s'enfonça dans son fauteuil. Il était la prochaine cible du Borgne, maintenant il n'y avait plus de doute.

— Y a encore un truc chelou. Sous le canapé du mec, j'ai trouvé une sacoche. Dedans, il y avait des dossiers au nom d'une baveuse. Maëva Dupuy. Ça te dit quelque chose ?

— Rien.

Klein tapa son nom dans le moteur de recherche de son ordinateur et écarquilla les yeux quand il vit qu'elle avait été victime d'une attaque au couteau.

— Elle a été poignardée hier dans le deuxième arrondissement.

— Je comprends rien, c'est quoi le rapport ?

— Sofiane, trouve-moi trois gars en qui tu as toute confiance. Des mecs qui sauront tenir leur langue si les flics les interrogent. Et aucun ne doit travailler dans la société. Tu comprends ? Il ne faut pas qu'on puisse remonter jusqu'à nous en cas de pépin. Quand tu auras ton équipe, tu iras me chercher cette enflure.

— D'accord patron. Tu crois qu'il va s'en prendre à toi ?

— C'est certain.

— Mais pourquoi ?

— Ça me regarde. Fais ce que je te demande.

David Klein devait agir vite, et par surprise. Maintenant, il était évident que le Borgne avait tué Gasparo et Tournier. Il devait lui mettre la main dessus.

*

Louise était plongée dans ses dossiers. Quelqu'un sonna à la porte. Elle entendit Jordan s'adresser un peu sèchement à son client.

— Monsieur Diallo, il ne faut pas venir sans rendez-vous. Je n'ai pas le temps de vous recevoir.

— Maître, j'ai fait des recherches pour le dossier et j'ai trouvé des choses.

— Quel dossier ?

— Celui de la dame.

Jordan ne semblait pas comprendre ce que son client lui expliquait. Mais Louise, elle, comprit immédiatement. Elle sortit de son bureau à toute vitesse. « C'est pour le dossier d'Alain Gasparo ? »

— Oui, c'est ça, madame.

Le livreur sortit son portable de sa poche. Il zooma sur une photo un peu jaunie et pointa du doigt un jeune garçon.

— C'est lui qui suivait madame Gasparo. Là, il n'a pas l'œil abîmé mais moi je le reconnais. C'est le même. La dame qui m'a envoyé la photo m'a expliqué qu'Alain Gasparo et ses deux copains embêtaient ce garçon au collège.

— Embêtaient ?

— Ils se moquaient de lui. Et ils le tapaient quand ils sortaient du collège. Ça a fait des histoires parce qu'un jour, le garçon est revenu en classe avec une blessure à l'œil. Il a dit que c'étaient les trois autres qui lui avaient fait ça. Mais comme le garçon se faisait aussi taper par son père, personne ne l'a cru. Il avait été placé en foyer.

— Vous avez le nom de ce gamin ?

— Oui. Il s'appelle Carl Muller.

— Génial ! Vous avez fait du très bon travail.

— Merci.

Louise lui demanda de lui transmettre la photo sur la boîte mail du cabinet. Elle s'éclipsa quelques secondes et, en revenant dans le couloir, elle tendit deux billets de cinquante euros à Kofi Diallo qui ne se fit pas prier pour les empocher. L'avocate attendait que le livreur s'en aille, mais il avait visiblement quelque chose à ajouter. Il tapota sur l'écran de son téléphone.

— C'est lui qui a attaqué la dame dans l'allée.

— Quoi ? Vous l'avez vu ?

— Oui.

— Mais bon sang, vous ne pouviez pas nous le dire plus tôt ?

— J'avais peur que la police m'interroge. J'ai pas mes papiers.

Louise sentit la colère bouillir en elle. Si elle avait eu cette information plus tôt, elle aurait pu en parler au flic et elle n'aurait pas subi l'humiliation d'une garde à vue.

Jordan expliqua une nouvelle fois à son client que la régularisation de sa situation prenait du temps et qu'il lui indiquerait la date d'audience quand elle serait fixée. En attendant, il n'avait rien à craindre de la police. Mais son client avait peur, c'était évident. Et maintenant, Louise comprenait la peur irrationnelle de Kofi Diallo. Sa garde à vue lui avait fait prendre conscience que même quand on n'a rien à se reprocher, la machine judiciaire peut vous écraser. Et ce jeune homme avait sûrement beaucoup plus de raisons qu'elle d'avoir peur des flics.

Louise observa le livreur. Quelque chose avait changé chez ce garçon. Il semblait plus sûr de lui. Peut-être que c'était ce nouveau blouson en cuir qui lui donnait fière allure. Elle n'aurait pas su dire. Par contre, sa chemise était trop petite. Les boutons étaient prêts à craquer. Mais le jeune homme avait fait un effort vestimentaire et il sentait bon.

Ce garçon était vraiment surprenant. Avec le peu de moyens dont il disposait, Kofi Diallo avait réussi à trouver des informations que personne n'avait pu trouver jusque-là. Louise lui devait une fière chandelle. Elle mit sa colère de côté et le remercia une nouvelle fois pour son travail tandis que Jordan le raccompagnait jusqu'à la porte. Elle partit vers son bureau et les entendit chuchoter quelques minutes avant que la porte d'entrée ne se referme.

Louise connaissait maintenant le lien entre Alain Gasparo, Gilles Tournier, David Klein et cet homme au ptosis qui se nommait Carl Muller. Mais cela ne voulait pas dire que ce type était l'assassin de Gilles Tournier, pas plus que celui d'Alain Gasparo, dont la mort avait été qualifiée d'accidentelle. Peut-être que ce Carl Muller avait appris la mort de Gasparo dans les journaux et qu'il était seulement venu à son enterrement pour narguer son cadavre. Peut-être aussi qu'il avait suivi la veuve Gasparo pour lui expliquer qui était réellement son mari, sans oser le faire.

Quant au fait que Kofi Diallo ait identifié Carl Muller comme étant l'agresseur de Maëva, Louise savait à quel point les témoignages oculaires pouvaient s'avérer peu fiables. De plus, Kofi Diallo se trouvait au dernier étage et il n'avait vu l'agresseur de Maëva qu'une petite fraction de seconde. Louise n'excluait pas que le client de Jordan ait vu juste. Mais elle ne comprenait pas pourquoi ce Carl Muller s'en serait pris à Maëva. L'avait-il confondue avec elle ? Possible. Dans ce cas, pourquoi aurait-il voulu l'agresser, elle ? Parce qu'elle était l'avocate de Florence Gasparo ? Ça n'avait aucun sens.

Elle transmit à sa cliente la photo que Kofi Diallo avait récupérée. Moins dix minutes plus tard, la veuve l'appela.

— Je suis désolée, le nom de Carl Muller ne m'évoque rien. Et je ne peux pas affirmer que ce gamin sur la photo soit l'homme que j'ai vu le jour de l'enterrement.

— Ce n'est pas grave. On va poursuivre nos investigations.

— J'ai lu la presse au sujet de votre garde à vue. Je suis sincèrement navrée.

— Merci.

— Vous pensez que l'agression de votre consœur a quelque chose à voir avec notre enquête ?

— Il faut envisager toutes les pistes.

— Je ne sais plus si j'ai parlé de vous à David Klein.

— ...

La veuve avait des trémolos dans la voix.

— Mais si j'ai dit à David que je voulais faire rouvrir le dossier, il a pu envoyer un de ses employés pour vous faire peur. Et c'est votre collègue qui a été poignardée. Je suis vraiment désolée.

— Ce n'est pas de votre faute, madame Gasparo. On va explorer toutes les pistes jusqu'à ce qu'on trouve le coupable.

Louise se noyait sous les interrogations. Elle ne savait plus où chercher le coupable de l'agression de Maëva. Plus rien n'avait de sens à ses yeux.

*

À vingt et une heures trente, comme son avocat le lui avait dit, Kofi se dirigea vers le cabinet de Maître Tessier. Il avait le cœur léger. Les informations qu'il avait obtenues de la petite sœur de Cécile, l'amie de Séverine Mortier, étaient de grande importance. L'avocate lui avait donné cent euros pour le remercier. Il les avait immédiatement envoyés à sa famille, au Sénégal.

Kofi frappa à la porte. Son avocat l'accueillit. Maître Tessier l'entraîna vers le bureau du fond. Dans un coin, il y avait une chauffeuse qu'il déplia.

— Ce soir, tu peux dormir là si tu veux. Par contre, tu ne vas pas dans nos bureaux, tu ne touches à rien et demain à huit heures, tu es debout quand j'arrive. Il ne faut surtout pas que mon associée sache que tu as dormi ici, sinon, je vais me faire engueuler. Ça te va ?

— Oui, Maître, ça me va !

Kofi et son avocat se dirigèrent ensuite vers la cuisine où deux énormes pizzas les attendaient. Le jeune homme remercia plusieurs fois Maître Tessier. Il était tout simplement heureux. Grâce à lui, ce soir, il dormirait au chaud sur un matelas moelleux, le ventre plein.

Entre deux bouchées, Maître Tessier faisait la conversation. Il parlait de lui, de son cabinet, de son associée, de ses dossiers. Kofi l'écoutait poliment. Il avait envie de l'interroger sur le métier d'enquêteur, il voulait savoir si les avocats français travaillaient avec des détectives, comme aux États-Unis, mais il n'osait pas lui poser de questions. Et, de toute façon, son avocat ne s'arrêtait pas de parler, il n'y avait aucune chance qu'il puisse l'interrompre. À la fin du repas, Maître Tessier sortit d'un paquet de cigarettes un joint. Kofi ne comprenait pas que son avocat puisse fumer de l'herbe sans se cacher. C'était interdit. Maître Tessier lui tendit son joint, Kofi refusa. Son avocat insista. Il tira une taffe sur la cigarette et s'étrangla avec la fumée. À la troisième bouffée, Kofi se sentait comme dans du coton, il riait aux paroles de Maître Tessier qui maintenant le tutoyait.

L'avocat sortit un carnet noir de sa poche et le lui montra.

— Tu vois Kofi, ce carnet, c'est mon bien le plus précieux. Dedans, il y a le numéro de téléphone des plus belles femmes de Lyon.

L'avocat ouvrit son carnet au hasard et lut les annotations. « Marie. Blonde aux cheveux courts. Environ un mètre soixante-quinze. Soixante kilos. Des yeux bleus magnifiques. Un corps de rêve. Je lui ai mis quatre étoiles. Une autre. Amandine. Celle-là, elle a eu trois virgule sept. Une vraie beauté. Mais un peu coincée. » Kofi riait en écoutant son avocat. En vérité, il était un peu gêné. Lui, il n'avait eu qu'une fiancée, Coumba. Et il ne savait plus vraiment si elle était encore sa fiancée. Vers vingt-deux heures trente, Maître Tessier l'informa qu'il était temps pour lui de partir. Il avait rendez-vous avec une femme et la nuit s'annonçait courte. D'un coup, la tristesse vint peser sur les épaules de Kofi. Il imaginait Coumba, main dans la main avec Omar. Il chassa rapidement cette pensée de son esprit. Il voulait profiter de la parenthèse paisible que lui avait offerte son avocat. Il avait mangé à sa faim et il allait passer la nuit au chaud, à l'abri de tout danger. Sur le pas de la porte, Kofi souhaita une bonne soirée à Maître Tessier. Il ferma la porte et rejoignit la pièce du fond où il s'endormit comme un bébé.

*

À la nuit tombée, le Borgne s'assura que le flic qui surveillait la place n'était pas dans les parages. Il passa une première fois rue de la Bourse et inspecta discrètement les bagnoles garées à proximité, il n'y avait aucun poulet en planque. Il revint devant l'allée du quarante-trois et, à l'aide de son pied-de-biche, fit céder la serrure de la porte en bois. Il grimpa le plus discrètement possible les étages jusqu'au quatrième où deux plaques rectangulaires collées sur une porte lui indiquèrent qu'il était au bon endroit. Il colla une pastille noire sur l'œil-de-bœuf de la porte d'en face. Essaya de crocheter la serrure mais n'y parvint pas. Il sortit à nouveau son pied-de-biche de son sac et le glissa entre la porte et le chambranle. La serrure céda dans un bruit sec. Il attendit quelques secondes sans bouger. À l'étage du dessous, un chien aboya. *Mais, ta gueule !* Ce putain de clébard allait tout faire foirer s'il réveillait les gens de l'immeuble. Les aboiements s'éloignèrent puis le calme revint dans l'allée. Il patienta encore quelques secondes, à l'affût du moindre bruit avant de pénétrer dans le cabinet d'avocats.

*

Kofi se redressa d'un bond sur la chauffeuse et tendit l'oreille sans bouger. Il avait entendu un craquement juste avant que le chien du voisin n'aboie. Quelque chose d'anormal était en train de se passer. Il se leva sur la pointe des pieds, entrouvrit la porte qui le séparait du couloir. Un courant d'air froid lui glaça tout le corps. Quelqu'un venait d'entrer dans le cabinet. Il repoussa la porte à deux mains, centimètre par centimètre, en retenant son souffle pour qu'elle ne grince pas. Les gonds craquèrent, il s'immobilisa, la peur au ventre. Il recommença à pousser, une main sur la poignée, l'autre grappillant chaque millimètre pour rejoindre le chambranle. La poignée pivota sans bruit. Un faisceau lumineux balaya le couloir et disparut. Kofi entendit le parquet craquer dans un des bureaux. Doucement, il se redressa derrière la vitre opaque qui composait la partie haute de la porte. Le faisceau de lumière fendit à nouveau l'obscurité. Il se laissa tomber sur ses genoux et retint sa respiration.

*

Le cabinet d'avocats était plongé dans le noir. Seuls deux écrans d'ordinateurs restés allumés créaient un halo bleuté dans les bureaux. Le Borgne pénétra dans le premier et balaya la pièce du faisceau de sa lampe torche. L'armoire où étaient rangés les dossiers se trouvait sur sa gauche. Il commença à chercher celui de la veuve Gasparo dans les piles. C'était un vrai bordel, rien n'était classé. Il se retourna. Inspecta de nouveau la pièce. Le bureau en verre croulait sous le désordre. Il y avait plusieurs tasses à café sales, des documents éparpillés, un paquet de cigarettes vide, un paquet de chewing-gum entamé et même un trognon de pomme posé dans un cendrier sur lequel quelqu'un avait écrasé des mégots. Il était prêt à parier que c'était le bureau de l'avocat.

Il se dirigea vers l'autre pièce. Dans ce bureau-là, il y avait trois jolies plantes vertes, deux tableaux aux murs et de la décoration sur les meubles. Un tapis épais venait donner une note chaleureuse à la pièce. Tout était impeccablement rangé. Cette pièce puait la gonzesse à plein nez. Il bouscula la pile de dossiers empilés sur un coin du bureau. Pas de dossier Gasparo. Il s'approcha de l'armoire, glissa son pied-de-biche dans l'interstice et fit céder la petite serrure de la porte. À la lettre « G », il y avait bien un dossier suspendu au nom de Florence Gasparo, mais il était vide. Il balança un coup de poing dans les dossiers. La frustration lui donnait envie de tout saccager. Il se força à rester calme et continua à chercher. Au bas de l'armoire étaient empilés six gros dossiers. Il les sortit un par un. Toujours pas de dossier Gasparo. *Merde !* L'avocate avait dû l'emporter avec elle. Il s'assit quelques secondes dans le fauteuil de Pariset. Une légère odeur de parfum imprégnait le cuir. Il la renifla comme un loup sur les traces d'une brebis. Sur le bureau, il attrapa un cadre photo. Pariset tenait dans ses bras une gamine. Sûrement sa fille.

*

Kofi se recroquevilla sur lui-même, terrorisé. Il devait fermer la porte à clé, c'était sa seule chance de s'en sortir vivant. Il attrapa la tête de la clé, commença à la faire pivoter vers la droite. Sa respiration était complètement désordonnée, il n'arrivait pas à la contrôler. Maintenant son ventre gargouillait et menaçait de se vider. Des gouttes de sueur froide perlaient sur son front. Il tourna la clé de quelques millimètres, et puis, plus rien. Elle était bloquée. Kofi posa une main sur le bois. Poussa la porte en même temps qu'il fit tourner la clé. Elle acheva son tour dans un horrible bruit mécanique qui déchira le silence. Le jeune homme se ratatina derrière la porte, les yeux obstinément clos.

*

Un bruit le fit sursauter. Bordel, c'était quoi ça ? Le Borgne reposa le cadre et se redressa tout doucement. Il y avait quelqu'un dans le cabinet. Il sortit du bureau de la baveuse. Le parquet craquait, il s'obligea à marcher sur la pointe des pieds pour mettre le moins de poids possible sur le bois. Dans le couloir, il reprit ses appuis sur le carrelage en mosaïque. Sa lampe torche dans une main, le pied-de-biche dans l'autre, il inspecta la porte d'entrée. Personne ne l'avait poussée. Le bureau du baveux était vide. La cuisine aussi. Il poussa la porte des toilettes du bout de son outil. Rien. Il ne restait plus qu'une pièce à vérifier. Celle du fond.

*

Kofi se força à rouvrir les yeux. Un faisceau de lumière éclairait maintenant la pièce où il se trouvait. Son cœur battait dans ses tempes, il était coincé comme un rat. Si l'homme qui se trouvait derrière la porte décidait de l'enfoncer ou de casser la vitre, il serait à sa merci.

Un petit cliquetis lui fit relever la tête. La poignée était en train de tourner. Kofi bloqua sa respiration. Se figea dans une position inconfortable. Maintenant, ses yeux refusaient de se fermer, ils fixaient la poignée qui tournait lentement. Le faisceau continua à éclairer la pièce. Derrière la porte, Kofi entendit la respiration de l'inconnu. Il sentit une légère pression contre le bois, puis une plus forte. La poignée s'arrêta de tourner. Le faisceau disparut en hauteur et réapparut au niveau du sol, balayant l'espace où il était recroquevillé. Kofi crispa sa mâchoire de toutes ses forces pour retenir les gémissements qui remontaient dans sa gorge. L'homme allait voir son ombre au sol, mais il ne pouvait pas bouger.

*

La porte était fermée à clé. Le Borgne avait balayé la pièce avec la torche de son portable, mais à travers la vitre opaque, il ne distinguait pas grand-chose. Il se baissa au niveau du sol et balaya une nouvelle fois l'obscurité de sa lampe torche. Il renifla l'air et perçut une légère odeur de transpiration. Il y avait quelqu'un dans cette pièce, il en était certain. Il colla sa main sur la vitre et murmura à l'attention de la personne qui se planquait derrière la porte : « Je sais que tu es là. Je vais attendre tranquillement que tu sortes. Et je vais te buter ! » Sans quitter la porte des yeux, il recula, un sourire mauvais aux lèvres. Il venait de foutre une trouille pas possible à celui ou celle qui se cachait dans la pièce. Cette terreur, il l'avait bien connue. Elle l'avait poursuivi une grande partie de sa jeunesse.

Le Borgne continua à reculer sur la pointe des pieds. Il valait mieux quitter discrètement les lieux s'il ne voulait pas se retrouver nez à nez avec les flics. Avant de partir, il retourna dans le bureau de l'avocate et saisit le cadre photo qu'il glissa dans son sac à dos. Au troisième étage, le chien aboya quand il repassa devant la porte, sur la pointe des pieds. Il accéléra. Une fois sorti, il observa les fenêtres du cabinet d'avocats. Aucune lumière n'éclairait les locaux. Qui pouvait bien se trouver dans ce bureau, à cette heure-là ? L'avocat ? Peut-être que sa femme l'avait viré de chez eux. Une petite voix lui intimait de remonter au quatrième étage pour en avoir le cœur net. Mais il préféra quitter la place et rentrer chez lui. Il imaginait déjà la frayeur que ressentirait Pariset en découvrant la porte de son cabinet fracturée et la photo de sa gosse volatilisée. Une frayeur horrible qu'elle ne serait pas près d'oublier. C'était une maigre satisfaction parce qu'il n'avait toujours pas récupéré le dossier Gasparo.

*

Planqué à l'arrière du 4X4, il attendait que le Borgne fasse son apparition. David Klein n'aurait pas dû accompagner l'équipe, c'était prendre trop de risques si l'opération dérapait, mais l'envie d'être aux premières loges quand Sofiane lui ramènerait Carl Muller avait été plus forte que la raison. Il s'imaginait déjà la gueule décomposée du Borgne en le voyant. Il aurait peur. Une peur acide. Parce qu'il comprendrait qu'il allait mourir. Il n'y avait pas d'autre issue à cette histoire. Le Borgne l'avait sous-estimé. Il s'était cru le plus fort parce qu'il avait réussi à buter Tournier et Gasparo. Mais Klein n'était pas comme Gilles et Alain. Il savait se montrer cruel et impitoyable quand il le fallait. Il allait massacrer le Borgne pour l'avoir menacé et pour avoir tué son partenaire en affaires. Alain et lui se connaissaient depuis l'adolescence, ils avaient grandi ensemble, fait des conneries ensemble. Alain l'avait contacté quand il avait eu besoin de faire dégager des locataires mauvais payeurs. En échange de ses services et de son silence, Alain lui avait fait faire des investissements juteux. Par la faute de ce minable, son business immobilier était maintenant en *stand-by.*

Que Tournier soit mort, par contre il s'en foutait.

Klein consulta sa montre. Minuit. La tension commençait à monter. Cela faisait plus d'une heure qu'ils planquaient dans la rue Basse-Combalot. Le Borgne n'avait toujours pas fait son apparition. Soit il les avait repérés, soit il était en train de se la couler douce chez une gonzesse pendant qu'eux l'attendaient comme des cons.

Klein avait envie de sortir de la voiture pour se dérouiller les jambes. Sofiane l'en empêcha. Le Borgne pouvait surgir de n'importe où.

À l'angle de la rue, le gars qui faisait le guet leur fit un signe discret. Sofiane rompit le silence. « Il arrive. » Klein sentit l'adrénaline se répandre dans ses veines. Sofiane et ses gars sortirent du 4X4. Klein resta planqué à l'arrière de la voiture. De là où il se trouvait, il ne voyait pas l'entrée de l'immeuble de Carl Muller. Quand Sofiane et ses gars tournèrent à l'angle de la rue, il sortit de la voiture, s'alluma une cigarette et tendit l'oreille. Il écoutait les bruits, au loin. Une voix s'éleva dans le silence de la nuit. Ça gueulait. Klein sentit l'excitation le submerger. Ils l'avaient chopé.

*

En rentrant chez lui, le Borgne vit le propriétaire de l'immeuble planté comme un arbre devant l'allée, à guetter toutes les directions. Le Chinois se mit à hurler et à gesticuler dans tous les sens dès qu'il l'aperçut, l'engueulant en mandarin. C'était vraiment pas le moment de l'emmerder. Il sentit le manche de son couteau dans sa poche et hésita à s'en servir pour faire taire cette ordure qui lui prenait la tête. Seuls quelques mots du vieux filtrèrent jusqu'à sa conscience. « Chercher. Vous. Problème. » Putain, ce mec était en France depuis un paquet d'années et il était incapable de faire une phrase correcte. Il supposa que le Chinois l'engueulait à cause de ses putes. Oui, il leur faisait peur et il prenait un malin plaisir à les effrayer, parce qu'elles le regardaient toujours avec dégoût quand ils se croisaient dans les escaliers.

Il serra les mâchoires et fit des signes de tête pour montrer au vieux qu'il avait compris. Ne pas le frapper lui avait beaucoup coûté, mais il devait se contenir, il ne pouvait pas se permettre de se retrouver sans appartement.

Sur sa gauche, il vit une ombre bouger. Il pivota légèrement. Deux gars baraqués, veste à capuche sur la tête, étaient en train de quitter la rue au pas de course. Sûrement des mecs qui venaient d'acheter du shit ou de la cocaïne. Le Borgne continua à les suivre jusqu'à ce qu'ils disparaissent à l'angle de la rue. Le Chinois se remit à gesticuler et à brailler en montrant une direction. Celle où les deux armoires à glace avaient disparu. Le seul mot qu'il comprit, c'était encore « chercher ». Chercher quoi, bordel ? ! Il pointa du doigt son torse « Moi ? » Le vieux acquiesça en continuant à crier. Il ressentit des picotements dans les doigts. Quelqu'un le cherchait, mais qui ? Ce sale vieux n'avait pas été capable de le lui dire. En rentrant chez lui, il remarqua que sa porte d'entrée avait des marques au niveau de la serrure. Elle avait été forcée. Est-ce que c'était nouveau ? Il l'ignorait. Il préféra être prudent et coinça une chaise sous la poignée de sa porte d'entrée. Sortit son couteau et le posa en évidence sur son lit. Son poing américain était toujours dans sa chaussette, il ne le quittait jamais. Son pied-de-biche était à portée de main. Si quelqu'un voulait s'attaquer à lui, il serait bien reçu.

*

Sofiane et ses hommes revinrent au pas de course dans la rue Basse-Combalot. Sans le Borgne. Klein leur bloqua le passage.

— C'est quoi ce bordel, il est où Muller ?

— On n'a pas pu le choper. Le Chinois l'attendait en bas de l'immeuble.

— Et alors, je m'en fous ! Vous retournez là-bas et vous me ramenez ce mec.

— Non, faut partir. Le Chinois nous a vus. Si on ne se casse pas tout de suite, on va avoir des problèmes.

Klein ne bougeait pas, il était prêt à aller chercher lui-même le Borgne. Sofiane fit un geste circulaire.

— C'est pas notre quartier. Ici, y a que des bridés. Ils vont sortir avec leurs sabres et leurs nunchakus, on va se faire défoncer. On se casse de là !

Klein sortit son flingue de sa ceinture. Fit glisser la sécurité avec son pouce et colla l'arme contre la tempe de Sofiane. Pendant une fraction de seconde, il eut envie de céder à la violence. Appuyer sur la détente pour faire taire ce minable qui se permettait de lui donner des ordres. « Boum. »

— Déconne pas, patron.

La voix de Sofiane tremblait. Les autres gars autour d'eux, les mains en l'air, lui demandaient de se calmer. L'ordre hiérarchique était rétabli. Le boss, c'était lui. Et personne d'autre. Il releva son arme et continua à fixer Sofiane froidement.

— On va laisser tomber pour ce soir. Mais demain, tu as intérêt à me ramener ce gars, Sofiane. T'as compris ?

— Ouais, j'ai compris.

Klein remit le cran de sûreté et rangea son arme avant d'aller s'asseoir à l'arrière du véhicule. Demain, tout serait réglé.

*

Kofi était encore sous le choc de la nuit qu'il venait de vivre. Il avait eu si peur de mourir que son corps s'était figé, incapable du moindre mouvement. Ce n'était pas la même peur que celle qu'il avait ressentie quand le bateau s'était retourné dans l'océan, trois ans plus tôt. Dans l'eau, il s'était débattu pour vivre. Là, derrière une porte, il n'avait fait que subir. Il lui avait fallu plusieurs heures pour qu'il réussisse à sortir de sa torpeur.

À six heures, il appela son avocat. Personne ne répondit. Il rappela, encore, et encore, jusqu'à ce que Maître Tessier décroche, visiblement agacé.

— Kofi, je t'ai dit que je serais là à huit heures.

— Maître, quelqu'un est venu au cabinet cette nuit. Il a cassé la porte.

— Quoi ?

— Quelqu'un est entré dans le cabinet !

— Tu es où, toi ?

— Dans la pièce où je dormais. L'homme m'a dit qu'il attendrait que je sorte et qu'il me tuerait. J'ai peur.

— Il est encore là ?

— Non, je crois qu'il est parti.

— OK, tu ne bouges pas, j'arrive.

— Vous allez appeler la police ?

— Non, ne t'inquiète pas.

Maître Tessier arriva trente minutes plus tard. Kofi n'ouvrit la porte que lorsqu'il entendit sa voix. Ses jambes tremblaient, il avait mal aux genoux à force d'être resté en position accroupie. Son avocat mit un bon moment à le rassurer et à le faire sortir de la pièce. Kofi rasait les murs et fouillait du regard chaque bureau, de peur de voir quelqu'un surgir. Maître Tessier lui proposa de quitter les locaux et d'aller boire un café dans un bar en bas de l'immeuble. Kofi accepta sans se faire prier. Une fois installés à une table, il engloutit trois croissants avant de raconter à son avocat ce qui s'était passé. Il avait été réveillé en sursaut par un bruit sourd. Il s'était levé. Il avait vu un faisceau de lumière dans le couloir. Il avait eu peur, avait voulu refermer discrètement la porte du bureau, mais quand il avait tourné la clé, elle avait fait du bruit. L'homme était venu se coller à la porte. Il avait essayé de l'ouvrir, elle était fermée. Ensuite, il s'était baissé, il avait regardé sous la porte et il avait reniflé son odeur.

— Reniflé ?

— Oui, comme les chiens.

— C'est quoi ce délire ?

Kofi ne savait pas, mais il avait eu une belle frayeur. Après le petit déjeuner, Maître Tessier lui demanda ce qu'il voulait faire, remonter avec lui dans son cabinet. Ou partir. Kofi préféra s'éloigner de la rue de la Bourse. Il récupéra son vélo et partit en direction de la Croix-Rousse. Une fois arrivé au bas de l'immeuble, il appela son ami.

— Allo ?

Cheikhou avait la voix un peu rauque. Kofi l'avait certainement réveillé.

— Cheikhou. C'est moi. Il faut que tu m'aides.

Kofi expliqua à son ami ce qui lui était arrivé.

— C'est qui ce mec qui t'a menacé ?

— Je ne sais pas. Mais j'ai peur.

— Et tu es où, là ?

— En bas de l'appartement.

— Attends-moi, je descends.

Deux minutes plus tard, Cheikhou sortit de l'immeuble, vêtu d'un simple short et d'un blouson par-dessus son tee-shirt. Les deux amis se serrèrent la main. Kofi avait besoin d'un endroit où se cacher et où dormir. Et seul Cheikhou pouvait l'aider.

— Ici, tu ne peux pas dormir, le Français a reloué ton lit. Je vais appeler Laurence pour voir si son amie peut t'héberger quelques jours.

La porte de l'immeuble s'ouvrit brutalement. L'imposante silhouette de Babacar apparut dans l'encadrement. Kofi sauta sur son vélo et lança à son ami « Appelle-moi », avant de s'enfuir sans demander son reste. Derrière lui, Babacar hurlait des promesses de représailles.

*

Louise trouva la porte de son cabinet grande ouverte, la serrure cassée. Un policier de l'identité judiciaire répandait de la poudre noire sur tout le chambranle, à la recherche d'empreintes. Elle se présenta au flic qui s'effaça pour la laisser pénétrer dans ses locaux. Jordan l'avait prévenue que leur cabinet avait été cambriolé. Elle trouva son associé en train de fumer une cigarette à la fenêtre de la cuisine.

— Qu'est-ce qu'ils ont volé ?

— J'en sais rien. Les ordinateurs sont toujours là. J'ai vérifié la pochette de chèques dans ton tiroir, elle y est aussi. Et je ne crois pas qu'on m'ait volé quoi que ce soit. Si quelque chose a disparu, c'est dans ton bureau.

— Comment ça ?

Jordan écrasa sa cigarette et l'accompagna vers son bureau où il désigna la serrure fracturée de son armoire.

— Est-ce que le policier a déjà fait des prélèvements sur l'armoire ?

— Non, pas encore.

— Et toi, tu n'as touché à rien ?

— Non.

Louise désigna un dossier suspendu vide. Sur la tranche était inscrit le nom de Florence Gasparo. Les autres dossiers du rang avaient été plaqués sur la gauche et certains n'étaient plus totalement sur leurs rails.

— Ce n'est pas moi qui ai fait ça. Je ne pousse jamais mes dossiers comme ça. Ça veut dire que celui qui s'est introduit dans nos locaux cherchait le dossier de Florence Gasparo.

Elle continua à faire le tour de la pièce. Ses dossiers de trafic de stups avaient été déplacés mais aucun n'avait été ouvert. Si le cambrioleur était venu pour le dossier Gasparo, ce qui lui semblait évident, il était reparti bredouille puisqu'elle l'avait emporté chez elle.

Elle sortit de son bureau, fit le tour des autres pièces. Dans la cuisine, elle vit deux cartons à pizzas. Elle ne releva pas. Jordan avait sans doute mangé au cabinet avec une de ses conquêtes. Dans le bureau du fond, elle trouva la chauffeuse dépliée. Elle se retourna vers son associé.

— Qui a dormi ici ?

Jordan lui adressa un sourire gêné et murmura pour que le policier, qui se trouvait toujours dans l'entrée, ne l'entende pas.

— Kofi n'avait pas d'endroit où dormir. Je ne pensais pas qu'il allait se retrouver nez à nez avec un cambrioleur.

— Tu déconnes ! Il était là quand le type s'est introduit chez nous ?

— Il s'est enfermé dans le bureau. Le mec l'a entendu. Il a essayé d'entrer mais Kofi avait verrouillé la porte.

— Mais, t'es complètement inconscient ! Tu imagines les emmerdes qu'on aurait eues si ton client clandestin s'était fait attaquer dans nos locaux ? Tu crois que je n'ai pas assez de problèmes comme ça ?

— Parle moins fort s'il te plaît, le flic va nous entendre. Je sais que j'ai fait une connerie. Je suis vraiment désolé.

Louise soupira. Ça ne servait à rien de s'énerver, ce qui était fait était fait. Elle demanda des nouvelles de Kofi. Jordan lui répondit qu'il avait été un peu secoué, mais que ça allait. Il avait préféré partir plutôt que de rester au cabinet. Louise comprenait parfaitement son choix, si elle avait pu, elle en aurait fait autant. Elle en avait assez de ces problèmes à répétition. Ils retournèrent tous les deux dans le bureau de Louise qui poussa sa porte pour qu'ils puissent discuter sans être entendus.

— Je ne comprends pas ce qui se passe. Est-ce que ce Carl Muller est derrière tout ça ? La mort d'Alain Gasparo, le meurtre de Gilles Tournier, l'agression de Maëva, ce cambriolage ?

— En tout cas, si ce mec cherche réellement à se venger, ça veut dire que David Klein est en danger. Il faudrait peut-être prévenir la police à son sujet.

À cet instant, le flic chargé de faire le relevé des empreintes passa la tête dans l'entrebâillement de la porte, le cendrier de Jordan à la main.

— Dites-moi, les mégots de joints sont à l'un d'entre vous ou je les récupère pour les faire analyser ?

Jordan bafouilla que c'était un client à lui qui avait fumé lors d'un rendez-vous parce qu'il était stressé par son audience. Le flic n'avait pas l'air de le croire, mais il repartit vers le bureau de Jordan pour finir ses prélèvements. Louise jeta un regard noir à son associé qui lui répondit par un sourire penaud.

— Tu veux que j'appelle l'assurance pour qu'ils nous envoient un serrurier ?

— Oui, fais donc ça.

Tout à coup, le regard de Louise se figea.

— Jordan...

— Quoi ?

— Mon cadre a disparu.

Louise désignait un emplacement vide sur son bureau.

— C'était une photo de Jade et moi.

Jordan fit le tour de la pièce. Le cadre ne s'y trouvait pas. De grosses larmes perlaient déjà sur les joues de son associée.

— Je dois prévenir Julien.

— Calme-toi avant d'appeler ton frère. Sinon, tu vas le faire paniquer. Moi, je vais en parler au flic.

Dans le couloir, Louise entendit son associé interpeller le policier.

*

La copine de Laurence était bien plus âgée que la mère de Kofi. Elle avait la voix grave et le visage gris des gens qui fument trop. Elle l'invita à s'asseoir dans le canapé et lui proposa un jus de fruit. Pendant qu'elle allait chercher des verres dans la cuisine, Kofi inspecta le salon. L'appartement était joliment décoré. Sur les murs, il y avait plusieurs cadres avec des photos représentant des paysages de montagne. Les meubles avaient l'air d'être neufs. Mais ce qui fascinait le plus Kofi, c'était cet écran géant accroché au mur, dont la qualité d'image était saisissante. La femme âgée qui se prénommait Christel revint avec deux verres pleins. Elle lui demanda si la fumée de la cigarette le gênait, il répondit que non. Elle ouvrit quand même la fenêtre et alluma sa cigarette. Elle lui sourit sans rien dire.

Maintenant que Cheikhou et Laurence étaient partis, Kofi se sentait pris au piège. Il ne voulait pas dormir dans le même lit que cette femme. Elle n'était pas jolie. Il n'aimait pas la couleur de sa peau, trop blanche, trop transparente. On voyait toutes ses veines à travers. Ses traits étaient épais, ses cheveux courts, raides et gris. Et puis, il y avait son corps. La peau de son cou pendait, il imaginait son ventre mou et ses fesses tombantes. Ses seins devaient tomber aussi. Non, il ne pouvait pas dormir avec elle, ni se marier. Elle ne lui plaisait pas du tout.

— Je ne veux pas me marier.

— Mais moi non plus, je ne veux pas me marier. Tu crois que j'ai accepté de t'héberger pour que tu deviennes mon petit ami et qu'on se marie ?

— Oui, je crois.

La femme éclata de rire.

— Rassure-toi, je n'y pensais pas une seconde. Et même si toi tu l'envisageais, je refuserais. Je n'ai rien à y gagner.

— Je suis jeune et je suis fort. Vous seriez fière de m'avoir comme ami.

Christel recommença à rire, ce qui heurta l'orgueil de Kofi.

— Ce sont les hommes qui se pavanent fièrement aux bras de leur femme, rarement le contraire. Ça arrive, mais c'est plus rare.

— Et Laurence ?

— Laurence ? Elle ne se pavane pas, justement. La pauvre, elle est aveuglée par l'amour. Elle croit que ton ami l'aime et que leur histoire va durer une éternité. Tu sais qu'elle ne voit plus ses enfants à cause de ton copain ?

— Non, je ne savais pas.

— Ses enfants, eux, ont bien compris que ton ami voulait se marier avec elle pour régulariser sa situation et ils voient aussi que leur mère dépense sans compter dès que ton ami demande quelque chose. C'est lui qui profite d'elle. Pas le contraire.

Kofi ne savait pas quoi répondre. Cette dame avait raison, même lui désapprouvait ce que faisait Cheikhou, mais il fallait bien survivre.

— Nous, on veut juste les papiers pour pouvoir travailler.

— Je sais, et c'est pour cette raison que j'ai accepté de t'héberger. Parce que Cheikhou m'a dit que tu avais saisi un avocat pour faire les recours nécessaires et régulariser ta situation. Si tu obtiens des papiers, je pourrai continuer à t'héberger, t'aider à trouver un boulot et un appartement. Mais si ta demande est refusée, je ne pourrai plus rien faire pour toi, ça me mettrait dans une situation illégale. Ça te va ?

— Oui, ça me va.

— En attendant, tu dormiras dans la chambre de mon fils. Maintenant qu'il vit avec sa copine, elle est libre. Il a aussi laissé des vêtements à lui. Tu peux te servir, si tu trouves quelque chose qui te plaît.

— Merci madame.

— Appelle-moi Christel, s'il te plaît.

— Oui, Christel.

Kofi avait une question qui le taraudait.

— Pourquoi vous m'aidez si vous ne voulez pas que je sois votre ami ?

Elle sourit et prit le temps de réfléchir avant de répondre.

— Quand on voit les gens dans le malheur, on a toujours envie de les aider, mais tu sais, l'envie s'évapore quand il faut faire les démarches. Cheikhou et Laurence t'ont mis sur mon chemin. Je ne pouvais pas refuser de t'aider. J'espère que tu ne me le feras pas regretter.

— Non, madame, vous ne le regretterez pas.

*

Louise avait attendu de quitter le cabinet pour appeler son frère. Et depuis cinq minutes, il ne cessait de crier.

— Julien, calme-toi, s'il te plaît.

— Me calmer ? Un dealer a volé la photo de ma fille et tu veux que je me calme ?

— Ce n'est pas un de mes clients qui a fait ça, j'en suis certaine.

— Alors, c'est encore pire, parce qu'on ne sait pas d'où vient la menace.

— Je pense que la personne qui est entrée dans nos locaux est liée au dossier de Florence Gasparo.

— OK. Alors, pourquoi ce mec a volé la photo de ma fille ?

— Pour me faire peur.

— Eh bien, c'est réussi. Tout le monde a peur maintenant. Toi, moi, ma femme.

— Je suis désolée.

— Tu fais vraiment chier.

Julien avait raccroché. Louise comprenait la colère de son frère qu'elle trouvait parfaitement légitime. Elle aurait dû faire preuve de plus de réserve et ne pas exposer la photo de Jade sur son bureau. Sa clientèle n'avait rien d'honorable. Elle défendait des voyous, des criminels. Elle n'aurait jamais dû laisser ce cadre dans son cabinet. Elle avait été stupide.

Arrivée à un feu rouge, elle jeta machinalement un regard à gauche, puis à droite. Son souffle resta coincé dans sa poitrine. Un homme avec un masque, le visage, caché sous une capuche se tenait dans la pénombre, un peu plus loin. Lui aussi s'était arrêté. En plein milieu du trottoir. Le feu passa au vert, Louise traversa. L'homme attendit quelques secondes avant de recommencer à la suivre. Elle ne voulait pas paniquer, courir comme une dératée ou hurler « au secours ». On la prendrait pour une folle et tout le monde la fuirait comme la peste, la laissant toute seule avec ce malade. Elle voulait à tout prix éviter cela.

Louise sortit son portable de sa poche, Jordan était encore au bureau, il pourrait venir à sa rencontre. Maintenant, elle regrettait d'avoir refusé sa proposition de la raccompagner. Mais elle lui en voulait d'avoir laissé Kofi Diallo dormir dans leurs locaux alors qu'elle n'était pas d'accord. Elle le lui avait clairement dit. La sonnerie retentit trois fois, le répondeur de son associé se déclencha. « Merde ! » Elle recomposa son numéro. Il décrocha.

— Oui, Louise, j'allais partir. Qu'est-ce qu'il y a ?

— Jordan, quelqu'un me suit.

— Il ressemble à quoi ?

— Une capuche sur la tête et un masque chirurgical. Pas très grand. Je crois que c'est ce type. Carl Muller. J'ai peur, Jordan.

— Tu es où, là ?

— J'allais traverser la passerelle du Collège pour rentrer chez moi.

— Est-ce qu'il y a un bar ou un restaurant à proximité ?

— Après la passerelle, oui sûrement. Enfin, je ne sais plus.

— Trouve un endroit où te mettre à l'abri. Quand tu y seras, tu me rappelles pour me donner l'adresse exacte, je pars à ta rencontre.

— Merci.

Après avoir traversé la passerelle qui surplombait le Rhône, Louise continua tout droit dans la rue Bugeaud. Elle était tellement stressée qu'elle n'arrivait pas à réfléchir et marchait au hasard. Il n'y avait aucun bar dans cette rue. Bon sang, pourquoi n'avait-elle pas pris l'autre rue ? De mémoire, il y avait au moins un café dans la rue Cuvier. Au bout de la rue Bugeaud, elle aperçut enfin une terrasse. Elle traversa la route en courant et pénétra dans le bar.

*

Le Borgne avait attendu que l'avocate traverse la route pour continuer à la filer. Il n'était pas serein, il avait clairement l'impression que Pariset l'avait repéré parce qu'elle s'était retournée plusieurs fois dans sa direction, le téléphone à l'oreille. Et depuis, elle avait accéléré le pas. Il aurait dû abandonner sa traque pour ne pas s'attirer plus de problèmes, mais elle tenait sa sacoche à la main, le dossier de la veuve Gasparo se trouvait forcément à l'intérieur. Il voulait régler ce problème une fois pour toutes.

Il la laissa filer sur la passerelle du Collège et continuer sur le quai Sarrail avant de prendre une autre rue. Il la suivit à distance. Arrivée sur une place, l'avocate traversa la rue en courant et disparut dans un café après avoir regardé dans sa direction. Cette fois, il en était sûr, elle l'avait repéré. Il s'en foutait. Il attendrait qu'elle ressorte pour l'attaquer. Quelques minutes plus tard, il traversa la rue pour se rapprocher, il voulait voir si Pariset était seule. Derrière lui, à quelques mètres, il entendit quelqu'un crier. « Oh, toi ! Arrête-toi ! » Le Borgne se retourna et reconnut sur une trottinette l'autre avocat de la rue de la Bourse. Il s'immobilisa. Réfléchit à toute vitesse. S'il fuyait, le baveux le poursuivrait. Il devait lui faire face. D'un bond, il se précipita en direction de l'avocat qui n'eut pas le temps de réagir. Il lui envoya son avant-bras dans le torse. L'avocat chuta lourdement. Le Borgne en profita pour ramasser la trottinette électrique et s'enfuir. Avant de tourner dans une rue, il jeta un rapide coup d'œil derrière lui, l'avocat se relevait à peine de sa chute.

Arrivé dans son quartier, il descendit de la trottinette et la laissa tomber sur le trottoir. Dans la rue Basse-Combalot, les guetteurs du point de deal lui donnaient toujours la température du quartier. Si des flics traînaient dans le coin, les *chouffeurs* criaient « Ara » et s'agitaient comme si la foudre les avait frappés. Des vrais *teubés*. Si le quartier était calme, ils géraient leur business sans se préoccuper des passants. Bizarrement, lorsqu'il emprunta la rue, les merdeux s'arrêtèrent de discuter et le suivirent du regard. Ce n'était pas normal. Quelque chose clochait. Il continua à surveiller discrètement les petits trafiquants du coin de l'œil. À l'angle de la rue Basse-Combalot et de la rue Pasteur, il vit un gros

4X4 noir garé et trois mecs balèzes en sortir. Il s'arrêta net. Observa les molosses. Se retourna. Vit les merdeux remonter la rue en marchant vers lui. Deux secondes. Il mit deux secondes à comprendre qu'il était la cible. Beaucoup trop long. Un des merdeux n'était plus qu'à quelques enjambées quand il lui jeta au visage la monnaie qu'il avait dans sa poche. Il n'attendit pas de voir s'il avait touché sa cible. Il détala sur la droite. Avala les quelques marches d'escaliers qui le séparaient du cours Gambetta. Traversa les voies du tram et s'engouffra dans les rues au hasard. Les trois molosses étaient à ses trousses. Son cerveau cavalait aussi vite que ses jambes. La veille, le Chinois lui avait montré deux balèzes qui quittaient la rue. Muller n'avait pas compris, il s'était imaginé que c'étaient des consommateurs qui avaient acheté de la drogue. Mais, il s'était trompé, c'étaient les sbires de David Klein ! Ce connard avait compris le message et lui avait envoyé ses hommes ! Si les mecs derrière lui arrivaient à le coincer, il était mort.

Il les entendait courir dans son dos. Il jeta un regard par-dessus son épaule et quand il se retourna, il ne put éviter un mec qui sortait de son allée avec un vélo. Il chuta lourdement. Se cogna le visage au sol. Quand il se releva, un Arabe le saisit au col. Ameuter les gens dans la rue, c'était sa seule chance de s'en sortir. Il hurlait « Au secours ! Appelez la police. » Le gars à vélo voulut s'en mêler, deux molosses le poussèrent contre le mur. Une mère de famille et une petite vieille sur l'autre trottoir demandèrent pourquoi ils s'en prenaient à lui. Autour, il y avait maintenant quatre personnes et un type sur son balcon. Le Borgne vit le 4X4 s'engouffrer au bout de la rue et avancer vers eux. S'il ne tentait rien, il était foutu. L'Arabe le tenait fermement au niveau de la poitrine mais ne le regardait plus. Il essayait de gérer les gens autour d'eux. Il n'avait qu'une seule chance de réussir. Pas deux. D'un coup sec, il saisit fermement la main de l'Arabe entre les siennes et la fit tourner vers l'intérieur en s'aidant de son buste. Il força avec son coude. Entendit un craquement dégueulasse. Le mec hurla de douleur et lâcha sa prise. Il en profita pour s'enfuir. Putain, il avait pété le coude de ce connard !

Il courait au hasard des rues. Derrière lui, il n'y avait plus ni molosses ni 4X4. Il les avait semés. L'euphorie d'avoir sauvé sa peau lui donnait des ailes. Au bout de dix minutes de course effrénée, il estima qu'il s'était suffisamment éloigné pour pouvoir ralentir. Klein était donc à ses trousses. Il avait même trouvé sa piaule. De chasseur, il était devenu gibier. Et il n'aimait pas ça du tout. Il réfléchit rapidement. Après ce qui s'était passé, les gars de Klein ne retourneraient pas rue Pasteur. Ils allaient rentrer au bercail, expliquer à leur patron comment ils avaient foiré leur mission, faire soigner le bras de l'Arabe et revenir le lendemain et les jours d'après. Et ils l'auraient dans l'os. Parce que lui, il allait retourner à son appartement pour récupérer le fric de Tournier qu'il avait caché derrière une plinthe. Ensuite, il quitterait définitivement la ville.

*

David Klein était hors de lui. Au téléphone, Sofiane était en train de lui expliquer comment le Borgne leur avait encore échappé. Putain ! Ils étaient quatre, tous baraqués et ces quatre crétins n'avaient pas été foutus d'attraper un nabot comme le Borgne ! En plus de ça, Sofiane était blessé. Le Borgne lui avait pété le bras.

— J'en ai rien à foutre que tu aies le bras cassé ! Ce mec veut me tuer ! Donc, toi et tes gars, vous allez retourner à la planque de Muller et vous allez l'attendre jusqu'à ce qu'il revienne. T'as compris ?

— Mais patron, il va pas revenir ce soir ! Et moi, faut que j'aille à l'hôpital, il m'a pété le coude cet enfoiré.

— Ferme ta gueule ! Tu m'entends ? Tu vas retourner à la planque parce que Muller va revenir récupérer le peu qu'il a. Et il va le faire ce soir. Il sait qu'il t'a cassé le coude et il se dit que tu vas plutôt aller à l'hôpital qu'en bas de son immeuble de merde. Il se dit que tu reviendras demain ou après-demain. Et là, il est en train de se marrer parce que demain, ce sera trop tard, il aura disparu. Il nous aura échappé. Tu comprends ce qu'il a dans le crâne ce mec ?

— Mais putain, j'ai mal...

— Je m'en fous. Vous retournez à la planque de Muller. Mais avant, vous changez de bagnole. Il va venir je te dis. Et ça vaudrait mieux pour toi. Parce que s'il disparaît, ce sera de ta faute.

David Klein raccrocha. Quand tout ça sera terminé, il se débarrassera de Sofiane.

*

À la tombée de la nuit, le Borgne inspecta les rues de son quartier. Le vieux Chinois n'était pas dans les parages, le 4X4 noir non plus. Il s'introduisit dans son allée. Ouvrit la porte le plus discrètement possible. Une fois à l'intérieur, il décrocha la plinthe du mur et y récupéra son rouleau de billets. Au moment où il allait repartir, il entendit des pas dans l'allée et quelques chuchotements. Discrets, amortis. Ce n'était ni les prostituées ni leurs clients. Il se pencha dans la cage d'escalier. Vit une main épaisse s'accrocher à la rambarde du rez-de-chaussée. Le Borgne fit marche arrière sur la pointe des pieds. Referma sa porte d'entrée. Marcha jusqu'à la fenêtre. Il habitait au deuxième étage. Il pourrait facilement sauter sans se faire mal.

Avant de s'agripper au rebord de la fenêtre, il scruta la rue. Il n'y avait pas de voiture suspecte. Il enjamba le garde-corps et se laissa glisser le long de la façade. Il s'était à peine redressé qu'un type en noir sortit précipitamment d'une vieille Laguna, il braqua son arme dans sa direction avant de lui ordonner de monter dans la voiture. À l'avant, il y avait l'Arabe à qui il avait pété le bras. Le Borgne lui sourit. L'Arabe s'énerva sur son siège. « C'est quoi qui te fait rire enculé ? » Le mec avait envie de le tuer, ça se voyait, mais il avait trop mal pour bouger. Deux autres molosses les rejoignirent. Ils démarrèrent en trombe et sortirent de la ville pour s'engager sur la départementale. Son cerveau fonctionnait à toute allure. Ces connards se foutaient complètement qu'il puisse mémoriser le trajet ou leur visage. Et ça, ce n'était pas bon pour lui. Il n'avait aucun moyen de s'enfuir, les gros lards qui l'entouraient prenaient toute la place dans l'habitacle, sans compter que l'un d'eux pointait toujours son flingue sur son ventre. Avant de le faire monter dans la voiture, le plus jeune des quatre sbires l'avait fouillé et avait mis la main sur son couteau. Mais il avait toujours son poing américain caché dans sa chaussette.

— Vous m'emmenez où ?

— Tu vas vite l'apprendre.

— Vous me voulez quoi au juste ?

— Ta gueule !

L'Arabe sortit un téléphone de sa poche. Le Borgne l'entendit prononcer deux mots. « On l'a. » Et il raccrocha.

Au niveau d'une zone industrielle qu'il ne connaissait pas, la voiture ralentit devant un entrepôt. Le chauffeur klaxonna. À l'intérieur, quelqu'un déclencha l'ouverture de la porte enroulable et la voiture s'engouffra dans le hangar. De dos, un type en costume attendait assis sur une chaise, face à une autre chaise vide. Les molosses poussèrent le Borgne vers l'homme qui se retourna.

— « Le Borgne », comme on se retrouve !

C'était donc bien ce connard de David Klein qui avait envoyé ses sbires le chercher.

— Ça fait un moment que j'essaye de te mettre la main dessus, le Borgne. Depuis la mort de Gilles, pour tout te dire.

— Ça tombe bien, moi aussi je te cherchais.

Klein avait perdu son sourire tout à coup. Le Borgne jubilait. Deux des molosses l'obligèrent à s'asseoir sur la chaise face à leur patron et lui entravèrent les mains avec des liens en plastique.

— Eh Klein, tu veux que je te raconte comment ton pote Gasparo est mort ?

Klein fit un léger signe de tête. Un de ses gros bras lui écrasa son poing dans le foie. La douleur lui coupa la respiration et le plia en deux. Il mit de longues secondes à reprendre son souffle. Quand il se redressa, il reprit la parole.

— Ton pote, je l'ai chassé avec une arbalète. Et je l'ai touché deux fois. Fallait l'entendre couiner, une vraie gonzesse. Mais je ne l'ai pas tué. Il s'est jeté tout seul dans le ravin, ce con.

— Tu as cru que tu allais pouvoir nous tuer tous les trois ?

— C'est bien mon intention. J'aurais peut-être dû te tuer en premier. Mais, comme on dit, « le meilleur pour la fin ».

— C'est sûrement là ton erreur.

— La journée n'est pas finie, espèce de connard !

L'Arabe lui colla un revers de la main gauche qui fit exploser sa lèvre supérieure.

Le téléphone de Klein sonna dans sa poche. Il donna l'ordre à ses sbires de le surveiller et sortit de l'entrepôt pour répondre.

*

L'Arabe et le chauffeur de la Laguna étaient partis. Il les avait vus monter dans la mezzanine qui servait de bureau. L'Arabe cherchait des antidouleurs et de quoi immobiliser son coude. À côté de lui, il ne restait plus que deux chiens de garde qui discutaient sans le regarder. Il avait un goût ferreux dans la bouche. Celui du sang de sa lèvre explosée. Et celui du sang qu'il allait faire couler sous peu. Toutes les galères qu'il avait vécues, c'était de la faute de ces trois ordures qui l'avaient pris pour cible dès qu'il était arrivé au collège Pierre Termier. Dans les escaliers, Gasparo, Tournier et Klein le poussaient et se marraient quand il tombait. Parfois, ils le coinçaient dans les toilettes du collège et s'il n'y avait personne pour les arrêter, Carl prenait une raclée mémorable. Il ne s'était jamais plaint, ni auprès des profs ni auprès du proviseur, il avait trop peur que quelqu'un découvre que son père le cognait aussi. Son calvaire avait duré toute l'année scolaire. À la rentrée suivante, il s'était cru tiré d'affaire en constatant que ces enfoirés le laissaient tranquille quand il les croisait. Il ne savait pas pourquoi, quelqu'un les avait sans doute dénoncés. Mais la trêve n'avait été que de courte durée. Ces salauds avaient trouvé un moyen de le cogner en toute impunité. Ils l'attendaient en dehors du collège et le poursuivaient dans les rues alentour pour le frapper. Tous les jours, il sortait de cours la peur au ventre, prêt à détaler pour leur échapper.

La première fois que son père avait vu les bleus sur son visage, il lui avait demandé des explications. Sans l'interrompre, il avait écouté son fils lui raconter d'où venaient ces marques. Puis, sur un ton neutre, le vieux lui avait dit qu'il devait apprendre à se défendre. Même si Carl y avait songé, il ne pouvait rien faire contre trois connards, plus grands que lui. Mais, pour son père, ce n'était pas une excuse valable, Carl devait se défendre, peu importait la situation. Les fois suivantes, quand Carl était revenu avec des marques, son père n'avait rien dit. Jusqu'à la fois de trop. Un soir, le vieux avait fait glisser sa ceinture des passants de son pantalon en lui expliquant ce qu'il allait faire. « Dans la vie, fiston, il y a les dominants et les dominés. Et tant que tu resteras du côté des dominés, je serai là pour te remettre sur le droit chemin. »

Désormais à chaque fois que Carl revenait chez lui avec des marques, il prenait une deuxième raclée par son père. Lors de ces séances de *recadrage*, comme son père aimait les appeler, le vieux enroulait sa ceinture en cuir autour de sa main et la faisait claquer sur les jambes de son fils. Une fois, deux fois, trois fois. Après, Carl n'arrivait plus à compter. Le cuir lui mordait les chairs et lui laissait une marque rectangulaire pendant plusieurs jours. Le lendemain, en cours, il s'asseyait sur le bord de sa chaise en grimaçant de douleur.

Les profs avaient fini par remarquer que quelque chose clochait. On l'avait interrogé. Il n'avait rien dit, par peur des représailles, tant de son père que de ces trois connards. La seule à qui il s'était confié, c'était l'infirmière. Et c'était sûrement elle qui en avait parlé au proviseur le jour où il était venu la voir pour refaire son pansement à l'œil. Cette blessure, il ne la devait pas à son père, mais à David Klein. Cet enfoiré lui avait envoyé un coup de poing au visage quand il leur avait hurlé qu'un jour il les tuerait tous les trois. La chevalière de Klein lui avait déchiré les chairs au niveau du sourcil. Carl s'était écroulé sur le trottoir, sonné. Tout ce dont il souvenait, c'était le froid du béton qui contrastait avec le sang chaud qui lui coulait dans l'oreille. Et la peur. Une peur douloureuse qui lui mordait le ventre. Il allait rentrer chez lui et se prendre une deuxième raclée par son père parce qu'il ne s'était pas défendu. À la maison, son vieux ne l'avait pas frappé, mais il avait refusé de l'emmener à l'hôpital pour qu'on lui fasse des points de suture. Sans doute qu'il craignait que son gamin raconte tous les coups. Sa mère qui ne s'était jamais rebellée, pas même pour venir en aide à son fils, avait dû le soigner avec les moyens du bord, un peu d'alcool sur une compresse et un pansement. L'arcade de Carl n'avait pas été recousue. Il conservait de sa blessure une vilaine cicatrice au-dessus de l'œil gauche et le muscle de sa paupière s'était partiellement effondré, lui donnant un regard inquiétant.

Après ça, Gasparo, Tournier et Klein s'étaient tenus à carreau. Mais Gilles Tournier avait trouvé le moyen de continuer à le tourmenter discrètement. Il l'appelait « le Borgne » et ça faisait rire tout le monde.

Un mois après l'accident, une assistante sociale avait débarqué chez les parents de Carl et ne les avait plus lâchés. Il avait été interrogé au sujet de sa blessure à l'œil. Il avait donné les noms de Gasparo, Klein et Tournier. On les avait questionnés. Ils avaient menti, jurant leur innocence. Tout le monde avait fait semblant de les croire, parce qu'ils venaient de bonnes familles. Résultat, Carl avait été placé en foyer, pour être protégé des mauvais traitements, d'où qu'ils viennent. C'était ce qu'on lui avait expliqué.

Deux ans après son placement, ses parents avaient divorcé. Il voyait sa mère un week-end sur deux, au début en tout cas. Il nourrissait contre elle une colère farouche, elle ne l'avait jamais protégé des coups et ne l'avait jamais consolé. Son père lui, n'exerçait pas son droit de visite. Carl l'avait revu à sa majorité. Le vieux avait perdu son boulot et passait ses journées à boire et à fumer. Un jour, on lui avait annoncé qu'il était mort. Il n'avait pas pleuré. À l'enterrement, il n'y avait pas grand monde. Même sa mère n'avait pas fait le déplacement. Elle s'était remariée avec un type que Carl détestait.

Voilà, son père était mort, sa mère avait refait sa vie avec un tocard, ils avaient eu une fille ensemble. Et lui, il n'avait plus personne. Tout ça parce que trois petits merdeux avaient décidé de faire de sa vie un enfer et l'avaient défiguré. S'il n'avait pas été leur souffre-douleur, son père ne se serait jamais mis en tête de lui apprendre à se défendre en le dérouillant. Et sans les coups répétés du vieux, il n'aurait pas été placé, ses parents n'auraient pas divorcé, son père ne serait pas mort tout seul, comme un con. Ces trois ordures avaient détruit sa famille et sa vie.

Mais le Borgne s'était vengé. Il avait chassé Alain Gasparo dans la forêt, comme eux le chassaient dans les rues, autour du collège. Il avait planté un pic à glace dans l'œil de Tournier pour ce sale surnom dont il l'avait affublé, « le Borgne ». Il était temps de régler son compte à ce salaud de Klein.

Le Borgne repoussa ses souvenirs au loin. Dans sa chaussette, il sentait le poing américain que les molosses n'avaient pas trouvé. Les deux chiens de garde discutaient toujours entre eux. Plus loin, l'entrepôt était plongé dans le noir. S'il voulait s'en sortir, il devait tenter sa chance maintenant. Il sauta sur ses jambes et partit en courant vers les allées. Il était petit et sec tandis que les deux sbires de Klein, eux, étaient gros et lents. L'effet de surprise lui permit de les distancer rapidement, même s'il courait les mains attachées dans le dos. Un des deux vigiles cria à un autre d'éclairer l'espace. Le Borgne eut le temps de se faufiler entre deux palettes. Quelqu'un actionna un bouton qui jeta tout l'entrepôt dans le noir. Le Borgne sourit intérieurement. *Putain, les cons !* Quelques secondes plus tard, il entendit Klein hurler. La lumière revint par endroits. Dans le recoin où il se planquait, il essaya de frotter rapidement l'attache en plastique qui lui entravait les mains contre le rayonnage en fer. Ces enfoirés l'avaient trop serrée. Il n'y arrivait pas. Il entendit des talons claquer sur le béton et se rapprocher. Les pas allaient, venaient, s'éloignaient, revenaient. Il se recroquevilla. Un peu plus loin, Klein braillait des ordres. D'un coup, la lumière inonda tout l'entrepôt. Un molosse passa dans l'allée, tout près de lui, un autre le suivit. Il attendit de les voir s'éloigner pour continuer à frotter son entrave contre le fer.

*

Dès qu'il entendit crier, David Klein comprit que le Borgne avait échappé à ses gars. Il mit fin à sa conversation téléphonique et se rua vers la porte d'entrée. L'entrepôt était plongé dans le noir. « La lumière, bordel ! Rallumez cette foutue lumière ! »

Il n'y avait plus personne près des chaises. Klein se dirigea vers l'allée centrale et aperçut deux de ses gars qui fouillaient les allées du regard.

— Oh, vous foutez quoi ? Muller, il est où ?

Les deux gars arrivèrent en courant.

— Il s'est barré.

— Et Sofiane, il est où ?

— Là-haut.

Le vigile montra une direction.

Klein sentit la colère le gagner. Il hurla.

— Putain, Sofiane !

Sofiane sortit du bureau, le bras en écharpe.

— Il se passe quoi, patron ?

— Il se passe que je vous laisse deux minutes et qu'à vous quatre, vous n'avez pas été foutus de surveiller un mec. Magne-toi de descendre. Maintenant, on va devoir jouer à cache-cache pour retrouver Muller.

— Eh, c'est pas moi qui le surveillais. Djibril était en train de me faire un bandage.

Sofiane et son pote descendirent les escaliers en métal sans se presser. Klein serra les dents. La haine était en train de le submerger.

— Sofiane. Puisque t'es bon à rien, tu vas te poster à l'entrée. Si Muller s'enfuit, je te jure que tu auras affaire à moi. Tu m'entends ?

Klein n'attendit pas sa réponse. Il envoya deux des gars quadriller le fond de l'entrepôt. « Vous partez du fond et vous remontez vers moi. Vous le rabattrez. On n'aura plus qu'à le cueillir. » Il fit un signe de la main au Black qui s'appelait Djibril. « Toi, tu fais les allées de gauche, je m'occupe de celles de droite. On va le coincer, ce bâtard. » Le Borgne n'avait aucune chance de leur échapper. Il était désarmé et avait les mains attachées dans le dos. Sa fuite ressemblait au geste désespéré d'un condamné à mort. Mais malgré cela, David Klein était inquiet. Le Borgne avait ruminé sa vengeance pendant plus de trente ans. Il avait tué Gasparo et Tournier, tout ça pour quelques coups de poing au collège. Ce mec était un vrai malade, il ne se laisserait pas attraper si facilement.

*

Il avait vu deux molosses courir jusqu'au fond de l'entrepôt. Ces connards voulaient le prendre en étau. S'il ne trouvait pas une solution rapidement, il n'aurait aucune chance de leur échapper. Tout en réfléchissant, il cherchait autour de lui de quoi couper ses liens. C'était la première chose à faire. Dans la rangée d'en face, il vit des blocs de béton. Il bloqua sa respiration pour écouter les bruits alentour. Rien. Il se lança. Traversa la rangée sur la pointe de pieds et se glissa entre deux palettes. Il se positionna de dos contre l'angle saillant et commença à frotter. Le béton lui blessait les chairs, il s'en foutait. Il frottait, frottait encore. L'entrave finit par céder. L'adrénaline se répandit dans son sang. Il était prêt à tuer. Il commença à se déplacer, d'une allée à une autre, en se faufilant entre les rangées de palettes ou en les escaladant. D'un coup, il se laissa tomber sur ses genoux. Dans l'allée d'en face, il vit passer le grand Black qui lui avait collé un coup de poing dans le foie. Le mec inspecta l'allée et passa à la suivante. Klein arriva quelques secondes plus tard dans la sienne, un couteau à la main. Il observa ses gestes, ses déplacements.

Klein lui cria de sortir de l'endroit où il se cachait. Ce connard l'appelait par son prénom pour essayer de l'amadouer. C'était comique. À reculons, David Klein quitta l'allée pour courir jusqu'à la suivante. Il sortit son poing américain de sa chaussette. Il était temps de passer à l'action.

*

David Klein remonta la première allée avec prudence. « Sors de ta cachette Carl, on peut encore trouver un arrangement ! » Il mentait, bien sûr. Il ne pouvait pas y avoir d'arrangement. Tout ce qu'il voulait, c'était mettre la main sur ce minable, le bâillonner et l'emmener loin d'ici pour le buter.

Klein avait fait une erreur. Il n'aurait jamais dû demander à ses gars de ramener le Borgne à l'entrepôt. Il aurait dû les laisser le tuer et cramer son cadavre dans un endroit désert. Mais son orgueil avait dominé ses choix. Il s'était mis en tête de massacrer la tronche de Muller pour l'avoir menacé et avoir tué son pote Gasparo.

David Klein avait la gorge sèche. Même si ses gars et lui avaient l'avantage du nombre, le Borgne était imprévisible, vicieux et coriace. Il avait réussi à leur échapper alors qu'ils étaient cinq à le surveiller. Klein aurait préféré se servir de son flingue plutôt que de son couteau. Il aurait descendu le Borgne sans sommation. Un trou entre les deux yeux. Terminé. Mais l'entrepôt ne lui appartenait pas. Dans quelques heures, des employés arriveraient sur leur lieu de travail. Il ne pouvait pas se permettre de transformer cet endroit en scène de crime.

David Klein essuya son visage d'un revers de main. Il quitta l'allée et pénétra dans la suivante, se concentrant sur les blocs de matériaux. Le Borgne pouvait surgir de n'importe où.

*

Il attendit que Klein soit au fond de l'allée pour sortir de sa rangée et lui barrer la route. Les mains dans le dos, il fit mine de se rendre.

— Tu as dit qu'on pouvait s'arranger, David. Laisse-moi partir et on sera quittes.

— Tu as tué mes amis, je ne sais pas si c'est très équitable comme marché.

— Allez David ! Tu ne vas pas me buter alors que j'ai les mains attachées ?

Klein émit un petit rire mesquin.

— T'espères quoi ? Que je vais te détacher pour qu'on se fasse un combat à la loyale ? Non, mon pote. Je vais te crever comme un chien. Pour ce que tu as fait à Gasparo et à Tournier, putain, je vais te crever.

Le Borgne sortit les mains de son dos et arbora triomphalement un poing américain. « Tu veux te battre ? Alors, on va se battre ! » Klein allait comprendre qu'il n'était plus le gamin chétif et renfermé qu'il frappait régulièrement. Il était devenu mauvais, et ferait mieux que se défendre. Il allait le tuer. Les deux hommes se rapprochèrent et se tournèrent autour. David Klein envoya un premier coup. Le Borgne l'évita.

— Raté ! Qu'est-ce que tu as ? Tu transpires, Klein. Tu as peur ?

— De te tuer ? Sûrement pas.

— C'est moi qui vais te crever. Vous avez bousillé ma vie, toi et tes potes.

— Arrête, ton père te roustait bien plus que nous.

— Qui est-ce qui m'a abîmé l'œil ? Tu as oublié ?

— Putain, Muller, tu sais bien que c'était un accident.

— Un accident... T'as même pas eu le courage de reconnaître que c'était toi qui m'avais fait ça. À cause de vous, tout le monde a cru que mon père était responsable. Mais c'était vous, bande de connards !

*

En voyant Muller sortir ses mains de son dos, libres de leurs entraves, David Klein blêmit. Cet enfoiré avait réussi à se libérer et lui avait montré un poing américain qu'il avait fait glisser sur ses doigts. David Klein jeta un coup d'œil en arrière. Évalua la distance qui le séparait de l'allée principale. Se ravisa. Il ne pouvait pas tourner le dos à Muller. C'était trop dangereux. Il se persuada qu'il gardait l'avantage avec son couteau. Il devait rester concentré, anticiper les déplacements de Muller et ne pas trembler au moment de frapper.

Son premier coup manqua sa cible.

Le Borgne le provoqua. Klein prit un air faussement embarrassé et soupira.

— Tu ne me laisses pas le choix, le Borgne. Si je te laisse partir, tu voudras toujours te venger.

— C'est parce que tu mérites de crever, pourriture !

Klein lança un autre coup dans l'air qui atteignit cette fois le Borgne au bras gauche, lui arrachant un cri de douleur. Il sourit.

— T'es trop mou, le Borgne ! Tu vas mourir.

David Klein, sûr de lui, se jeta sur Muller qui l'évita de justesse et lui envoya son poing armé au niveau de la mâchoire. La brutalité du coup le fit vaciller une seconde. Lorsqu'il reprit ses esprits, le Borgne était trop près, il lui assena un violent coup de tête sur l'arête du nez. Klein lâcha son couteau. Il était maintenant désarmé.

*

Le Borgne jubilait. David Klein avait laissé tomber son couteau.

— Alors, Klein tu te crois toujours le plus fort ?

Le chef d'entreprise se tenait le nez à deux mains. Il pissait le sang. Le Borgne ne laissa pas son adversaire reprendre son souffle, il lui balança un direct du droit que Klein ne put éviter. « Je vais te crever ! Pour m'avoir défiguré, je vais te crever ! Tu m'entends ? » Sa vision s'était soudain réduite, comme dans un tunnel. Autour de lui, le décor s'effaçait pour ne faire place qu'à sa vengeance. Il allait tuer Klein de ses mains. Il allait réduire son visage et sa vie en bouillie, comme eux l'avaient fait trente ans plus tôt.

*

Le Borgne s'était jeté sur lui sans qu'il ait eu le temps de réagir. Un déluge de coups s'abattit sur son visage. David Klein tenta de se protéger de la brutalité du fer qui le cognait sans cesse. Un coup l'atteignit à la bouche, lui cassant plusieurs dents. La douleur l'empêcha de réagir. Un autre coup traversa ses bras en protection et s'écrasa sur son arcade. Son œil enfla immédiatement. Il hurlait comme une bête pour que ses gars rappliquent. Il entendait leurs voix. Trop loin. Le Borgne était maintenant à califourchon sur lui et le cognait à deux mains. S'il ne tentait rien, il allait mourir. Klein plia une jambe et décolla sa hanche du sol. Muller perdit l'équilibre. David Klein lui saisit une oreille à pleine main et la tira de toutes ses forces. Le Borgne poussa un grognement animal et se laissa tomber sur le côté. Klein ne voyait presque rien. Sa vision était réduite à deux fentes tuméfiées. Il devait trouver son couteau, c'était sa seule chance. Il ne se souciait plus de Muller, il cherchait son couteau. D'un coup, la douleur irradia le côté de son visage. Et puis, plus rien. Il s'écroula.

*

Au sol, David Klein ne se défendait plus. Son corps n'était plus qu'une masse molle dans laquelle il écrasait son poing. Chaque coup lui brisait un peu plus les os et causait des dégâts irréparables à son cerveau.

Il entendit des talons claquer sur le béton derrière lui. L'Arabe au bras en écharpe se tenait à quelques mètres à peine.

Le Borgne se jeta sur le couteau de Klein. L'Arabe recula et tendit sa main gauche en protection. Un des molosses arriva en courant, il tenait une arme à la main. Carl Muller entendit une détonation et ressentit une douleur vive. De ses doigts, il chercha la blessure et la trouva au niveau de son foie. Du sang coulait sur son ventre, c'était chaud. Il tomba à genoux. Se retourna vers Klein. Il sourit en voyant son visage méconnaissable. Son père avait raison, il ne fallait jamais se laisser faire. Carl Muller ne ferait plus jamais partie des dominés. Un autre coup de feu claqua, emportant une partie de son crâne. Il s'écroula au sol, face contre terre.

ÉPILOGUE

Kofi se réveilla avec la neige. Il resta longtemps devant la fenêtre à regarder les flocons tomber et recouvrir la ville d'un manteau blanc. Depuis qu'il habitait chez Christel, il retrouvait un peu de joie de vivre. Il dormait dans un lit moelleux chaque nuit, il avait accès à une douche tous les jours et portait des vêtements propres. Des choses simples mais qui lui rendaient sa dignité.

Christel lui avait remis un double des clés de l'appartement. Elle avait fait le choix de lui faire confiance, il faisait tout pour qu'elle n'ait pas à le regretter. Quand elle était au travail, il s'occupait de l'appartement, il faisait un peu de ménage et, s'il avait le temps, il préparait quelque chose à manger pour le soir.

Christel ne lui demandait rien pour le loyer, elle souhaitait seulement qu'il participe aux tâches ménagères, rien de plus. Kofi avait dû apprendre à nettoyer la cabine de douche après son passage, à rabaisser la cuvette des toilettes, à remettre du papier quand il finissait le rouleau et à essuyer sa vaisselle plutôt que de la laisser sécher sur le bord de l'évier. Christel aussi avait changé ses habitudes, elle ne fumait plus que sa cigarette électronique, ça sentait moins mauvais dans l'appartement et c'était mieux pour sa santé. De temps en temps, le fils de Christel et sa copine passaient à l'appartement. Kofi les aimait bien, ils avaient à peu près son âge. Ils discutaient ensemble des études que Kofi pourrait faire si un permis de séjour lui était accordé. Il voulait continuer à mener des enquêtes. Le fils de Christel essayait de lui trouver une formation dans ce domaine, mais ce n'était pas si simple. Pour intégrer une école d'agent de recherches, il fallait être bachelier. Mais Kofi ne désespérait pas de trouver une solution. En attendant, il continuait à livrer des repas midi et soir pour aider sa famille au pays. L'argent gagné lui avait aussi permis de rembourser Babacar, mais il n'avait pas récupéré ses baskets.

*

Louise reposa son téléphone sur la table du restaurant. Elle espérait encore une réponse aux deux SMS qu'elle avait envoyés à Maëva. Elle ne demandait pas grand-chose, juste avoir des nouvelles. De son moral, de sa santé. Mais pour Maëva, c'était visiblement déjà trop. Sans doute qu'elle lui en voulait d'avoir été blessée à sa place. Sans doute aussi qu'elle la rendait responsable de la révélation de son homosexualité dans les journaux. Louise n'avait rien fait pour mettre son ex-compagne en difficulté, mais elle comprenait qu'il lui faudrait du temps pour digérer tout ça. Et ce n'était malheureusement pas Agathe Lantier qui allait apaiser les choses. Au palais, elle continuait à distiller le doute quant à la culpabilité de Louise, même si celle-ci avait été totalement disculpée.

Louise observa son père qui discutait en salle avec ses clients. Son dos était plus voûté qu'avant, ses cheveux coiffés en arrière étaient maintenant complètement blancs, mais son sourire et sa jovialité restaient intacts. Jean Pariset avait longtemps joué au rugby. Il en gardait la carrure massive, le goût de l'amitié et une grande cicatrice sur l'avant-bras. Un joueur lui était tombé dessus lors d'un ruck, son os n'avait pas résisté.

Jordan leva les yeux de son assiette, un grand sourire aux lèvres.

— Je me régale avec l'andouillette.

— Tant mieux.

Louise, elle, avait préféré manger une quenelle, c'était beaucoup plus digeste. Elle avait trois rendez-vous dans l'après-midi, dont un avec Florence Gasparo. Ensemble, elles allaient refaire un point sur le dossier avant de soumettre les nouveaux éléments à la justice. L'avocate avait bon espoir que la mort d'Alain Gasparo soit requalifiée en assassinat.

Louise avait appris par la presse que Carl Muller était mort. On avait retrouvé sa dépouille à côté de celle de David Klein. L'arme qui avait servi à tuer Muller était introuvable, tout comme le tireur.

Après la mort de Carl Muller, Florence Gasparo avait pu réintégrer son appartement avec ses enfants. Les tensions entre eux s'apaisaient doucement. Maintenant, Florence Gasparo pouvait relever la tête et envisager un avenir plus radieux. Son mari ne s'était pas suicidé à cause d'elle. Il avait été assassiné. Les raisons de son meurtre ne leur appartenaient pas, ni à elle ni à ses enfants.

Jean Pariset arriva à leur table et tapa amicalement dans le dos de Jordan.

— Alors les enfants, tout s'est bien passé ?

— Votre andouillette, Jean, c'est un délice.

— Tu voudras une cervelle de canut ?

Habituellement, Jordan finissait son repas par la cervelle de canut du chef. Mais dès qu'il arrivait au cabinet, il s'empressait de se laver les dents, de peur que l'échalote et la ciboulette que le chef utilisait pour relever le fromage frais n'aient altéré son haleine, ce qui avait fait rire Jean Pariset quand sa fille le lui avait raconté, la première fois.

— J'ai une audience cet après-midi. Je préfère éviter l'échalote pour ne pas m'attirer les foudres de la Présidente.

Jean Pariset lui sourit.

— Un café alors ?

Les deux associés acquiescèrent. Jean Pariset fit un signe à sa femme pour qu'elle les leur prépare et passa à la table suivante. Jordan consulta son portable, il avait encore un peu de temps.

— Au fait, j'ai reçu l'avis d'audience pour Kofi Diallo. C'est fixé en mars.

— Tant mieux. Tu as de ses nouvelles ?

— Oui. Il retravaille pour une plateforme de livraison en attendant de trouver mieux. Et il vit toujours chez Christel. Franchement, je croyais que c'était une cougar qui voulait se taper un petit jeune, mais pas du tout. Elle le loge, le nourrit et l'habille sans rien lui demander en retour.

— C'est vraiment généreux de sa part. Qu'est-ce qu'elle y gagne ?

— L'absolution de tous ses péchés le jour du Jugement dernier.

Louise sourit. Son associé se racla la gorge. Il avait visiblement quelque chose à lui dire qui l'embarrassait. Louise le connaissait par cœur.

— Dis, à propos de Kofi, si je lui obtiens son titre de séjour, je pensais qu'on pourrait peut-être utiliser ses services de temps en temps.

— C'est-à-dire ?

— Il pourrait faire quelques recherches pour nous.

— Des recherches ?

— Oui, c'est ce qu'il fait de mieux, non ?

Louise observa son associé pour voir s'il était sérieux. Il lui adressa son plus beau sourire. Jean Pariset les interrompit en déposant deux cafés sur la table. Jordan avala le sien en vitesse et recula sa chaise pour partir.

— Allez, je file. On en reparlera plus tard.

Louise suivit son associé du regard. Jordan ne cessait de la surprendre. Elle sourit dans le vide. But tranquillement son café et, à son tour, quitta le restaurant de ses parents avant de retourner au cabinet.

*

Dans l'après-midi, Fanny Costa s'annonça à l'interphone. Louise sentit son cœur faire des bonds dans sa poitrine. Elle n'avait pas eu de nouvelles de la policière depuis qu'elles s'étaient croisées lors de sa garde à vue. Sans doute que la capitaine la trouvait désormais moins fréquentable. Louise déverrouilla la porte et s'inspecta rapidement dans le miroir du couloir. Elle avait une mine épouvantable. Elle se tapota les joues pour les rosir un peu. La policière frappa à la porte. Louise trouva ce geste à la fois touchant et naïf. Elle effaça son sourire de ses lèvres et prit un air plus neutre quand elle ouvrit la porte.

— Capitaine Costa.

— Bonjour, je passais dans le quartier et je me suis dit que vous aimeriez récupérer ceci. Je crois que ça vous appartient.

La policière tendit à Louise le cadre qui lui avait été dérobé sur son bureau.

— Oh ! Mille mercis !

— Mes collègues l'ont trouvé chez Carl Muller. Le collègue qui vous a auditionnée vous a reconnue sur la photo. Il m'a demandé de vous le rapporter.

— Il voulait se racheter de la garde à vue qu'il m'a fait subir pour rien ?

— Peut-être.

— Pourquoi n'est-il pas venu me rapporter ce cadre ?

— Disons que je me suis proposée.

Louise se sentit gênée.

— Merci, c'est vraiment très gentil à vous. C'est ma nièce sur la photo. Quand j'ai expliqué à mon frère qu'on m'avait cambriolée et que la personne avait volé cette photo, il était vraiment en colère. Il n'apprécie pas particulièrement que je défende des délinquants.

— On ne fait pas l'unanimité dans nos métiers.

Louise laissa un silence s'installer. Elle ne savait pas comment commencer sa phrase.

— À ce propos, il faut que je vous parle de mon client. Monsieur Petrovic.

Fanny se raidit.

— Je sens que ça va me déplaire.

— Certainement. Je voulais vous le dire avant que vous ne l'appreniez par le juge d'instruction. Je vais soulever une nullité dans le dossier.

— Comment ça ?

— Il y a une erreur dans l'autorisation de perquisition.

Louise Pariset lui expliqua qu'en relisant le dossier de Tomasz Petrovic pour préparer ses conclusions en défense, elle s'était rendu compte que l'adresse du lieu de perquisition était fausse. Son client habitait vingt-cinq rue des Serpollières et non pas vingt-neuf. Or, l'autorisation de perquisition mentionnait le numéro « vingt-neuf ». Ce qui voulait dire que Fanny et ses collègues n'avaient pas été légalement autorisés à perquisitionner chez Petrovic, au vingt-cinq. Une simple erreur de frappe risquait de faire échouer toute la procédure. Si la perquisition n'était plus valable, toutes les charges découlant de cette perquisition allaient tomber, même si les policiers avaient trouvé de la drogue et de l'argent à son domicile. En gros, Petrovic allait sortir de prison, libre comme l'air.

— Vous déconnez, j'espère ?

— Non. Je suis désolée.

— Vous vous rendez compte que vous allez faire libérer un trafiquant de drogue ?

— Je sais. Mais je ne fais que mon travail.

— Vous faites chier.

Fanny Costa pivota sur elle-même et, avant que Louise ait pu rajouter quoi que ce soit, la policière quitta le cabinet en claquant la porte. Louise soupira. Les flics et les avocats pénalistes n'étaient vraiment pas faits pour s'entendre.

Remerciements

Merci à Valérie, pour ce pari fou qu'on s'est lancé un jour de gagner un concours de nouvelles. C'était le début de l'aventure. Aujourd'hui, c'est un roman qui voit le jour. Tes corrections, tes idées, ta patience et ta foi en moi ont été essentielles.

Merci à mes enfants, Alexandre et Bruno, d'avoir répondu à mes questions les plus farfelues sur cette jeunesse qui m'échappe.

Merci à Dorothée pour son indéfectible soutien et pour ses réponses à mes questions juridiques.

Merci à Charlotte pour son expertise en matière pénale et pour son expérience, dont je me suis parfois inspirée.

Merci à tous ceux qui m'ont lue quand mes écrits balbutiaient : Sylvie, Tonton Michel, Claudine, Élodie, Mireille, Nanou, Céline, Sophie et Didine, Francis, Simon, Ghislaine. Vos encouragements et vos commentaires bienveillants ont été un formidable moteur.

Merci à mes lecteurs d'hier et d'aujourd'hui.

Merci aux gens croisés au hasard de la vie, qui ont nourri mes personnages.

Merci aux Éditions du Rouergue et tout particulièrement à Nathalie Démoulin qui a cru en moi et m'a guidée sur le long chemin des corrections.

Votre livre est fabriqué en France sur un papier certifié PEFC,
pour une gestion durable de la forêt.

Ouvrage réalisé par Cédric Cailhol Infographiste

Achevé d'imprimer sur Roto-Page en octobre 2023
par l'Imprimerie Floch à Mayenne

Dépôt légal : février 2024– Numéro d'impression : 103457
ISBN : 978-2-8126-2545-9

Imprimé en France